狐王令

任命狐族新主，盟誓與君同行

常青 著

既然世上很多事不能相忘，
那麼相守也是一種活法。

每段山河的風雪，皆記述一族的傳奇
新王崛起，舊情難棄！往昔承諾的背後，是未盡的忠義與豪情

目錄

第二十五章　拜主大典

一

雪落了一陣子，山尖已經白了，天地之間，一片白茫茫……蕭天披一件裘皮大氅站在瑞鶴山莊大門旁的崗樓上，原木搭起的二層門樓也被雪覆蓋了。蕭天面色憂鬱地極力遠眺，這場雪下得酣暢，紛紛揚揚的大雪，讓人分不清哪裡是山，哪裡是路。

他的目光停留在前面那片山上，山頂也被大雪覆蓋了，想起山間的那座新墳……那天出殯時的情景仍然歷歷在目，想想初來京城時在趙府裡與兄長推杯換盞高談闊論的情景彷彿就在昨天。只是這一別後，便是兩個世界，墳裡墳外，不僅隔著山，這不盡的雪，還有那份未盡的情義……

那日祭祀過後，于謙與他拱手告別，只說了一句保重。想想前方的路，于謙又能比他輕鬆幾分呢？朝堂上的波詭雲譎，黨爭的亂局，面對權勢的危險……但他還是義無反顧地走了，走向那場風暴的中心。如果說在這個世上還有讓蕭天滿心敬佩的人，于謙便是一個，他的堅韌、智慧、忠誠，讓人心生敬意。

有那麼一刻，蕭天突然產生了一種豪情，真想跟著于謙就這樣走了，既然郡主已經回到狐族，也是他該離開的時候了，但是這個念頭也只是一晃而過，老狐王和父親對他的重托讓他無法一走了之。雖然郡主回來了，但是那扣在狐族頭上的莫須有的罪名仍然壓得他喘不過氣來。那一刻，鳥語花香的檀谷峪第一次浮現在他的腦海裡。他知道他的使命還沒有完成，他不該心生雜念。想到這裡，他煩亂的思緒才算清晰起來。

眼看便到正元節，這是大明朝最隆重的節日，朝臣們可放節假至上元節，山莊裡大多數人都遠離故鄉，遠離親人，如不能讓大家在這裡過一個熱熱鬧鬧的新年，他如何對得起他們的親人？想到山莊裡千頭萬緒，再加上年節的諸多物事還都沒有準備，蕭天的眉頭越皺越緊……

這時，身後傳來腳步聲，木樓梯吱吱呀呀響了起來。接著傳來翠微姑姑敞亮的大嗓門：「哎呀，我的君王，終於找到你了。」翠微姑姑人未到，身上龐大的裙角已伸到眼前。她已換下漢人衣衫穿著狐族公主的盛裝，頭上插著五彩的羽毛，她的身後站著李漠帆，李漠帆在她濃豔服飾的映襯下，像一顆灰不溜秋的馬鈴薯。李漠帆看出蕭天對他多管閒事的不悅，急忙解釋道：「是，是這個老娘兒們逼我來找你的。」

翠微姑姑一聽此言，立刻翻臉：「你個老東西，別敬酒不吃吃罰酒，別忘了，你站在我的地盤上。」

蕭天本來想一笑了之，聽翠微如此一說，回過頭道：「這麼說，我是他的幫主，我也是站在妳的地盤上了？」

翠微方知失言，也難怪，如今這個山莊裡住著各種各樣身分稀奇古怪的人，不僅有興龍幫的，還有天蠶門的，甚至連白蓮會的人都住在這裡，還有什麼門派都不是只是蕭天朋友的，這些人的存在讓山莊更像一個雜居地而不像是莊子，他們都是蕭天的客人，個個以主人自居，讓山莊變成如今這個模樣。但是，翠微也知道蕭天是不會允許任何人對他的朋友有絲毫不敬的，因此忙賠笑道：「君王，我一貫口無遮攔，胡說八道慣了，你別介懷。」

「何事?」蕭天問道。

「你忘了今日是拜主大典,一切都準備好了。」翠微姑姑笑著說道。

「青冥郡主身體好些了嗎?」蕭天急忙問道,他這才想起今日是個大日子,拜主大典對於狐族來說,不亞於承認新主承襲爵位。雖然現在狐族被朝廷廢黜了爵位,但是在狐族人心裡他們的王,永遠是存在的,是不受外界干預的。

「好多了,那個玄墨山人真乃奇人也,幾服湯藥下去,郡主臉上便有了紅暈,照我看,再讓玄墨山人行行針,郡主沒準能站起來了。」翠微姑姑興奮地說道。

「好,我這就過去。」蕭天說著,突然想起一事,又吩咐道,「翠微姑姑,妳去多布置一些椅子,我要向郡主介紹我的朋友。」又對李漠帆交代,「去把莊子裡咱們所有朋友都請到言事堂。」

李漠帆猶豫片刻,忐忑地問道:「幫主,這位郡主是什麼性格,咱們也不了解,你也知道咱們這幫人,大多行伍出身,行為粗陋,說話又過於火爆,會不會讓郡主心生厭煩呀?還是先不過去吧?」

蕭天黑下臉,對李漠帆更像是對翠微說道:「你們是我的人,他們既認我就必須認你們。」說完,頭也不回,大步走下樓梯。

留下李漠帆和翠微,兩人怒目而視。

狐族進行祭拜時的言事堂,是隱藏在山體中的,很少有人知道這個地方。今天既是拜主大典,隱藏在石壁中的大門早早打開,不用再走密道,而是直接走到後山上便可看見洞口了。

山莊裡所有狐族人都穿戴起平時很少穿的狐族服飾,戴起狐族節日裡戴的羽毛頭飾,個個光彩照人,奪人眼目。住在山莊裡的其他人也早已聽聞狐族大典的事,聚在院子裡好奇地觀望著,這才發現莊子裡原來有這麼多狐族人。

此時，最忙碌的要數明箏和小六了。明箏一早起來便寸步不離地跟在夏木的身後，好奇地看夏木穿狐族服飾裝扮頭上羽毛。小六不知從哪裡找到一個插滿羽毛的帽子扣到頭上，走到哪裡那個插滿羽毛的帽子便晃到哪裡，惹得眾人大笑不已，也有狐族人很反感，但對於一個孩子，又不能真的發怒，最後也就隨他去了。

夏木用了整整一個時辰才穿戴打扮完畢，她滿心歡喜地在銅鏡前仔細端詳一番，轉身看見明箏，便緊緊皺起眉頭。她實在看不上她身上的棉袍，便從自己的箱子裡翻出一件藍色煙紗碧羅衫，裡面套著蠶絲，又輕柔又保暖！下罩散白花水霧百褶裙，這是她在望月樓最喜歡的一套衣裳了，從不捨得穿。又把她頭上的髮髻散下來，梳了一個高髻，把一個用珍珠編成的頭飾戴在明箏頭上，在她的巧手之下，明箏立刻變成了一朵含苞欲放的芙蓉花，著實討人憐愛，與她站在一起，她身上的漢服一點也不比狐族服飾遜色。

明箏對著銅鏡看來看去，歡喜異常：「謝謝姐姐，這件衣裳太漂亮了，我從未穿過這麼好看的衣裳。」

「是妳人好看嘛。」夏木笑著說。

「姐姐，妳們今天拜見郡主，不害怕嗎？」明箏好奇地問道，她腦子裡青冥郡主就像窗外的雪花一樣，縹緲冰冷，讓人看得見，摸不得。

「郡主是我們狐族的神，我們希望天天看到，時刻伴在身邊，如何會害怕呢？」夏木說道。

「但是……」明箏心裡充滿矛盾，她明顯感到青冥郡主對自己的冷漠和不屑，「她好像不喜歡我呢。」

「哈，怎麼會呢？」夏木輕撫著明箏的長髮，笑瞇瞇地說道，「我們都知道是妳千辛萬苦把她從宮裡救出來的，她怎麼會不喜歡妳呢？」

「你是如何知道的？」明箏想不出她們在宮裡的事，夏木是如何知道的。

「是狐山君王告訴大家的。」夏木說道，「他說，妳千辛萬苦把郡主從冷宮裡背出來。明箏妹妹妳真了不起呀。」

明箏畢竟心思單純，從夏木的嘴裡聽到蕭大哥誇她，馬上就開心起來，這幾日心裡對他的怨氣也消了不少。但是，笑過之後，又陷入煩悶。那日他們跟隨趙府車隊出城來到小蒼山，墳前祭拜時，她才看見蕭天，她見蕭天跪在墳前痛哭，沒敢去打擾他。後來跟隨李漠帆回到山莊就再也沒有見到他。

或許是乍然回到這裡有待處理的事情太多，也或許是他有意在躲避她，明箏想到這裡，默默走到窗前注視著外面的落雪，心情瞬間複雜起來。

園子裡落了一層雪，聽雨居在雪中像個含羞的處子一般寧靜安逸。這一片園子是瑞鶴山莊裡最雅致、最有江南韻味的建築，青瓦白牆、水塘遊廊間錯落有致地分布著一間正房和一東一西兩間廂房。明箏和夏木住在西廂房，東廂房住著翠微姑姑，正房是青冥郡主的住處。一牆之隔便是寒煙居，也是分正房和東西廂房，正房住著玄墨山人，西廂房住著他的幾個徒兒，東廂房住著柳眉之。莊子正中靠後的園子是櫻語居，蕭天和興龍幫的人住在那裡。

明箏落寞地望著窗外。如今已過去多日，蕭天也沒有來看她，她幾次都想跑去找他，但是又都半路跑了回來。她對自己說，他哪像她一樣無所事事，可以隨時跑出去玩。倒是柳眉之時常來看她，明箏雖然嘴上不說什麼，但是她知道自從出了虎籠這件事，他們便再也回不到從前無話不說的時候了，明箏其實一直躲著柳眉之。

明箏看著窗外發呆，一旁的夏木笑起來：「看把妳愁的，想什麼呢？」

這時，小六晃著一頭羽毛跑過來：「明箏姐姐，看誰來了？」明箏和夏木抬頭一看，蕭天沾著一身雪花走進來。

「蕭大哥……」明箏又驚又喜，多日不見她發現蕭天明顯消瘦了些，她跑過去撲打他身上的雪花，她的手觸到他的大氅，發現有些地方被雪水浸濕了，看來他在外面停留了很久。

「我來帶妳去言事堂拜見郡主。」蕭天說著，眼前一亮，他盯著明箏不由得讚嘆道，「妳若不叫我大哥，我還真是認不出來了。以前……」

「以前都是穿破小子的衣裳，」明箏嘟著嘴，嫌棄地白了他一眼，「跟你出門，從來都沒有穿過女裝，在你眼裡，我是不是很醜啊？」

「不是，我不是這意思……」蕭天一笑，在他心裡再美麗的衣裳也襯托不出明箏美如璞玉的氣質，他轉身對夏木說道，「你過去看看郡主準備得怎麼樣了，大典就要開始了。」

「是。」夏木屈膝一禮，應了一聲，轉身走出去，小六也跟著跑了出去。

「明箏，」蕭天走近明箏，眼裡慢慢融開笑意，「聽李把頭說，妳腳上受了點傷，好了嗎？」

「早好了。」明箏臉上隨即綻開一層紅暈。

「以後再遇到什麼事，不要自作主張了。」蕭天望著明箏，一想到那日在宮裡明箏那副決然的表情，他就忍不住心痛。

「嗯。」明箏點點頭，「我不是好好的嗎？」

「這次只是僥倖而已。」蕭天說道，「寧騎城肯放了妳，不是他真想放了妳，這些天我都在思考這個問題，我想高昌波得到東廠掌印，王振一定是拿住了寧騎城的把柄，他是乞顏烈的人這件事怕是包不住了。」

寧騎城肯定不希望妳落到他的對手高昌波手裡，所以才把妳放了，妳知道妳這樣做多危險嗎？」

「蕭大哥，知道了，以後再不擅做主張了。」明箏聽出蕭天語氣裡的關切，心頭一暖。

「還知道我是妳大哥？」蕭天仍然繃著臉。

「那你罰我好了，只要你能消氣。」明箏突然調皮地說道。

「這可是妳說的，今天罰妳跟我去見青冥郡主，見郡主要行禮的，妳就簡單點，磕個頭就行。」蕭天輕描淡寫地說道。

「磕頭？」明箏擰起眉頭，立刻翻了臉，「你走吧，我不想去看什麼拜主大典了，我不去，跟我有何關係，不去……」

「我請了莊子裡所有朋友，」蕭天耐心地說道，「讓郡主認識一下我的朋友們，還有妳……」

「妳以為她願意認識我呀？我不想見她。」明箏說出心裡積鬱已久的想法，想到那日回山莊的路上，青冥郡主和她對面而坐，居然一句話也沒有說。更不用提什麼救命之恩了，她費盡氣力背青冥郡主出來，在最後關頭冒死引開寧騎城，彷彿她就該如此。她忍住眼裡的淚，突然對蕭天發起火來，「你走，你走呀，見你的郡主去吧。」明箏說完扭頭往門口走，走到門邊回過頭，賭氣地說道：「蕭天，你別惹我，大不了我便去浪跡天涯。」

「喂，算上我一個。」李漠帆從外面探進半個頭說道。

「出去……」明箏衝著門發火，一把抓住頭上的珍珠頭飾，向蕭天砸過去，蕭天接到手裡，道：「明箏，妳聽我說……」

「不聽！」明箏怒不可遏地叫道，抬腳要走出房間，被李漠帆擋住。李漠帆關上房門，拉著明箏走進來，皺著眉頭說道：「明姑娘，不是我說妳，妳怎麼能這樣對幫主說話，若是別的興龍幫弟子敢這般說話，那可是要幫規處置呢，最少打三十板子。」

明箏瞪著李漠帆，心裡的委屈瞬間爆發，眼淚順著面頰往下掉，一邊不服氣地叫道：「誰稀罕是興龍幫的人，我走……我離開這裡便是！」

「李把頭，你別在這裡添亂了！」蕭天大喝一聲，急忙走到明箏身邊，「明箏，我答應的事，必會踐行。」說著一把抓住明箏，匆匆擦去明箏臉上的淚珠，拉著她就往外走，一邊走一邊說：「一會兒見到郡主不磕頭也行，行個禮總可以吧。」

「不，不可能，我不！」明箏大叫道。

「幫主，我用不用磕頭？」一旁的李漠帆插嘴道。

「你不磕頭，你是我請的朋友。」蕭天不耐煩地回道。

「那明箏為啥要磕頭？」李漠帆問道。

「她……她是我妹……」蕭天搪塞了一句。

「我不是你妹妹。」明箏擰著脖子說道。

「幫主，明箏也要加入狐族嗎？」李漠帆又問。

「我不加！」明箏在一旁大叫。

蕭天氣急敗壞地回過頭：「老李，你有完沒完了？」

李漠帆急忙退到一邊，跟在蕭天的身後，聽蕭天絮絮叨叨像哄小孩子一樣，為明箏講解怎麼見郡主，怎麼行禮，怎麼稱呼……李漠帆在旁邊撲哧一笑，心想明箏要是照他說的做才怪，那就不是明箏了，一會兒肯定有熱鬧瞧了。

明箏跟著蕭天一走出西廂房，迎面看到園子裡的一幕，震驚得嘴巴都合不攏了。只見一座四人抬的步輦停在正房的門外，不一會兒林棲和盤陽雙手合力抬著青冥郡主走出來，青冥郡主身後跟著翠微和夏木，拉著她長長的裙擺。她身著白色的只有狐族才有的羽毛織就的長裙，巨大的裙擺上星星點點綴滿各色寶石和動物頭骨碎片，頭上的帽子高出幾尺，一根根絕美的孔雀羽毛在白雪的映襯下，發出驚世駭俗的幽幽藍光。等在外面的狐族眾人圍著步輦開始唱歌，歌聲低沉、有力，有時似耳語有時又似咒語。院裡的歌聲引來更多的人，興龍幫的眾人和天蠶門的眾弟子圍攏過來，步輦在歌聲中踏雪而行……青冥郡主神情莊重，膚白勝雪，她微閉雙目，輕啟朱唇，一陣輕靈如雪後鶯啼般空靈、清脆、甜美的歌聲緩緩傳來，就像在你耳邊低低地吟唱，餘音繞梁，不絕如縷……

所有人都被這歌聲所吸引，不由跟著步輦向後山走去。

言事堂裡早已布置一新，迎面牆上新描畫的九尾神狐盤亙壯麗，木臺上的王座新鋪了柔軟名貴的裘皮地毯，軟榻上加了棉墊和黛色綢面的靠墊。兩旁各擺著一個巨大的銅製香爐，此時嫋嫋的青煙從爐蓋彌漫出來，一種神祕的從未嗅過的香氣湧入眾人的口鼻，使人們頭腦清明如洗。兩排十八張楠木太師椅，椅上也都鋪著軟墊。

步輦直接抬到木臺上，林棲和盤陽抬著青冥郡主端坐到王座上，待兩人忙完走下木臺，發現兩排椅子已座無虛席，連小六都占了把椅子。林棲的牛脾氣立刻燃起來，他望著座上各色人等，大吼了一聲：「各位，我們狐族的拜主大典，你們湊什麼熱鬧！」

一旁坐著天蠶門大弟子吳劍德，他聽林棲如此說話也不氣惱，在這個山莊住得無聊透了，總算有個熱鬧瞧瞧，怎肯錯過，於是笑嘻嘻地說道：「蕭幫主請我們來的。」

「是呀，是呀，都是一家人，幹麼這麼見外。」他的師弟陳陽澤滿不在乎地說道。由於座少人多，很多狐族人只好站在兩排椅子後面。而座上眾人座次也都沒有一點章法。

小六早早占了個座給李漠帆，此時看見他走過來，急忙揮手示意。待李漠帆坐到座上才發現一旁坐著柳眉之，他腳邊還臥著一隻花臉的貓。雖然這些日子柳眉之在山莊安心養傷，沒有任何過分的舉動，但是他還是毫不掩飾對柳眉之的厭煩。他看了眼柳眉之說道：「喂，柳大堂主，這兒有你什麼事呀，你坐這兒幹麼？還帶著一隻貓。」

「李把頭，話不能如此說吧，我也是蕭天的客人。向你介紹一下，這是『大將軍』。」柳眉之隨和地說著，一邊彎腰撫摸那隻貓的背。

「把一隻貓稱作大將軍？也只有你能做出來了。」李漠帆撇了撇嘴，不屑地望著那隻貓，「怎麼長得與你有幾分相像？」說完放肆地大笑起來。

「你，真是豈有此理。」柳眉之也惱了。

坐在首席的玄墨山人看不下去了，站起來衝坐在椅子上亂紛紛的眾人說道：「各位，雖說咱們是被邀請來的，但也要守點人家寶地的規矩。」座上眾人相互望望，各自把身體都端正起來。翠微姑姑坐在玄墨山人對面一臉餘怒，不時擔憂地望著青冥郡主，心裡不停地責怪蕭天。但是坐在木臺上的青冥卻平心靜氣一臉安詳，就像下面什麼都沒有發生一樣。

林棲看見蕭天和明箏走進來，心裡的怒氣再次爆發，他大步走到蕭天面前：「管管你的手下吧，看看他們把這裡都攪和成什麼樣了？」

蕭天四下一看，微微笑道：「怎麼啦，挺好啊。」

林棲指了指座位，又指了一下四周，「咱們的人都在外面站著，他們倒好都坐著。」

這時，青冥郡主突然開口道：「林棲，一切聽從狐山君王的。」

林棲望著青冥郡主一愣，急忙低頭退下。

「在座的都是咱們狐族的貴客，」蕭天高聲說道，他走到兩排椅子中間，向眾人拱手一禮道，「青冥郡主能重新回到狐族，仰仗各位朋友的幫助。今後，狐族絕不再像從前一樣閉門鎖山，故步自封，要走出去結交各處朋友，互通有無。」

蕭天的話讓玄墨山人頗為讚賞，不住撫鬚點頭。蕭天轉身向前，大步走向木臺，向青冥郡主躬身一禮道，「郡主，請允許我向妳介紹我們狐族的朋友。」說著，按座位把在場的人一一向青冥郡主做了介紹。

蕭天每介紹一個，青冥郡主都微微點一下頭。介紹到明箏，蕭天頓了一下，似乎在思考詞彙：「這位是，我的異姓妹妹。」

青冥郡主微微點一下頭，竟然開口道：「小妹。」明箏不知該不該還禮，迫於禮貌，最後還是走上前，行了一禮。翠微姑姑站起身，開口道：「吉時已到，拜主大典開始。」

四周的狐族人慢慢向木臺走過來，一邊走一邊低聲吟唱著一首低如耳語般的曲子，低沉的歌聲在山洞巨大的空間裡產生了共鳴。如果說剛開始其他人還是抱著來看熱鬧的心理，此時已開始心生畏懼。這些狐族人唱著歌把雙手慢慢舉過頭頂，最後聚集在木臺前，跪下叩拜，行大禮……那種溢滿狐族人臉上的莊嚴和崇敬震撼人心……

翠微姑姑和蕭天也走上前恭敬地跪下，行叩拜大禮。

翠微姑姑口中如念咒語般，大聲吟道：「太陰幽冥，雲光日精，天降神狐，永照我庭。赫赫陽陽，風火雷霆，顯露神光，護我郡王，天下清明，族人安康……」

眾狐族人重複著翠微姑姑的祝詞，唱歌般吟誦著……

眾人行禮完畢，青冥郡主抬起雙手，雙唇顫抖著：「我的族人啊，起來吧。」青冥郡主的聲音像空谷裡一股清泉，輕靈、悅耳、動聽。眾人紛紛站起身，眼睛痴迷地盯著他們的郡主。只聽青冥郡主說道：「我的族人啊，你們經受了太多苦難，遠走他鄉，痛失親人，但是，這一切都會過去的，我要帶你們回到狐地，回到咱們的家鄉。」

「啊……回狐地。」

「回家鄉……」

「回家。」

眾狐族人興奮地舉著雙手，高聲喊著。青冥郡主揚了一下手，喊聲頓時停住，大家盯著木臺上那個絕色美人，只聽她緩緩說道：「此時，大雪封山，咱們走不了，年後開春，咱們便動身。」

眾人又是一陣歡呼。這時，翠微姑姑突然走到臺前，她看出這是個絕佳的機會，便把她醞釀良久的話，當著眾狐族人的面說出來：「既然現在走不了，依我看把老狐王生前最後的囑託給辦了吧，郡主大婚，正好趕上過年，大家好好熱鬧一下。」

翠微姑姑的一番話，又引得眾人一陣歡呼。大家開始起哄：「青冥郡主，狐山君王，青冥郡主，狐山君王……」

蕭天一陣窘迫，他萬沒有想到翠微會在此時談及婚事，他原本是打算在青冥身體康復後再與她談論此事，當然最好是青冥能夠提出來與他解除婚約，此時當著眾人他有些猝不及防。他遠遠望向木臺上的青冥郡主，只見她依然從容淡然，沒有絲毫反對的意思，反而顯得他有些無措和慌亂。

明箏此時站在蕭天身後，臉上一陣紅一陣白。小六站在她身後，也是跟著起哄。一旁的柳眉之一直暗中觀察著明箏，此時故意叫好：「哎呀，簡直是一對璧人呀，郎才女貌。雖說我不是狐族人，但是與狐族人交往已久，聽說老狐王有遺詔，狐山君王恐怕只有娶了郡主才會成為真正的狐王。」

他身後幾個狐族人紛紛點頭稱是，一個勁兒地歡呼。

翠微姑姑走到蕭天面前，她是故意要在眾人面前將他的軍：「君王，你看我的主意可好？」

蕭天面色有些發白，既不好當著眾人回絕，也不好就這樣答應……一向雷厲風行做事果斷的他，此時腦中一片空白。

林棲一個箭步走到蕭天面前，大聲問道：「主子，你不會是想反悔吧？」

蕭天面白如雪，心中隱隱劇痛，看到四周眾人期盼的目光，心一橫便答道：「這事當然要聽憑郡主的意向。」

眾人鬆了一口氣，全都抬頭盯著木臺上的青冥郡主。青冥郡主依然淡然地望著下面，漆黑的雙眸不曾泛過一絲漣漪，誰也看不出她是高興還是憂傷，她就那麼靜靜地似一尊雕像一樣立在王座上，美麗得不帶一絲煙火氣息。

過了許久，山洞裡鴉雀無聲，所有人都盯著木臺。只聽郡主清冷的嗓音響徹洞穴：「狐山君王是父王為我選的夫婿，也是狐族未來的新狐王，我將謹遵父命，大婚之日，便是新狐王擁立之時。」

青冥郡主的聲音輕柔、清越，似玉珠落盤般字字清晰，她的話音剛落，眾族人便歡呼起來，聲浪一陣高過一陣……

蕭天呆立在當地，渾身一顫，臉上絲毫沒有喜悅之色，反而多了些遲鈍和茫然，他眼角的餘光偷窺了一眼明箏，明箏站在那裡，像木頭般呆滯、悲涼。

此時，明箏的心就像一片落葉，慢慢往下沉，悠悠地沉到湖底。她望著蕭天，離他如此之近，幾乎觸手可及。但是在這一瞬間她才搞明白她和他之間卻是隔著千山萬水……明箏頭猛地一沉，身後伸出一隻手扶住她，她一看是小六，小六吃驚地低聲問道：「明姐姐，妳沒事吧？」

「沒事，有點頭痛。」明箏努力平靜自己，沒想到自己太不爭氣，眼淚還是滑到臉頰上。

李漠帆早已看出這些人的用意，他急不可待地站起身：「諸位，我們幫主剛死了兄長，你們就逼著他成婚，這……屍骨未寒呢！」

這時，山莊的曹管家披著一身雪跑進來稟告：「幫主，來了幾個車把式，還有一個叫梅兒的姑娘求見。」

蕭天正左右為難，聽見曹管家報告此消息，如同大赦般解脫出來。潛入皇宮那日往御膳房運水的幾個車把式一直沒有音信，他本來是想派人去村裡打探消息的，此時幾人前來正和心意，便說道：「領到櫻語堂，我這就去見他們。」

蕭天轉向青冥郡主躬身說道：「郡主，我去處理一下，這些人也參與了郡主的營救，當時與他們失去了聯繫，此次他們能送回梅兒姑娘，咱們必要表示謝意。」

「去吧。」青冥郡主淡然一笑，「以後君王不用處處請示，你自行處置就是了。」

蕭天急忙躬身道謝。蕭天走後，大典也就接近尾聲，不久青冥郡主宣布典禮散了，按狐地的族規，應當酒宴三日，在這裡減免二日，也要有一日的酒宴。眾人開心至極，狐族跪謝郡主，其他人在當地躬身行禮，以致謝意。

眾人等青冥郡主的車輦離開之後，便歡笑著擁出洞穴。柳眉之一直站在原地沒動，等一臉落寞的明箏走過來時，他悄然走到面前，儒雅一笑道：「明箏妹妹，我好些日子不見妳了，走吧，一起去喝幾杯。」

放在往日，明箏定會一走了之。但此時，明箏卻爽快地答應了。

酒宴擺在前院裡，正房和東西廂房已經搬空，擺滿四方八仙桌，連院裡雪地裡也擺了五六張桌子。一些自知位分卑微的小廝不敢進屋，站在當院圍住桌子就開始搬罈子倒酒。雖說山莊住了五湖四海不同身分的人，但是所有人都信守各自的幫規，沒有允許是不准飲酒的。今天大家都放開了，終於可以痛飲一次，也不管是狐族、天蠶門還是興龍幫的，大家聚到一處就是大口喝酒。

柳眉之和明箏坐在西廂房靠裡一張桌前，桌上已上了熱騰騰的菜。遠在偏遠的山野，又是大雪封門的季節，除了野味什麼也沒有。桌上擺了一盆燒兔肉，一盆清燉野雞，兩個大大碗公。柳眉之給明箏的碗裡斟滿酒，自己也斟滿一碗。

「明箏妹妹，自家母去世後，咱們兄妹還是第一次坐下來喝酒，」柳眉之自責地說道，「以前我做下了不該做的事，傷了妹妹的心，我，我一直悔恨不已，我……」柳眉之說不下去了，將碗中的酒一飲而盡。

明箏聽柳眉之言語真誠，望了他一眼，發現他面容憔悴，一副大病初癒的樣子，心裡也有幾分不忍，想想近半年時間她都沒有理睬他，一直對他耿耿於懷，但是畢竟那件事也已經過去了。

「宵石哥哥，」明箏嘆口氣，「我希望你以後不要再做傷害大家的事，如果你痛改前非，他們是會原諒你的。」

「是，我也是這樣想的。」柳眉之聽見明箏又肯叫他的乳名了，心裡十分歡喜，「明箏妹妹，以後妳有何打算？天下沒有不散的筵席啊，開了春恐怕就要各奔東西了。」

「我……」明箏一陣迷茫，她能去哪兒呢，以前她從未考慮過這個問題，也用不著考慮，什麼事都有蕭天為她想好了，可是以後呢，他就要與郡主成婚了，想到此，明箏心裡一陣悽楚，不由端起一碗酒往嘴裡倒。

「明箏，妳別這樣，我懂妳的心思，我早就看出來了，」柳眉之眼眸一閃，他陰鬱的眼神裡充斥著怨毒的怒火，「妳心裡有他，但是他只想他的榮華富貴。」

「不是，你不知道。」明箏抬起頭，她不允許柳眉之這樣說蕭天，她知道他有苦衷。

「如果我是他，便會拋下一切，帶妳遠走高飛。」柳眉之望著明箏熱切地說道。

「你……你永遠不會懂他。」明箏搖搖頭。

「他拋下妳，妳竟然還為他說話，妳就一點也不恨他？」柳眉之有些不可思議地望著明箏。

「我……我想我也該走了。」明箏眼神空洞地望著面前的酒碗。

「好呀，妳這樣想就對了，明箏，跟我走吧。」柳眉之推開酒碗，一隻手拉住明箏的手，「跟我加入白蓮會，我保妳也能坐到堂主的位置，妳我兄妹聯手也能開疆闢土，做出一番大事來。」

明箏惶恐地從柳眉之手裡抽出自己的手，她從他放光的眼神裡看到一種讓人恐懼的魔力，她害怕下一秒便被他說服，然後跟著他走了。

「明箏，跟我走吧。」柳眉之又說了一遍。

「她哪兒也不能去。」蕭天的聲音從門口傳來。明箏和柳眉之抬頭一看，只見蕭天和梅兒大步走進來，身後還跟著李漠帆。明箏看見梅兒又驚又喜，急忙拉她坐在身邊，蕭天和李漠帆也不用人讓，逕自坐到桌前。

柳眉之見兩人來者不善，他起身又找來兩個碗，給兩人一邊倒酒，一邊故意說道：「我和明箏妹妹正在說你大婚後我們的打算，是吧，明箏？」

明箏不看蕭天，也不搭理柳眉之，而是跟梅兒小聲說起話來。

蕭天陰沉著臉，拿起面前的酒碗一飲而盡，然後扔下碗，對柳眉之說道：「柳堂主，傷好後，請自行離去，明箏的事不用你操心。」說著叫住明箏，「明箏，妳跟我來，我有話要跟妳說。」

「我對你無話可說。」明箏頭也不回地說，依然看著梅兒。

梅兒明顯感覺到氣氛很詭異，桌邊的三個男人各懷心事默默喝著各自的酒。她看見柳眉之一對鳳眼脈脈含情地瞟著她，她與他也有段時間沒有見面了，在他的目光下，她臉頰有些發紅，在這種場合她不便與他多言，便決定還是帶明箏離開這裡再說，便起身拉起明箏就走：「明箏，走嘛，我有話跟妳說。」明箏被梅兒拉著走出去，蕭天一看也立刻跟著走出去。

李漠帆最後走到柳眉之面前，伸出手指警告他道：「你小子，不要打明箏姑娘的主意，聽見沒有……」

李漠帆一走，屋裡只剩下柳眉之獨自一人生悶氣。柳眉之倒滿酒，一碗接一碗地喝起來。

這時，門邊探出一個頭，是吳劍德，他已經喝得站不住了，跌跌撞撞走進來，左右看看：「咦？人呢？這些孬種，我就去茅房一趟，他們就跑了，唉，還有一個，好，好樣的，是我天蠶門的弟子。」吳劍德搖搖晃晃坐到柳眉之身邊，抱起面前的酒碗笑起來。

柳眉之看他醉成這樣，知道他走錯了房間，也懶得說出來。平日他和天蠶門眾人共居一個院子，相處挺好，只是他們幫規森嚴，平日也沒有過多來往。玄墨山人的房間從不讓外人進入，他一直很好奇。有時候從其他弟子嘴裡也聽說過一些天蠶門的高深功夫，更多的時候他們緘口不言，似乎無時無刻不防備著什麼，這更勾起了柳眉之的好奇心，平日沒有機會，今日機會難得。

柳眉之主意已定，剛才的氣惱很快煙消雲散。他站起身熱情地給吳劍德倒酒，又遞給他一塊兔肉。吳劍德一手抓著肉大口吃著，一邊大碗喝著酒。柳眉之笑著道：「都說天蠶門厲害，有啥厲害的，也給兄弟說說？」

吳劍德一笑：「你懂什麼叫厲害嗎？什麼狗屁功夫，沒有了命，啥也不是，命最厲害，本門就研究這個，你說厲害吧。」

柳眉之一愣，細想之下還是不知道說的什麼，就又笑著說道：「嗨，我以為什麼功夫呢，你有本事說出個一二來？」

「本門最厲害的就是師父的醫術，跟你說你也不懂。」

「那有何厲害？有武功厲害嗎？能殺人嗎？」

「你聽說過鐵屍穿甲散嗎？」吳劍德紅著臉張著滿是酒氣的嘴說道，「那就是本門祕術，是祖師爺傳下來的。」

柳眉之一聽此言，手中的鑼子差點扔了，他渾身一陣亂顫，愣了半天，他萬萬沒有想到讓他刻骨銘心、銜悲茹恨的身中之毒竟出自天蠶門，他放下酒罈，激動得臉變得通紅，他一把抓住吳劍德的衣領，低聲問道：「原來鐵屍穿甲散是貴門祕術？」

「哈哈，知道天蠶門的厲害了吧？」吳劍德紅著臉得意揚揚地繼續說道，「江湖上傳得最邪乎的便是它了……哈哈……」

「你知道解藥嗎？它在哪兒放著呢？」柳眉之緊張地搖晃吳劍德，但任他怎麼搖晃，他都醒不過來了，他已喝得爛醉。

二

梅兒姑娘拉著明箏從西廂房一出來，就被興龍幫的幾個人認出來，他們繞過方桌要拉她坐下喝酒，忽一抬頭，看見跟在後面的蕭天，幾個人便上前糾纏著幫主到酒桌上喝酒。

明箏和梅兒借機跑出院子。兩人手把手，相互說起那日宮裡分別後的情景。原來那日從宮中出來，幾個車把式知道事辦砸了，心裡忐忑不安，生怕興龍幫怪罪，不敢放梅兒姑娘走，就好言留到家裡。為了不讓梅兒起疑，他們便把與興龍幫的淵源講給她聽。

幾年前他們村裡流竄來一群乞丐，後來人越聚越多，竟然在他們村拜起碼頭，禍害村裡人。後來村裡的老族長想到一戶人家的兒子在興龍幫做鏢師，就請他回來主持公道。那名鏢師帶著一眾興龍幫的弟兄一鼓作氣把那群人打跑了，並放出話來，再來為禍鄉里興龍幫絕不手下留情，至此村裡再無歹人敢來橫行，村民都感念興龍幫的恩情。

這次興龍幫有事找到他們，他們便一口應下，哪裡敢有半點推託，只是這幾輩子傳承下的往宮裡送水的營生，關係到村裡老少的安危。事辦砸了，大夥權衡利弊後，就跟著梅兒姑娘來興龍幫負荊請罪。讓這幾個車把式沒想到的是，幫主接見了他們，非但沒有追究這件事，還送給他們一些野味過年。他們看見幫裡人往他們馬車上綁了一隻野豬，兩隻野鹿，還有人領著幾個車把式到東廂房喝酒，席間幫主也敬了他們幾杯酒，幾個車把式不禁感激涕零。

兩個女子嘰嘰喳喳把過往講了一遍。明箏拉住梅兒上下打量，果然是胖了些，便笑道：「那些村民是不是把好吃的都讓妳吃了，看妳的臉都吃圓了。」

「哈……」梅兒一聽到這話，幾乎笑岔了氣，「我長這麼大，都是伺候別人，這幾日在村裡簡直被人當娘娘伺候了……」

說話間，兩人已走出前院，喧鬧的聲音越來越遠。她們沿著遊廊向聽雨居走去。此時已到申時，天邊的晚霞映到被白雪覆蓋的院子裡，倒是別有一番滋味。明箏拉住梅兒的手，說道：「看到妳回來，我便放心了，之前一直為妳擔心來著，這下好了，我可以無憂無慮地走了。」

梅兒一愣，猛拉緊明箏的手，問道：「明箏，妳要走……妳要去哪兒？」

「回山西。」明箏淡然一笑，「在這個世上，我只剩下一個親人了，便是我的師父隱水姑姑，我出來的時間太長了，回去看看她。」明箏說完，頭也不回地向聽雨居的月亮門跑去。

剩下梅兒愣在當地，她再愚鈍也看出明箏情緒不對，她站在原地想了想，急忙轉身向前院跑去，還是向幫主說一聲穩妥。

明箏跑回空蕩蕩的聽雨居，園子裡空無一人，大家都在前院酒宴上。她再也止不住眼裡的淚水，想到剛剛言事堂眾人的歡呼，以及蕭天的隱忍，他竟然沒有反對，那他對自己的誓言呢？便像這落雪般消失殆盡了。在郡主面前她竟然這般人微言輕。他背叛她……竟也背叛得這般理直氣壯！明箏在那一刻更是痛下決心，正如柳眉之所說，天下沒有不散的筵席，既然他應下了郡主，便成了一道她該離去的逐客令。

她匆忙收拾了行囊，披上一件棉大氅，拿起自己的劍便離開了西廂房。一路上並沒有遇到任何人，眾人應該還在酒宴上。為了不引起旁人注意，她沒有騎馬，沿著莊上小路徑直向山莊大門走去。

守門的正是幾個興龍幫的弟兄，他們認出明箏，明箏胡亂編出個理由，說是想看看外面的雪景，便出了莊門。明箏站在山莊大門前佇立良久，默默流下兩行淚後，便義無反顧地踏雪前行。

茫茫白雪下，四周景物也被雪染白了，目力所及皆是白茫茫一片。明箏穿著短靴，每踏一步，皆是雪沒腿肚，前行得十分吃力。正在她一步步在雪地前行時，身後傳來陣陣馬蹄聲。

明箏感到不妙，急忙向山路邊林子裡跑，但雪地上留下的足印卻把一切都暴露無遺。明箏緊跑著想躲起來，那匹馬嘶鳴著已奔到近前，聽見烈馬的嘶鳴聲，明箏便已猜出是誰，想躲卻已來不及了。

「明箏……」蕭天從大黑馬上翻身躍下，身體攔在明箏面前。蕭天一把抓住明箏的手，另一隻手拽下她肩上的背囊，怒道：「妳這是要去哪兒？」

「這是我的事，與你沒有關係。」明箏伸手去拽背囊。

「明箏，我知道妳在生我的氣，我讓妳失望了，」蕭天又急又怕，有些語無倫次，「妳如何懲罰我都行，但是妳這樣一聲不響便要走，妳知道這一路多危險嗎？明箏，聽大哥一句話，留下來吧。」

「你讓我留下來做什麼？看你和郡主成婚嗎？」明箏哽咽著問道。

蕭天一愣，面色煞白，他張了張嘴，沒有說出話來，過了片刻，突然啞聲道：「明箏，妳我若是做不成夫妻，做兄妹可好？」

「蕭天，虧你想得出來。」明箏流著淚怒道，「我要的是與你成親，你卻要我與你成兄妹。我曾說過，你若負我，便是你我永別之日，你可還記得？」

「明箏，我既答應過妳，便永不會負妳，妳要相信我。」蕭天也急了。

「放屁，蕭天，你個混蛋，偽君子，你便要成婚了，還對我說什麼永不負我，你這是什麼鬼話？你鬆開我，讓我走，你我在今日便是訣別了，再要見，便是來生。」明箏伸手去推蕭天，蕭天堵在她面前如石雕般佇立著，一動不動，明箏抬起頭，心裡一驚，蕭天看著她竟然啞然痛哭，眼淚順著臉頰不停地往下掉。

看著蕭天滿是淚痕的臉，明箏心裡如同萬箭穿心，一個性如堅冰的鏗鏘男兒，若不是被逼到絕地，如何會在一個女子面前痛哭流淚，有道是男兒有淚不輕彈。明箏身子晃了一下，不由後退半步。蕭天看到明箏腰間佩劍，一把抽出來，他突然跪到雪地上，看著明箏道：「妳真要離開我，便從我的屍體上踏過去，否則，妳永遠不要在我面前說『走』這個字。」蕭天說著，一臉決然地瞪著明箏道，「妳只要說一個『走』字，我不用妳動手。」蕭天慢慢把劍放到脖頸上，眼睛死死盯著明箏。

「你……你……」

明箏身子晃了晃，眼淚很快模糊了視線……等她再次睜開眼睛時，發現自己坐在蕭天的懷裡，大黑馬馱著他們向莊門馳去。明箏被凍僵的四肢慢慢溫暖過來。她恨自己的無能，恨自己的沒臉沒皮，既貪慕他溫暖的懷抱，又想獲得尊嚴，可他就要成為青冥的夫婿了。明箏一想到此，臉上的淚便不住往下掉。

蕭天再不敢提及與青冥有關的事，盡量說些明箏開心的事。「明箏，不如這樣，先去封信給隱水姑姑，告知妳的情況讓她老人家好放心，等開了春，天氣暖和，我陪妳回去看看。」

「我才懶得寫信。」明箏有氣無力地說道，「我幹麼讓你送？」明箏賭氣說道，蕭天越是對她關心，她心裡的痛就越深，她低下頭，不去理他。

大黑馬馱著他倆一回到山莊，夏木便跑著迎上來。幾個莊丁牽走大黑馬，夏木跑到蕭天面前，她已脫下狐族長裙，穿著一件青色棉比甲，她向蕭天屈膝行禮：「君王，郡主有事要見你。」

「是不是郡主身體又有不適？」蕭天回過頭問道。

「不是郡主，是翠微姑姑。」夏木喘了口氣，面露難言之色，一時吞吐起來，在蕭天追問的眼神下，夏木只好說實話，「剛才翠微姑姑突然昏厥，請來郎中診脈，說，說是喜脈。」

蕭天和明箏剛才還劍拔弩張的，這時聽見這件稀奇事一陣面面相覷，明箏雖然在碧玉年華，還未經男女之事，但是喜脈還是聽明白了，她失聲笑起來：「翠微姑姑要當娘了。」

蕭天也差點笑出來：「要說翠微姑姑這個年齡有了孩子也算喜事，但是孩子父親是誰呢？」

「郡主叫你去就是想和你商量這個事。」夏木說道。

「好，我這便過去。」蕭天說著，看到明箏臉上的怒氣已經消了一半，知道明箏最喜熱鬧，就對明箏道，「走吧，一起去吧。」

在夏木的帶領下，三人一路匆匆向聽雨居走去。

蕭天和明箏沿遊廊走到盡頭，一路上誰也沒有開口說話。盡頭是一片水塘，此時被雪蓋住，水塘邊的垂柳也變成銀色，微風吹來，垂柳上的雪片迎風飄揚。明箏身上的棉大氅已被雪沾濕，被明箏解下拎在手裡。蕭天急忙把自己的裘皮大氅解下披到明箏身上。明箏一閃身，又把裘皮大氅扔到他懷裡，冷冷地說道：「狐山君王，你的大氅披在我身上，不怕有人誤會嗎？」

「明箏……」蕭天開口卻發現自己很難往下說，他愣怔著站在風口任寒風吹著自己，心裡比頭髮還要亂。

明箏望著遠處冰凍的水塘，寒風刺面，心就如同水塘一樣，漸漸被冰封起來。「這樣，我今天修書一封，派幫裡鏢行裡人送到山西，你看可好？」蕭天跟在她身後，問道。

「蕭天，以後我的事，你少管。」明箏嚷起來。

蕭天聽到明箏直呼其名，臉色瞬間又變得慘白。明箏不再與他同行，她故意走到夏木身邊。蕭天跟在後面走，只聽著兩個丫頭一路上小聲嘰嘰喳喳說個沒完，他猜兩個人是在議論孩子父親是誰，蕭天腦子裡已猜出個七七八八，必是莊子裡的人。

走過月亮門，就看見聽雨居水榭亭子上紅紗飄動，與白雪相映煞是好看。原來亭子木梁四周搭了防風布，青冥郡主身著白色狐皮大氅靠在軟榻上賞雪，雙手抱著暖爐，腳下生了炭爐，面前的矮案上擺著茶水和點心。青冥郡主眼神幽遠、空靈，從遠處看就像是繡在絹上的一幅畫。蕭天走到亭子前單膝跪地行禮道：「郡主。」

夏木見君王都行此大禮，也不敢怠慢，急忙雙膝跪下磕頭：「參見郡主。」夏木旁的明箏呆在當場，走也不是，留也不是，行禮也不是，不行禮也不是，一陣尷尬。

青冥郡主的目光從遠處收回來，盯著面前的蕭天，似是埋怨又像心疼地說道：「我說過，以後不必行此大禮。起來吧。」青冥郡主抬頭望著蕭天身後的明箏，眼睛盯在她身上。

「是我的疏忽，」青冥郡主微微一笑，「我還沒有來得及感謝明箏妹妹的救命之恩呢，夏木，去把我箱子裡那件百鳥來賀裙拿來贈予妹妹。」

夏木低頭退下。明箏急忙揮手道：「不，不不，我不要，我哪裡能穿得了呀，我……」

蕭天見她誠心誠意，便對明箏說道：「郡主盛情難卻，妳就收下吧。」

青冥郡主請蕭天和明箏進到帳裡就座，兩人圍著炭爐坐下。

「謝謝郡主。」明箏很意外，青冥郡主一直以來對她都是愛答不理的，今天怎麼如此和善？明箏從來猜不出這位郡主的心思。

「郡主，剛才聽夏木說起翠微姑姑的事，妳可是為這事找我？」蕭天問道。

「正是。」青冥郡主嘆了口氣，「作為晚輩，我其實是為姑姑高興的，只是她不肯透露孩子父親的事，我想請你私下裡查一下。」

「查什麼查？我的男人我不知道，還用妳查？」遊廊裡翠微姑姑大步走過來，徑直走進亭子裡，一屁股坐到明箏身邊，伸手拿起案桌上的橘子剝起來。蕭天一笑，急忙起身，「翠微姑姑，我聽聞妳身體有恙？」

「什麼有恙，是有了身孕。」翠微姑姑大咧咧地說道，身後的夏木不由捂嘴笑了。

「姑姑，」青冥郡主都替她臊得慌，「怎可當著這麼多人的面談論此事？」本來翠微就窩著一股氣，聽青冥如此一說，氣更大了：「那個男人欺負我，妳可是我親姪女呀，妳也欺負我？」說著竟然嗚嗚哭起來。

蕭天陰沉著臉站起身，從腰間「刺啦」一聲抽出佩劍，對翠微姑姑道：「走，妳跟我去，妳只需說出那個人的名字，是殺是剮妳一句話。」

翠微姑姑回頭看著蕭天，嘆口氣：「要想殺他，哪還用你動手？我不想殺他，我想讓他娶我。」

翠微姑姑這句話，真是語不驚人死不休，在場所有人都驚詫地大眼瞪小眼，又不好笑出聲。蕭天尷尬地將寶劍入鞘，又坐了回去。

「姑姑，妳是怎麼考慮的？」青冥郡主皺著眉問道。

「考慮什麼？有什麼可考慮的？」翠微姑姑一邊吃一邊說，「我在想如何養胎，吃什麼好。」

「妳真要生養？」青冥郡主吃驚地問。

「為什麼不生？」翠微姑姑嚼著橘子，含糊地反問道。

「可，孩子父親是誰？」青冥郡主接著問道。

「與妳有關係嗎？」翠微姑姑不耐煩地道。

青冥郡主見問不出什麼，便轉變了話題繼續說道：「這幾日姑姑確實操勞過度有些動了胎氣，以後就不要在我身邊服侍了。但是，妳看我這樣一個無用之人，身邊又少不了人，隨便叫個人待在身邊，我又不喜歡。現在大雪封山，又一時找不到合適的女子，」青冥郡主眼睛盯著明箏，淡然一笑，「我就喜歡明箏妹妹這樣的，一股伶俐勁……」

蕭天一愣，他遲疑地看了眼青冥郡主，沒想到她打明箏的主意，青冥郡主烏黑的眸子深邃明亮，面色平靜一臉慵懶之色，給人一種弱不禁風、沒有半點縛雞之力的弱態，但是在這表象之下暗藏了什麼心思，誰也不知。沒等蕭天反應過來，翠微姑姑笑起來，一拍大腿大聲說道：「總算說到正事了。」翠微姑姑轉向明箏：「明箏，妳說姑姑待妳如何？」

「姑姑一直關照明箏，明箏感念姑姑恩情。」明箏坦白地說道。

「這就得了，這次就算妳幫姑姑了，替我暫時照顧青冥郡主可好？」

「這，這……」

沒等明箏回答，蕭天搶著說道：「明箏如何會服侍人呀，她天天舞槍弄棒，丟三落四，毛手毛腳，脾氣暴躁，到時候服侍不了郡主，再把郡主氣病了……」

「我在你眼裡就沒有一點好嗎？」明箏越聽越氣，賭氣說道，「我可以……」

「這樣吧，」蕭天不等明箏說完，搶著對青冥郡主說道，「梅兒姑娘怎麼樣？」蕭天笑起來，像是撿到了一個寶，「她在宮裡服侍多年……」

「不要跟我提宮裡。」青冥郡主突然翻臉，臉色煞白，聲音嘶啞道，「我聽到這兩個字就想死，你知道一個人在地獄度日是如何熬過來的嗎？每一時辰，每一天，每一月，都像把刀在心上刻，刀刀見血，你懂嗎？」

「郡主，妳別說了，我就服侍妳吧。」明箏打斷她的話，她好像又看見那個漆黑寒夜裡，宮中一個孤單的身影執著地往樹上一道一道刻字，明箏心裡有些不忍。

明箏說完白了一眼蕭天，她看到他緊張不安地盯著自己，她知道蕭天不想讓自己接近青冥，但是她偏要待在她身邊，或許是她潛意識裡想懲罰蕭天，看他難受，讓他選擇背棄自己，既然走不了，大家都一起不好過罷了。

蕭天愣在當場，他沒想到明箏會答應，這不是明擺著跟他對著幹嗎？此時在青冥面前，他又不便對明箏發火。他抬頭瞄了眼青冥，只見青冥靜若止水的臉上，波瀾不驚的樣子。他真是猜不透她的心思，他與青冥一別五年，五年前那個明朗快樂又充滿少女情懷的青冥已消失，五年的苦難把她塑造成如今的模樣，表面手無縛雞之力，內心卻硬如磐石。他是越發看不清她了。此時他想阻止已不能，明箏都答應了。也好，給她找個事幹，總不會鬧著要走了，但是他仍然不放心地說道：「既是這樣，就讓明箏妹妹受累，先照顧妳一段時間，等開春，我一定想辦法給妳找更合適的人來服侍妳。」

青冥郡主目的已達到，便不再多言，只是笑笑。

蕭天轉向夏木道：「夏木姑娘，以後妳和明箏一起服侍郡主，她小，很多事都不懂，妳要教著她啊。」

夏木急忙點頭。

青冥郡主靠到軟榻上，目光再次凝視遠處。

蕭天看此時再留下就有些尷尬了，便站起身想告辭。不料，青冥郡主扭過頭，說了一句：「留下吃晚飯吧。」

沒想到，蕭天竟然答應了。青冥郡主一笑，吩咐在暖閣擺宴席。

暖閣是蕭天專門為郡主的到來臨時改建的，緊鄰水榭，坐落在水塘邊。考慮到郡主腿腳不便，怕她寂寞，修建了一通到底的四扇花格雕窗可以讓她看看遠處的風景，此時雲遮霧繞的小蒼山一片白茫茫。暖閣的木地板下是空的，直通火塘，因此裡面溫暖如春。

酒宴開在軟榻邊，因為郡主不能久坐，累了就可靠到榻上。蕭天還是第一次與郡主一起用膳，雖然一旁坐著翠微姑姑，但還是不免拘謹。夏木端著木盤進來，身後跟著明箏，蕭天注意到明箏盯著托盤裡的食物眼神發直，急忙乾咳了一聲，明箏這才回過神來。

翠微姑姑伸手抓一個雞腿，一邊吃一邊道：「算了，我的事不用你們操心，現在說說你倆大婚的事吧。」

蕭天一愣，怎麼突然又轉到自己身上了，他望了眼青冥道：「郡主身體還在調理恢復中，這時候恐怕不妥。」

「有何不妥，君王，」翠微姑姑扔下手中雞腿，道，「我這兩日按咱們狐族的慣例算了算，正月十五是最好的日子，如果你們沒有意見，我就照例辦理了。」

青冥郡主輕聲道：「姑姑，我一切聽從君王的安排。」

蕭天下意識地轉著手中的酒盅，沒留意到酒全灑了出去。他沉默了片刻，道：「請玄墨山人再為郡主把脈，確保郡主身體康復，再行大婚不遲。」青冥郡主淡然一笑：「明箏，斟滿酒給君王。」

明箏正暗自發愣，冷不丁被郡主召喚，竟不知所措。一旁的夏木急忙上前去拿酒壺，被青冥郡主叫住，「怎麼我說的話，沒人聽呀。」明箏不想在郡主面前讓蕭天難堪，她急忙走上去拿過夏木的酒壺，走到蕭天面前往他酒盅裡倒酒，也不知是心慌還是壺裡酒太滿，灑了一桌子。蕭天慌著去擦，另一隻手奪過明箏手裡的壺，明箏抬眼看了下他，蕭天低垂著眼簾往自己酒盅裡倒酒。

這時，從窗中看見李漠帆帶著幾個人跑過來，不一會兒，腳步聲臨近暖閣，但是李漠帆沒有進來，而是站在棉門簾外面說道：「幫主，你出來一下，有事要稟告。」

沒等蕭天答話，翠微姑姑大嗓門說道：「有話進來說呀，站在外面鬼鬼祟祟的，還當你做了什麼見不得人的事呢。」

「我來見幫主，有妳個婆娘什麼事呀？」

蕭天知道這倆人一見面就會杠上，急忙站起身要告辭，但一看見明箏，又改變了主意，對郡主道：「我出去看看。」蕭天轉身走出去。李漠帆神色緊張地在原地打轉，看見蕭天出來，壓低聲音道：「幫主，出了一件蹊蹺事，玄墨山人房中失竊，丟失了一盒祕丸。」

「什麼？」蕭天一把抓住李漠帆的衣襟，「怎麼回事？你可知是什麼祕丸？」

「這……他沒說是什麼，我想也必是獨門毒藥，要不他也不會這麼緊張。」李漠帆說道。

「大雪封山，此時失竊，必是山莊人所為。」蕭天擔憂地皺緊眉頭，「接二連三地出事，真不是好兆頭。你知道嗎？翠微姑姑有了身孕，你去查一下，這個男人是誰，躲著不出來，查出後我絕不輕饒他。」

「什麼，那婆娘，她，她……」李漠帆瞪著眼睛發呆。

蕭天的心思集中在那盒失竊的祕丸上，沒去理會李漠帆的失態。蕭天思忖片刻覺得時間緊迫，必須趕緊行動。他轉身走進暖閣，對郡主說道：

「郡主，山莊出了一些事，我現在必須過去查一下。告辭。」說完，他向明箏一招手，「明箏，跟我走。」

明箏一愣，瞄了一眼郡主。

蕭天這才想到，明箏要在這裡服侍郡主，他這個習慣動作差點把他出賣了，他自嘲地一笑：「噢，我忘了這事了，明箏妳好好照顧郡主。」說完，他掀開棉門簾走出暖閣。

三

此時已是酉時，寒煙居的院門已被天蠶門兩個弟子守住，他們見蕭天和李漠帆等人匆匆趕來，急忙迎上去：「蕭幫主，我們掌門在涼亭等你。」

寒煙居的東南角有一處假山，當初挖聽雨居的水塘時土堆到那裡，就勢建了一個涼亭，是這個院子的最高處，不僅俯視寒煙居，連一旁的聽雨居也一覽無遺。蕭天沿石階往上走，臺階厚厚的雪上，清晰地看見一雙靴子的足印。

玄墨山人背著雙手一臉焦躁地在亭子裡來回走著，蕭天走上來直接問道：「前輩，失竊的到底是何物？」玄墨山人皺著眉頭，直搖頭：「怪我太大意，只是這盒祕丸是我費盡心思調製出來，用於對付寧騎城的，這……這個賊真是太可惡。」

「前輩，此話怎講？」蕭天一時聽糊塗了。

「自從祖師的鐵屍穿甲散被寧騎城奪走後，我就一直苦思對策，最後想到以毒攻毒，這味毒叫作迷魂散，準確地說它不致命，但是吃下後在一天之內，迷失本性，聽人擺布。我用此毒只想誘使寧騎城說出鐵屍穿甲散的下落。這味毒正因為不致命，反而異常難調製，我用了近半年的時間，前兩日才放進最後一味藥材，本想大功告成即可偷偷潛入寧府去實施我的計畫，卻偏偏出了這事。」

「既不致命，前輩無須急躁。」蕭天鬆了一口氣。

「你不了解，這味毒一旦服下就摧毀人的意志，比置人於死地還可怕。那一盒裡有三丸呢。」

「三丸？」

「唉，我又犯下了大錯，為了追討那一丸鐵屍穿甲散，又製了三丸毒。祖師曾立下門規，自他之後再不研毒，唉……」

「前輩，你說鐵屍穿甲散只有一丸？」蕭天問道，這個倒是沒有想到。

「是呀。」玄墨山人皺眉嘆息，「盛放鐵屍穿甲散的木盒，我從祖師那裡見過，裡面是千年堅冰密封的冰盒，只有一丸，祖師的解藥還沒有調製出來，就被東廠的人刺傷。他的遺言就是要找到那丸鐵屍穿甲散。」玄墨山人眼望寒煙居的院子，此時院裡已開始掌燈，星星點點的火光，讓人聯想到此事更覺撲朔迷離，「會是誰下的手呢？」

「依我看，前輩，」蕭天走到近前，壓低聲音道，「知道你祕密調製丸藥的人最有嫌疑。」

「知道的只有我的大弟子，吳劍德。」玄墨山人捋著長鬚，搖搖頭，「我大弟子跟我多年，我視他如己出，他沒有理由偷這三粒毒丸呀。」

「你是如何發現失竊的？」蕭天追問道。

「唉，是我太大意。」玄墨山人說著不免後悔不已，「那最後一味藥材加入之後，連續熬製了一天一夜，起出後團了三個藥丸，放在一個木盒裡晾製，木盒就放在密室的桌上。」

「密室的門鎖了嗎？」

「鎖了。」

「門鎖沒有被撬的痕跡？」

「沒有。」

蕭天望著下面院子，「這個院子裡除了你的弟子，就住了一個柳眉之，咱們下去看看能不能找到一些線索。」

兩人走下涼亭，李漠帆和幾個興龍幫的兄弟跟在後面。天蠶門的一些弟子已得信站在當院裡。玄墨山人看了一眼問道：「吳劍德呢？」陳陽澤走過來回道：「師父，大師哥喝醉酒還沒醒，在屋裡躺著呢。」

「他什麼時辰回到這裡？」蕭天問道。

「就在剛才，他被柳堂主背著回來的。」陳陽澤說道。蕭天看了眼東廂房，房門大開，從屋裡傳來起伏的鼾聲，一股刺鼻的酒氣在空氣裡彌漫。幾人走進去，看見吳劍德橫躺在柳眉之的炕上，柳眉之斜靠在一張太師椅上，兩個人都是鼾聲大作。而那只叫作「大將軍」的貓立在八仙桌上虎視眈眈地望著眾人。

蕭天不明白柳眉之怎麼和吳劍德喝到一處了。

兩人走出房間，蕭天思謀片刻道：「前輩，唯今之計只能在大範圍裡搜查，前輩看如何？」

「這……這麼興師動眾恐怕不妥吧？」

「這樣吧，」蕭天知道玄墨山人一向為人低調，便說道，「你的院子，你帶人搜，那幾個院子我帶人搜，前輩看如何？」

玄墨山人也想不出更好的主意，只能點頭道：「有勞蕭幫主了。」蕭天對玄墨山人道：「前輩，你既來到東廂房，就先搜這間吧。」

玄墨山人明白蕭天的意思，向院子裡的眾弟子一招手：「先查這間房。」眾弟子聞聽呼地都圍過來。

蕭天領著李漠帆等人走出寒煙居，向別處搜去。

這邊，天蠶門七八個弟子擁進東廂房，開始翻箱倒櫃。響聲驚醒了吳劍德，他迷迷糊糊地睜開眼，看到眾人和師父都在場，嚇得酒醒了一大半。玄墨山人黑著臉問道：「我問你，你中午跟誰喝酒？」吳劍德想了半天，模模糊糊回憶起一些片段，一扭頭看見倒在太師椅上依然大睡的柳眉之，道：「和柳堂主喝了一會兒子。」

玄墨山人不再說話，在房間裡四處查看。

吳劍德看著眾人在柳眉之房間翻箱倒櫃，甚是納悶：「喂，你們這是做什麼？」陳陽澤一步躥到他面前，小聲說道：「閉嘴吧，大師哥，出大事了，師父研製的祕丸被盜了……」

「啊……」吳劍德一屁股跌坐到炕上，他深知師父為這味祕丸費盡心力，而且只有他有密室的鑰匙，想到此他腦門上開始冒汗。

這時，柳眉之也被屋裡的動靜弄醒了，他迷糊著雙眼，站到屋子中間突然大叫一聲：「你們都是何人，來我房間幹甚？」

玄墨山人走過去，拱手道：「對不住了柳堂主，全院都在搜，老夫丟失了一個物件。」說完，他看基本上都搜過了，便一揮手：「去西廂房。」

眾人一走出去，柳眉之便走到吳劍德面前：「吳兄弟，這到底是怎麼回事，什麼祕丸讓你師父如此興師動眾呀？」

吳劍德愣怔著走到方桌前，端起一碗茶一飲而盡，道：「師父費了半年時間研製的毒丸，叫迷魂散，這可怎麼了得，這個賊，我抓住了一定把他千刀萬剮。」

「啊？毒丸，會致死啊？」柳眉之問道。

「師父說，這味祕丸不會致死，卻能讓人迷失本性，被人輕易控制。」吳劍德想起剛才師父看他的眼神，心裡一陣害怕，「怎麼辦呀？」

「哎呀，這下你麻煩大了，你想呀，你是大弟子，出這種事……走，我跟你一起，咱們也快幫著去找吧。」柳眉之拉起吳劍德向外面走去。吳劍德雖說酒醒大半，但腿還是軟的，被柳眉之拉著有些跌跌撞撞。

夏木和明箏一人手提一盞燈，在廊下挨著點燈。這時，兩人發現一旁的院子燈火通明，人聲嘈雜，明箏舉著燈向遠處看，這時林棲和盤陽從院門跑進來，直接去了正房，想必是去見郡主了。想到剛才蕭天被李漠帆匆匆叫走，明箏便對夏木說道：「一定是出事了，你在這兒，我過去看看。」夏木一把抓住她，「明箏，妳如今是在服侍郡主，沒有得到郡主示下，怎能亂跑？」

明箏愣了愣，嘟囔著：「真麻煩，都怪我一時心軟，答應下來。」夏木一笑，「其實郡主脾氣性格可好了。」

「真的？」明箏直想笑，「你沒覺得她脾氣古怪？」

「沒有呀。」夏木瞇起眼，笑著說，「我每天都在神前祈禱，讓我變得像郡主一樣美麗那該多好呀。」

「哈哈，」明箏笑起來，「你已經夠美了，不過你說得不錯，我長這麼大還是第一次見到像郡主這麼好看的女人，真的像古畫裡的人物。」

「夏木……」

「不好，郡主在叫……」夏木拉著明箏就往正房走，與林棲和盤陽打個照面，兩人神色慌張急著往外走，明箏叫住了林棲小聲問：「林大哥，出了何事？」林棲回了一句：「山莊有賊。」明箏一愣。

夏木一邊應了一聲，一邊把手中的燈掛到燈架上。明箏只顧望著林棲和盤陽的背影發呆，被夏木一把拉進屋裡。

青冥郡主已脫去外衣靠在軟墊上，炕下的火盆燒得正旺，屋裡暖洋洋的。青冥郡主一隻手托著頭，另一隻手把玩著自己的頭髮，不經意地問道：「你們在外面說我什麼話了？」

「回郡主，明箏姑娘說妳是她見過最好看的女人。」夏木笑著說。

「明箏，這是妳的心裡話？」青冥郡主淡淡一笑。

「是呀。我以前身邊都是老的少的道姑，哪有妳好看。」明箏說道。

「夏木，你去吧，你在我身邊熬了幾天，也不曾睡過一個好覺，今天有明箏陪我，你去睡吧。」青冥郡主吩咐道。

夏木一愣，走也不是，不走也不是，她是真不放心明箏，但看到青冥郡主催促她的眼神，她只好躬身一禮，退了出去。

青冥郡主看見夏木走出房間，冷下臉看著明箏：「妳把我比作什麼？道姑？妳是存心不想讓我好是嗎？」

明箏一愣，剛才還溫柔似水的青冥郡主轉眼就變了臉：「我，我沒別的意思，我說的都是實話呀。」

「那妳說，我美還是妳美？」青冥郡主冷冷地問道。

「當然妳美了。」明箏想了想，「大哥總說我像個假小子，我也沒有妳那麼長的頭髮，美人都是長髮，不像我，頭髮總跟刺蝟似的，亂七八糟。」

青冥郡主撲哧笑了一聲：「明箏，妳真的很會討人喜歡，是不是妳大哥他很喜歡妳。」

「那當然。」明箏毫不含糊地點點頭。

青冥郡主面色一陣發白，她努力穩了穩心緒，說道：「但他還是答應了大婚之事，妳難道不恨他嗎？」

這次輪到明箏黯然失色，她愣怔了片刻，淡淡地說道：「大哥說這是他的宿命，他認命。」

「妳難道就不恨我？」青冥郡主深邃的目光久久地望著明箏，她的目光時而執拗時而縹緲，語氣雖然輕柔，但言辭卻咄咄逼人，「我在妳眼裡不過是個廢人，我知道妳會武功，妳一劍就可以要了我的命，不，不用一劍，我的身體根本不用妳費多大力，妳一掌便可以要了我的命，明箏……妳還猶豫什麼？」

明箏瞪著青冥郡主，聽到她此番言論不由往後退了一步：「郡主，妳在說什麼呀，妳為何要把我看得如此不堪？想想妳的身分吧，妳是狐族的郡主，是所有狐族人對未來的希望。為了救妳出來，多少狐族人付出了生命，以前我根本不了解他們，如今我看到他們把妳當神一樣供在心裡，妳卻說出這樣的話，妳對得起他們嗎？」

青冥郡主一反常態突然閉上眼睛，她胸口起伏不定，面色依然蒼白，嘴角嚅動著默念著什麼。

明箏站在一旁看著，怎麼也看不懂青冥郡主到底在想什麼？她嘴裡默默念的又是什麼？對於這個謎一樣的女人，明箏只能敬而遠之，她試探著上前，「郡主，若沒有吩咐，我退下了。」

青冥郡主突然睜開眼睛，目露凶光，聲音嘶啞：「明箏，別以為妳說了幾句好話，就可以糊弄我相信妳。」

「那我怎麼做，妳才肯相信我呢？」明箏賭氣問道。

「幫我做一件事。」青冥郡主冷冷地說道。

「何事？」明箏急忙問道。

「所有認識妳的人，都說妳聰慧學識過人，而且寫了一手好字。」青冥郡主伸手指著一旁木案上的幾個鹿皮包袱，「山莊看似鐵桶一般，其實也不安全，這幾個包袱是那次大火中我父王搶出來的狐族的典籍，一直放在翠微姑姑身邊，妳把它們重新抄寫一份，以防萬一。」

「這個不難，我就去辦。」明箏鬆了一口氣。

「不急，我大婚時才要。」青冥郡主緩和了一下語氣，「白天妳要服侍我，就晚上做這事吧，我睡覺輕，不喜歡被打擾，妳就去外面暖閣抄寫吧。」明箏愣了一下，眼裡噙著淚也不說話。

「怎麼了？」青冥郡主抬眼看著她，「做不了？」明箏咬住嘴唇，狠狠心點了下頭。

「那妳下去吧，今天晚上就開始抄寫。」青冥郡主打了個哈欠，「我要睡了。」

明箏走到炕邊，抱起那幾個鹿皮包袱，沒想到那麼沉，一下竟然沒有抱動。明箏用力抱進懷裡，轉身就往外走，走得急，在門口撞到了一盞燈，明箏狼狽地扔下手裡的東西，去扶燈盞，身後傳來青冥郡主不耐煩的聲音：「吵死了……」

明箏用裙角兜著那幾個鹿皮包袱，一走出屋門，外面的寒風兜頭就灌進全身，她冷不防打了幾個冷戰。門外角落一個黑影跑過來，是夏木。原來她一直沒睡，操心正房裡的事，看見明箏出來，急忙幫她抱住一個鹿皮包袱，剛才屋裡的談話，她在門外也聽了個七七八八。

「明箏，我去向郡主求情，讓妳在屋裡抄寫吧，暖閣夜裡是不生火的，豈不要凍壞了。」夏木憂心地說道。

「算了。」明箏忍不住，眼裡的淚撲簌簌掉下來，賭氣道，「凍死倒好了，一了百了。」

第二十六章　清風明月

一

暖閣的木案上點著一支蠟燭。一陣子風過，刮得雕花大格窗呼啦啦亂晃，燭火也跟著晃動。白天這裡溫暖如春，而此時由於火塘已滅，這裡的溫度跟室外已沒多大區別。夏木幫明箏取過來紙和墨水匣，明箏望著夏木，知道她是為自己擔心，便說道：「夏木姐姐，妳快回去休息吧，若是郡主知道妳在這裡，又要責罰我了。」

夏木嘆口氣，憂心地看了眼明箏，知道自己也無能為力，便低著頭默默走出暖閣。明箏聽著夏木的腳步聲遠去了，聽著外面呼呼的風聲，只覺得冰涼的寒氣從四面八方往身上灌，她不由緊緊裹了裹身上的衣裳。

此時明箏思慮萬千，即使郡主不差遣她抄寫，她也無論如何無法入睡。想想自己的處境，難道自己還要傻傻地等待蕭天的回心轉意嗎？只恨自己心腸太軟，答應留下來，這事已經夠煩心了，再加上一個反覆無常的郡主。郡主的話還在耳邊回蕩，郡主對她幾次三番的態度，還有郡主變化多端的面容，都讓她百思不得其解，她不願把郡主想像成一個惡毒的人，她曾聽蕭天講過那個美麗善良如仙女般的青冥，她多希望那個青冥才是真實的青冥呀。

明箏凍得在原地打轉，她看了眼那幾個鹿皮包袱，心想還是找點事做吧，不然自己不是被凍死也要被自己的胡思亂想折磨死。她抱起一個包袱，解開捆綁的麻繩，展開鹿皮，裡面是四個木盒，木盒已經炭化，顯然是過了火，聽青冥說是從大火中搶出來的，看來不假。拉開木盒的上蓋，露出裡面發黃的書籍，用牛皮包的封皮。明箏拿出來對著燭火翻看，牛皮封皮還挺新，用細密的針腳縫起來的紙張卻有新有舊，新舊的字體也不同，發黃的紙張上的字跡潦草而凌亂，而新紙張上的字跡卻像是出自名家之手，筆力勁挺，行雲流水般自然舒展。明箏尋思，這新紙上的字跡定是後來修訂而成，而狐族竟然有如此修為之人。

冊子上寫滿密密麻麻的人名，像是一個家族的族譜，明箏尋思這應該是狐族的族譜。後面是狐族歷代狐王的小傳，這裡記載有十幾位狐王，翻到這裡，明箏停下來，她發現狐王的姓氏各異，很好奇難道王位不是代代相傳？看來只有在文章裡找答案了，她平日就喜歡聽故事，此時早已被深深吸引，湊近燭光，認真讀起來：

狐王張志堅。至元二十一年，自南嶺隨文將軍發兵抗元軍，將軍被元軍千戶王惟義擒獲，幾次解救無果，死傷慘重，逃至江西遇失散屬下數眾，一起逃至天門山深山中。與山匪黑麻子交戰三晝夜，奪得一片棲息之地。後聞將軍亡，統領眾人大哭三日，立下規矩寧死不降元，後統領眾人進入深山。一夜遇一美麗女子，自稱九尾狐仙，言明一片世外桃源檀谷峪，並指明路線，醒後方知是一夢。當即便喚來眾人隨他去檀谷峪，一番跋山涉水，果然是一方好山水，自此駐紮，為避元軍追殺，隱瞞身分自稱狐族。

狐王劉起。延祐二年，山匪頭領率百十人來圍攻寨子，攻了兩日，首領受傷，族人戰死五十多人，命女人進山，男人守寨。劉起請命帶精壯夜間出寨繞匪後攻之。首領允准。劉起率眾攻成，大敗眾匪。首領感念劉起功高，召集族人，宣布禪讓首領之位與劉起。

狐王趙天傑。洪武元年，水患連連，山寨斷糧，趙天傑奉首領命出山尋糧。方知外面已改朝換代，新朝大明，是漢人當政，當下歡喜無比，並派人回山告知族人。向遠處進發，路遇兩軍交火。元軍殘部與新朝將士對峙，眼看被元軍殘部包圍，新朝軍士處於下風，趙天傑率眾似天降神兵衝擊元軍殘部帥帳，刺死元軍首領，與新朝軍士合力一舉殲滅元軍殘部。後方知是朱元璋隊伍。朱元璋凱旋，念起解救之恩，遂賜予王爵之位，號狐王，駐紮之地封為狐王領地。

趙天傑帶著糧食和新皇恩寵回到檀谷峪，老首領率眾族人相迎，並當下宣布，首領之位禪讓與趙天傑。自趙天傑起，狐族首領稱狐王。

……

明箏揉著發紅的眼睛，看得心潮澎湃，這個遠離塵世遠在天邊的世外桃源狐地檀谷峪，竟然有如此傳奇精彩的歷史。原來狐族是前朝大將軍文天祥舊部的後裔。明箏想起兒時與父親一起讀史，記得史書中記載當年文天祥抗擊元軍被俘後，誓死不降。他手下眾部也誓死不降，史書中記載文天祥舊部全部戰死。

……原來文天祥的舊部並沒有全軍覆沒，倖存的兵卒躲入崇山峻嶺間隱遁於世，這些文天祥的舊部與山林間的部族通婚後逐漸繁衍形成了今日的狐族。後來，太祖起兵，建立大明，恢復漢制，狐族才從山林中走出，並幫太祖抗擊元軍舊部，得以封王。

「如此說來，狐族也都是忠良之後呀。」明箏望著發黃的書頁，不由發出一聲感嘆。由此想到蕭天，他是不是也知道這段歷史呢?他和他父親決定留在狐族，是不是與此有關係呢?明箏捧腮思索，等她發現自己又不由自主想到蕭天時，猛皺起眉頭，又羞又惱。急忙把自己的思緒引到書冊上。

她看到這個包袱裡其他幾個盒子裡也是類似的東西。明箏又解開另外兩個包袱，其中有一個盒子很特別，盒子雕刻精美，上面刻著狐頭，四周全是紋飾，就像狐族人衣服上的刺繡一樣。

明箏端詳著這個木盒，好奇心越來越大，裡面會是什麼呢?她輕輕抽開木盒的上蓋，燭火下看見木盒裡是幾本發黃的書籍。明箏拿出一本端詳著，封面上的字跡與剛才看到的都不相同，只見上面寫著「雜記」二字，一旁還有落款簽名，明箏仔細看著那個簽名，不由驚得目瞪口呆，她有些不相信自己的眼睛，用手背揉了揉眼，再看過去仍然是那三個字：文天祥。

明箏捧著那本雜記，彷彿有種隔世之感。自小跟父親讀史，前朝南宋滅亡已經一百多年，太祖滅了大元也已過八十年，此時再過十幾日便是正統十四年，她粗略地算了一下，這本雜記應該出現於一百六十年前。明箏愣怔了片刻，聯想到剛才讀的狐王小傳，猜測到這可能就是文天祥的副將、狐族的始祖張志堅保存下來的。他和文天祥並肩抗元，戰鬥到最後一刻，在主帥被擒救援無果之後，帶著殘部和主帥的遺物奔走他鄉，寧願入深山野嶺隱遁其間，也誓不降元……

在這個淒風苦雨、風雪交加的夜裡，明箏的心又一次因手上的書稿溫暖起來，一陣陣熱血沸騰。雖說屋裡滴水成冰，但她毫無冰冷的感覺。突然有一刻，她竟然覺得青冥郡主讓她在地凍天寒的夜裡來抄寫是否另有心意。

她小心地翻看，一目十行，匆匆地瀏覽著，越發感到這本雜記的彌足珍惜。這一看心情越發激動，這本雜記是文天祥當時在平江一帶與元軍作戰的紀錄，有元軍排兵布陣的圖譜，人員馬匹裝備的詳細描述。

她又拿出盒子裡另一本書籍，上面的字跡有些模糊，但仍然可以辨認，上寫「兵法步略」，一旁的落款仍然是文天祥。明箏深深吸了口氣，今日看到這些完全明白了，為何蕭天會死心塌地地為狐族效力，為狐族不惜背棄與她的情意，這些狐族人的氣節與忠誠感天動地，精貫日月，若她是蕭天，或許也會這般去做。

明箏突然潸然淚下，她想起兒時父親曾對她講過文天祥的故事，父親道：「孔子說成仁，孟子說取義，只有忠義至盡，仁也就做到了，文天祥是做到的一個人。為何要讀聖賢書？所學習的是什麼？便是一個『仁』字，從古至今，有幾人能做到呢？」父親的話彷彿又在耳邊回蕩，明箏眼含熱淚望著手中發黃的書頁，胸中湧動著無盡的感慨。

明箏把剩下的兩個盒子打開，裡面的書籍記述的是狐族的祕術，包括草藥的分類，一些常見病的藥方，織錦的祕術，蠶的抽絲方法，還有機巧的祕術，造天屋、造飛天翼、造盔甲等等。明箏看到這些，心裡竟驚出一身冷汗，這些都是狐族最神奇的祕術，而郡主竟然讓她一個外人來抄寫，她到底是如何想的？她難道不知道這些書籍的價值嗎？

明箏搖搖頭，不願意再想這些想不明白的，守著這一堆寶貝，淒風寒夜也突然變得其樂融融。她先拿起族譜抄寫起來，一口氣寫了一頁紙，她的蠅頭小楷得過父親的真傳，寫得又快又好。為了不冷，她簡直停不下來，這才發現原來狐族的幾大姓氏皆出於文天祥的幾個部將，還有檀谷峪當地幾個部族。

接著，明箏拿起《雜記》抄寫，一邊抄寫，一邊想像著一百六十多年前文天祥與元軍抗爭的往事，感到分外有趣。到後來她又開始抄寫《兵法步略》，這個她尤其喜歡，她抄寫一會兒，就抱著書籍看著跑幾圈以抵禦寒氣的侵襲。說來也怪，她越是用心讀，越是感受不到寒氣，反而是她寫累了，想休息時，越發地冷了。於是，她不敢停下來，時時刻刻地寫下去。

不知過了多長時間，她隱約聽見一陣急匆匆的腳步聲，一輕一重，似乎是兩個人。她不願意停筆，頭也不抬。只聽見木格門被輕輕推開，靜默了片刻，沉重的腳步聲來到她身後，一件厚重溫暖的裘皮大氅披在了她身上。

明箏冰涼的身體隨之抖了一下，是因為太溫暖，不用看也知道是誰。只聽見背後蕭天大聲說道：「夏木，妳去叫醒林棲，讓他去燒火塘。」夏木膽怯地應了一聲。明箏放下筆，回頭叫住夏木，「夏木姐姐，妳回來。」明箏把身上的裘皮大氅扔到蕭天懷裡，叫道：「你來做什麼，半夜三更，不知道男女授受不親嗎？」

夏木縮著膀子，低著頭，去也不是不去也不是。她看到明箏對狐山君王發火，心裡很惶恐。但奇怪的是，任明箏如何放肆，狐山君王卻是一副完全無視的模樣。最後夏木低聲道：「明箏姑娘，是我喊來的狐山君王，我……擔心妳受凍。」

蕭天僵著一張臉站在一旁的暗影裡，一動不動，也不搭話。

整個晚上他和李漠帆帶著人在山莊裡查找那個失竊的木盒，幾個院子都查了，沒有一點線索。這時，夏木急慌慌地跑來找他……越是怕出事，就越是來事。一路上蕭天都想不明白，青冥為何要這樣做，也許她聽聞了一些傳言，拿明箏出氣，如果是這樣，他絕不能坐視不管。

走進如同冰窟的暖閣，他整個人也如同跌進了冰窟裡，看著昏暗的燭火下，明箏瘦弱的身體在伏案書寫，他瞬間幾乎崩潰了。

一旁的夏木為難地看著兩人。片刻後，蕭天低聲說道：「算了，我去燒火塘吧。」

夏木急忙上前，「君王不可，還是我去吧。你好好勸勸明箏姑娘，郡主沒說讓她一夜就寫完，可是，她卻這般較勁，還是讓她早點休息吧。」

明箏看也不看兩人，重新拿起筆，在紙上飛快地寫著。燭火一暗，一個身影已來到近前。蕭天伸出一隻大手抓住明箏執筆的手，明箏執拗地暗自發力與蕭天的手抗衡，她哪裡是蕭天的對手，憋了半天氣還是功虧一簣，無奈被逼著抬起頭，與蕭天的目光撞到一起。

「明箏，我知道妳心裡有氣，」蕭天一臉憔悴，目光悽楚地說道，「是我辜負了妳，妳把氣發到我身上，不要再這麼折磨自己了，好嗎？」

明箏一鬆手，那支筆掉到紙上，墨水四濺。

「我不怪你……」明箏的聲音低得幾乎聽不見。

「妳……妳說什麼？」蕭天從不敢奢望明箏會原諒他，這句話一出，蕭天整個人都愣住了，以為自己聽錯了。依明箏的性子，她不鬧著出走，不拿劍在他身上劃上幾下，出出血，他都覺得交代不過去。他甚至想過她會自殺，他整日如履薄冰，生怕明箏出事，沒有想到明箏會說出這樣的話，「妳不怪我，妳……妳是說……妳願意留下？」

明箏身體一軟，靠到了木案上，她望著蕭天淒涼地一笑：「你不是說我們可以是兄妹嗎？」她看著蕭天憔悴的面容，突然明白他所遭受的痛苦一點也不比她少，既然世上很多事不能相忘，那麼相守也是一種活法。

「妳願意與我成為兄妹？」蕭天面色蒼白地問道，他詫異地瞪著明箏，不知道她那個小腦袋瓜裡都經歷了什麼。但蕭天知道這句話一出口，他和明箏之間就再也不可能回到從前了。

「我還有選擇嗎？」明箏面色平靜地說，「你出去吧，我還有事要做。」

「明箏，我這就去找郡主，我不能看著她這樣待妳。」蕭天擦去眼角的淚珠，衝動地說道。

這時，木格門被推開，青冥郡主坐在木輪椅上被夏木推了進來。「我怎麼待她了？」青冥郡主溫柔地問道，「明箏，妳說呢？」

「郡主待我挺好。」明箏白了眼蕭天，有意把話反說。

青冥郡主抱著暖爐，看著明箏不滿地道：「明箏，怎麼妳一來這裡，就把這個地方攪和得雞犬不寧？大半夜君王跑到這裡興師問罪。」

蕭天看著青冥郡主，擔心她誤會，急忙上前道：「郡主，是我的話太唐突了，冒犯了郡主。」

青冥郡主一笑，扭頭望著明箏，問道：「妳一直在抄寫？拿過來讓我看看。」

夏木急忙走到木案前，卻被郡主叫住：「我說讓妳去拿了嗎？」夏木尷尬地退了回來。

明箏一看青冥郡主叫她，便把剛才抄寫的一遝紙拿起來，走到青冥郡主面前遞給她。青冥郡主看著紙上密密麻麻的小楷，臉上露出驚訝的神情，片刻後眉頭卻越皺越緊，突然青冥郡主兩隻手抓住一遝紙張，幾下撕成一堆碎片，嘴裡大叫著：「氣死我了，明箏，妳寫這些螞蟻大小的字，是欺負我患有眼疾，看不見嗎？」

青冥郡主說著，一把抓過紙片扔到了明箏臉上。紙片落到明箏的頭上、肩膀上，明箏向後退了一步，瞪著青冥郡主，然後目光盯著飄向四處的紙屑，眼裡的淚再也忍不住，撲簌簌掉下來。

蕭天目睹這一幕，青冥郡主的霸道行徑讓他無比震驚，他氣得渾身顫抖，突然意識到自己犯了一個錯，真不該把明箏攪進他和青冥之間，他正要開口，突然，李漠帆從木格門外衝進來，沒好氣地說道：「郡主，明箏姑娘做錯了什麼，要妳如此欺辱她？」

青冥郡主並沒有搭理李漠帆，而是看著明箏，語氣平淡地說道：「妳既然承諾了，就要做好。」然後，她看了眼蕭天，轉向夏木道，「送我回屋吧。」

夏木推著木輪椅走出去，木輪軋在木地板上發出咕嚕嚕的聲響。

李漠帆一看青冥郡主離開了暖閣，上前一把拉住明箏道：「明姑娘，走，跟我走吧，不在這裡受這個窩囊氣。」

明箏掙脫開，一邊擦淚，一邊把李漠帆往門口推，「李大哥，你們走吧，不要管我。」

「明箏，我答應妳，妳想走就走吧。」蕭天不再猶豫了，剛才的一幕讓他痛下決心，也讓他明白了讓明箏留下真的是個錯誤，他不能再讓她受委屈。

「你胡說什麼呀？」明箏瞪著蕭天氣鼓鼓地說，「我為何要走？」她發現自己已經深深地被這些書籍所吸引，受點委屈算什麼，只要能讓她看這些典籍。她不再理他們，而是蹲下身撿起幾片紙，看了一眼，想了想也許郡主說得不錯，字確實太小了。

「大不了，我重新寫。」明箏說著，在木案上重新鋪上宣紙。

李漠帆古怪地望著明箏，然後拉著蕭天走到一邊，壓低聲音道：「明箏中了什麼蠱了？這哪像那個天不怕、地不怕的明箏呀？」

蕭天臉一沉，直接走出暖閣，李漠帆也急忙跟了出去。

「幫主，你去哪裡？」李漠帆見蕭天往遊廊裡走去，不解地問。

「見郡主。」蕭天冷冷地道。

「這……」李漠帆抬頭看天，漆黑的夜空只有幾點星光，估計早過了四更了，「幫主，你這個時辰見什麼郡主呀？勸明箏回去睡覺才是正事。」

蕭天嘆口氣：「郡主這是把對我的火氣撒在了明箏身上，你沒聽她剛才說，既然承諾過，就要做到嗎？

她不是在說明箏，是在說我。我已想好了，正月十五就大婚，你也回去準備吧。」

「幫主，這事你必須聽我一言，」李漠帆上前一步攔住蕭天，「幫主，你還真打算娶青冥……郡主，說白了，郡主也就他們狐族認，天下人誰不知道老狐王已被朝廷擼了爵位，誰還會認她是郡主？再說了，就算不在意她妃子的身分，她那一身殘疾，你娶她，你，這不是把自己一生都毀了嗎？」

「男人一言九鼎，豈能反悔？」蕭天冷酷地回了一句。

「但是，此事也是有隱情呀，再說是她先入宮在先，悔婚也是她在先呀。幫主，你可要三思呀。」李漠帆苦苦相勸。

「情與義，你讓我作何選擇？」蕭天突然低吼了一聲。

「那明姑娘呢？」李漠帆問道，「幫主，你不會看不出明姑娘對你一片深情吧？你要是辜負了明箏，你於心何忍呀？」

「已經辜負了……」蕭天黯然神傷地道，「我無法選擇，我寧願辜負明箏一人，也不能辜負狐族眾人。」蕭天冰涼的聲音在黑夜裡回蕩，「我現在能做的，就是讓她不要再因為我而受委屈。」蕭天說著撇下李漠帆向正房走去。

「幫主……」李漠帆望著蕭天的背影心如刀絞，在他心裡，明箏和蕭天是多麼般配的一對，如果不能在一起，老天爺都替他們感到惋惜。他嘆口氣，狠狠一拍大腿，「老李呀老李，你連自己的事都沒理清楚，管別人的閒事幹麼。唉，什麼別人，是幫主呀……」李漠帆喃喃自語，心裡清楚蕭天內心的苦痛不知比他大多少，只是他要擔當的事太多，兒女情長的東西哪裡顧得上。

正房的窗口還亮著一星燭光，蕭天站在門外，略一停頓，伸手拍幾下門，裡面夏木緊張地問道：「誰呀？」蕭天答道：「夏木，是我。郡主睡了沒有？」夏木聽出是蕭天的聲音，急忙跑出來開門。「君王，郡主讓你進來。」

蕭天跟在夏木身後走進里間，只見朱紅的帳幔已拉開，青冥郡主披散著一頭烏髮坐在正中的床榻上，身上披著白色的裘皮褥子，看見蕭天走進來，微微一笑道：「君王，深夜至此，是有事要說嗎？」

蕭天壓了壓心中的怒氣，說道：「是有事要說。我已決定正月十五與妳行大婚之禮，郡主看可好？」

青冥郡主烏黑的眸子眨也不眨，平靜地望著蕭天，片刻後，她淡淡一笑道：「你可是想好了？」

「早已想好了。」蕭天冷冷地回道，「但有個條件。」

「你說吧。」青冥郡主深邃的雙眸盯著蕭天說道。

「不要再為難明箏。」蕭天一說到「明箏」這兩個字，眼窩裡一熱，他急忙望向別處，但這個眼神和他眼角的淚痕根本逃不過青冥的眼睛，她沉吟片刻，輕聲說道，「你可以一走了之的。」

「青冥！」蕭天的怒火終於在這一刻爆發了，他上前一步，一把抓住她的手腕，大聲說道，「妳給我聽好了，別再對我耍什麼手腕，收手吧，妳既然要嫁給我，就要聽我的，妳給我記住了。」

「你敢如此對我？」青冥郡主眼裡滿是淚。

蕭天鬆了手。一旁的夏木嚇得躲在角落裡發呆。

「夏木！」蕭天大聲叫道，「把一旁的房間收拾出來，我今夜就住進來。」

「這，這……」夏木六神無主地看看青冥郡主，又看看蕭天，「這恐怕不妥吧，不合族規吧？」

「夏木，照君王吩咐的辦。你和明箏都搬這間房裡吧。」青冥郡主說完，似乎是太累了，倒在了那一堆褥子裡。

夏木走出正房，東廂房住著翠微姑姑，只有西廂房了。夏木點上燈，匆忙地收拾自己的物品，房間裡有兩張炕，她睡一張，另一張明箏睡。這時蕭天走進來，他徑直走到窗前書案前，一眼看見明箏的那把劍放在桌上的劍架上，他撫摸著那把劍，看見書案上有幾頁紙，上面有一些墨跡。

蕭天抽出那幾頁紙，從裡面掉出一條白色絹帕，只見上面寥寥數字，不看還罷，看過後蕭天更是肝腸寸斷。只見帕上簡淡飄逸地繡了四行字：一花一世界，一葉一追尋，一曲一場嘆，一生為一人。蕭天望著絹帕，腦中一片空白，有種心被掏空後，空茫茫的痛感，他閉上雙眼，虛弱地抓住帕子，疊了幾下，塞進衣襟裡，頭也不回地走出去。

「君王……」夏木見蕭天神態有異，不安地追過來。

「不要收拾了，我不會住這裡，剛才失禮了。」蕭天說完，匆匆消失在夜色裡。

二

翌日，青冥郡主和狐山君王要在正月十五舉行大婚的消息在山莊裡傳遍了，本來就到了年尾，新年的氣氛下，又突然爆出這條大喜訊，大傢伙心裡都熱切地盼望起來。雖說鬧出失竊的風波，但由於幾天裡一直風平浪靜，大家也就把此事丟到了腦後，開始準備大婚的一應事物了。

最高興和忙碌的就數翠微姑姑了，整個聽雨居就聽見她的大嗓門吆五喝六的。最悠閒的兩個人一個是青冥郡主，一個是狐山君王。青冥郡主只關心一件事，就是每天要看看明箏抄寫的東西！狐山君王自那天夜裡來郡主房間發了通火後，便不見了蹤影。

翠微姑姑派夏木、林棲、盤陽四處找蕭天，因為大婚的很多事要找他商量，可是幾天都不見他人影，主意誰來拿呀？青冥郡主更是一問三不知的主兒。最後還是夏木帶來了信，說狐山君王整天跟在玄墨山人身後不知忙些什麼。翠微姑姑非常生氣，幾次派林棲去叫，最後蕭天派梅兒姑娘過來幫她料理一些事情。至此翠微姑姑才不再催他。

清冷的月光流水般穿過窗戶瀉在書案上。蕭天坐在案前，剛剛寫好一封信。他身後坐著玄墨山人和李漠帆，兩個人在靜靜地喝著茶。蕭天把信封封上，喚來小六。

信是寫給隱水姑姑的，名義上是邀她春天時來山莊做客，實則是請她來接走明箏。幾天裡，蕭天思謀再三，他只信任撫養明箏長大的隱水姑姑，把明箏交到她手裡，他才放心，明箏一走，他便再無後顧之憂，也好放手一搏。

「小六，你告訴鏢行的弟兄，務必親自上夕山尼姑庵，面見隱水姑姑。」蕭天叮囑道。

「是，幫主，我記下了。」小六鄭重地接過信封，轉身走出去。

「幫主，你真要送走明箏姑娘？」李漠帆哭喪著臉，十分不忍的樣子，他對蕭天的行為越來越理解不了，或許站在他的角度來看，他永遠也想不明白。

「跟著我有什麼好處？前路漫漫，太多艱辛與危險。」蕭天平淡地說道。

玄墨山人啜口茶，放下茶碗道：「你說也怪了，依明箏姑娘的脾氣，不是受制於人的主呀，怎麼被青冥郡主擠對成那樣也不反抗，我都聽說了，她沒日沒夜地抄寫什麼典籍，而青冥郡主總能挑出毛病然後給撕了。這兩個女子是在較什麼勁呀？」

李漠帆向玄墨山人又使眼色又噘嘴巴。玄墨山人瞪著李漠帆道：「唉，李把頭，你這是……」

「哎呀，你老是哪壺不開提哪壺，攔都攔不住。」李漠帆皺著眉頭說道。

玄墨山人一愣，還沒明白過來，就看見蕭天瞪著李漠帆道：「還嫌不夠亂是嗎？」蕭天走到門邊關上房門，轉回身對著玄墨山人和李漠帆說道：「這幾天，雖說風平浪靜，但我心裡還是隱隱有種不祥的預感。這樣吧，從今夜起，我們三個人輪著值夜，今天夜裡我出去。」

「這個主意好。」玄墨山人道，「連著幾天也沒有找到一點線索，這個賊偷這盒祕丸到底想幹啥？」

這時，遊廊裡傳來飛快的腳步聲，片刻後來到門前，三個人互相交換個眼神，只見門被推開，天蠶門的陳陽澤一步跨進來，他看見玄墨山人，大聲說道：「師父，大師兄不見了。」

「什麼？」蕭天和玄墨山人幾乎同時站起身。

「其實一早就沒看見他，我以為他只是跑出去練劍了，也沒在意，但直到此時他還沒回來，我和幾個弟子四處去找，但沒有找到。」陳陽澤望著玄墨山人。

玄墨山人和蕭天面面相覷，蕭天緊皺眉頭，沉吟片刻：「難道是他？」玄墨山人痛苦地一揮手：「不可能，我的徒兒我心裡有數，縱使平日裡潑皮一些，但絕不會與我有二心。」

「不是他又會是誰，事到眼前了，你還不承認。」李漠帆沒好氣地說道，「還不是跑了唄？」

陳陽澤聽出他們是在議論大師兄，急著想替大師兄辯解，但面前三人都是前輩，哪有他說話的機會，不由急得抓耳撓腮。

蕭天轉身走到劍架旁，取下長劍掛到腰上，對屋裡人道：「我出去看看。」聽他這麼一說，李漠帆也急忙跟上，玄墨山人點點頭，道：「走，隨我到山莊大門，問守衛今日出山莊的人中，有沒有吳劍德。」

四人一路疾走，此時山莊四處都掛了燈，一隊巡夜的莊丁舉著火把從他們身邊走過。一些道路上的積雪已被清除，他們沿著小道很快走到大門旁的崗樓前。

今天值夜的正好是管家曹波安，他在崗樓上遠遠看見走過來的三人，便下了樓，早早候在門前，見三人過來，一一施禮道：「幫主，玄墨掌門，李把頭。」

「曹管家，我們前來有話要問你，咱們裡面說吧。」蕭天抬腿走進門崗。屋裡擺設簡單，一張桌和幾把椅子，幾個人走進來一落座，玄墨山人便開口問道：「曹管家，出入山莊的人你這裡可有紀錄？」

「不曾記錄。」曹管家說道，「但是，由於前些日有失竊的事發生，君王下令不見權杖不放人，因此如今出入山莊都要有權杖。」說著，他從腰間取下自己的權杖，橢圓形的桃木上刻著一個「鶴」字，「就是這種，但每個院子的權杖都不一樣，像你們寒煙居是一個「煙」字，聽雨居是「雨」字，櫻語堂是「瑞鶴」兩字，前院是「鶴」字，因此一看權杖便知是哪兒的人出入。」

玄墨山人端詳著這塊權杖，他扭頭問陳陽澤：「陽澤，寒煙居的權杖是誰掌管的？」陳陽澤臉一白，吞吞吐吐地道：「是，是大師兄，一共有三塊，前日給宏師兄一塊，他出山莊去置辦藥材，他手裡應該還有兩塊權杖。」

玄墨山人憂心地望著蕭天：「蕭幫主，你怎麼看？」

「如果今夜吳劍德不回來，那他就是走了。」蕭天眼裡含著冰霜說道，「看來所有的疑點都集中在吳劍德身上，只有他有你密室的鑰匙，只有他知道你祕密配製的祕丸，只有他身上有出入山莊的權杖，難道都是巧合？」

「唉，都怪我心慈手軟，下不了這個狠心，心存僥倖，我是真不願意是他呀……家門不幸！」玄墨山人一拍大腿，對陳陽澤道，「走，回去。」玄墨山人滿臉怒氣頭也不回地走了，陳陽澤跟在師父的後面一路小跑。「真是吳劍德偷的？」李漠帆望著這對師徒的背影問蕭天。

「目前看來是這樣，但是，我覺得沒有這麼簡單。」蕭天說著一邊起身往外走，一邊交代曹管家：「從今夜起，出入山莊不僅要有權杖，還要逐個登記。」曹管家點頭應允。

蕭天和李漠帆一回到櫻語堂，蕭天便持劍出去了。這天夜裡蕭天穿行在山莊屋脊之間，幾次從聽雨居的暖閣經過，他看見那盞微弱的燭光，看見火塘裡的火苗，心裡安穩了些。他坐在不遠處的屋脊上，遠遠地望著暖閣，透過落地雕花木格大窗，看著那個熟悉的身影……

月朗星稀，寒氣四卷，兩個孤獨的身影，一個圈在案前，一個獨立飛簷。無聲無息間，又開始落雪，蕭天坐在簷上，從懷裡摸出一個酒囊，對著那個身影喝了一口，心裡一暖，竟生出一絲滿足，此生若能日日如此，抬眼便能見所思所想之人，足矣……

三

翌日蕭天直睡到未時，被李漠帆搖醒：「幫主，快起來吧，出事了。」蕭天一骨碌坐起來，這才看見四周站了一堆人，都是天蠶門的弟子。

「蕭幫主，我師父不見了。」陳陽澤著急地看著他。

「幾時的事？」蕭天迅速跳下炕，幾下穿好外衣，提著劍就往外走。屋裡的眾人跟在身後，陳陽澤簡單地把事情經過講了一遍。原來昨夜回去後玄墨山人躲在房間裡獨自生悶氣，弟子們也不敢打擾，都各自歇了。今早眾弟子眼看到午時不見師父出門，就派陳陽澤去看看，結果陳陽澤走進師父屋裡，看見地上散落了一地茶碗的碎片，卻不見師父的人影。

蕭天趕到寒煙居玄墨山人所居住的正房，一走進去就看見一地碎片，蕭天蹲下仔細查看，看到地面有拖拉的痕跡。蕭天心裡咯噔一下，不由緊張起來。這時，柳眉之從一旁走過來，看見門口圍觀的眾人，也擠進去探頭問道：「出了何事？唉，玄墨掌門呢？」

眾人不去理會他，都看著蕭天。蕭天陰沉著臉走出正房，往外走去，眾人只得跟著他，出了院門，蕭天對眾人道：「分兩路，一部分在山莊裡尋找，一部分跟我出山莊到四周尋找。」蕭天說著，吩咐李漠帆，「把幫裡弟兄叫上，跟我出去找。」

李漠帆轉身向櫻語堂跑去。不多時，已集聚不少人。蕭天吩咐立刻開飯，用過飯後出山莊。李漠帆知道昨夜蕭天一夜未睡，早晨才回去補覺，到這時滴水未沾，就派人準備飯菜。蕭天悶頭吃飯，李漠帆在一旁忍不住問道：「幫主，這到底是怎麼回事呀？」

「房裡有打鬥痕跡，」蕭天說道，「但是，線索亂成一團麻，他在暗處，咱們在明處，只能等下去。一會兒出山莊，查看一下進山的路，就能確定到底是外面的人還是山莊的人。」

用過晚飯，馬匹也都準備好了，一應人等上馬出山門。

路面被皚皚白雪覆蓋著，偶爾看見零星的馬蹄印跡，這些印跡是來往於山莊的人留下的，順著零星的馬蹄印，可以看到兩條道路，一條通往山上，一條通往山下。蕭天站在岔道口，對身邊的李漠帆道：「你帶幾個人到山上看看，我帶人順著道路下山看看。」

「幫主，你看這雪上一點痕跡都沒有，我還是跟你下山看看吧。」李漠帆看著這片山坡，乾淨得像新蒸出來的大饅頭一樣雪白。

「不行，還是上山看看才放心。」蕭天說完，已催馬向山下奔去。眾人也自動分成兩隊，一隊跟著蕭天下山，一隊跟在李漠帆身邊。

「走吧。」李漠帆只得催馬向山上走。

上山的路積雪很厚，他們騎著馬並不輕鬆，雪沒過馬的膝蓋，他們走了一陣子，馬漸漸慢下來。這時走在前面的一個弟兄叫起來：「李把頭，你看這裡有馬蹄印，那邊還有生火的樹枝。」李漠帆從後面趕上來，問道：「哪兒呢？」

那個人手指路邊，幾個人催馬過去。只見路邊林子裡，有人為堆起的雪窩，一旁有生過火燒成炭的一堆枯枝。李漠帆翻身下馬，走過去把手伸進炭裡，扭頭道：「還是熱的。」他站在雪窩邊四處張望，周圍散布著一些腳印，李漠帆招手讓大家下馬，吩咐他們去四周查看。

眾人在這片林子裡散開，向林子深處走去。

李漠帆沿著一溜腳印向前走，走不多遠腳印就消失了。他掃興地四處看著，心想，在這裡生火休息的人是誰呢？誰會來這個地方？與玄墨山人的失蹤有關嗎？會是他的大弟子吳劍德嗎？

林子深處越來越暗，眼看天色已晚。李漠帆轉身往回走，他使勁吹了個口哨，告訴林子裡的弟兄收兵了，然後他向路邊走。這時他看見前方不遠處有一個黑乎乎的影子，李漠帆心裡一驚，不會是遇見熊瞎子了吧。

李漠帆急忙躲到一棵樹後，那個黑乎乎的影子似乎預感到有危險，正企圖往樹上爬。李漠帆看了半天確定不了，這個黑乎乎的影子是熊還是人，本來天色也暗，又在林子深處，再加上那個東西圓滾滾的。

李漠帆拔出腰間的刀，悄悄向前移動。那個黑乎乎的影子爬到樹幹中間掉了下來，發出嗷嗷的叫聲，還說了一句罵人話。這下李漠帆聽得真真的，他握住刀緊跑幾步，上前抓住那人的大氅，大叫一聲：「什麼人？」

那人的兜頭被李漠帆扯掉，露出盔甲般的後腦，聽見喊聲那人一陣哆嗦，不由扭過臉。李漠帆一看，驚叫一聲。就算看見鬼也沒有比這更可怕的了。這人臉上密密麻麻布滿褐色的鱗片，五官已變形，醜惡到極致，李漠帆三魂已丟了兩魂，刀也從手中脫落，掉頭就跑，沒命地喊著：「鬼！鬼！」

那個黑乎乎的身影縮到樹後，急忙用兜頭遮住臉。

四

臨近年尾，各處衙門都忙碌起來。按朝廷慣例，要上交奏章、考核、查找紕漏等等，各種繁文縟節。此時詔獄也不例外，王鐵君帶著他手下的獄卒，連著兩天挨個兒牢房排查，寧騎城吩咐要上報一份翔實的名單。王鐵君此時拿著那本名冊，光是昨天就劃掉了三個人，有的單人牢房裡死了人也不知道。

今日一早，他就叫了幾名膽大的手下，跟著他下地牢。

幾個人手拿火把，從黑黢黢的走道裡向地牢走去。他們每走過一間牢房，就站在木柵欄外，幾個人舉著火把照明，王鐵君對著名冊大聲喊罪囚的名字，直到罪囚答應，在名冊上用墨畫個標誌，然後走向下一間牢房。

一行人沿著走道緩慢地往裡走，最裡面一間牢房與別處不同，是一根根手腕粗的鐵柵欄鑄造的。那幾個舉火把的獄卒不約而同停下來，相互催對方走，但都不肯挪動步子。王鐵君惱了，罵道：「瞧你們這點出息，一個廢人能把你們嚇成這樣？」

「爺呀，這哪是個廢人呀，簡直比鬼還可怕。」獄卒「耳朵」小聲嘟囔著。

「那咋的，他被鎖進這鐵牢裡，還能跑出來吃了你不成？」王鐵君不以為然地奪過「耳朵」手中的火把，走到鐵柵欄前舉起火把，他望著裡面先是一愣，繼而大叫一聲：「我的娘呀！」王鐵君一聲大叫，嚇得身後那幾個獄卒抱成一團。

「爺，咋的啦？」

「人呢？」

「爺，你眼花了吧，你再看看。」

王鐵君高高舉起火把向鐵柵欄裡探看，窄小的空間裡只有一張爛成碎屑的草席和一些破棉絮，空氣裡混雜著一股黴臭味。王鐵君打了個噴嚏，不敢相信地睜大眼：「娘呀，攤上掉腦袋的大事啦！」他回過頭看著那幾個縮到牆角的獄卒，紅著眼叫道，「找死呀，快過來！」

那幾個人哆哆嗦嗦挪過來，一看牢房裡是空的，都鬆了一口氣，但緊接著都嚇得跳起來，一個個抓住鐵柵欄叫起來：「人呢？」「人去哪了？」「這可是鐵牢呀！」

「爺，不對呀！」獄卒「油條」叫道，「這間牢房怎麼看著這麼彆扭呢？」

「打開，進去瞧瞧。」王鐵君命令道。幾個獄卒躲閃著，最後決定一起行動，他們從一長串鑰匙中找到這個牢號的鑰匙，唠嚓一聲打開大鐵鎖，幾個人一起走進去，當他們走到牆壁邊，不由被眼前看到的驚呆了。怪不得他們感覺牢房不對頭，原來牆壁上竟然堆積了厚厚的一層土，從上至下，原先的石頭牆壁被完全遮住了，所以整個牢房比別處小了許多，這便是他們進來時感覺不對勁的地方，比其他牢房足足少了三分之一的空間。王鐵君一腳踢開地上的草席和棉絮，中間露出一個黑乎乎的洞口。幾個人圍著洞口驚得目瞪口呆。

王鐵君迅速翻看名冊，哭喪著臉罵道：「娘的，眼看年關了，這年怎麼過呦！」他看了半天，又對著牢號，「罪囚叫雲，我這就面見寧大人。」

王鐵君出了牢門，就往前院衙門跑，在衙門前與牽著馬的高健相遇。高健把手中坐騎交與身後隨從，看著驚慌失措的王鐵君，打趣道：「王牢頭，何事如此驚慌？莫不是有人越獄了？」

王鐵君蹙眉咧嘴不敢多言，只匆匆說道：「高千戶，實在有要事面見寧大人，得罪了。」他匆忙向衙門跑去。

門前的校尉上前攔住道：「寧大人不在。」王鐵君一愣，身後的高健說道：「我也有要事面見寧大人，他不在這裡肯定在府裡，不如一起去吧。」

此時寧騎城正站在他書房的書案前，案上是一幅新繪製出的地圖，圖上文字清晰地標注著大蒼山、小蒼山還有瑞鶴山莊的位置。他眼神陰鷙地死死盯著地圖，一動不動，直到管家李達悄悄走到近前，他才回過神來。

「大人，高健和王鐵君在門外候著，都說有要事要面見你。」李達賠著小心請示道，他知道近來主人諸事不利，脾氣一點就著，只有加倍小心才是。

寧騎城抬起頭，他消瘦了不少，臉更如刀刻般棱角分明，他略一沉思，自那次王振在宮中遇刺以來，他忙於應對，已經有段日子沒去詔獄了，王鐵君見他，必是有事要報：「去，讓他們進來吧。」

不一會兒，高健和王鐵君走進書房，王鐵君緊走兩步直接匍匐在地：「大人，小的罪該萬死！」

寧騎城一愣，臉色更加陰沉：「起來說話。」

「大人，鐵牢裡的要犯雲，他，他越獄，跑了。」王鐵君結結巴巴說完，身體縮成一團，眼神膽怯地盯著寧騎城。

「雲跑了？」寧騎城怒氣衝衝，上前一把抓住王鐵君的衣襟，另一隻手下意識地去腰間抽刀，沒有摸到。這時高健一個箭步過來，拉開寧騎城道：「大人，你先消消氣，聽牢頭把話講完。」

「何時跑的？」寧騎城瞪著血紅的眼睛問道。

「不，不知道何時。」王鐵君躲到高健身後，接著說道，「今日我帶人清點名冊，才發現牢房裡被挖出一個洞，後來我差人爬進去，洞竟然通到衙門後堂上。」

「什麼？這麼大的動靜怎麼早沒發現？」高健吃驚地問，「他是如何挖的洞？什麼工具？」

「唉……」王鐵君耷拉著腦袋直搖頭。

「是我大意了。」寧騎城一掌擊到書案上，只聽喀嚓一聲，書案掉了一個角，王鐵君望著那個木塊渾身一抖。「我早應該把他處置了，」寧騎城說道，「這個傢伙服下奇毒後，身體已經變異，刀槍不入，想要置他於死地還真不容易，挖那個洞，他根本不用工具，一隻手就足夠了，本來我是想留著他派個大用場，卻被他跑了，當時就應該把地面也用鐵鑄造。」

高健和王鐵君聽寧騎城一番講述，嚇得面面相覷。

「大人，你是說這個怪物有了不死之身？」高健惶恐地問道。

「刀槍對他不管用，只有用火燒，或是用火藥炸掉。」寧騎城緊鎖眉頭陰冷地說道，「他這一跑，等於多了一個敵手，他一定會伺機報復的。」寧騎城望向王鐵君交代道，「這件事不要上報，你告訴手下，都給我閉嘴，誰敢多言，殺無赦。」

「是。」王鐵君渾身一顫，已嚇出一身冷汗。

「大人，這傢伙會跑到哪裡呢？」高健問道。

「高健，傳令下去，各個衛、所都備足火燭火把以備不時之需。」寧騎城看著王鐵君，「你回去也照此辦理，去吧。」王鐵君急忙退出去。

寧騎城在室內來回踱了幾步，目光望著高健：「說說你的事吧。」經寧騎城提醒，高健才想起自己的事，剛才被雲越獄的事攪和得忘了，便上前一步壓低聲音道：「大人，真讓你猜到了。王振把自己遇刺一事，表面上交給大人你來查辦，實則是高昌波也在私下裡查辦。」

「哼，我就知道老傢伙會留一手，這事與我無關，我怕什麼？」寧騎城冷冷一笑，正因為猜到這點，他才遲遲不採取行動，他明明知道這次刺殺是蕭天干的，可是王振不信任他在先，所以他也不打算告訴他實情。

「這兩天我得到暗樁的密報，大人，咱們的麻煩來了。」高健說道。

「有何麻煩？」寧騎城不屑地看了他一眼。

「大人，高昌波祕密調查了那五個錦衣衛的屍身，麻煩就出在他們身上。其中有兩個人的身分是假的，是冒名頂替進來的，要說這種事時有發生，大家也是心照不宣。要進錦衣衛出身這一關不好過，而有些人家使些銀兩買通關節，也沒什麼大不了的。只是這次高昌波抓住這個細節大做文章，他給王振的密信裡說，是經你的安排，刺客是你的手下。」

「高昌波，這個混蛋！」寧騎城惡狠狠地瞪著窗外，「當時不是我趕到阻止他們行動，王振還會有今天？這就是他對我救命之恩的回報。」

「大人，」高健頭一次聽到內幕，「那大人豈不是太冤了？」

「想要他命的不只蕭天，朝中那幾個大臣，個個跟他不共戴天，沒準他們都是一夥的，哼，咱們就繼續瞧熱鬧吧。」寧騎城冷冷一笑。

「大人，高昌波有意要在王振面前構陷你，你不可不防呀！」高健試探地說。

「哼，老子不陪他們玩了。看他們能把我怎麼樣？」寧騎城走到書案前，「你過來，看看這幅圖。」

「大人，你又找人重新繪製了？」高健走過去望著案上的圖。「比以前的那幅清晰多了，連山中的路都標清了，怎麼這裡還有一個山莊？」

「想知道是何山莊嗎？」寧騎城指著圖呵呵一笑道，「瑞鶴山莊。」

「倒是沒有聽說過。」高健搖搖頭，「這些富人真是吃飽了撐的，跑到山裡建什麼山莊呀。」

寧騎城嘴角上揚譏笑一聲道：「見了面，你可以問問他們是怎麼想的。」高健一愣怔，聽出寧騎城話中有古怪，還沒反應過來，只聽他接著說道，「你的人如今在哪裡？」

高健見寧騎城問那隊緹騎的事，急忙答道：「兩日前已進入小蒼山，是按照你的吩咐駕的馬車，一共三輛。」高健有些不明白，「大人，為何不讓騎馬？」

「還用問，當然是避免被人發現。」寧騎城嘴角浮上一絲笑意。

「那山裡會有什麼人？」高健一直不明白寧騎城肚子裡打的什麼鬼主意，而他只是依照吩咐去做，什麼也沒問。

前日，他調集數十人坐上大車前往小蒼山，帶足數日的口糧，給兵卒們說去狩獵，往年也有慣例，臨近年尾打些野味犒勞將士。只是這次很隱祕，只帶幾匹戰馬，大部分兵卒坐在車上。

「看這裡，」寧騎城指著地圖上那片山莊道，「知道這裡是誰的老巢嗎？我得到密報，蕭天就是狐山君王，哈哈。」寧騎城得意地用手掌猛地蓋下去，「端他的老巢！高健，如果我把朝廷重犯捉拿歸案，還用看他高昌波的狗臉嗎？你速去召集人馬，今夜出發。」

高健像沒聽見一樣，身體前傾，眼睛還盯著書案上的地圖。「高健！」寧騎城又喚一聲。

高健方回過神來，他不經意地擦了把額頭上冒出的冷汗，點了點頭，「大人，幾時出發？」

「酉時。」寧騎城說著，看到管家李達探進半個身子，看了下裡面又撤回去。透過窗戶，他看見李達身後跟著一個身形高大穿著大氅的蒙面人，心裡一驚，仍然不動聲色地吩咐高健，「你下去準備吧。」

高健施禮退出去。在廊下與李達迎面相遇，高健點頭示意，與他身後的蒙面人擦身而過。高健一皺眉，聞到此人身上濃濃的羊膻味，他轉回身看見那人露在大氅下面的靴子，一眼認出款式出自蒙古一帶。

高健一邊走，一邊思慮萬千，他發現寧騎城與蒙古人有聯繫不是一次了，這一次難道與晚上的行動有關？寧騎城的那一句「蕭天就是狐山君王」讓他聽後百爪撓心，他該怎麼辦？

「高百戶。」身後李達喊他，他回過頭，李達跑著傳達寧騎城的口信，讓他在會客室等。高健暗自後悔，剛才為何不跑出去，此時想走也不能了，他只得跟著李達去往會客室。

此時書房裡，寧騎城迎上前，蒙面人去下面巾，露出了乞顏烈憔悴不堪的臉，兩腮的鬍子蓬亂也沒有打理，看得出他近來心情低落，日子過得並不好。寧騎城不敢怠慢，急忙行禮：「義父，你怎麼來了？」

「這要問你。」乞顏烈大咧咧坐到一張太師椅上，「如果我今天不來，你是不是就一直躲著我？」

寧騎城一笑：「兒子哪敢呀。」說著，他抬頭掃視窗外，把窗戶關上。「義父不知，如今我處境艱難，這段時間接二連三地出事，我上趕著擦屁股都來不及。」

「所以，你也就顧不上你義父的死活了？」乞顏烈接上他的話說道，「我這次來，是給你帶來了一個大好的消息，瓦剌部的首領也先派人來見我了。」

「他們近來派了一個千人使團來朝貢，現如今滿大街的蒙古人，這有什麼可喜的？」寧騎城不以為然地說道。

「哼，這你就不知了，按大明的慣例，蒙古使團朝貢，每次都得到比朝貢的物品多得多的回贈，好彰顯他大明天朝上國的神威和富裕，但這次你可知他們得到多少回贈？」

「多少？」

「幾乎空手而歸。使團的人肺都氣炸了，揚言要征討大明，這正是也先求之不得的。」

寧騎城一驚，大明上下有此許可權可以處置朝貢回贈的人不多，他一聲冷笑：「這恐怕又是王振幹的，以前每年使團得到豐厚回贈都會分一部分給他，今年王振痛失銀庫，高昌波接手調查銀庫被盜之事，一直把蒙古人列為懷疑物件，他是一個愛財如命的人，此次定是對蒙古使團回贈下手，以報復銀庫被盜。」寧騎城搖搖頭，一臉厭惡。「義父，這樣一來，豈不是又要打仗？」

「所以，咱們建功立業的時機到了。」乞顏烈微微一笑道。

「也好，我再也不想在這個鬼地方待下去了。義父，我提興龍幫幫主蕭天的首級來見你，作為條件，你讓我帶走養母，我要回草原。」

乞顏烈眨巴下眼睛，問道：「蕭天？你發現他的行蹤了？那些銀子呢？」乞顏烈聽到蕭天就聯想到銀庫，那次的失手讓他痛失了一次絕好的機會，這個仇此生不報絕不甘休。

「我有暗樁密報，」寧騎城走到書案前，指著案上的地圖道，「瑞鶴山莊，蕭天就駐紮在那裡，我想銀子也會藏在那裡。蕭天還有一重身分，他便是朝廷一直想要緝拿的狐族要犯狐山君王，我已派人盯住那裡，他們插翅難飛。」

乞顏烈走近書案，盯著那張圖一陣雙目放光，不由激動地搓起雙手。片刻後，乞顏烈突然說道：「好小子，你若是緝拿了朝廷要犯，不是就立了大功嗎？朝廷定要為你加官晉爵，你小子好好給我待在朝中，別想撂挑子走人。記住我的話，你養母有我照顧，你還不放心嗎？」

「義父，王振現在根本不信任我，他派人暗中查我，我留下遲早會被他除掉。他這人疑心很重，一旦對手下不再信任，便什麼事都做得出來。」寧騎城一想到王振就忍不住煩躁，「即便是我立了功，也只是保一時，難長久。」

「你一身武藝還怕那個閹人？你待在錦衣衛將會有大用場。」乞顏烈微笑著努力說服他，「起碼要等到也先大軍攻城時。」

「我何時才能見我養母？」寧騎城知道與他談不攏，一想到將要到來的戰爭，更加擔心養母的安危。

「你剛才也說了，現在風聲緊，過一段日子吧。」乞顏烈說道，「這一打岔忘了正事，也先讓我給他弄一份京師的守城部署。這事就交給你來辦，這可是我黑鷹幫獻給也先的禮物。」

「好吧，那要等我從小蒼山回來。」寧騎城走到書案前，「我酉時就出發了。」

「噢，就在今晚？」乞顏烈望著寧騎城，細長的眼睛裡黑眼珠骨碌碌轉了幾圈，沉吟片刻，突然起身抓起一旁的面巾繫上，戴上兜頭，轉身就走，一邊走一邊說道，「那事你記住去辦。」推門大步走出去，門外的風趁機呼地鑽進來。

乞顏烈從府裡角門出去，此時已近黃昏，午市已散，街面上異常冷清。寧府對面街角旮旯裡蹲了幾個人，一看他出來，急忙站起身，拉著馬走過來。

乞顏烈接過和古瑞遞過來的韁繩，翻身上馬，「快，回馬市。」

和古瑞一愣：「叔，你不是說帶我們出來透透氣嗎？這也沒下館子，也沒聽曲兒，就回去了？」

「你個憨犢子，」乞顏烈拍了下他的腦殼，壓低聲音道，「白花花的銀子要不？」

和古瑞一聽，立刻翻身上馬，他一招手，其他幾個人也跟著上了馬，一聲呼哨，幾匹烈馬疾馳而去。

「叔，銀子在哪兒？」和古瑞催馬攆上前面的乞顏烈。

「回去就集合隊伍去小蒼山，咱們要趕在寧騎城的前面。這小子發現劫持鑫福通錢莊的那夥人的下落了。」

「你是說興龍幫的人，在小蒼山？」和古瑞興奮得嘴裡發出一聲嘶鳴。

「如果不是我闖進寧府，那小子是不會說的，這麼長時間不來見我，一定是有了二心。」乞顏烈陰險地撇了下嘴，略一沉思，回頭叫住和古瑞，「你小子沒有在寧騎城面前多嘴吧？」

「我才懶得見你那個乾兒呢？」和古瑞一臉鄙視，「一個漢人……」

「你記住絕不能在他面前透露一點他養母的消息，知道嗎？這小子很奇怪，似乎聽到風聲似的，幾次都提出要見他養母。」

「那個婆娘不是早死了嗎？」和古瑞哈哈一笑。

乞顏烈回頭瞪著和古瑞，舉起鞭子差點打到他身上。

「叔，叔！」和古瑞大叫著躲著鞭子，「我絕不會說的。」

「我只是擔心這小子一旦知道真相，咱們就駕馭不了他了，現在他之所以對我畢恭畢敬，就是因為我手上有他的養母，你明白嗎？」乞顏烈教訓著和古瑞，「寧騎城這個大魔頭發起狂來，不把你撕成四瓣才怪，長點心眼吧。」

「是，我記住了。」和古瑞再不敢造次，乖乖地點頭附和著。

第二十七章　迷離前塵

一

寧府的會客廳在前院，與書房隔著一個演武場。高健此時坐在太師椅上，管家差小廝端來茶水，高健端起蓋碗茶，盯著茶碗裡漂動的茶芽，葉脈淡綠賞心悅目，喝下一口齒頰留香。即便如此，也撫不平他煩躁的心緒。

行動在即，他被寧騎城留下，看來寧騎城還是對他不放心。高健內心無比糾結，他雖不喜歡寧騎城，但寧騎城對他有知遇之恩，在外人眼裡寧騎城是個大魔頭，但是他對高健卻很寬容，幾次犯錯最後都不了了之。高健喝著茶，感覺嘴裡越來越苦，何去何從呀？他能眼看著錦衣衛去捉拿蕭天嗎？於心不忍啊。報信，找人通知蕭天，讓他躲起來，這又意味著背叛寧騎城。高健知道自己只是個小人物，永遠成不了大氣候，如果蕭天死在他手上，他將永無寧日。而得罪寧騎城頂多被再降一級。想到此，他打起精神，如果自己一點行動都沒有，他將無法面對自己的良心，他瞥見一旁案幾上有一方墨，左右查看無人，便撕下自己的一片衣袖，手蘸墨匆匆寫下幾個字：寧發兵，瑞鶴山莊。寫完藏於袖中，心想自己已盡力，只能聽天由命了。這才想到一個更要命的問題，誰去送信？

高健煩亂地在室內轉著圈子。

這時，府門前似乎傳來喧鬧聲，高健透過窗子去看，看見有算卦的幌子在門前晃著，似是看見青色的道袍一晃而過。高健心裡一動，急忙叫小廝跑去門前探看。

一會兒小廝跑回來道：「有算卦的道士，非進來，說是府裡有不祥之兆。管家說這些道士是騙銀子的，正要攆他們走。」

「我過去看看。」高健此時正煩躁不安，逮個機會正好去外面透透氣，說著沿遊廊走到影壁前，看見門前站著一老一少兩個道士。老年道士頭戴道冠，手拿拂塵，眼睛炯炯有神，最顯眼的是他直到胸前的花白長髯。小道士個子高挑，舉著算卦的幡子，立在老道士身後，面無表情，一動不動，像個木偶。

白鬍子老道手捋長髯道：「叫你家主人出來，一見便知。」

「你這個白鬍子老道，好沒道理，我家主人正在會客，哪有閒工夫見你。」管家李達不耐煩地說道。

小道士對管家的怠慢很是生氣，低著頭就去拉老道士走，老道士微微一笑：「不急，既來之則安之。」

高健走上前，拱手一禮道：「敢問這位道長，從何而來呀？」

「噢……」白鬍子老道見從裡面又出來一個人，又顯然不是這家主人，便不知怎麼稱呼才好，索性免了稱呼直接道來，「貧道雲遊四方，近日歇腳在妙音山三清觀，有幸觀瞻京師盛景，忽打此府路過，抬頭看見不祥之雲氣，想向這家主人道明。」

換作平日，高健抬手便會把這兩個胡說八道的道士轟走，但今日他聽說自三清觀而來，甚是歡喜。「原來兩位道士來自三清觀，是妙音山上的三清觀嗎？」

「正是。」

「那你可認識三清觀的高瑄高道長？」

「不瞞你說，高道長是我師弟。」白鬍子老道說道。

「太好了。」高健心裡一陣衝動，本來就快撞到南牆了，突然來了個峰迴路轉。管家李達見高健與老道士相談甚歡，也不好再攆他。高健轉身對李達說道：「李管家，你去回稟大人，說是妙音山三清觀的道長要見他。」

李達猶豫了一下，他心裡在責怪高健的多管閒事，保不齊要連累他一起挨罵。高健看李達不走，便又說道：「寧大人有個習慣，在出門前要卜一卦，你說這兩位道長來得是不是很巧？」

一聽此言，李達點點頭，他知道寧騎城酉時便要出門，此次行動事關重大，想到此便轉身進大門去請示了。

高健見李達走進府裡，便笑著說道：「道長，可否給我看看手相？」說著伸出一隻手。白鬍子老道見高健極力為他們說話，也不好駁他的面子，便伸出一隻手去接高健的手，在兩人的手相觸的瞬間，高健把那個寫有字的布片塞進了白鬍子老道的衣袖裡。

白鬍子老道一愣，高健壓低聲音說道：「請務必交給高瑄高道長。」

白鬍子老道目光深邃地盯住高健片刻，然後不動聲色地握住高健的手，看了看，微微一笑道：「這位壯士，木星丘塌陷，看來時運不濟，土星丘隆起，壯士是個重情義之人，一生為情所困。」兩人正說著，只見寧騎城一身戾氣從大門裡走出來。

寧騎城聽到後一句，哈哈大笑：「這點倒是讓老道你說對了。」

高健急忙抽回手，向寧騎城一躬身道：「大人，這老道確實很有修為，他說我說得很準呀。」

「老道長，你說看見我這宅子上有不祥之雲氣，何以見得？」寧騎城似信非信地問道。

「你說無根之水是不是不祥之雲氣呀？」白鬍子老道風輕雲淡的一句話，讓寧騎城瞬間臉色煞白，他盯著老道士看了片刻，突然一揮手：「請到府上喝杯清茶。」

高健和李達在一旁看著有些摸不著頭腦，見寧騎城已朝前面走了，兩人才相邀兩個道士。更奇怪的是，小道士扭頭就跑，被老道士一把抓住，拉回身邊。高健看著那個古怪的小道士，以為是出山門不久沒見過世面。

幾人相繼走到會客廳一落座，寧騎城就問道：「老道長，請把話說明吧。」

「我之所以說是無根之水，是因萬物皆有母，何況人乎？要想化解不祥之雲氣，貧道以為，少開殺戮，多積福報，遠離逆道，多行大道，方可化解，才能長久。」

寧騎城不等老道士說完，臉上已是怒不可遏，一種被戲耍受辱的感覺讓他不由抽出刀架上的長劍指向老道士，老道士巋然不動，他身後的小道士衝到前面以身體擋住長劍。

「滾，滾出去！」寧騎城歇斯底里地大聲喝道，老道士說中了他的痛處，他豈止是無根之水，還是無本之木，他心中最痛的那個地方，被老道士狠狠地踏了一腳，這麼多年來他對於自己的身世諱莫如深，這是一處不能觸碰的禁地。

老道士呵呵一笑，抬腿便走，可是小道士卻死死盯著寧騎城，他灰不溜秋的面孔沒有一絲表情，就像戴了一個假面。老道士回頭叫小道士：「本心，見也見了，該走了。」

高健急忙走上前：「道長，我去送你。」他從剛才寥寥幾句話，聽出這位道長確實不凡，明顯有助寧騎城開悟的意味，此乃善舉，一個錦衣衛指揮使，殺人無數，而道長有此膽量來面見他，定是世外高人。

高健領著兩位道士走出大門，高健深深一揖道：「敢問道長法號？」

白鬍子老道淡然一笑：「貧道法號吾土。」說完，與小道士相伴而去。高健望著老道長飄逸的身影，沉吟片刻，感覺這兩個字有些耳熟。突然「吾土」二字電光火石般在腦中炸響，他記得當年在小酒館與寧騎城對飲，從寧騎城嘴裡第一次聽到那本天下奇書《天門山錄》時，得知此書的作者便是吾土，後來此書在寧騎城醉酒後被盜走，寧騎城曾費很大功夫尋訪吾土，但是這個神祕的道士卻像人間蒸發般無影無蹤……難道真是他？他如何會出現在這裡？

要不是李達跑出來叫他，高健還不知要愣怔到何時。高健跟著李達往回走，心裡思忖著要不要把這個老道士的身分告訴寧騎城，但是一想到那張寫了字的布片在吾土身上，他急忙打消了這個念頭，嘆了口氣，事已至此，交由天命吧。

二

吾土和本心一走出巷子，吾土就從衣袖裡摸出那個布片，匆匆過目後，吾土對本心道：「高道長還在悅來客棧，正好把這個交給他，回客棧吧。」

「師父，剛才見過那個人，你對我說的話我信了。」本心低著頭一邊走，一邊說。

「還稱那個人？」吾土道士一聲長嘆，「那個人是你兄弟。」

「不，我……」本心低著頭，後面的話咽到肚裡。他如何會有一個殺戮成性的兄弟呢。他默默地走著，不再說話。

兩人下榻的客棧離西直門不遠，遠遠就看見城牆上有士卒在走動，沿街的店鋪有的已歇業，開始了年尾的掃除，準備迎新年。有的早早就張貼了紅春聯。

客棧二樓一間上房裡，高瑄正與一名弟子對弈，圍棋盤上，黑白雙方正膠著在一起。一名弟子望著窗外，突然回頭道：「師父，吾土道士回來了。」

「快，收起來。」高瑄急忙推亂盤中棋子。

「師父，我就要贏了你了。」那名弟子遺憾地叫道。

「長進了啊，敢贏你師父我！」高瑄伸手拍了下那名弟子的腦殼，「快，收起來，別讓我師兄看見這個，去，把我的經書拿來……」

高瑄剛抓住一本經書翻開一頁，吾土道士便推門走進來。他直接走到高瑄身邊，一把奪過他手中的書，把一塊布條塞進他手上道：「老七，你先看看這個。」

高瑄疑惑地望著手中布片，他展開後一看，大吃一驚：「師兄，這是從何而來？」

「我剛剛帶本心去見寧騎城了。」吾土道士看了眼身後的本心。

「你去見那個大魔頭幹麼？我說呢，一來到客棧你們就消失了蹤影，我以為你又玩失蹤了。」

「還不是為了他。」吾土道士回過頭，「本心，把你假面揭了吧。」

「師父，不……」本心往後退了一步，低下頭，捂住臉。

「假面？」高瑄的兩個弟子好奇地望著本心，本心越往後退，越引起他倆的好奇，再加上已得到吾土道士的首肯，兩人一使眼色便一起撲向本心，一人抱住他雙手，另一人去揭假面，兩人發現本心雖是吾土的弟子，身上卻沒有功夫。一個弟子從本心臉上揭下一張假面，幾人去看本心，本心把頭低得更低了，但是，還是把幾人嚇到了。

一個弟子一聲驚呼，差點坐到地上：「天呀，你，你，寧騎城！」

這三名弟子都曾跟高瑄出入宮裡，更是跟寧騎城打過交道。本心被揭去假面後，讓眾人驚異的是，他的五官竟然跟寧騎城如出一個模子。俊美的額頭，筆挺的鼻梁，除了眼神，其他跟寧騎城簡直無二。本心的眼裡透著一種悠遠的寧靜和淡泊，只有這一點是與寧騎城不同的地方。

「他叫張念祖，法號本心。」吾土道長嘆了口氣，「說起他的身世，那就話長了。我也是在年前，尋到一些《天門山錄》的蛛絲馬跡，跑來京城偶遇寧騎城後，發現的這個祕密。寧騎城竟然是他失散多年的孿生兄弟。」

「師兄竟然有如此奇遇，你快說說。」高瑄催促道。

「早年我出去遊歷，有一年去北方誤入匪窩，後倉皇逃出又被困在草原上，幾經周折不想進入瓦剌部落，一個部落頭目命我幫他們造弓箭，我當然知道造出來的弓箭必將射向自己同胞，便不肯答應，就被他們關了起來。後來這個部落去邊境劫掠，被當時的戍邊大將張竟予給打得落花流水，我也被張將軍救出來，在他的軍營裡養傷。後來，瓦剌部落展開了瘋狂的報復。他們聯合了另兩個部落一起攻城，張將軍在既無援軍，糧草又斷的情況下，不敵對手。但張將軍寧死不捨城池，將士們也都效仿他。眼看瓦剌人要到眼前，張將軍把我叫去，讓我回張家堡，他把妻兒托付給我，他有一對才出生未滿月的雙胞胎兒子，大的叫念祖，小的叫念土。」吾土道士擦了把眼裡的淚，接著說道：「等我趕到張家堡，發現已有零星的瓦剌人來村裡搶掠，我跑到張家，發現幾個瓦剌人抱著兩個繈褓出來，我心想不好，就上前與幾個瓦剌人打起來。我只搶到一個繈褓，待我去追另幾個瓦剌人時，竟不見了抱繈褓的人，我怕傷了懷裡的嬰兒，忙返回張家。只見地上斑斑血跡，卻不見張將軍夫人的影子。後來便聽到張將軍陣亡，有人目睹他身上被射了幾十支箭。我悲慟欲絕，帶著孩子回到中原，發誓要設法找到那個孩子，此我四處遊歷，念祖被我送到白雲山一位好友的道觀裡。我每年會去住一兩個月。」

「師兄，如此說來，他們是張將軍的遺孤。」高瑄說著，望著本心，本心靠在牆上暗自垂淚，「師兄，你既然見到了寧騎城，可有跟他說明他的身世？」

「世事弄人呀，他如今身上殺戮之氣太重，誤入歧途，認賊作父，如果今日就告訴他身世，只會適得其反，弄巧成拙。只能再擇時機，現在還不是時候。」吾土道長嘆口氣，「此次去見寧騎城，主要是讓念祖見一見他的兄弟。」

「也是，畢竟是一母同胞，只是這兩兄弟差異可是太大了。」高瑄搖搖頭，突然想到手中的布片，舉著問道，「那，這是何意呀？」

「我也不知道，那個壯士看上去不像是奸詐小人，恐怕有難言之隱，他給我這個還囑咐我，務必交給高瑄高道長。」吾土道長說著，又補充道，「似乎他們晚上要出門。」

高瑄又看了看布片叫道：「瑞鶴山莊？怎麼這麼耳熟？」

「師父，你忘了興龍幫的蕭幫主就住在瑞鶴山莊。」一旁的弟子護劍提醒道。

「對了，我想起了，蕭天，對，是蕭天他們。」高瑄猛地站起身，「壞了，這個傳話的人肯定是想告訴咱們，錦衣衛要清剿瑞鶴山莊。」高瑄此時急得團團轉，他並不知道瑞鶴山莊的位置。

「蕭天？」吾土道士略一沉思，擰眉道，「難道是故人？」

「師兄，你也認識興龍幫的蕭幫主？」高瑄問道。

「早年間，在檀谷峪曾邂逅一位蕭公子，是叫蕭書遠，應該不是一個人。」吾土搖了搖頭，把這個想法打消掉。他望著高瑄不解地問道，「奇怪，這個人為何要把信交給你呢？他認識你嗎？」

「我從沒有跟錦衣衛的人打過交道，那他為何要點名給我呢？」高瑄站在原地打轉，突然他想到，「他是不認識我，但他肯定認識一朝為官的高風遠，我怎麼把這個要命的事忘了，這個人一定了解高風遠，知道我是他的叔伯。」

吾土道長一拍大腿：「是啦！」

「如此說來，他是希望我把信送給高風遠，哎呀，我怎麼這麼愚鈍，高風遠與蕭幫主有交情，他定可以把信傳到瑞鶴山莊。」高瑄一拍大腿，立刻起身叫他的弟子，「護劍，你跑一趟吧，速速去我姪兒的府邸，把這個布片交給他，要快，騎我的馬。」

當護劍一路疾馳拍開高府大門時，天已黑下來。門裡出來一個老家僕慢吞吞地問道：「哎，小道士，你找誰？」

「我找你家老爺，快讓我進去。」老者退後幾步，並沒有因為護劍的莽撞而發火。因為老爺的叔伯在妙音山三清觀當道長，家裡時常冒出來一兩個道士，老家僕也不敢得罪，只得匆忙跟在身後說道：「老爺在書房，此時不便打擾呀。」

護劍直接往裡面走。此時高府裡已開始掌燈，一些僕從好奇地看著護劍。聽到喧嘩，高風遠從書房探出頭，一看是護劍，知道他叔伯又進京了。

「護劍，怎麼就你一個人？」高風遠走出去，站在廊下問道。

「師兄，師父托我交給你。」護劍說著把手裡的布片交給高風遠，也不管高風遠樂意不樂意被叫作師兄。

「我是你哪門子師兄？」高風遠皺著眉頭不樂意地接過布片，展開看了一眼，立刻嚇出一身冷汗，他一把抓住護劍，眼裡充滿血絲，「你從何得來？」

「哎呀，師兄，說來話長，我怕耽誤你事，你別問了，我走了。」護劍說完轉身就走。

高風遠迅速走進書房，對著燈燭，仔細辨認那塊布和字體。感到字體有些眼熟，但是一時還是無甚頭緒，想到事關重大，他又一時沒了主意，便大聲叫管家：「張管家，快給我備馬。」

高風遠從府裡側門出去，策馬向于謙的宅子跑去。

好在兩家離不太遠，開門的是管家于賀。高風遠二話不說就往裡面跑，于賀知道兩人的交情，便跟在後面說道：「大人，我家老爺在演武場。」高風遠扭頭便向演武場跑。

于謙一身短打，手持一柄長劍正在習劍。只見他身形矯健，一柄長劍迎風舞出，光華四射，劍氣逼人。于謙在劍光中瞥見高風遠慌張跑來，先是一愣，忙依勢收劍，大聲問道：「風遠兄，何事驚慌？」

「我問你，」高風遠跑到近前，壓低聲音道，「瑞鶴山莊，你知道嗎？」

于謙一愣，他當然知道瑞鶴山莊是蕭天的駐紮地，這是一件極其隱祕的事，這世上也不會有幾人知道，即便是高風遠他也沒有告知呀：「你從何而知？」

「快別問了，說來話長，」高風遠拿出手裡的布片，「寧騎城要對瑞鶴山莊下手了。」

于謙展開布片一看，大吃一驚。「你可知道誰住在那裡？」于謙一把抓住高風遠的手，「是蕭幫主他們。」

「啊？」

「那你可知瑞鶴山莊的位置？快派人去報信吧！」

「具體位置我也說不清，當時給趙兄送葬時，打小蒼山過，當時蕭幫主對我說在山坳裡，」于謙略一沉思，「這樣吧，我派于賀現在就去小蒼山報信。」

二

瑞鶴山莊這一夜恐怕沒有幾人可以睡著覺。李漠帆所帶的一小隊人馬一回到山莊，在林子裡遇到鬼怪的事便在山莊傳開了。又加上莊子裡接連發生的怪事，禁不住讓人浮想聯翩。

等蕭天那一路人馬回到山莊，發現院子裡皆是人。李漠帆聽聞幫主回來了，便一路小跑著向蕭天稟告：「幫主，我見鬼了。」

蕭天陰沉著臉，把馬韁繩扔給跑過來的小六，一邊捉弄地道：「我記得，你可不是第一次遇見鬼。」

「幫主，這次是真的，就在山坡上的林子裡。」李漠帆心有餘悸地說道，「還有人為造的雪窩，燒過的乾柴，就在離它們不遠處我遇見了這個鬼，哎呀娘呀，那個醜呦，跟說書的說的陰界十八層地獄裡跑出來的小鬼一個樣。」

蕭天這才站住，李漠帆的話讓他心裡有些警覺，「後來呢？這個傢伙跑了？」

「噢，不是，」李漠帆撓著頭皮，不好意思地道，「是我跑了。」

「李把頭呀，你可真行，哪是什麼鬼呀，自己嚇自己，沒準是個野人呢？」蕭天望了眼遠處的小蒼山山脈，憂心地道，「不過，這些年從未聽聞過有野人出沒。本想著大雪封山會給咱們片刻的安寧，沒想到，這片山林也危機四伏了。如果不是野人，那會是何人？這樣，明日一早，我們再上那片山林看看。」

「幫主，那可要多帶些人手。」李漠帆不放心地道。

蕭天的目光從遠處收回來，臉色更加難看：「我在山下發現一些可疑的車轍印，像是馬車軲轆，奇怪的是印跡很深，像是載有重物。老李，你去查一下，這兩天山莊裡馬車外出的情況。」

「幫主，這兩天馬車外出很頻繁，再過幾天便是除夕，山莊住了這麼多人，廚房裡正準備年夜飯呢。」李漠帆道。

「是這樣。」蕭天望了一眼大門，「崗上要多加人手。」他看看李漠帆，「吩咐弟兄們回去歇著吧，明日還要忙活呢。」

李漠帆轉身跑到弟兄們中間，簡單交代了幾句，大傢伙就散了。李漠帆回頭看著蕭天孤單的身影向櫻語堂走去，便緊跑幾步追了上來。

「幫主，你不去聽雨居看看？」李漠帆湊近問道。

「看誰？」蕭天陰沉著臉，沒好氣地問道。

「看郡主。」

「她身邊有一幫人守護著，還用看？」

「那看看明姑娘？」

「……」蕭天嘆口氣，一言不發地往前走了。

「幫主，有句話我不知當講不當講。」

「那就不講。」

「可我又憋不住。不如，不如你把她倆都娶進門得了，一妻一妾多好呀。」李漠帆呵呵一笑，很為自己的主意得意。

「老李呀，你讓我怎麼說你。」蕭天被氣得哭笑不得，「哪個是妻，哪個是妾，你倒是說說看。」

「郡主是妻，明姑娘是妾。」李漠帆胸有成竹地道。

「我已然對不住明箏，你竟然還出這種餿主意侮辱她，你給我閉嘴，從今以後，不許再提這件事。」蕭天怒道。

「幫主，我是替你著急呀，我看你這樣悶悶不樂，我……」

不等李漠帆說完，蕭天犀利的目光便止住他的下言，蕭天木著臉，淡淡地說道：「我自己的罪，自己受，去忙你的事吧。」李漠帆望著蕭天落寞的背影，一陣嘆息。

翌日，蕭天由於夜裡失眠直到黎明時才渾然睡著，不久便被一陣吵鬧聲驚醒，他坐起身，發現小六趴在一旁。小六看見蕭天醒了，急忙給他拿來外衣和大氅，說道：「幫主，李把頭讓我守在這裡，說你醒了讓你去寒煙居。」

「什麼時辰了？」蕭天昏頭漲腦地問道，突然心裡一緊，這才品味出剛才小六的話，「你說，李把頭去了寒煙居，又出事了？」

「幫主，玄墨掌門被找到了。」

「什麼？你小子也不早說。」蕭天猛地站起身，幾下穿好外衣就往外面跑。小六也跟著跑出去。

寒煙居正房裡擠滿天蠶門弟子，玄墨山人躺在炕上，陳陽澤坐在一邊正餵水給他。炕邊一把太師椅上坐著李漠帆。這時有弟子來報：「蕭幫主來了。」眾人閃出中間一條道，李漠帆也站起身。

蕭天徑直走到炕邊，看到玄墨山人雖面色不好，但並無大礙，這才放下心。蕭天坐到李漠帆讓出來的太師椅上，道：「前輩，你讓我們好找呀！」蕭天說著問一旁的李漠帆，「玄墨掌門是如何找到的？」

「是老先生自己回來的。」李漠帆說道，「我只是聽到信便跑來看。」李漠帆說著，走到眾人面前道，「好了，你們師父回來了，大家都去忙各自的事吧。」眾人這才退出去。

陳陽澤見眾人都出去了，才回過頭說道：「蕭幫主，我早上出門做功課，就看見師父搖搖晃晃走回來，而且滿頭大汗，進來就喊口渴……」

玄墨山人睜開眼睛，幾人的目光都集中到他身上。只見玄墨山人抬起身子，坐直了說道：「中了歹人的道，我想了想，應該是吃下了一粒自己配製的迷魂散，這兩天的事，我一點也記不住了。但是身體的反應還有，頭暈，肚子脹，總想跑……我估計已經跑了半夜了，腿很疼……這些都是迷魂散的症狀。」

玄墨山人的話，震驚了四座。

「你吃下了迷魂散？」蕭天站起來，玄墨山人的話讓事態更加撲朔迷離，「在你失蹤前，吳劍德就不見了，這一粒迷魂散從哪裡冒出來？難道還另有其人？」

「祕丸是我配製的，裡面藥材的藥性我一清二楚，若不是，又如何解釋我這兩日什麼都不記得了？」玄墨山人焦慮地說道，「可怕就可怕在這個偷竊之人如果不是我大弟子吳劍德，那又會是誰呢？他到底想幹什麼？」

「前輩，你能回憶出那一日你在哪裡用餐？跟何人接觸過？」蕭天問道。

「不瞞你說，自丟失了祕丸，我就再沒出過這個院門，吃飯都是弟子送過來的。這幾日我在配製另一味藥丸——彌消散，用於化解迷魂散。」說著，他看向陳陽澤道，「去拿彌消散，在這個屋頂上。」

「啊？」陳陽澤一愣，立刻放下手中瓷碗，轉身跑出去。不一會兒，他手捧一個竹製方盒走進來，「師父，你看是這個嗎？」

玄墨山人揭開竹蓋，裡面有三粒藥丸，玄墨山人捏起一粒含進嘴裡，不一會兒，他點點頭。顯然這味藥丸沒被動過手腳。

「這麼說，還有兩粒迷魂散……」蕭天皺著眉頭說道，「前輩，你難道一點線索都沒有？有沒有弟子對你心懷怨恨的，或是與你有過節的？」

「沒有。」不等玄墨山人開口，陳陽澤氣呼呼地說道，「你不能這麼說我們，天蠶門的弟子個個都敬仰師父，以父親視之。」

「陽澤，不可這樣與蕭幫主說話。」玄墨山人斥責陳陽澤，他回頭看著蕭天道，「也正如陽澤所言，我的這些弟子，我心裡都有數……」玄墨山人搖著頭道，「其實到現在我都不相信我大弟子會背叛我，我和他情同父子呀……」說到傷心處，玄墨山人眼角濕潤了。

「真是邪了門了，這個歹毒之人。」李漠帆惡狠狠地說道，「咱們忙活了半天，這，連個影子都沒找到。奶奶的，讓我抓住非扒了他的皮不可。」

蕭天望著屋外，陷入沉思。

陳陽澤急忙扶著玄墨山人重新躺下，又給他蓋了床被子。蕭天看著他，問道：「陽澤，這兩日你見到柳堂主了嗎？」

「那一閒人，誰有工夫招呼他呀。」陳陽澤不屑地說道。

「好好說話。」玄墨山人躺在炕上衝陳陽澤黑下臉。

「沒見他。」陳陽澤急忙站起身，規規矩矩地回答道，「這兩日發生這麼多事，先是大師兄不見了，接著師父也不見了，我們忙得四腳朝天，誰會留意他呀。」

「漠帆，」蕭天回頭吩咐，「你去柳堂主房間看看，看他在不在。」

一會兒李漠帆跑回來，直搖頭。玄墨山人盯著蕭天問道：「蕭幫主怎麼突然問起他來了？」

「我只是覺得很奇怪，以前不管何事柳眉之都要衝到前面湊熱鬧，如今怎麼不見他的身影？」蕭天說著，突然想到一人，便對李漠帆說道，「你去聽雨居，請梅兒姑娘過來，有話問她。」

李漠帆點點頭，轉身去了。這邊蕭天又問了幾個弟子，大家都搖頭，想不起柳堂主是何時出去的。不多時，李漠帆領著梅兒姑娘走過來，許是在路上聽李漠帆說起此事，梅兒一臉窘迫，小臉通紅，低著頭跟在李漠帆身後走進來。

「梅兒，妳莫怕，」蕭天在心裡斟酌了一番，他不想讓梅兒難堪，但是山莊早有傳言，柳眉之與梅兒過往甚密，甚至有人說兩人儼然一對情侶。對這些傳聞，蕭天不便追究，只想試著從她口中打聽到柳眉之的下落，便問道：「梅兒，這兩天妳見過柳眉之嗎？」

梅兒直搖頭，臉上一陣紅一陣白，急著辯白道：「蕭幫主，我是經常去見柳堂主，但我是跟他念經文，你不要聽山莊裡人瞎說，我與他什麼事都沒有，我……」

蕭天打斷她的話，又問了一遍：「梅兒，最後一次見柳堂主是哪天？」

「是……」梅兒想了想，道，「前日，我去廚房給翠微姑姑要果品，翠微姑姑害喜，喜吃橘子，那日我端著一盤橘子，正撞見從後廚出來的柳堂主，我問他來廚房做甚，他答肚子飢，尋口吃食，就是這樣。」

梅兒說完，一臉迷惑地望著他們，突然問道，「難不成柳堂主也失蹤了？」

蕭天看梅兒一臉驚慌，急忙安慰道：「現在還不能這麼說。梅兒，妳先回去吧。」

蕭天向李漠帆一揮手，李漠帆引著梅兒走了出去。蕭天擰起眉頭，在室內來回踱著步，一聲不吭。

「幫主，我看還是派人找一找吧。」李漠帆說道。

玄墨山人從炕上坐起身，吩咐幾個弟子道：「陽澤，你叫你師哥他們協助蕭幫主去四周找一找。」

蕭天沉默了半天，突然說：「這個鬼必須揪出來，要不山莊永無寧日。」

「還有外面那個鬼呢。」李漠帆打斷他道，「幫主，山林裡那個鬼該怎麼處置？他遲早要為禍山莊的。」

玄墨山人盯著李漠帆，蕭天用眼神止住了李漠帆下面的話，他走到玄墨山人身邊，說道：「前輩，你安心休息，外面的事我來辦。」蕭天轉身吩咐陳陽澤，「從今日起要小心飲食，在那個人沒有抓住前不可掉以輕心，每頓飯食都要用銀針試過，記住了嗎？」

陳陽澤點點頭，說道：「我會寸步不離師父的，蕭幫主，你也要小心。」蕭天微微一笑，難怪玄墨山人會如此喜歡陳陽澤，他功夫不見得最好，但是看一眼便知道，這是個赤膽忠心的人。

蕭天領著李漠帆走出寒煙居，望著頭頂上的大太陽道：「老李，現在召集人馬再去一次山林，搜一搜，看能不能搜到你說的那個鬼。」

「好嘞。」李漠帆興奮地搓著手，「幫主，你一見便知道了，樣貌醜陋得連鬼都不如，咱這次可要帶足繩索弓箭，看他怎麼跑。」

集結的眾人用過午飯，馬匹餵飽了草料上了鞍子，便整裝出發了。這次蕭天把林棲和盤陽也叫上了，兩人武藝出眾，在眾人之上，此次出擊，要一把擒住那個鬼，不給山莊留隱患。

蕭天騎著大黑馬走在前面，他回頭望了眼山莊大門，在積雪的掩蓋下，只看見冒出尖的木閣樓，樓上站著三四個守衛的莊丁。他憂心地問一旁的李漠帆：「老李，今兒是什麼日子？」

「二十六，還有四天便除夕了。」李漠帆說道。

「是啊。」蕭天皺緊眉頭，一臉的憂鬱，「老李，我有種不好的預感，總感覺要出事。但是又不知是哪裡出了問題。」李漠帆扭頭望著蕭天，對於幫主的想法他從來都摸不到頭緒，不是不想為幫主分憂，而是壓根兒就搞不清楚，兩人就像是走在兩條平行的線上，永遠不會有交集，但這絲毫不影響李漠帆對蕭天的感情，這份感情一半是恩情一半是崇拜。他知道最了解蕭天的是明箏姑娘，可惜兩人如今又是這樣。

「幫主，那就當出來打獵，散散心好了。」李漠帆找不出其他安慰的話，就隨口說了一句。

蕭天嘴角浮起一個自嘲的微笑，拉了下韁繩，催馬前行。

十幾人的隊伍沿著山道上被大雪冰封的車轍的印跡迤邐而行。

三

傍晚時分，聽雨居傳來陣陣簫聲，輕柔，涓細，似腳下不經意間潺潺流過的溪流。明箏聽著簫聲，漸漸放下手中筆，不由入了迷，耳中的簫聲雲捲雲舒，淒婉、清麗。

「夏木姐姐，誰在吹簫？」明箏問走進暖閣送茶水的夏木。夏木莞爾一笑：「是郡主。明姑娘也喜歡？」

明箏點點頭，一臉驚訝道：「兒時經常聽父親吹簫，好些年不聽了，但是沒想到郡主身為狐族人竟會吹簫。」

「郡主吹簫是跟長老學的，哦……就是君王的父親，蕭老先生。」夏木充滿感情地說起往事，「那年蕭老先生和蕭公子被東廠追殺，蕭公子為了護佑父親，身負重傷，兩人往深山奔逃。那日我家郡主在崖上採藥草，妳不知道，在檀谷峪女子都會製香，雖然她在狐地貴為郡主，但是老狐王一直教導她『寵而不驕，驕而能降』，讓她跟狐族人一起勞作和生活。所以狐族人會的她也都會。

就在崖頭她看見蕭家父子面臨絕境，郡主毅然吹起號角，喚來了狐族勇士，她奔下崖頭護住了那對父子。東廠督主王浩以朝廷要犯為名要當場斬殺，被老狐王制止，就此也得罪了東廠。老狐王救下蕭家父子，得知他是國子監祭酒後，提出一個條件，要他們加入狐族，卻遭到蕭老先生拒絕。老狐王一怒之下要率眾人離去，若他們這麼一走，傷勢嚴重的這對父子必死無疑。郡主向老狐王求情，要他收留這對父子，但是族裡有族規，不可收留外人。蕭老先生聽到這話，卻說：命可無，姓不可改。就抱著昏迷的兒子傻呆呆地坐在血泊之中。老狐王還沒有見過如此迂腐之人，怒而率眾勇士離去，郡主也被兩個衛士挾持著帶上馬。但是不多時，這隊人馬又奔回來，老狐王顯然被蕭老先生的氣節折服，突然答應下來，可以不加入狐族，進山谷療傷。」

「郡主被父親罰進幽閉樹，因為她偷拿走老狐王的號角，當時郡主拿來只是好玩，沒想到救了這對父子的命。幽閉樹是棵老橡樹，是整個狐地的祖宗樹。樹幹粗大，足有十人合抱，樹根盤根錯節，根鬚如碗一般粗，密密麻麻盤亙在一片山坡上。狐人用老橡樹上的藤蔓在樹頂編織了一個小屋，一般犯了錯的人都要進幽閉樹面對天空反思。」

「蕭公子傷得很重，狐地所有的長老都來了。在狐地長老就是神，他們無所不知，學識淵博。當然是相對狐地普通族人。在狐地相對封閉的環境裡，族人沒有機會識字，語言是口口相傳而來，大家會說不會寫。而長老都是會寫字的人。最後長老翻找出祕笈，查找出方子。」

「按方子採來的藥草經郡主之手細細篩選後，用陶罐熬製。那些日子整個山谷都瀰漫著一股草藥的香味，郡主每天都到蕭公子的竹樓送湯藥。蕭公子那一戰身上挨了十七刀，大大小小的刀口讓身經百戰的老狐王看得都膽戰心驚，心裡不由暗自佩服他年紀輕輕竟然有如此英雄氣概。老狐王叮囑手下人，要盡最大力量來救治蕭公子。」

「老狐王所做的一切讓蕭老先生感激不盡，為報恩，蕭老先生視郡主為己出，盡心盡力教授她識字，讀詩書。有一次，郡主聽見蕭老先生吹簫，喜歡得不行，就拜了師。老狐王見蕭老先生學識淵博又對郡主充滿濃濃愛意，便提出乾脆兩家處成親家，把郡主許給蕭公子。蕭老先生哪裡肯依，一是自己是罪臣的身分，二是兒子到現在都在生死之間。最後郡主發話，蕭公子康復便與之訂婚。就這樣，郡主更加盡心盡力地照顧蕭公子。沒想到蕭公子康復後不久，在訂婚大典上王浩帶領東廠的人突襲了檀谷峪……」夏木說不下去了，眼裡聚起一汪淚水。

明箏輕輕地拂去夏木臉頰上的淚珠，她看出夏木是一個一心為主的忠僕，也被她心地的純良所感動，她說這一切其實都是為她的郡主挽回一些情面，只是想告訴她，郡主對蕭公子一往情深，讓她知道這點。明箏安慰她道：「夏木姐姐，妳所說的我都記下了，不管郡主對我如何，我不會怪罪她，因為她是我大哥的救命恩人啊，我會盡心盡力服侍她。」

「明姑娘……」夏木凝視著明箏，感激得無以復加，「其實，郡主真的是個很善良的人。」

明箏看著夏木微微一笑，並沒有附和她的意思，但是聽到她說蕭天的父親在狐地是長老，便在腦中閃過一個念頭，是什麼讓蕭老先生放下寧可死也不改姓的念頭，加入狐族成為長老的呢？難道是這典籍中隱藏的那段浴血往事？明箏心裡已經確定，典籍中修改的部分定是出自蕭天父親之手，這個想法一出，心中不禁感慨，不愧為一代大儒。

夏木看明箏神情恍惚，以為是生郡主的氣，便尷尬地一笑，難為情地說道：「明姑娘，郡主性情大變是，是因為她，她心裡不好過，她的腿廢了，她……」夏木說著，聲音越來越小，到最後幾乎聽不見了。

夏木知道很多時候，自己的郡主太過分，她傷害明箏的行為，她也看不過去。

「夏木姐姐，妳多慮了。」明箏一笑，這是她說的真心話，這幾天潛心抄書，煩亂的心緒慢慢平靜下來，剛才又聽到夏木所講的那段往事，讓她明白了郡主對她的猜忌，其實她也是深深地愛著蕭天的，蕭天不願背棄婚約，是因為郡主對他父子有恩，如果蕭天選擇了自己，她能跟他一起背負背信棄義的罵名嗎？她的選擇是不能。

「妳放心，郡主要求我做的事，我一定盡心做好。」明箏反而開始安慰夏木，想到手中典籍有一部分出自蕭老先生之手，明箏再看那些典籍，竟有了幾分親近之感，她回頭對夏木道，「夏木姐姐，放心好了，我必在大婚之前，把一套重新謄寫的典籍交給郡主。」

「明姑娘，妳，妳真是個好人。」夏木感動得有些哽咽起來。

「怎麼不見林棲？」明箏岔開話題，不想看見夏木難過的樣子。

「啊，妳不知道？」夏木說起這個，臉上有了色彩，「聽他們說山林裡有野人出沒，形似鬼怪，可嚇人了，君王帶著人到山林裡擒去了，不知今日能不能抓到。」

「野人？」明箏畢竟還是童心未泯，「怎麼不叫上我呢？」

夏木笑起來，有意要討明箏開心，便說道：「叫上妳，野人看見這麼個如花似玉的姑娘，還不搶了去呀。」

明箏笑著去追夏木，夏木抱起木托盤一邊跑出去，一邊說道：「明姑娘，我去幫妳準備晚飯了。」

夏木走出去，剛才天邊還有一道晚霞呢，轉眼間便暗下來，夜幕已降臨，聽雨居四處都開始掌燈。夏木沿小徑向廚房走去，先是把郡主的晚餐差一個女僕幫自己端過去。郡主的晚餐很簡單，她似乎是下午吹簫累了，只吃了一些粥，就躺下歇了。

夏木回到廚房，匆匆吃下一些東西，就張羅著明箏的晚餐，她整理好食盒，提著就走了。因為君王吩咐過，不讓其他人進入暖閣，所以送飯都是她親力親為。沿小徑走到池塘邊，突然隱隱聽到一陣哭聲，夏木停下來，仔細一聽，好像就在前面灌木裡。

夏木放下食盒，走近那幾叢被白雪覆蓋的灌木，叫道：「喂，誰在裡面？喂。」聲音一下子消失了，夏木走過去什麼也沒有看見。她奇怪地四處張望，突然一道黑影從一旁一閃而過，夏木一愣，發現從灌木裡跳出一隻貓，「嗖」一聲不見了。夏木長出一口氣，走回去重新提起食盒，向暖閣走去。

明箏用過晚飯，就催促夏木早點回去休息，夏木一天之中要奔波在郡主和她之間，實在是太辛苦了。夏木知道明箏的好意，便收起食盒走出暖閣。

明箏走到銅盆邊，淨了手，走回書案，看著書案上寫完的厚厚一摞紙，有種滿足感。她重新拿起毛筆，去墨水匣裡蘸墨，忽然發現自己的手抖得厲害，明箏很奇怪，以前從沒有手抖的毛病呀！她用另一隻手抓住拿筆的那隻手，兩隻手抖得更厲害了。

明箏不得不放下筆，她望著窗外，透過雕花大格窗可以看到外面的池塘，夜幕下一些家僕已點上燈籠。明箏突然跑到窗前，好奇地望著外面，自言自語道：「我這是怎麼了？我這是在哪兒？」

「明箏，明箏妹妹。」突然從外面傳來熟悉的聲音。

明箏好奇地推開暖閣的大門，向外面跑出去。迎面碰上一個正點燈的女僕，女僕吃驚地叫道：「明姑娘，妳去哪兒？」

明箏好像沒聽見一樣，向池塘跑去。明箏飛快地跑著，臉上、雙手、胸口都出了一層汗，跑出去讓她舒服多了。正跑著，灌木裡突然躥出來一個人大聲叫著她：「明箏妹妹！」

明箏停不下來，她回頭看著這個人，有些面熟，就是想不起他的名字了，明箏很奇怪，自己的記性一向很好呀，怎麼會這樣呢？

那人的身邊還有一隻貓，貓比他倆跑得都快。

池塘邊那個女僕看見這可怕的一幕，轉身向西廂房跑去。夏木剛洗漱完躺到炕上，就聽見門被砰砰拍響，她披衣服坐起身問道：「什麼事？」

「夏木姑娘，妳快來吧，明姑娘，她一個人跑了。」

「什麼？」夏木一驚，不明白女僕在說什麼，忙叫住她，「你進來說。」

「我也不知道是怎麼回事，明姑娘又唱又跳地跑了，我看著就像是被鬼附體一樣。」女僕說著瞪大眼睛，「不會是遇到鬼了吧？」

「閉嘴，不許胡說八道。」夏木急忙穿好衣服，到這個時辰了還不見林棲和盤陽的影子，難道君王他們還沒有回來？這可怎麼辦？我該去向誰說呢？夏木想到寒煙居玄墨掌門在家，也只有向他們求助了。便吩咐女僕不要瞎說，自己向寒煙居跑去。

剛出門，就看見暖閣方向沖天的火光。

「走水了，走水了！」一些人從四處跑來，驚慌地大叫著。

「天呀……」夏木一陣心驚肉跳，轉身向暖閣跑去。

明箏沿著冰封的水塘越跑越快，她的身影在月光下拉下長長的影子。她身影的後面，慢慢跟上來一個人和一隻貓。

不多時，柳眉之趕上明箏，他拉著明箏向山莊大門跑去，明箏看上去已經毫無意識，他說什麼，她就跟著做。柳眉之按捺不住自己的衝動，他回頭看著聽雨居方向的火光，邪魅地一笑，自言自語道：「沒想到那支蠟燭有這麼大的威力，夠他們忙活一陣子，最好是燒得一點不剩，這樣就不會有人再追查明箏了，只當她已燒成了灰。」

柳眉之更沒想到的是迷魂散竟然讓他如此輕易就實現了夢寐以求的願望，帶走了明箏。這只是第一步，只要明箏聽話，還愁得不到那本奇書《天門山錄》？有了此書，天下人都要敬畏他三分。

想到此，他禁不住仰天長嘯，他身邊的貓跟著他一起鳴叫。「喵。」貓叫聲既恐怖又陰森。明箏也笑起來，學著貓怪異地叫了一聲：「喵。」柳眉之更加得意地笑起來。

沿著積雪未化的小道，兩人很快來到山莊大門處。遠遠看見增加了人手的門崗上，到處晃動著人影，他們也看到了火光，卻乾著急，不能過去。

「誰？」

柳眉之望著走過來的莊丁，面孔有些熟悉，便只好報出真名：「柳眉之，明箏。」那人似乎認出了明箏，叫道：「明姑娘。」看明箏沒反應，有些尷尬。柳眉之忙說：「明姑娘急死了，快放行吧。」

「那也要按慣例，這是蕭幫主吩咐的。」守衛說道，「口令？」

「龍城飛將。」柳眉之想到那天給玄墨山人吃下一粒迷魂散，就問出這個口令，真是太浪費了，玄墨山人身負武功，自身的定力很大，有自發的抵觸，不像明箏這麼毫不抗拒。

「權杖？」

「這裡。」柳眉之從懷裡取出兩個「煙」字權杖，這兩個權杖是從吳劍德那裡得到的，真是完美，柳眉之再一次對自己充滿自信。

「行了，我問你們，這大半夜去哪裡呀？」莊丁不解地問。

「沒看見起火了嗎，我們去向蕭幫主報信。」莊丁一聽，急忙閃身，他向大門邊幾個人一揮手讓放行。山莊大門吱呀呀發出響聲，明箏歡快地跳起來，拍著手發出貓的叫聲，一旁的莊丁怪異地盯著明箏，柳眉之急忙拉住明箏道：「快走吧，別開玩笑了。」

柳眉之拉著明箏一出山莊大門，便向一側山峰跑去。

山莊守衛中一個人嘟囔了一句：「為何不騎馬？這要走到何時呀？」

「也許馬匹都被進山的人騎走了。」一個莊丁隨口說了一句。

幾個人搖搖頭，大家回過頭把視線再一次集中到那團火光……

三

山林裡，積雪足足有半人高。柳眉之走得越來越慢，他已經跟不上明箏了。他們沿著上山的路走著，厚厚的積雪成為他們面前最大的阻礙。柳眉之早早便在山頂探查出一個隱祕的山洞，而且在裡面藏匿了一些食品。只要他們找到那個山洞，他便大功告成了。

積雪太深，又是夜裡，兩人深一腳淺一腳走著。明箏走到他前面，也許是藥力的原因，明箏感覺渾身有使不完的力氣，那隻貓緊緊跟隨著。柳眉之看到明箏已經偏離了路線，他急得喊她，又不敢聲音太大，他知道蕭天他們外出還沒有回來。

明箏跟著貓跑進一片林子，貓瘋狂地在雪裡刨著，找什麼東西。明箏跟著貓學，也瘋狂地在雪裡刨。貓刨了一會兒，又向樹上爬去。明箏也跟著向樹上爬去，她身上的衣裙太長，纏在樹枝上，她氣呼呼地撕開裙角。

一貓一人，一前一後爬到樹上。他們爬樹的動靜驚飛了一隻窩在窩裡的烏鴉，烏鴉嘎嘎嘎地飛起來。這時，樹杈上一個黑乎乎的東西立起來。貓弓起背，一雙栗色的眼睛目不轉睛地盯著那個黑影，突然貓發出一聲猙獰的長鳴，猛地向那個黑乎乎的東西攻去，黑暗中突然伸出一隻手臂，向貓擊去。貓發出一聲尖厲淒慘的叫聲，被甩了出去，很快滾下樹。

明箏也學著發出尖厲的叫聲，向樹下滾去，一下子摔到雪地裡。

那個黑影跟著跳下來，他一把抓住明箏的胳膊，仰起臉，他粗糙乾裂如同覆蓋著鱗片的臉上，一雙渾濁的眼睛閃著光，嘴裡口齒不清地發出似驢的叫聲：「呃……呃……」明箏被他抓著手臂，一邊掙脫著，一邊發出貓叫聲，那隻貓聽到後，又從遠處躥回來，向黑影攻去。

不遠處的柳眉之聽到貓的聲音不對，立刻警覺起來。

他收養這隻貓已有一段時間，當時就是在這片山林裡遇到的這隻貓，他能找到那個山洞，也多虧了這隻貓，為收服這隻貓他付出了很多心血，他一直覺得這隻貓的出現能給他帶來好運，因此非常愛惜牠。

柳眉之迅速向貓叫的方向跑去。他跑進林子，月光穿透林木照在下面的積雪上，雖然是夜裡，視線卻很好，他高一腳低一腳地踏在積雪上，辨認著方向。

遠處傳來更響亮的似哀鳴般的叫聲，柳眉之心裡一驚，感到有不測發生，拚命向聲音跑去。在前方林子裡，看見一個奇異的畫面，一個黑乎乎的東西抱著明箏，明箏的雙腿和雙手掙扎著，那隻貓站在黑乎乎的東西上面，不停用爪子和嘴攻擊，但是那個黑乎乎的傢伙不為所動，哀鳴般的叫聲就是從那個怪物的嘴裡發出來的。

柳眉之望著那個怪物，一陣陣頭皮發緊，他悄悄從腰間抽出寶劍。這把寶劍是新近得到的，削鐵如泥，他視為寶物。他默默在心裡念叨，希望一劍封喉，了結這個傢伙。他悄悄移步，走到怪物身後，貓早已發現了他，它不再用爪子攻擊，而是死死盯著柳眉之。

寶劍在空中劃出一道寒光，柳眉之躍身揮劍向怪物砍去，劍光一閃，只聽「唼」的一聲，寶劍的刃竟然卡在怪物的肩胛處，柳眉之提力拔劍，竟然毫無反應。這一驚嚇，讓他毛骨悚然，難道真遇到怪物了？

「啊！」怪物發出怒吼，把懷裡的明箏扔到雪地上，他笨拙地回過頭，柳眉之這下看清了他的真面目，白天吃的東西差點都吐出來。但奇怪的是怪物看見柳眉之並沒有採取行動，而是拔出肩胛上的劍放到地上，呆呆地站在原地，張著嘴巴看著他，似乎驚呆了。一瞬間，柳眉之想到一個人，後背立時被冷汗浸透。

怪物拔下劍後，他的肩胛毫髮無損，這一切讓柳眉之驚呆了，看到怪物並沒有傷害自己的意思，受到驚嚇的心緒稍微平靜了些。他顫巍巍地問道：「你，你，是……雲？」

「呃……呃……」怪物發出委屈的哀鳴，過了一會兒，他伸手戴上兜頭，用大氅遮住自己醜陋變形的身體，慢慢從衣襟裡摸出一個東西舉過頭頂。柳眉之遲疑了一下，接過來一看，心裡頓時明白了。

「雲，你如何會在這裡？」柳眉之望著手中的玉牌，當他確定面前就是雲時，心裡真是又驚又喜，驚的是半年時間雲竟然變成這個樣子，而他也被寧騎城灌下同樣的毒，看見雲的今天就像看見自己的明天，能不讓他膽戰心驚嗎？不過慶幸的是這個怪物落到他手中，從雲能給他跪下來看，他還是認他這個昔日的主人的。

柳眉之略一沉思，用威嚴的聲調說道：「雲，你可知罪嗎？」雲突然匍匐到地上，嗚嗚地哭起來。

「你個背主家奴，你出賣了我。」柳眉之怒道，看見雲仍然趴著，並不時頭撞地面，便緩和了語氣，繼續說道，「你也知道了我的真實身分，我乃白蓮會北堂主，既然信奉大慈大悲的彌勒佛，便有普度眾生之願，唯有一顆慈悲之心。即使你傷害了我，我依然會原諒你，我也有度化你受害的軀體，讓你早日脫離苦海之意，你可知道？」

雲撲倒在地，磕了三個頭，這才抬起頭，口齒不清地說道：「我，我該死……」

也許是許久不說話的緣故，他的頭顫抖得厲害。

「雲，你告訴我，你是怎麼到這裡的？你不是在詔獄嗎？」柳眉之問道。

「呃……」雲似乎很激動，過了片刻，他緩慢地開口道，「我……挖洞……挖呀挖……想出去……挖錯了方向……挖到衙門……後堂裡，我……害怕跑不出去了……藏了幾天……聽見他們要去小蒼山……看見幾輛大馬車……藏進馬車下面……便到了這裡……」

「他們？是誰？」柳眉之問道。

「寧……騎城。」

柳眉之聽雲結結巴巴地講完，心裡大吃一驚，原來他竟然是隨寧騎城的錦衣衛到了這裡，錦衣衛到這裡必是要清剿瑞鶴山莊，真是上天助他，他順利離開了山莊，不僅帶走了明箏還得到了雲。柳眉之暗暗得意，他平靜地望了眼雲道：「錦衣衛既然來了，寧騎城肯定隨後便到，寧騎城這個邪惡的魔鬼我一定要抓住他，有神護佑我，我必能戰勝他。雲，你可願意跟隨我，同我一起鋤奸懲惡？」

雲嘴裡發出「嗚嗚呀呀」的聲音，像哭聲又像笑聲，最後雲在雪地上磕頭似搗蒜，結結巴巴地說道：「主人，主人，我生是你的人，死也是你的鬼……」

柳眉之撲哧一聲被雲的話逗樂了，他與吳劍德的幾次談話，讓他更加了解了鐵屍穿甲散，他心裡清楚，雲服下奇毒，在不服解藥的情況下身體產生了巨變，看來已經刀槍不入了，這簡直是神賜給他的一名虎將，有他在身邊，寧騎城也不是對手，更別說蕭天他們了，想到這裡，柳眉之仰天長笑。

柳眉之上前扶起雲，這才想到明箏，他四處張望，不僅明箏，連貓也不見了。他叫住雲：「雲，明箏姑娘你認得出來吧？」雲點點頭道：「是……她。」

「你快去找到她。」柳眉之下了命令。雲點了下頭，向林子深處跑去……

黑黢黢的山林，月光灑在積雪的小道上，一支隊伍緩慢地向前蠕動。由於積雪太深，馬蹄踏進雪裡，沒入腿間，全然沒了速度，變成艱難的跋涉。一些馬匹失了耐性，不停地打著響鼻，時不時仰天嘶鳴一聲。有的滑倒了，連人帶馬在雪中掙扎。

高健拉著轠繩催馬走出隊伍，回頭看著馬隊狼狽的樣子，心情越發煩躁。他目光越過隊伍向後方尋找寧騎城，看到他夾在隊伍中間，急忙策馬趕了過去。

「該死，這要走到何時？」高健來到寧騎城面前發著牢騷。

「急什麼……」寧騎城看上去一點也不急，「再下場雪才好呢。」

「大人，再下雪，行進的速度更慢。」高健急道。

「一場大雪後，一切都會了無痕跡，大地會變得乾乾淨淨。」寧騎城不急不躁地說道。

高健回頭望了眼小道上的馬蹄印，明白了寧騎城為何說要再下場雪，大雪一過，就更是神不知鬼不覺，他們就如同天降奇兵。想到這裡，高健後背直冒冷汗。或許是為了印證寧騎城的話，不一會兒，天空中竟然真的飄起雪片。

高健聽到一旁寧騎城得意的冷笑：「這一次，絕不讓他再跑掉。」高健心裡一顫，寧騎城與蕭天交過幾次手，每次蕭天都能破了寧騎城的圍攻，這兩個對手，可謂是旗鼓相當，不分軒輊，此次一役，不知會是什麼結局？無論是何結局，都不是他高健所希望看到的。

他暗自嘆息一聲，他細微的表情沒有逃出寧騎城的視線，他扭頭望著高健：「你嘆息什麼？」

「我想此次大人一定勝券在握，只是，只是不要大肆殺戮才好。」高健說著，只顧自己的哀愁而完全忘記了對方是寧騎城。

寧騎城一樂，在這個世界上從沒有一個人敢在他面前這麼勸他，但是這話出自高健之口，他倒是也能為之動容，如果高健不說這話，那就真不是他了。「好，我記住了。」

「如果明箏姑娘也在這裡，你把她交給我好嗎？」高健突然說道。

寧騎城猛地陰沉下臉，連聲調都變了，變得既威嚴又冷酷：「怎麼處置俘虜還輪不到你來指手畫腳吧。」

「不是，大人，我只是不想讓別人傷害她，沒有別的意思，畢竟她家與我家是故交。」高健急忙解釋道。

「好吧，那我告訴你，年前春上，我曾到她家提過親，你還記得吧，後來被選秀的事鬧黃了，可我早晚是要娶她為妻的。」寧騎城說完呵呵笑了兩聲，催馬向前而去。

原地只剩下高健瞪著一雙乾巴巴的眼睛發呆，愣了半天，他才催馬趕上隊伍，一想到寧騎城的話，腦袋都要裂開了，明姑娘瑤臺仙子般的人物怎能跟寧騎城這種人在一起呢？剛剛還只是單單為蕭天擔心，如今變成了為明姑娘擔心，他甚至一點也不為他送出去的那塊報信的布片感到內疚了。

一個校尉從前面催馬趕到寧騎城面前報告：「大人，前方林子裡發現有煙火，似是有人。」

「停。」寧騎城一揮手，行進的隊伍停下來，寧騎城叫住高健，「帶幾個人，跟我到林子裡看看，不要騎馬。」

高健翻身下馬，帶上自己三個手下，跟在寧騎城的身後，向那片冒煙的林子跑去。臨近林子發現雪地裡有雜亂的馬蹄印，他們沿著印跡向林子裡走去。透過樹叢隱隱看見微弱的火光，以及晃動的身影。

寧騎城回頭提示他們不要發出聲響，幾個人悄悄前行，身體借著林木和積雪慢慢接近那群人。最後他們趴在離那群人最近的一個雪窩裡。只見前方不遠處拴著七八匹馬，馬匹一側圍著柴火聚了一堆人，火堆上烤著一隻羊，他們正有說有笑地吃著羊肉。這群人個個剽悍壯碩，臉上鬍鬚旺盛，衣著也很古怪。

「大人，我看像是蒙古人。」高健附在寧騎城耳邊說道。他認出其中一人就是在寧府裡碰見的那個人。

寧騎城不動聲色地盯著那幫人，臉色越來越難看。他沒想到乞顏烈會給他來這一手，想起到他的前頭。這幫人他只認出乞顏烈和他的姪兒和古瑞，其他人可能是幫裡的高手，看來黑鷹幫這次賭上了老本要一雪前恥。

寧騎城回過頭，對高健道：「回去。」幾個人按原路返回，寧騎城原本打算到前面讓隊伍休整一下，現在計畫被打亂了，看來必須趕到蒙古人的前面，好占據有利地勢。他吩咐高健帶人到前面聯繫前期到達的隊伍。高健領令，親點了幾個屬下，又突然想到一事，轉回身問道：「大人，咱們何時出擊？」

「不急，」寧騎城冷著臉道，「在他們最放鬆警惕的時候。」

「噢，啥時候？」

「大年夜，如何？」

高健點了下頭，不得不佩服寧騎城的謀略，自己這輩子恐怕都只能望其項背，但是這恐怕也是他這輩子接到的最沉重的一次指令了。高健翻身上馬，催馬向前。後面幾個人跟在他身後，向黑黢黢的山道奔去。

四

此時，瑞鶴山莊亂作一團，所有人都聚到了聽雨居，在眾人的共同努力下，暖閣的大火終於被撲滅了。玄墨山人領著眾弟子在廢墟裡扒了半天，只找到一個青花瓶。

青冥郡主坐在水榭邊的高臺上，裹著厚厚的被子，披著裘皮大氅，眼神呆滯。她身邊坐著翠微姑姑，同樣面色蒼白。四處掛著的燈籠把這一片空地照得亮如白晝，那片變成廢墟的暖閣看上去就更加觸目驚心，慘不忍睹。

玄墨山人手捧著青花瓶走到青冥郡主面前，非常同情地道：「郡主，就找到了這個。」

「啊！不！父王啊……女兒不孝，女兒九死不可贖罪！啊……」青冥郡主發出悽楚的哀哭聲，在場的人無不動容。翠微姑姑想安慰郡主，根本勸不住。

玄墨山人嘆口氣，問一邊的夏木：「暖閣裡有什麼？」

「玄墨掌門，你不知道，郡主讓明箏姑娘抄寫的根本不是經文，而是我們老狐王留下的典籍，是我們狐族至寶，傳承了百餘年，有了它才有了今日的狐族。」夏木說道。

「那明箏姑娘呢？」玄墨山人問道。

「忙著救火，還沒顧上找她呢。」夏木說道。

「我派陽澤去叫蕭幫主有段時間了，怎麼還沒回來？」玄墨山人急得在原地打轉。

突然，從院門外傳來急促的馬蹄聲，眾人閃出一條道，只見蕭天連馬都沒下，竟然騎著黑馬徑直奔到眾人面前，他翻身下馬時，竟一隻腳踏空摔了下來，人們從未看到他驚慌的模樣，歷來沉穩有度的蕭天也失了分寸，大家都跟著慌張不安起來。蕭天跑到那片廢墟前呆立片刻，轉回身大聲問道：「明箏呢？」

所有人都靜默著。過了片刻，翠微姑姑說了一句：「是不是燒成了灰，也不可知。」

「夏木，這把火是如何燒起來的？」蕭天歇斯底里地一聲怒喝，他望著面前的廢墟，一陣頭重腳輕幾乎站立不住，他走時不祥的預感真的應驗了，但是到底發生了何事？暖閣如何會起火？明箏呢？

「君王，」夏木不知何時已到蕭天身旁，她看著蕭天著了魔的樣子，急忙安慰道，「你先別急，這把火確實起得蹊蹺，但是有個女僕在起火前曾見過明箏姑娘。」

「誰？把她領過來。」蕭天著急地叫道。

「是我，」一個中年女僕從一旁走到眾人中間，「我是負責燒火塘的，就在起火前，我看見明箏姑娘從暖閣跑出來，而且很奇怪的樣子，唱著歌，沿著池塘向前跑，就像，就像有鬼魂附體一樣。」

「妳叫她沒有？」一邊的玄墨山人突然問道。

「我叫了，我說明箏姑娘，她理也不理地往前跑，還跑得很快。」

「壞了，蕭幫主，我懷疑有人給明姑娘服下了迷魂散，」玄墨山人緊張地說道，「這些表現符合迷魂散的症狀。但是，這個人為何要對明箏姑娘下手呢？」蕭天緊皺眉頭，心裡的疑團慢慢清晰起來，他環視四周，突然大喊陳陽澤：「陽澤，你見到柳眉之沒有？」陳陽澤一愣，馬上回道：「沒有啊，他就像人間蒸發了一樣。」

「老李，騎我的馬到山莊大門，把當值的衛長叫過來，快去。」蕭天叫道，李漠帆拉著馬，翻身上馬便衝出去。

「難道是……」玄墨山人一愣，目光盯著蕭天。

蕭天一陣自責，懊悔地說道：「是我大意了，該防備的人沒有防備，才造成今天的局面。狼終歸是狼，再餵也變不成家狗，總有傷人的一天。」

這時，從院門跑進來一個繫著圍裙的男人，一邊跑一邊大叫：「幫主，出人命了。幫主，出人命了！」

蕭天一看，跑進來的是廚房的伙夫大老劉：「老劉，快說。」

「水缸裡，有具死屍。」

「什麼？」玄墨山人和蕭天都是一驚。

「我去吧。」玄墨山人說著，帶著幾個弟子跟著大老劉走了。到處都是一團亂，蕭天感到頭皮都是麻的。但是，此時他不能亂，這裡所有人都仰仗著他呢，他強打起精神，回頭看了眼坐在水榭邊的青冥郡主，她的眼睛已經哭得又紅又腫。他抬腿向青冥郡主走去。

蕭天徑直走到青冥郡主身邊，蹲在她面前，一隻手握住了青冥郡主的手，青冥郡主抬起頭，詫異地望著蕭天。蕭天這個溫柔的動作讓青冥郡主手足無措，臉上竟飛上一片紅暈。

「青冥，妳放心，不會有事，縱火之人一定會找出來。」蕭天安慰道。

「可是，明箏姑娘，還有所有的典籍……」青冥郡主一陣悲傷，「我真是自作自受，幹麼要逼明箏姑娘抄寫……」

一旁的翠微姑姑手臂一碰青冥郡主的臂膀，說道：「郡主快別自責了，這哪裡是妳的錯？」

「是呀，郡主還是回房休息吧，夜色不早了，這裡有我便行了。」蕭天向翠微姑姑說道，「翠微姑姑，妳也回房休息吧。」說著，蕭天回頭向夏木和林棲使個眼色，幾個人上前，林棲抱起郡主向正房走去。這邊剛處理好，院門外就傳來哭聲，玄墨山人低著頭走進來，身後的陳陽澤還在抽泣著。

「前輩，屍身是……」蕭天急忙問。

「我的大弟子吳劍德。」玄墨山人忍不住攥緊腰間佩劍。

「原來如此。」蕭天一聲厲喝，心中已了然大半。

這時，院門外傳來一陣馬蹄聲，不一會兒，李漠帆領著一個身著盔甲的莊丁衛長走過來：「幫主，今日當值的是這位田兄弟。」

「好，我來問你，今日出山莊的都是什麼人？」蕭天問道。

「三批人。」姓田的衛長從甲冑裡掏出一本冊子，翻了幾頁念道，「都記錄在冊，巳時，有兩人拿廚房的權杖出山莊，一個叫陳二，一個叫張石頭。申時，是幫主你帶隊伍上山。卯時一刻，有兩人拿寒煙居的權杖出山莊，一個叫柳眉之，一個叫明箏。」

「柳眉之！」玄墨山人咬牙切齒地叫了一聲。

「果然是他，終於水落石出。現在看來這一切都是他的謀劃。」蕭天怒氣衝天地說道，「柳眉之竊取了那盒迷魂散，後來又殺害吳劍德得到了兩個權杖，餵你服下一粒迷魂散，喂明箏服下一粒迷魂散。」蕭天來回踱了兩步，「奇怪，讓明箏服下迷魂散的動機很明顯，就是要帶走明箏，他打明箏的主意不是一天了，為何要餵你服下迷魂散呢？」

「是從我這裡得到……難道是口令？」玄墨山人臉一紅，「慚愧，老身武藝不精，師祖就可以做到失去意念後自行入定昏睡，我還是功力不夠，讓這個惡人鑽了空子。現在怎麼辦？」

「他們跑不遠，咱們兵分兩路，去追。」蕭天說著，向自己的黑馬走去。

「好，柳眉之必須血債血償。」玄墨山人回頭叫弟子，發現身後已站了一群人，玄墨山人點了點頭，「走，去為你們的大師兄報仇。」

眾弟子一聲回應，個個摩拳擦掌，跑去牽馬了。

不久，隊伍又一次集結完畢，蕭天留下一部分人看守山莊，其餘人分成兩路，一路蕭天領著上山，一路玄墨山人領著下山。隊伍蜂擁而出，人喧馬嘶，在山莊外岔道上分開，相背而去。

五

月光下的小蒼山山頂在白雪的覆蓋下顯得異常寧靜安詳。其實在皚皚白雪下，此地到處怪石嶙峋，陡峭異常，有些山峰宛如刀刻般筆直。只聽一陣山風過後，吹得岩石上的積雪紛紛飄落，風在這裡打著滾地翻過，發出陣陣似海嘯一般的聲音。

在山峰間的雪地上，只見一隻花貓靈巧地向前跑動著。牠身後跟著一黑一白、一高一矮的兩個人。一身黑衣的矮子身上背著一個女子，高個頭的白衣人手裡拄著一根木棍，兩個人跟著花貓的足印向前飛快地走著。這兩人正是柳眉之和雲。

「主人，還有……多遠？」雲望著前方陡峭的山峰，不由擔心起背後的明箏。剛才他聽從柳眉之的話，去找明箏。但是明箏跟著貓根本沒有停下來的意思，他一急，撿起一根樹枝扔向明箏，沒想到正砸在她的頭上，她就倒在了地上，貓撲上他，咬了他一口，結果崩掉了兩顆牙，現在貓看見他就躲。

「快了，山洞就在主峰的下面，有一個很隱祕的洞口。」柳眉之用木棍指了指前方，心滿意足地望著面前的兩個戰利品，當時他來探測這個山洞時，可沒想到真會派上用場。當時在山莊住得心裡鬱悶，上山散心，不想遇見這隻山貓，有了這個發現，一切都像是上天安排的。

柳眉之盯著雪地上的山貓，生怕跟丟了：「那個洞口在夏天都不易發現，現在被積雪覆蓋，便更不容易找了，只有貓能找到。」

「喵……」山貓聽見柳眉之的聲音，在前面發出呼喚的叫聲。

「快，跟上貓。」柳眉之不再說話，眼睛追尋著山貓。

兩人加快腳步，跟著山貓向怪石嶙峋的山峰走去，積雪被風吹得從耳邊呼嘯而過。山貓在前方四處跑動，最後在一個地方開始刨起來。柳眉之從雲身上接過明箏放到雪地上，雲跑去幫忙，山貓一看見雲，「喵……」地驚叫一聲，躥出去很遠。

雲不管山貓，自己挖起來，只見他伸出兩隻手臂，插進雪裡飛快地翻動，像兩隻重鐵鑄就的鐵器一樣，轉眼已挖出丈許深。柳眉之看得心驚膽戰，要知道這可是常年積雪被冰封的凍土呀，怪不得他能從詔獄挖個洞出來，還迷了路挖到衙門後堂，即使挖到皇宮也不奇怪。這次可讓他見識了他的本事，有了他，敢問這個世間誰還是他的對手？

「主人，看……見洞口了。」雲的聲音從洞裡發出來。

「做得好。」柳眉之欣喜地道，他從背囊裡取出火折，引燃後點著木棍，變成了火把，火光下看見雪層下，一個黑乎乎的洞口。他叫住雲，「進來吧，你背著明箏。」

轉眼，雲爬上來，他走到柳眉之面前背起明箏往洞口走去，山貓仍然躲在遠處，柳眉之向他招手，牠一動不動，警惕地盯著雲的一舉一動，直到雲消失在洞裡，它才跳進去。

柳眉之在洞口前眺望了片刻，把剛才挖出的雪又重新堆到洞口，他走進去後，把四周的雪聚到一處，堵住洞口。

穿過洞口後，走過一段很窄的夾縫，往裡走深處竟然是一個巨大的天然溶洞。柳眉之舉著火把站在溶洞中間，不由興奮地哈哈大笑。「跟我來。」柳眉之叫住雲，雲背著明箏跟在他後面。兩人走到溶洞裡面，這裡又套著一個小溶洞，裡面竟然有柴和稻草，角落裡還堆著一袋乾糧，裡面有牛肉乾和地瓜乾。

柳眉之把火把插到一個石頭縫裡，雲把明箏放到稻草上。柳眉之命令雲生火，自己則扔下背囊，從裡面取出一個木盒，打開後裡面有最後一粒迷魂散，他回頭看著明箏，深知迷魂散的藥力正在一點點喪失，他必須儘快叫醒明箏。

他走到明箏身邊，一隻手掐住她的人中。他跟天蠶門的弟子住了這麼長時間，多少也學到一些醫術。不久，明箏醒過來，神志依然不清。她坐起身，好奇地望著周圍，開始蹦跳著拽頭頂上的鐘乳石，大聲叫著：「我要，我要！」雲生著火，走過來問柳眉之：「主人，明箏姑娘不對勁呀。」

「被人下了毒，若不是我把她救出來，她早就沒命了。」柳眉之信口說著。

「主人，你真是菩薩在世。」雲一聽明箏也中了毒，滿心同情，他對此是深有體會的。

柳眉之不去理會雲的奉承，他此時的煩惱來了，怎麼才能讓她安靜下來，默寫《天門山錄》呢？他盯著明箏一次又一次跳著去拽鐘乳石，突然有了主意，他叫住雲：「雲，你看明箏這麼喜歡，去弄幾個。」

雲聽到主人吩咐，便向裡面自己個頭能夠到的地方跑去，不一會兒，聽見兩聲脆響，雲舉著兩根又細又長的鐘乳石跑過來。明箏一看喜上眉梢，伸出雙手就嚷著要。柳眉之一把抓過來，說道：「明箏，妳想要它，要用東西交換呀？」明箏不假思索地點點頭。

「我要《天門山錄》。」柳眉之笑著說道，「明箏妹妹會寫這個，而且寫得又快又好。」

明箏迷茫地瞪著大眼睛，問道：「我真的會寫？」

「妳會的，妳來教哥哥寫，好嗎？」柳眉之溫柔地望著明箏。明箏點點頭。柳眉之大喜過望，急忙從背囊裡取出筆墨，在一塊石板上鋪開紙張，並把毛筆蘸足墨汁遞給明箏。明箏接過來開始在紙張上寫起來，寫一會兒便托腮想想，一副很認真的樣子。

柳眉之竊喜，他轉過身走到火堆前烤著火，並取出一些乾糧放在火上烤。直到此時，他才感到饑腸轆轆，正要吃些地瓜乾，突然雲走過來，小聲說：「主人，明箏姑娘睡著了。」

「啊。」柳眉之手中的地瓜乾失手掉到柴火裡，他回過頭，看見明箏趴在石板上呼呼大睡。雲伸手到柴火裡撿地瓜乾，只聽「刺」一聲，一股臭味撲鼻而來，雲抱著手臂疼得在地上打滾。柳眉之嚇了一跳，本想這傢伙刀槍不入，誰知如此怕火。

「混蛋。」柳眉之怒罵著雲，雲也沒想到會這樣，他呆呆地盯著自己被燒焦的手指，一時不知該怎麼辦。柳眉之從乾糧袋裡取出幾塊牛肉乾扔給他，緩和了語氣道：「以後見到火，躲遠點。」

柳眉之盯著那個木盒，開始思考最後一粒迷魂散的問題，他知道明箏的藥力馬上就沒有了，一覺醒來，又該恢復往日的明箏了。

柳眉之糾結的是給明箏服下，還是留著對付寧騎城。思謀再三，還是決定用來對付寧騎城，他給玄墨山人服下迷魂散沒有問出來結果，只聽到一句，被盜了都盜走了。不假，是被盜了，這個偷盜之人就是寧騎城，這就更印證了解藥只有寧騎城有。

沒有解藥，他就會成為第二個雲，其實成為雲也沒什麼不好，刀槍不入，但是他又無法容忍別人把他當作怪物，那樣他的宏圖大志就會泡湯，他需要人們對他崇拜和敬仰，他要成為萬眾矚目的堂主。柳眉之走到明箏身邊，她趴在石板上睡得正香。他抽出她面前的幾頁紙一看，不由怒氣衝天。上面寫的哪是《天門山錄》，而是畫的圖畫，有山有水，有雲有飛禽，畫得密密麻麻……柳眉之憤怒地將紙團成一團，撕成碎屑。他站在當地，怒火攻心，即便是使毒都不能讓明箏為自己所用，那還留著她何用？他心中清楚有才如明箏者不多，也看出來即使得到她的身也得不到她的心，他必須在她醒來前做一個了斷。

既然他得不到，那就誰也不能得到她。

柳眉之盤腿坐在地上，嘴裡念念有詞。雲看見主人這樣，也急忙跑過來，跪下跟著默默念叨。有一炷香的工夫，柳眉之突然睜開眼睛，神情激動，熱淚盈眶，他大聲喊道：「大慈大悲的彌勒佛啊，你普度眾生，給我啟示，我要永遠服侍你……」說著，柳眉之匍匐在地，頭重重地磕在地上。

雲禁不住好奇，吞吞吐吐地問道：「主人，你……看到了什麼？」

「當然是彌勒佛的金身了，你要是修煉到我這個地步，你也能看見，他告訴我說，明箏姑娘中毒太深肉身難保，她已經被度化，魂魄已到天界的真空家鄉，但是她的肉身卻要在罪惡世界受苦，所以需要我們的幫忙。」柳眉之說完，臉上露出無上崇敬，向前方又是磕頭，又是念咒。

「主人，我們如何幫她？」雲急切地問道。

「雲，」柳眉之盤腿坐到地上，一臉威嚴手指著北面道，「你速速背著明箏姑娘出洞口，到北面有一個山崖，你把明箏姑娘推下去，她就可以返歸天界，免遭劫難。」

雲頓時喜上眉梢，跪地磕頭，然後起身走到昏睡的明箏身邊，拉起她的雙手扛到肩上，向洞口走去。

柳眉之望著雲的背影，突然閉上眼睛，身體匍匐在地，發出壓抑的近乎瘋狂的叫聲：「啊——啊——」

雲興高采烈地爬出洞口，用手扒開積雪，留出一人可以出入的道，然後返回去背起明箏爬出來。這時，從他腳邊躥出來一隻貓，那隻山貓躥到他前方，虎視眈眈地瞪著他。

雲露出燒焦的手指向山貓要脅般揮舞著，山貓突然立起背部，隨時都要出擊的樣子，雲惱了，突然扒開兜頭露出恐怖的面孔，齜牙咧嘴向山貓發出吼聲。山貓立刻被雲的樣子唬住了，「喵」發出一聲尖厲的叫聲，向洞外跑去。

雲背著明箏走出洞口，踏著沒過膝蓋的積雪向北面走去。陣陣寒風下，雲的背影搖搖晃晃。那隻山貓立到一塊石頭上，衝著雲發出淒厲的叫聲，這隻山貓或許把明箏看成牠的同類，牠或許明白明箏正面臨危險，不停地哀鳴著，試圖喚醒明箏。

「喵……喵……喵……」

在離這座山峰不遠的小道上，一隊人馬打此經過，正是蕭天他們。此時已近五更，隊伍已在山上尋找了半夜，人困馬疲，蕭天眼看大夥實在疲憊不堪，便宣布打道回府。

這時，不少人聽見淒厲的叫聲，睏意頓消，隊伍停下來。「什麼聲音？」眾人警覺地四處張望。

「像是貓叫。」李漠帆說完，突然想起一事，叫住蕭天，「幫主，這會不會就是柳眉之的那隻貓，你聽聲音，就在這上面……」他仰起頭，望著山峰，「我見過這隻貓，就是這叫聲，幾次我都想逮住牠，但牠鬼得很，一般人都近不了身。」

蕭天迅速翻身下馬，從馬鞍下抽出一卷繩索：「快，叫上幾個人爬上這座山峰。」李漠帆跟著翻身下馬，一揮手，身後的幾個弟兄跑上來。

蕭天已經開始攀登。他一手握著匕首，每走一步都在結滿冰的山體上鑿出一塊可以落腳的截面，山體又陡又滑，稍有不慎就有掉下來的危險，他咬緊牙關拚盡全力登上山崖，回頭把肩上的繩索扔下去。

山崖下的人接住繩索迅速爬上來，蕭天囑咐來人拉好繩索接應其他人，自己轉身向山峰間跑去。「喵。」又一聲貓叫，這一次離得很近。蕭天環視四周，發現這片山崖是個圓形，他們爬上來的這邊是西邊，貓叫聲似乎在北面，蕭天警惕地從腰間抽出長劍，向北面跑去。

北面山崖的下方是萬丈深淵，一個黑乎乎的影子趴在山崖邊看了看，然後慢吞吞地轉身，向躺在地上的一個人走過來，嘴裡含混不清地嘟囔著：「明箏姑娘，妳……不要怪……我，主人說了……妳就要……上天界……享福了……」

雲拉著明箏的兩隻胳膊，吃力地往山崖邊拖。

突然，身後響起一陣細碎的聲響，雲以為是貓，連頭都不回，大吼了一聲：「死貓……滾……」他的話音未落，肩上就中了一劍。只聽「噹啷」一聲，劍卡在肩上。蕭天大吃一驚，他運力提氣拔劍，幾下才拔出來。要知道他手上可是師父親傳的碧血劍，平日削鐵如泥，現在卻抵不過此人的肉身。再看此人被黑色大氅包得嚴嚴實實的怪異的圓滾滾的身軀，他想到李漠帆嘴裡所說的鬼怪，難道是他？沒有時間多想，他上前一步，把劍架到他的脖頸上。

雲被激怒，突然躥出來的人如此惡毒要置他於死地，他大吼一聲，以手臂去擋長劍，卻發出金屬相撞的聲音。蕭天一陣心悸，知道自己不是這個怪物的對手，便想拖住他，讓後面的人來到後，圍而攻之。蕭天縱身一躍，已到怪物左邊，怪物緩慢地轉回身，剛要揮動手臂，蕭天又是一躍，已到怪物右邊。

從山崖西側趕過來的眾人，看見這一幕都驚呆了。

「幫主，就是這個鬼呀！」李漠帆一眼便認出來。

「老李，你快來救明箏，我拖住他。」蕭天衝他們喊道。

眾人這才發現山崖邊躺著一個人，李漠帆掀開蒙在那人身上的衣裳，一看正是明箏，但見她臉色灰白，已昏迷很久。「快，來個人。」一個身材壯碩的弟兄跑過來，李漠帆抱起明箏放到那人背上，交代道，「你帶幾個人護送明箏姑娘下山。」

「是，李把頭。」那人背著明箏就走，一旁幾個人擁過來護著他向山下跑去。

雲眼看著對方上來這麼多人，早已無心和蕭天打鬥，他瞅準一個空當撒腿就跑，李漠帆和幾個兄弟跑去追，被蕭天叫回來。「李把頭，別追了，先回去救治明箏要緊。」

雲跑出去，他回頭看看沒有人追過來，心裡一陣竊喜。一邊跑一邊想著，主人交代的事沒辦好，他一定會生氣的，如果遷怒於自己，說不定就會扔下他獨自走了，還是不說為好。

雲主意已定，便撒腿向洞口跑去，卻看見那隻山貓正蹲在洞口看著他。雲向山貓揮動著手臂，山貓「嗖」的一聲跑進洞裡不見了。

眾人分成兩路，一路從原路山崖上返回去牽馬，一路護送明箏走山路，兩邊約好在山下會合。

「放下來。」蕭天跑到前面背著明箏的壯漢身邊，那人急忙蹲下，幾個人把明箏平放到地上，蕭天緊張地試了下明箏的鼻息，臉上冒出一層冷汗。一旁的李漠帆急忙問道：「幫主，有無大礙？」蕭天從懷裡取出一個錦囊，摸索了片刻，叫道：「還好，裡面有紅參丸。」說著從裡面捏出一粒藥丸塞進明箏嘴裡。

「暫時無礙。」蕭天說著脫下自己的外衣裹到明箏身上，然後起身彎腰背起明箏，一旁的壯漢急忙湊上前道：「幫主，我來背吧。」知道這個兄弟是好意，蕭天淡淡一笑，道：「你休息一下。」

「行了，你湊什麼熱鬧呀？」李漠帆拍了下壯漢的肩膀，向眾人一揮手，「出發，快點到約定地點，不要讓那幾個兄弟等急了。」

蕭天背著明箏走在眾人的身後，一直緊繃的心終於可以放下了。明箏冰涼的身體軟綿綿地伏在他背上，呼吸也均勻起來。蕭天心裡從來沒有這樣的踏實和滿足過，他真希望一直這樣走下去，走到地老天荒……他眼裡慢慢聚起一片雨霧，喃喃自語道：「說是要護妳周全，可每次都讓妳受傷，若有來生，定與妳生死相隨……」

月光下，被雪野映照的蒼茫天空此時又飄起雪花……

第二十八章　紅蠟成雙

一

落了半宿雪，次日推門一看，雪已堆到門邊。一大早，山莊裡的人便忙於清掃道上的積雪。由於兩路人馬都是黎明時才返回山莊，往常的早飯時間便往後推了，莊子裡到處是人，忙得人仰馬翻。

聽雨居的走廊裡，夏木端著一盆熱水走到西廂房。屋裡靠窗的火炕上，玄墨山人正在為明箏行針，明箏腦門上的曲差、神庭、陽白等穴道上密布銀針。他身後站著陳陽澤，手裡托著一個紅木匣子，白布包裡整齊地放置著幾種型號的銀針。

一旁的太師椅上，蕭天靠在椅背上打起瞌睡，頭往下一栽一晃的。夏木走到椅子前，被玄墨山人止住：「不要叫醒他，讓他睡一會兒，他太累了。」夏木點點頭，從一旁的炕上取過來被子輕輕蓋在蕭天身上。

這時，門外傳來木軲轆的響聲。門被推開，青冥郡主坐著木輪車被林棲推進來。夏木急忙迎上去，微一屈膝行了禮，道：「郡主，妳怎麼來了。」

「我過來看看。」青冥郡主輕輕說道，看到蕭天坐在太師椅上睡覺大為不滿，「夏木，怎麼能讓君王睡在這裡呢？」

「噢，郡主，」玄墨山人替夏木回道，「蕭幫主太累了，還沒來得及走出去，就睡著了。睡著就行了，習武之人沒那麼多講究。」

「老前輩說得甚有道理。」青冥郡主把目光投到明箏身上，問道，「明姑娘可有大礙？」

「無妨，我已餵她服下解藥彌消散，睡一覺便會恢復。」玄墨山人說道。

兩人的談話還是吵醒了蕭天，他揉著眼睛坐起身，看見青冥郡主來到身邊，急忙站起身，道：「不知郡主過來，失禮了。」

「君王，還是回房好好睡一覺吧。」青冥郡主看著蕭天布滿紅血絲的雙眼，不知道他幾天沒有回房就寢了，整個人都顯得蒼老和憔悴，青冥郡主忍不住心疼地說道。

「剛才小憩了一下，就可以了。」蕭天看玄墨山人行完針，目露感激地望著他，「前輩，辛苦你了。」

「哪裡話，明箏姑娘又不是外人，即便你不叫我，我也是要來幫她診治的，也想從她身上看看迷魂散的藥力。」玄墨山人收完針，轉身面向蕭天道，「明姑娘的症狀很簡單，看上去面色發青體態無力，其實是體力極度透支的表現，她在迷魂散的作用下，過度狂躁亢奮，服下彌消散，休息幾天便會痊癒。」

蕭天的臉上浮上笑容：「前輩，我送你回房休息吧。」

「這個時辰了，不睡了。」玄墨山人看了眼窗外的天空，道，「老夫年齡大了，沒那麼多瞌睡，幾天不睡也沒事。」

「既如此，那就到櫻語堂，我有事要和前輩商議。」聽蕭天如此說，玄墨山人點點頭，近段時間山莊連遭暗算，雖說已找到歹毒惡人，但是他終未落網，而小蒼山四周隱患眾多，頻頻發現可疑的印跡。

蕭天看玄墨山人應允，便站起身，對青冥郡主道：「郡主也一同過來吧，我也有事要和郡主商量。」

青冥郡主一愣，這還是蕭天第一次主動要她參與他的事。青冥郡主點點頭，蕭天向站在門口的小六道：「小六，去通知幫裡幾個把頭，到櫻語堂。」

櫻語堂的院裡，積雪被掃出一條細長的小道，道上印滿各色腳印。幾個小廝跑來跑去送著茶水。

正房裡兩排太師椅上座無虛席。正中的位置上並排坐著蕭天和青冥郡主，左邊上首坐著玄墨山人，依次是弟子陳陽澤、李漠帆和幾個興龍幫把頭，右邊上首坐著翠微姑姑，盤陽、林棲，以及山莊幾個管事位列其後。

在經歷了一系列驚心動魄的事件後，眾人第一次踏踏實實坐下來。大傢伙議論紛紛，先是從玄墨山人丟失祕丸開始，接二連三的失蹤，以及吳劍德的死亡，最後明箏姑娘被劫走，樁樁件件，竟然都是出自柳眉之這個看上去溫文爾雅的人之手，眾人唏噓不已。陳陽澤更是發出要與白蓮會勢不兩立的吼聲。

蕭天一直默默聽著眾人的談話，他知道大傢伙需要時間發洩一下，憋了那麼多天了。他扭頭看了眼青冥郡主，青冥郡主默默回了他一眼，他對她微微一笑。

昨夜回山莊的路上，他反思了一路。他知道山外烏雲密布，已不容他有半刻分神。他必須堅強起來，不能再沉迷於兒女情長。他平靜了一下心緒，把目光轉向玄墨山人：「前輩，我有一事要跟前輩說，昨夜在山上我遇到一個怪人，前幾日李把頭他們也遇到過，他們叫他怪物，我看卻是個人，只不過很奇怪，我的劍竟然傷不了他。」

「哦，竟有這種事？老夫行走江湖多年，刀劍傷不了的還真沒聽說過。」玄墨山人陷入沉思。

「我聽說過。」一旁的陳陽澤突然說道，「你忘了，師父，你曾給我說過，中了鐵屍穿甲散的人，最後身體會結滿厚厚的殼，幾乎刀槍不入。」

玄墨山人立刻警醒地直起身，瞪著蕭天道：「你再給我說說那人的模樣。」

蕭天聽陳陽澤說出鐵屍穿甲散，心下一驚，努力回想著那個人的細節：「他把自己包裹得很嚴，戴著兜頭，只露出下巴，光線太暗只看見皮膚發黑，疙疙瘩瘩，像極了魚身上的鱗片，很恐怖。」

「哎呀！」玄墨山人猛地一拍大腿，「這正是中了鐵屍穿甲散的毒。」

「難道寧騎城把那丸藥給這人服下了？」蕭天問道，「可有解藥？」

「沒有解藥。師父的解藥沒製出來，就仙去了。」玄墨山人顯然很興奮，他站起身，搓著雙手，「看來這次沒白來呀，這個怪物就是師父那丸鐵屍穿甲散的受體，我必竭盡所能抓住他，帶回天蠶山，餘生當盡力把師父未完成的解藥研製出來，這才有臉去見師父他老人家，哈哈。」說著，玄墨山人興奮地大笑起來。

在座的人無不被玄墨山人的想法所震撼，蕭天想了想，也沒有比這更好的法子，這個怪物如不把他關起來，這一帶的老百姓恐怕都要遭殃，但是有一個問題，大家都忽略了，蕭天問道：「這個怪物如何會和明箏在一起？當時情況十分危急，他正要把明箏往山崖下推，除非這個怪物和柳眉之在一起。」

「很有可能。」李漠帆接著說道，「我在那個地方看見了柳眉之的貓，我們是聽到貓叫才找到的明箏姑娘。」

「天呀，柳眉之那個惡人就很難對付了，再加上一個怪物，豈不是更加可怕？」陳陽澤倒吸了一口涼氣。

玄墨山人和蕭天四目相對，均點點頭。兩人都同意這個說法，柳眉之和這個怪物在一起。

「看來，下一步我要仔細研究研究怎麼對付那個怪物了。」玄墨山人皺著眉頭說道。

「師父他老人家沒有留下話嗎？」蕭天問道。

「有，但是在祕盒裡，被寧騎城奪走了。不過也好，這粒奇毒已用，寧騎城，再也不用怕他了。」玄墨山人站起身來，突然得到的這個消息讓他如坐針氈，本想告辭回去，忽想到蕭天有事要與他商議，便面向蕭天，問道，「蕭幫主，你說有事要商議，還有何事？」

「噢，」蕭天看大家把目光都轉向自己，便說道，「這是一件私事，但是對於一個族群來說又是一件大事，我將奉父親和老狐王的遺命，與青冥郡主行成婚大禮。」

聽到蕭天突然宣布這件事，在場所有人都是一驚，繼而有的高興有的沉默。首先是青冥郡主，她一向寧靜如水波瀾不驚，此時竟然控制不住激動的心情劇烈咳起來。翠微姑姑急忙上前去撫青冥郡主的背部。

陳陽澤直到此時才知道蕭天與青冥郡主有婚約，他低聲問師父：「師父，蕭幫主吃錯藥了吧，放著明姑娘不娶，娶個廢人？」

玄墨山人微閉雙目，手捋鬍鬚，瞪了弟子一眼道：「混帳東西，你懂什麼？男人如果沒有擔當，何以稱男人。」

往常最是活躍的李漠帆此時一聲不吭，蕭天宣布大婚，也是他意料之中的事，他只能深深嘆息一聲，垂下頭去。

「我也有件事要和君王和郡主商量。」翠微姑姑走到中間空地上，向眾人施了一禮說道，「既是辦喜事，就講究個好事成雙，對吧，各位，君王和郡主，你們介意我跟你們一起辦婚事嗎？」

翠微姑姑此話一出，房間裡像炸了鍋似的一陣哄堂大笑。

「妳個死婆娘，」李漠帆本來心裡就憋著一肚子氣，一聽這話，肺都氣炸了，他一步跳到翠微姑姑面前叫道，「有妳這樣占便宜的嗎？人家君王和郡主大婚，妳跟著起什麼哄！」

「這怎麼叫起哄？這叫好事成雙。」

「什麼好事？明擺著是占便宜，這下什麼都省了，哈！」

「我肚子裡懷了崽，難道不是好事嗎？」

「啊？妳要臉不要臉？妳把姓李的臉都丟盡了……」

「李漠帆，」翠微姑姑跳到李漠帆面前，手指著他的鼻子，嚇得一旁的林棲一步躥上來，為防止兩人大打出手，他站到兩人中間，伸開雙手擋著他們，但是他剛拉開架勢，耳中卻聽到翠微姑姑一聲尖叫，「李漠帆，你，你到底是娶不娶我？」

「我沒說不娶，但咱別在這裡湊熱鬧好嗎？死婆娘。」

堂上眾人目光跟著他們兩人晃來晃去，最後聽到翠微姑姑的一聲大喝，所有人都驚得瞠目結舌，什麼情況呀？原來翠微姑姑的男人是李漠帆。最驚訝的要數蕭天了，這麼多天沒見過蕭天笑，此時蕭天撲哧笑出了聲。

「看看，看看，妳讓大家都笑話死了。」李漠帆用手捂住半張臉，慚愧地向眾人道，「家教不嚴，慚愧。」

這樣一來，大家更是笑得前仰後合。

「喂，我說一句啊，既然是好事成雙，」盤陽咧著大嘴站起來道，「也不在乎再成一對，諸位，還有沒有要成婚的，一起吧。」

在座的又一陣哄堂大笑，翠微姑姑上去一腳踹到盤陽的屁股上，罵道：「你個小崽子，你以為婚姻大事是兒戲呀？老話說了，百年修得同船渡，千年修得共枕眠。」

蕭天一擺手道：「好啦，我同意翠微姑姑和李把頭的婚事和我們一起辦。」「幫主，你，你怎麼能同意呢？」李漠帆急得直撓頭。

「李把頭，我們翠微姑姑願意跟你，是你的福氣，那是下嫁。」盤陽樂呵呵地說道，「你還挑三揀四的。」

「有你啥事呀？」李漠帆氣鼓鼓地瞪著盤陽。

「怎麼會沒有我的事，唉，李把頭，有你這樣對待小舅子的嗎？」盤陽以小舅子自居，逗得眾人又一陣哄堂大笑。

這時，從門外走進來夏木姑娘，她屈膝施禮道：「君王郡主，明姑娘醒來了，她請求見你們。」

蕭天一愣，忙說道：「快請。」

大家看見門外一抹青色的衣衫一閃，明箏款款走進來。她步履不穩，還帶有大病初癒的虛弱，面色蒼白，雙眸含霜，一夜之間明箏就像換了個人。她輕輕走上前來，直接跪到了蕭天和郡主面前。剛才的歡樂氣氛在明箏到來後戛然而止。眾人突然想起一事，都覺得心裡像被根針扎了下，隱隱作痛。

「明箏，妳這是？」蕭天探身叫道，「快起來呀。」

「我什麼都知道了……」明箏抬起頭，臉色更加蒼白，「大哥，郡主，夏木姐姐把一切都告訴了我，山莊裡頻頻出事的罪魁是柳眉之，他與我雖沒有血緣，卻是我家的家奴。畢竟是我求你們把他從詔獄裡救出來的，還求你們留他在這裡療傷。現如今，他不僅恩將仇報，還害死了玄墨掌門的大弟子，又火燒暖閣，致使狐族典籍毀於一旦，這一切都與我脫不了干係，我願接受任何的責罰。」

李漠帆一個箭步走到明箏身邊，企圖把她拉起來：「明箏，這與妳無干，快起來。」李漠帆環視眾人，「我說得對不對？」明箏掙脫他的手，依然跪著。

玄墨山人點點頭，開口道：「明姑娘，妳多慮了，那個柳眉之雖是妳家家奴，但是一人做事一人擔，我們只會去找他報仇，與妳沒有關係。」

「是呀，明姑娘，我們不會責怪妳的，再說那個惡人不是連妳也要害嗎？」陳陽澤道，「這樣的奴才早該一棍杖斃了。」

「你們不怪她，可不代表我們。」翠微姑姑陰陽怪氣地說道，「狐族相傳了幾代的典籍毀在明姑娘手裡了，這是事實。」

李漠帆立刻瞪了翠微姑姑一眼：「妳少說一句會死啊。」李漠帆抬頭看見蕭天面色很難看，便瞥了一眼青冥郡主。

此時所有人都注視著青冥郡主。青冥郡主面無表情地看了明箏一眼，然後轉向林棲道：「林棲，按照狐族人的族規，毀壞典籍是什麼罪？」

「回郡主，按照狐族族規，毀壞典籍是謀逆之大罪，要投進竹簍裡沉湖。」林棲越說聲音越小，心虛地望了眼蕭天，只見蕭天立時鐵青了臉。

在座眾人一陣議論紛紛，陳陽澤喊道：「這是你們狐族人的族規，明姑娘又不是狐族人。」

青冥郡主面對明箏淡淡地說道：「妳雖不是狐族人，但是妳既然認君王是大哥，那也就是認下了自己狐族人的身分，明姑娘，我說得對嗎？如果不對，妳可以當著眾人的面澄清君王不是妳的大哥，妳與他沒有任何關係，如此便可以一走了之。」

蕭天的臉色越發難看，他突然扭頭瞪著青冥，原本他想隱忍，但是沒想到青冥竟然說出如此惡毒的話，看來她處處為難明箏，就是嫉恨他與明箏的關係。此時此刻，他已經退無可退了，他犧牲了與明箏的感情竟然換不來她一絲的同情，這樣的女人與蛇蠍有何區別，她敢再逼一步，他便不再忍下去。

沒等蕭天開口，明箏大聲說道：「郡主，我接受狐族人的責罰。」

蕭天看著郡主，雙目射出兩道寒光。「郡主，」他抬頭看著眾人道，「明箏畢竟年幼無知，若說責任，首先是我，該受到責罰的也是我……」

蕭天沒想到明箏竟然屈從了，明箏越是忍讓，他心裡越是不安和自責，看著她可憐兮兮地跪在那裡，蕭天禁不住一陣心疼，這還是那個天不怕地不怕口無遮攔的明箏嗎？他不能眼睜睜看著她這樣糟踐自己，他寧願看見她發怒耍潑，跟所有人大喊大叫，也不願看見她如今怯聲怯氣的樣子，他知道這一切都是他的錯。

「依君王的意思，是不能責罰了？」青冥郡主看著蕭天。

明箏看到蕭天和郡主為了自己劍拔弩張，氣氛都緊張起來，便直起身道：「郡主，請容我將功補過，給我點時間，我可以把全部典籍默寫出來，交給郡主。」明箏說道。

在座所有人都驚呆了，只有面前的蕭天不為所動，反而看著郡主道：「郡主，如果明箏能把所有典籍默寫出來，將功補過，處罰便免了吧？」

青冥郡主直視著明箏道：「這麼說妳認同了妳是狐族人的身分？我可以這麼說嗎？」

「是的，郡主。明箏在世上只有大哥一個親人，今生願追隨他左右。」明箏的話讓在座很多人為之動容。明箏接著說道：「郡主，我現在便回房默寫典籍。」說完自行站起身，施禮退了出去。

明箏走後，眾人靜默了片刻，還是翠微姑姑先開口道：「咱們還是接著說大婚的事吧，最起碼先定下日子吧。」

不等大家開口，蕭天站起來說道：「擇日不如撞日，就後天吧。」說完，便往外走，他走到門邊頭也不回地交代道，「翠微姑姑，大婚之事妳和郡主商議，還有李把頭，妳們一起商議吧，我要到山莊各處看看。」說完快速走了出去。

蕭天徑直向櫻語堂院門走去。偌大的院子裡只有他一個孤單的身影，他一邊走著，一邊從懷裡掏出一塊白色的帕子，帕子上清麗的數十個字，早已刻到心裡，此時再看，字字扎心。

二

次日，便是年二十九了，山莊裡一派忙碌的景象。與往年不同的是，今年的除夕，不僅是除舊迎新全山莊歡聚守歲，還是兩對新人成婚的大日子。這就比往年多出了許多事需要處理。

蕭天一早便去山莊各處巡視，青冥郡主說受了寒氣，躺在暖炕上發汗。可忙壞了另一對新人，翠微姑和李漠帆跑前跑後徵詢意見，在哪裡拜堂？洞房設在哪裡？宴席在哪裡開？他們跑去問蕭天，根本不見蕭天的人影！跑去問青冥郡主，郡主躺在火炕上根本起不來。最後差點把翠微姑姑和李漠帆的腿跑斷，翠微姑姑氣得不再跑了，自己拿主意，這才把大婚的諸事安排好。

拜堂在櫻語堂，蕭天和郡主的新房在正房裡，李漠帆和翠微姑姑的新房設在聽雨居的正房。除夕那天這樣安排：午時兩對新人拜堂成親，晚上大家一起喝酒守歲。翠微姑姑和李漠帆思來想去，覺得這個安排既周全又省事，兩人各自把自己誇了一通後，便叫上各自的手下，開始布置新房和喜堂。

翠微姑姑喜不自禁地瞥著李漠帆：「看見沒有，還說我愛占便宜，沒有咱們張羅，他們猴年馬月能拜上堂。」

「妳個死婆娘，有妳這樣上趕著要把自己嫁出去的嗎？」李漠帆笑嘻嘻地吆喝著。

「你個死鬼，怎麼是我上趕著要嫁，是我肚子裡你的崽子上趕著要出來，我不把他爹娘湊一起，我能對得起他嗎？」翠微姑姑說著上去給了李漠帆心口一掌，李漠帆接了一掌，大叫：「你還真打呀！」

盤陽從他們身邊經過，齜牙咧嘴地叫道：「喂喂，你們能不能消停點，整個院子裡都是你倆打情罵俏的笑聲，真是沒見過像你們這樣的，為老不尊……」

「盤陽，你個臭小子，你說誰呢？」翠微姑姑扭著腰肢走過來，嚇得盤陽急忙閃人，走到門口，盤陽回過頭，吐了下舌頭道：「你看人家君王兩口，再看看你們……」盤陽的話倒是提醒了李漠帆，他轉身披上棉大氅走到翠微姑姑面前道：「你在這裡招呼著該咋辦就咋辦，我去瞧瞧幫主。」李漠帆沿著清掃過的小道向山莊大門走去。他知道蕭天最不放心的就是山莊的防衛。雖說現在大雪封山，但周邊出現很多不明來歷的車痕，疑點重重，真夠人擔心的。

蕭天果然在山莊大門處，玄墨山人也在。兩人站在雪地裡，望著遠處皚皚白雪下的山脈默不作聲，直到李漠帆走到跟前，兩人才發現他。「老李，你來得正好，你看看那邊山脈上，是炊煙還是霧氣？」蕭天拉住李漠帆走到他的位置，讓他往山脈上看。

李漠帆順著蕭天的手勢看過去，白茫茫的山野間，霧氣騰騰，什麼也看不出來，「幫主，這，這真看不出來，要不還是我帶人去看看吧？」

「要去也是我去，家裡的這攤事，還要你來管。」蕭天道，「昨夜，就有人看見前面山脈好像有煙氣，沒看到明火，但是有煙氣就說明有人在烤火取暖或是做飯。」

玄墨山人沉吟了片刻，道：「我跟你一起去。」玄墨山人望著遠處，「我想那柳眉之估計還待在山上，還有那個傢伙，我也想親眼見見。」李漠帆還是猶豫了一下，道：「幫主，明天就是除夕了，萬一你們走遠了，到了時辰趕不回來，怎麼辦？」

「你放心，我必趕回來。」蕭天拍拍李漠帆的肩膀，道，「這次，只有我和玄墨掌門兩人去，你不要透露出去。」

「這，如何使得？萬萬不行呀。」李漠帆大聲道。

「以往人員太多，早早就打草驚蛇，這次只有我和你們幫主，怎麼，你連我們都不放心？」玄墨山人笑著說道。

「兩位功夫了得，只是這個怪物，他刀槍不入呀。」李漠帆哀求著，「你們還是多帶點人手吧。」

「不用，此次出山，只是探查，無妨。」蕭天打斷李漠帆的話，與玄墨山人走到一邊，兩人聊了幾句，玄墨山人便回去準備了。這時，蕭天才回過頭對李漠帆道：「老李，我有種不祥的預感，小蒼山裡危機四伏。那天下山在山道上見的大車車轍印跡，我回到山莊四處尋找，院子裡所有大車的車軲轆我都看了一遍，找不到車距與山路上相同的馬車，你說怪不怪，我不出去看看，心裡不踏實，眼看到年關了，我不想在這個時候出事。」

經蕭天這麼一說，李漠帆的臉色也嚴峻起來，他點點頭。

「還有，你派人把洞穴重新偽裝起來，萬一有事，莊中人能有個地方躲。」蕭天接著吩咐道，「我不在時，加緊巡查，柳眉之出逃後，我心裡總是不太踏實，特別是夜間的巡邏。」

「幫主，你，你給我交個底，你……明天會回來嗎？」李漠帆詢問地望著蕭天，心想，如果幫主明天不回來，這次大婚就可以不了了之，別人也不會說什麼。

「你說什麼呢？」蕭天白了他一眼，突然想到一事，走近他身邊，壓低聲音道，「你一會兒去看看明箏，她……」蕭天眉頭一皺，憂心地囑咐道，「她有頭疾的病根，不能累著，這個，你要多跑幾趟啊……」

「好，我一會兒便去。」李漠帆急忙點頭。

這時，只見玄墨山人騎一匹棗紅馬飛馳而來，蕭天向李漠帆揮揮手，轉身走向拴在樹下的大黑馬，蕭天翻身上馬，與玄墨山人一前一後出了山莊大門。幾個守衛在他們走後，重重地關上山門，上了三道門。李漠帆心裡惦記著明箏，便扭頭向聽雨居走去。

聽雨居西廂房裡，燭臺高築，書案上擺滿紙張。明箏坐在案前，專心地書寫著。

李漠帆不想打擾她，便轉身去找夏木，夏木正好從郡主房間過來。李漠帆拉住夏木道：「夏木姑娘，明姑娘寫了多長時間了？」

「李把頭，我急死了，你看明姑娘她，昨夜四更天才睡，今天辰時起來就開始寫，一直寫到現在，你勸勸她，讓她歇息一下才好。」夏木說道。

李漠帆走到書案前，輕輕喚道：「明姑娘，明箏……」李漠帆輕喚了幾聲，明箏就像沒聽見一樣，手中毛筆在宣紙上飛快地劃動著，一行字一揮而就。

李漠帆嘆口氣，默默走出來，在夏木無奈的目光中走出西廂房。眼看明日便是除夕，蕭天出山莊了，不知去向，明箏又這樣，郡主吧倒在炕上，除了翠微活蹦亂跳的，這幾個人都讓人發愁。

除夕這日，天色放晴，好多天不見的太陽終於露了臉。大家一看老天爺都來給他們添喜氣了，格外高興。眾人一早便開始掛紅燈籠的掛紅燈籠，貼喜字的貼喜字，大紅的毯子鋪滿櫻語堂，紅色的帳幔也掛起來，正中的幾案上兩根粗大的紅色蠟燭，並排放著，喜氣洋洋。總之在山莊能找出來的東西都用上了。

翠微姑姑早早把自己新娘的裝束扮上，就拖著紅裙子四處吆五喝六地指揮起來。直到此時她才從小六嘴裡得知蕭天昨夜出山沒有回來。她氣得把李漠帆叫到跟前，大發雷霆：「你個死鬼，你怎麼能在這個節骨眼上把他放出去？」

「幫主出山是有正事。」李漠帆為蕭天辯解著。

「呸，你以後要隨我改口叫君王，記住了嗎？正事？有比拜堂成親更正的事嗎？」翠微姑姑沮喪地一拍大腿，「我怎麼跟郡主說呀，如果蕭公子不回來了，該怎麼辦？」

「我們等等他。」

突然，青冥郡主坐著木輪車被林棲推著過來，她身著盛裝，紅色的長裙拖在木輪車後面，被林棲托在手上，紅色的蓋頭掀開半邊，露出青冥美麗得讓人炫目的面容，她今天重重地上了濃妝，鮮紅的嘴唇把她的臉色也映襯得紅光滿面。大家見慣了她蒼白病態的樣子，今天看見她鮮豔的容顏，不禁驚豔，大家認定少女時的她定是個絕世佳人。

青冥郡主看著喜堂非常滿意地點點頭，然後對李漠帆說道：「讓大家都進來吧。」

經過郡主允許，山莊裡的人蜂擁而來，把喜堂擠了個水泄不通。如此一來，這個怪異的大婚現場就呈現在眼前。兩個身著盛裝的新娘端坐在喜堂的正中，所有太師椅上坐滿了人，就等新郎了。

幾案上的沙漏一點點昭示著時間的流逝。青冥郡主放下了紅蓋頭，紋絲不動地坐在當中的太師椅上，一旁的翠微姑姑可不像郡主那樣，她就像是屁股下撒了一把石子一樣，如坐針氈。

另一位新郎，胸前掛著紅就跑出去，站在山莊大門處踮腳往山莊外的道上眺望。但是，山道上依然悄無聲息。

「李把頭，幫主會不會遇到那個山鬼了？」身旁的小六問道。

「閉嘴。」李漠帆看了看天色，估計已到午時，心想算了，不等了，沒準幫主就是想逃婚呢，想到此他對小六一揮手，「不等了，回去開宴席。」

「李把頭，你和翠微姑姑還拜不拜堂？」小六問。

「拜啥拜？喝酒去。」說著就往回走。

櫻語堂的人見李漠帆一個人回來了，就大聲嚷起來，都不知道發生了什麼事。李漠帆一看，怎麼也得解釋一下，便清了兩下嗓子，向眾人打著手勢讓大家安靜，眾人不再說話，都看著他。李漠帆又清了下嗓子道：「諸位，狐山君王有事，連夜跟玄墨掌門一起出山了，到現在還沒回來，我想，大家如果餓了，就先開宴席，你們看如何？」

眾人一陣目瞪口呆，有先開宴席再拜堂的嗎？眾人弄不清楚，也有人說，沒準是狐族的規矩吧，聽到這個，已有人按捺不住想去先飽口福了。眾人議論紛紛，有的站起來想走，有的堅持坐在原地不動。正在大廳裡亂糟糟時，山莊曹管家跑進來，大聲喊道：「聽我說，蕭幫主剛回來，已回房換衣服，大家少安毋躁。」

大廳裡眾人一陣歡呼。不一會兒，玄墨山人邁著沉穩的步子走進來，坐在上首的人急忙給他讓座，眾人一看老先生回來了，懸著的心都妥妥地放下了。李漠帆跟著走到玄墨山人座邊，問道：「玄墨掌門，可發現情況？」

玄墨山人不動聲色地回道：「先不說這個，先辦喜事。」

不一會兒，蕭天大步走進來，他換上新郎的衣服，身前披著紅，只是左手包紮了一下，顯然他這趟出山掛了彩。他快步走到大廳中間向眾人行禮，然後向曹管家示意。曹管家做今天的儐相，他微笑著走到中間，大聲道：「吉時已到，兩對新人走到堂前。」

蕭天走到青冥郡主身邊，由於青冥郡主無法站立，她就坐在椅子上。他們身後站著李漠帆和翠微姑姑。由於事先蕭天囑咐他，盡量往熱鬧裡說，曹管家家鄉在魯南窮鄉僻壤，但婚俗卻繁文縟節，尤其是儐相的說辭，如繞口令般又長又多。

只聽曹管家朗聲唱道：「一拜天地日月星，二拜東方甲乙木，三拜南方丙丁火，四拜西方庚辛金，五拜北方王癸水，六拜中央戊己土，七拜三代老祖宗，八拜父母兄長親，九拜師長情誼重，十拜親友一禮行。」不等他說完，兩對新人已經拜暈了。

曹儐相唱完，接著說道：「夫妻對拜……」四周眾人一片歡呼。

曹儐相主持完大婚之禮，接著說道：「狐族眾人聽令，向新狐王行叩拜大禮……」

曹儐相的話音剛落，蕭天和郡主面前呼啦啦跪下一片。其中翠微姑姑和李漠帆在佇列前，眾人行三叩首的大禮，一起高呼：「參拜狐王……」

蕭天抬起手止住他們，說道：「兄弟姐妹們，我蕭天既被老狐王選中，臨危受命，必會與你們一道同仇敵愾，抵禦強敵，雪恥前辱，重振狐族。」

蕭天說完，眾人開始歡呼，聲浪一陣高過一陣，大家喊著：「狐王，狐王……」

曹儐相走上前，伸出雙手止住大家的喊聲，高聲叫道：「兩對新人入洞房……」蕭天橫抱著青冥郡主在眾目睽睽之下走進正房。這時李漠帆和翠微姑姑又吵起來，原因是翠微姑姑讓李漠帆也學蕭天抱著她進洞房，李漠帆嫌丟人，兩人大吵起來。

「你抱不抱？」

「不抱。妳把我老李家的人都丟盡了。」

「那我不走。」

「妳個老婆娘，別以為我怕妳，妳不走，就待在這裡……」

眾人圍著這兩口看著笑話，起著哄。蕭天已從房裡走出來，叫著眾人道：「走啦，別看了，喝酒去。」

翠微姑姑攔住他，叫道：「我的狐王呀，你剛大婚不在洞房裡陪新娘子，你跑出來湊什麼熱鬧啊？」

蕭天沒有理會，徑直拉著眾人向設酒宴的前院走去。不久，李漠帆從後面跟過來，想取笑蕭天：「幫主，你這麼急著去喝喜酒啊。」蕭天沒有回頭悶頭走路，李漠帆走到近前，看見蕭天瞪了他一眼，李漠帆尷尬地一笑，這才發覺自己的話很不合時宜。

十幾桌酒宴在大廳裡排開，弟兄們自那日拜主大典後，就沒有沾過酒。今天是大喜的日子，兩對新人成婚，又是除夕，沒理由不喝個痛快。一時間眾人推杯換盞，蕭天今天是主角，往日他很少沾酒，今天借著新郎官的身分，挨個與大家敬酒，對方喝他也喝，似乎不喝醉不甘休，後來連玄墨山人都看不下去，把他手裡的酒碗搶過來，替他喝下。

這邊酒宴正進行到興頭上，突然翠微姑姑驚慌失色地跑進來，手裡舉著個信封，叫道：「狐王，不好了，郡主走了！」

蕭天已喝到八分醉，回頭看著翠微姑姑，不知道她又鬧哪樣。翠微姑姑直接走到蕭天身邊，一把拉住他叫道：「狐王，郡主真走了，這可如何是好呀？」

直到此時，蕭天才聽清翠微姑姑所說的話，酒一下醒了三分，「你說什麼？青冥走了，怎麼回事？」

「你看這封信，便知道了。」翠微姑姑說著，把手裡的信封交給蕭天，蕭天急忙拆開，從裡面掉出來兩塊白絹，上面都寫了字。四周桌上的人也都圍過來，不知發生了什麼事。

蕭天拿起一塊白絹，只見上面寫著：

狐王親啟

青冥以殘破之軀，終等到大婚之日，蕭公子沒有辜負父王之所托，承諾誓言，青冥倍感欣慰。青冥之所以忍辱負重活到今日，無不為狐族來日所思，把千斤重任託付與你，青冥將以瞑目了。青冥深知自己蒙塵，早已辜負公子，是不該以婚相逼，然為了全族考量，青冥是不可為而為之。請公子念我對狐族的忠心，原諒青冥。我也知自己時日不多，悄然離去是最好的選擇，青冥已為狐族選了新的狐王妃，便是明箏姑娘。

望狐王知我心意，此生安好。

青冥親筆

蕭天看過後酒已經全醒，他顫抖著雙手打開另一塊白絹，只見上面是青冥郡主的郡主令：

狐族全族人見令如見郡主

狐族歷經劫難，雖不勝其苦，然全族人同心協力，屢渡難關。狐族一代一代繁衍至今，先輩所留典籍，是狐族神聖至高無上之寶藏，需一代一代傳承下去。如今這些典籍毀在我手裡，我已是狐族千古罪人，我願以死謝罪。

現發出郡主令：誰能讓狐族典籍重現，便是我狐族股肱之人。所有狐族人都要擁立她為新郡主。

眾人看完青冥郡主留下的郡主令大感意外，喜宴變了味。蕭天把兩塊白絹交給翠微姑姑，他已潸然淚下。從字裡行間可以看出，青冥自從宮裡出來，便精心布下這個局，可惜的是他們竟然都被她矇騙了。尤其是他，一直以為青冥對明箏耿耿於懷，殊不知青冥逼迫明箏抄寫典籍，逼迫她承認狐族身分，竟然是有所託付。想到這裡，檀谷峪那個明豔清麗的青冥瞬間又回到他的腦海裡，他不禁深深自責，似心口被重重地擊打了一下，鑽心地痛。

蕭天轉身大喊：「老李，帶幾個人，跟我去把青冥郡主追回來。」

「幫主，青冥郡主她身有殘疾，如何走呀？」李漠帆問道。

「你呀，你難道還沒有看出來，這一切都是郡主事先謀劃好的，估計她的腿也能走了。」蕭天緊皺著眉頭，郡主如果跑進山裡，就麻煩了。

「翠微，妳怎麼沒看好郡主？」李漠帆怒氣衝衝地瞪著翠微姑姑。

翠微姑姑一臉委屈：「我說呢，這次郡主回來總是怪怪的，脾氣性格都不似以前的樣子，原來她存心要離開呀……她怎麼這麼傻呀，她能去哪兒呀，她不會尋死吧，天呀，我想起來了，我聽她好幾次說起，了無牽掛了，可以放心走了……」不等翠微姑姑說完，蕭天已大步跑出去，邊跑邊向院子裡的人大喊：「快，備馬！」

第二十九章　佳人寒怯

一

鉛灰色天空下，時斷時續地飄著雪花。遠山籠罩在白色霧靄裡，山與天空已混為一體，分不清哪兒是山，哪兒是天。堆滿積雪的山道上，人跡罕至。時而有耐不住飢餓的山雀從窩裡飛出，「呃……呃……」地鳴叫著，希望能覓到食物。

此時，山道上出現一個蹣跚的身影，艱難地在雪地上前行。他不時左右張望，顯然對這裡的地形很陌生。他幾次跑到岔道上又返回來，急得對著空蕩蕩的雪地大喊：「喂，有人嗎？」

刺耳的喊聲驚飛了幾隻小雀，它們撲棱著翅膀飛到對面的崖邊。崖邊的一個身影引起來人的注意，在這個大雪飄飛的午間，竟然還有人有此雅興站在崖邊觀景，不管是什麼人，既然是人便可問明路徑。來人既緊張又興奮，他踏著厚厚的積雪向崖邊跑去，一邊跑一邊大聲說道：「喂，這位鄉親，我迷路了，請問瑞鶴山莊如何走啊？」

崖邊的身影聽見喊聲，似是受到了驚嚇，那人轉回身，竟然是女子的裝扮。女子看見山道上有人過來，急忙蒙上面巾，轉身向崖邊走去。她形跡古怪，似是雙腿有疾，挪動得十分吃力，眼見女子向崖邊靠近，山崖下是萬丈深淵。來人一看，似是猜到什麼，飛快地跑過去，一把抱住了女子。

「姑娘，為何如此想不開呀，不可呀，不可呀。」

「你，你是人還是鬼？」

「是人，人呀，姑娘放心，是人。」來人鬆開雙手，由於在雪地迷失方向，身上的衣服在雪中結成冰凌，看上去像個雪人。他開始抖動身上的雪，解開兜頭的面巾，這才露出他的面容。「姑娘別怕，我叫于賀，是受人之托來拜見朋友，不想迷了路。」

原來那日于賀被于謙派往小蒼山報信，于賀知道事情緊急，便不敢耽擱，他騎上府裡最年輕精壯的黃驃馬，于謙還囑咐廚房給他備了三日口糧，親自交給他一塊兵部的權杖，使他能夠順利通過城門。于賀辭別老爺就連夜直奔小蒼山而來。雖說他來過幾次，但大雪封山時的小蒼山他還是第一次來，加上夜黑風疾，進山的大道沒有找到，見到一條小道就迫不及待地上山了。

等到天亮，他才知道自己早已迷失方向，來時走得匆忙沒有帶上指南針，只能憑感覺在山裡轉來轉去。後來無奈之下他決定登高尋找目標，他知道瑞鶴山莊建在山谷裡。於是他騎著馬艱難地往山上走。不想在半道竟然遇到劫匪，劫匪只有一個人，又矮又胖裹著黑色的兜頭大氅，把臉捂得嚴嚴實實，于賀本想拔出腰間寶劍擊退他，不承想寶劍和劍鞘凍在一起，拔不出來。

劫匪對他不屑一顧，根本不理會，把他拽下馬。于賀站起身撲向他，兩人扭打在一起，于賀這才發現此人身體堅硬如鐵，他的拳頭擊打在他身上，如同打在鐵壁上一樣，差點把自己的手打殘。于賀心有餘悸不敢再進攻，眼看著劫匪牽著他的馬帶著他的乾糧走了。于賀失去了馬和乾糧，別無他法，只能讓自己儘快找到瑞鶴山莊。於是他奮力往山上走，不知不覺就到了這裡。

此時，于賀關切地看著面前的女子，發現她面容慘白，雙目空洞，似是遇到什麼大難，便開解道：「姑娘，妳叫什麼名字？有何化解不了的心思，非要尋短見？」

「我叫青冥。」青冥看此人拍乾淨身上的雪，露出還算體面的衣著，聽他談吐也不像凶惡之人，這才放下心來。于賀也觀察對面這位姑娘，只見她面容姣好，眉清目秀，看衣著是出自富貴人家，怎麼就跑來這荒山野嶺尋短見呢？「姑娘，勞煩聽小人再嘮叨一句，天高雲闊，有何想不開之事呀？」

「你我本不相識，此後，各走各的路便是。」青冥冷下臉，轉身走去。

于賀的熱心腸被當面潑了一盆涼水，一陣尷尬，突然他轉身攆上來，問道：「那我想請問姑娘，妳可知瑞鶴山莊怎麼走？」

青冥站住，回過頭冷冷地道：「不知道。」

于賀看著青冥，想到這小蒼山方圓百里，沒有幾戶人家，這位姑娘應該也是這山裡人，既是山裡人就應該知道瑞鶴山莊。

「姑娘，妳，妳怎麼如此不近人情，」于賀緊追上青冥，「妳不能看著我在這裡凍死餓死吧？」

「死正是我求之不得的。」青冥淡淡地說道。

「唉！」于賀一拍腦袋，自己怎麼愚蠢到跟一個尋短見的人談論生死，「姑娘呀，不如這樣，妳給我指一條道，讓我去瑞鶴山莊借匹馬。剛才我忘了告訴妳，我在這山上遇到劫匪，他劫走了我的馬和乾糧，我借來馬就可以回家了，我母親還等著我回家過年呢。我一走，妳再接著跳崖，如何？」

青冥回過頭，她看著于賀也真可憐，便如實地說道：「我真的不知道，我和你一樣迷路了。但我和你又不一樣，我根本不需要找到回去的路。」

于賀愣怔了半天，他看出這姑娘沒有說謊，也真看出這姑娘是一心要尋短見。如果放在平日他一定會閒事管到底，但如今身負使命，不敢再多耽誤時間了，便痛惜地嘆口氣，準備轉身離去。這時，只聽見身後撲通一聲，于賀回頭一看，姑娘一頭栽到雪地上。

「喂，」于賀跑到青冥身邊，扶起她讓她坐起身，「姑娘，妳還是告訴我妳家在哪裡，我送妳回去吧。」

「這位先生，我患有重疾，將不久於人世，我想找一個清靜的地方了結自己，你走吧，把我身上蓋滿雪，明年開春我就會化作一汪溪流。」說完青冥風輕雲淡地閉上雙眼。

于賀一聽，心裡實在不忍。索性躬身把青冥背上肩膀，好在她十分輕盈。青冥大聲叫起來，踢騰著雙腳。于賀只管往前走，邊走邊說道：「我家老爺常說，見死不救，牲畜也。」

此時天已放晴，他站在坡上向四處眺望，發現坡下有一片屋宇，於是倍感鼓舞，只要找到人家就可問清楚瑞鶴山莊的位置，也可把這個尋短見的姑娘安置下來，一想到此，他喜不自禁地向那個方向走去。

青冥見狀一時無法脫身，也明白遇到了好心人，只是心裡更覺淒涼。她出門時把玄墨山人給的丹丸一口氣吞下肚子，剛才憑著藥力才爬上高坡，而此時隨著藥力消盡，她已全然沒了精神，連抬手之力都沒有，只能任由他背著走。

青冥閉上眼睛，一隻手無意間觸碰到一個硬物，那是她從蕭天換下的衣衫裡搜到的權杖，出莊門就是用的這個權杖，此時就緊緊攥在她手裡。她低頭望著權杖上「瑞鶴」兩個字，眼淚嘩地湧出來。這是她從他身上拿到的唯一的東西，她把權杖貼在臉上，片刻後她猛然醒悟，既是決定離去了，便再無牽掛。她決然地揚手一揮，把權杖扔了出去。

想到在瑞鶴山莊的這段日子，她不禁又一次淚流滿面。這些日子，本可以是她一生中最安寧幸福的時光，有蕭公子和族人的精心呵護，但是她殘破的心豈可修補？看著他們只不過是徒添悲傷而已，可以說是度日如年。

這一切的確是她精心謀劃的，包括命明箏抄寫典籍，她是想用最快的方式讓明箏了解狐族的歷史，但沒想到暖閣起火，典籍毀了一半，好在有明箏，仰仗她奇異的記憶力，這些寶貝不會丟失，這是她唯一欣慰的地方。

她要想盡一切手段把他們逼到絕處，只有這樣才能考驗出人的真性情，才能知道父王的臨終託付是否選對了人，新狐王是要以狐族全族人利益為先的。不止一次，她也曾打過退堂鼓，看著蕭天和明箏在那裡苦苦掙扎，她有時也於心不忍，但是最終她咬牙堅持住了。

青冥腦子裡浮現出明箏那張明豔的笑臉。她臉上浮上一絲笑意，是苦澀的。只有她清楚自己是多麼嫉妒她，在她身上她似乎看見了過去的自己，但明箏有一點跟自己不同，她表面上柔弱，但內心卻無比堅強。這也是青冥看中她的地方，雖然很難，但是考驗過關了。這點讓她很滿意，她知道有一天明箏會明白她的心意。直到此時，青冥並不後悔自己的選擇，她愛蕭公子，但是她知道，蕭公子心裡已經沒有她的位置。

唯有離開，才會讓他記住她的好。也唯有這樣，她才能保住她脆弱的一碰即碎的驕傲。

于賀背著青冥踏著積雪向坡下走，四周開始出現樹林。于賀看見積雪上有一些馬蹄印跡，心裡正高興走對了路，突然從樹林裡衝出來七八匹馬圍住他們。馬上之人裹著皮草，戴著皮帽，個個精壯剽悍。

于賀不敢再動，他掃視眾人，看裝束不像漢人的打扮。于賀雖說只是個管家，但在北京城他跟在老爺身邊也見過大場面，遇到險境反而冷靜下來。此時他略一觀察，心裡暗自叫苦，這次遇到的可不像上次那個劫匪好打發。看這些人的容貌，擺明了就是一群蒙古人，鬍子拉碴，耳朵上吊著耳環，卻把自己肥碩的身體塞進漢人的衣服裡，顯得不倫不類，滑稽可笑。

確實被于賀識破了，這些人正是乞顏烈他們。

和古瑞催馬走到于賀面前，喝道：「喂，你是什麼人？」

于賀一看闖是闖不過去了，只能硬著頭皮裝可憐：「好漢，我們是山那邊的小戶人家，我，我媳婦身患重疾，我背她去看郎中。」

和古瑞一聽，翻身下馬，湊到眼前：「女的？我看看……」說著就去看于賀背後的青冥，于賀閃身躲開。

乞顏烈一看這小子又犯花痴，急忙叫住他：「回來。」

于賀看乞顏烈像是這群人的頭目，忙向他躬身道：「好漢，請行個方便吧，我這女人實在病得厲害。」

「走吧，走吧。」乞顏烈向于賀揮了下手，他不想在行動的節骨眼上招惹是非。于賀一看，扭頭就走，連走帶跑向坡下奔去。

乞顏烈突然又喝道：「喂，你回來，我問你，瑞鶴山莊怎麼走？」

于賀一聽，心裡一緊張，背著青冥向前面跑去。乞顏烈見他神色緊張撒腿就跑，心裡頓時起疑，本來只是試探地問了一句，若是這裡的鄉民，不會不知道。他向和古瑞一擺手，和古瑞催馬追了過去。于賀哪裡能跑得過馬。和古瑞瞬間攆上他們，翻身下馬，攔到他們面前。

「你小子，我看著你就不像好人。」和古瑞說著掀起青冥蒙在臉上的兜頭，「呀，好美的娘子，是你搶來的吧？」

「和古瑞，搜搜他的身上。」趕過來的乞顏烈下令道。

于賀躲閃著，大叫起來：「青天白日，你們這是要搶劫嗎？」和古瑞不管他怎麼說，把他背後的青冥拽下來，青冥腿一軟倒到雪地上，又上來一個人，兩個人脫下于賀的棉大氅搜起來。和古瑞在衫子夾層裡摸出權杖，大叫起來：「幫主，你看這個。」

于賀一看急出一身冷汗，猛地撲向和古瑞，他知道這個權杖絕不可落入蒙古人手裡。和古瑞見他撲過來，也不躲避，而是誘他上前，一個反撲死死架住于賀雙臂，上腿直踹于賀腿彎，于賀摔倒在地，被和古瑞壓到身下。

「哼，」乞顏烈翻看著權杖，一聲冷笑，「冰天雪地的，出現在這裡，一看你們就來路不明，原來是個探子。和古瑞，把這兩個人綁到馬上，會有用處的。」說完一陣得意的大笑。

又上來兩個人，把地上的青冥綁住雙手，扛到一匹馬上。于賀五花大綁，嘴裡還被塞進一團麻繩，被人扛著綁到另一匹馬上。

「幫主，你看！」和古瑞站在一處崖頭，大叫，「咱們還等什麼？那個山莊不就在下面嗎，我看裡面張燈結綵像辦喜事，咱們現在衝進去，定讓他們措手不及，哈哈，沒準還能把新娘子搶過來呢。」和古瑞淫邪地笑道。

「你小子，除了女人，還知道什麼？」乞顏烈怒氣衝衝地道，「腦子裡一團糨糊，呸，帶上你的人趕緊躲到隱蔽的地方，進攻山莊，是他寧騎城要幹的。記住，等他們雙方打得差不多了，咱們再出來收拾殘局，懂嗎？」

「幫主，高呀，你這叫作⋯⋯」和古瑞抓耳撓腮想不出誇讚的詞，只好討好地乾笑了幾聲。

「記住，咱們來的目的是銀子，一會兒聽我命令衝進山莊，別的不管，咱們只管搶銀子。」乞顏烈不放心地交代和古瑞。

「放心吧叔，這個我能做好。」和古瑞興奮得雙眼放光。

這時，一個蒙古人從坡頭催馬奔來，吹起急促的口哨。乞顏烈迎上去。「幫主，不好，西邊發現一隊人馬向這裡奔來，有百十人，個個身著盔甲，拿著武器，應該是官兵。」

「到了，定是寧騎城。」乞顏烈抬頭看天，推算了下時辰，應該是到了申時，冬日的天很短，轉眼就黑，他轉向眾人，臉色威嚴：「潛入林子，我不發令，絕不可暴露行蹤，快！」

和古瑞向眾人招了下手，指著一邊樹林迅速率隊奔過去。乞顏烈走在最後，看了眼雪地上雜亂的馬蹄印，已經沒有時間收拾了，只得催馬奔向林子。

坡下百丈之外，悄無聲息地行進著一支隊伍。

寧騎城拉住轡繩，從甲冑裡掏出牛皮地圖，在眼前展開掃了一眼，看見這條道往前有一個三岔路口，一條道上山，一條道通到瑞鶴山莊，一條道下山。他們此時正經這條下山的道而上。他又端詳了半天，扭頭找高健，剛才還在身邊。他勒馬回頭叫道，「高健……」卻不見高健的人影。

這時從隊伍後面催馬奔過來一個校尉，向寧騎城稟道：「大人，高百戶去追一個溜號的兵卒了。」

「溜號？」

寧騎城皺著眉頭似信非信地點了下頭，一揮手讓那個校尉歸隊。他回頭望著隊伍後面那一片林子，四周靜悄悄的，哪兒還有人影？寧騎城太了解高健了，心道這個滑頭，想溜不成？

突然，從林子裡躥出一匹馬，高健騎在馬上，馬上還馱著一個人，正大聲哀求著，四肢亂顫。片刻間高健已奔到寧騎城面前，把馬上之人推下馬摔到雪地上，道：「大人，抓來個暗樁。」

寧騎城沒想到高健真抓了個人回來：「什麼人？」

「這小子，幾次想溜，這次讓我逮個正著。」高健揮皮鞭抽到雪地上，那小子哇哇叫了兩聲，跪下哀求：「大人饒命，我是被人逼迫的，他們說我要是不幹，就殺我全家。」

「說，誰指使的？」寧騎城面容猙獰，憤怒地問道。

「是東廠的高督主……」

「你與他的人見過幾次？」

「兩次。」

「都說了什麼？」

「他，他命我隨時稟告大人你的動向。」

「來人，拉出去埋了。」寧騎城臉色烏青，口氣輕輕的一句話，卻令人毛骨悚然，他向來最恨背叛的小人。從他身後過來幾個人拉著那個人就走。那人哭號著，聲音漸漸遠了。

「高健，你怎麼看？」寧騎城陰沉著臉問道。

「高公公的手也太長了，都伸到大人你的眼皮子底下了。」高健琢磨了片刻，道，「大人，還是小心為好，不然被出賣了都不知道。」寧騎城嘴角掛著一絲笑意，高昌波處處以他為敵在王振面前爭寵，他早已見怪

不怪。在武功上高昌波不是他的對手，但是在陰謀詭計上他不是高昌波的對手。

他聽出高健的關心，說道：「再多出賣一次而已，他們早就不信任我了。我此次只能用一次勝利來扳回這一局。」

高健催馬跟在寧騎城身邊，兩人並肩前行，沉默了片刻。寧騎城臉上陰晴不定地望了他一眼，道：「高

健，你似是有心事呀。」高健一陣苦笑，「我一人吃飽全家不餓，有甚心事？」

「沒有就好，此次抓捕狐山君王若是大功告成，我便稟明聖上給你官復原職。」寧騎城手指著前方那個三岔口，布置道：「一會兒，你帶一部分人守住這個地方，絕不可讓山莊裡的人跑下山，寧可他們上山，絕不可放他們下山，放走一個，你就要好好摸摸自己的腦袋了。」

「是。」高健點頭，還下意識地摸了下腦袋。他知道寧騎城把他布防在周邊還是提防他，但是他卻有種如釋重負的輕鬆感，只要不讓他親自上陣就行，他對蕭天暗藏著一種好感，是一種對英雄豪傑的嚮往之心在作怪，因此他無論如何下不了手。「前幾日進山的人，此時應該已圍住山莊。」寧騎城望著高健，「高健，你看什麼時間發動進攻最合適呢？」

高健抬頭，迷惑地看了眼天空，此時西邊烏雲密布，恐不久後又會是一場風雪，便開口道：「我看天一擦黑就幹吧。」

「好。」寧騎城似笑非笑地道，「有點長進，聽你的。」

二

此時瑞鶴山莊裡一片混亂。青冥郡主留下遺言出走，使得喜宴變了味道。翠微姑姑穿著大紅的喜服坐在地上大哭，一些狐族人摔了酒碗叫嚷著要去找郡主。蕭天喝住眾人，吩咐林棲備馬，自己跑進房間換下新郎的喜服，就奔到院裡，院裡已聚起幾十人，他翻身上馬，帶著眾人向山莊大門奔去。蕭天騎在馬上，想到青冥留給自己的信，回憶起自青冥被救出宮闈，她的一系列反常沒有引起他應有的注意，反而是漸起嫌隙，自己一直對她懷有敵意，殊不知她早早就有了退出的心思。她想成全自己和明箏，竟然用這種極端的手段，讓他痛心不已。

「主人，郡主會去哪兒？」林棲在一旁急切地問道。

「我也不知道。」蕭天愧疚地說道，狠力地抽打著馬屁股，馬受到驚嚇，嘶鳴著向前衝去。

山莊大門處守衛一看從裡面衝出來數十匹戰馬，打頭之人是蕭天，知道是山莊裡有事，急忙跑下崗樓去推開大門。他們騎馬奔出大門，突然迎面飛來一陣箭雨，不少人中箭，有的人落馬。大門外一片混亂。

「快，關上大門！」蕭天大喊一聲，迅速催馬回奔，他猛然意識到山莊被包圍了，他被眼前一幕驚出一身冷汗，事態十分危急。他肩部中了一箭，好在只擦破了點皮。受傷的人被眾人連抬帶拉弄回到大門裡。

李漠帆從身後跑過來，大喊道：「幫主，咱們被人圍住了。」蕭天翻身下馬，向崗樓上跑去，這時樓上一個衛士大喊道：「是錦衣衛。」

蕭天跑到樓上，遠遠看見門外雪地上堆起的幾個雪堆，不仔細看還以為是被風吹成的，但是在雪堆後面，隱約看見身披盔甲的錦衣衛手持弓箭對著山莊大門。遠處的路上還有一隊人馬正在快速向這裡靠近。蕭天轉回身，靠近裡側大聲喊道：「李把頭，放響箭！」

山莊的上空，突然炸響了三支響箭。

櫻語堂裡的玄墨山人和翠微姑姑一見頓時愣住，其餘人也都眼望響箭愣在當地。玄墨山人說道：「蕭幫主剛走，這定是遇到了什麼情況。」翠微姑姑臉色蒼白，叫道：「玄墨掌門，你不知這是族裡暗語，三支響箭就是遇到強敵，要咱們快撤。」

「啊？」玄墨山人眼觀前方，「強敵？此時？這……」

「這，這可如何是好？」翠微姑姑已亂了方寸。

「撤往哪裡，你可知道？」玄墨山人問道。

「後山山洞裡，有一條密道通往山上，玄墨掌門，咱們快些撤吧，你跟我來。」翠微姑姑說著來回張望，沒有找到夏木。

「這樣，你帶著眾女眷快些撤到山洞裡，我帶著弟子們去接應蕭幫主。」玄墨山人說完，叫住陳陽澤，讓他馬上召集弟子們上馬。

翠微姑姑點頭道：「也好，玄墨掌門，你告訴狐王，我們這就撤到山洞裡。」玄墨山人領著眾弟子向山莊大門奔去。翠微姑姑站在院子當中大喊，「快，所有人趕快跟我躲到山洞裡，快點！」

翠微姑姑還是沒有見到夏木，心想不好，不光夏木還有明箏姑娘呢。想到明箏她心裡愁腸百結，如果青冥真的就此失去了蹤跡，那麼按照狐族族規，青冥發出的郡主令指定的人就是新郡主，那麼明箏就將成為狐族新郡主，一想到此，她加快了步伐，絕不能跑了一個郡主，這個再出什麼事。她叫住身邊的狐族人，命他帶著大家先去山洞。

翠微姑姑跑向聽雨居。一走進院門就看見西廂房裡亮著燭光，有人影晃動。翠微姑姑扯著嗓子大喊：「夏木、明箏，快出來。」片刻後，門嘩啦推開，夏木跑出來，看見翠微姑姑狼狽的樣子嚇了一跳，「姑姑，這是怎麼了？」「別問了，出大事了，現在跟我去山洞裡躲起來。」翠微姑姑又看著屋子，「明姑娘呢？」

「在裡面呢，我怎麼勸都不聽。」夏木說著直嘆氣，「不吃不喝，一直寫……」

「顧不了這麼多了，你跟我進去，綁也要把她給我綁走。」說著，翠微姑姑跑進屋裡。

明箏自那日暖閣被燒毀，典籍損毀大半，就暗下決心盡自己全力來補救。這幾日她幾乎不進水米，想早點憑自己的記憶把損毀部分寫好。早晨她聽見外面鼓樂齊鳴，明明知道今天是郡主大婚之日，雖然她心裡愁苦萬端，但是她躲在屋裡強迫自己充耳不聞。

這時，她抬頭看見翠微姑姑跑進來，仍然理也不理繼續寫著，直到翠微姑姑過來架住她的雙臂，她才回過神來。看見夏木神色匆忙地在整理她寫過的紙張，把它們收到一個包裹裡，這才發覺不對勁，大喊起來：「姑姑，妳這是做什麼？我還沒有寫完呢。是不是郡主改變主意了，她要懲罰我也要等到我寫完啊。」

「夏木，妳動作快點。」翠微姑姑神色嚴峻地指揮著夏木，然後拉住明箏道，「明姑娘，我告訴妳吧，郡主偷偷離開山莊走了，如今生死不明，不過留下了郡主令，妳是她指定的新郡主，我的小主子呀，我也說不清到底發生了何事，腦子一團糨糊……剛才新狐王發出三支響箭，這是暗語讓山莊裡的人躲進山洞，如不是遭遇強敵，狐王是不會發響箭的，快跟我走吧。」

明箏聽完翠微姑姑的一通話，驚得呆立一旁，腦子一時跟不上事態的變化……郡主出走了？不是剛剛才完成大婚嗎？難道這不是她心心念念的嗎？什麼郡主令？與自己怎麼會扯上關係？到底發生了什麼事？

「我的姑奶奶呀，不信，妳自己看看……」翠微姑姑看到明箏愣怔的表情，知道她一定不會相信，放在誰身上也不會相信這突兀的變化，翠微姑姑急忙從衣襟裡掏出青冥走時留下的兩封信，她知道憑自己根本說不清，不如讓明姑娘自己去看。明箏接過兩塊白色絹帕，看著上面密密麻麻的字，待她看完不由倒吸幾口涼氣，眼睛直呆呆地瞪著翠微姑姑。

「姑姑，這，這是真的？她……郡主怎麼這麼傻呀，她會去哪裡呀，她的腿？蕭大哥呢？」明箏一連問了幾個問題。

翠微姑姑懶得回答，迅速拉住明箏向外面走，一邊走一邊絮叨著：「別問了，我啥也不知道，快些跟我去山洞，我已經弄丟了一個郡主，妳這個未來的郡主可不能在我手裡再有什麼閃失。」

聽到翠微姑姑這麼說，明箏眼角一濕，這麼多天的委屈已在瞬間化作感動，但隨之而來的便是為郡主的安危而擔心，她在這冰天雪地裡能去哪兒呢？若是有個好歹，她豈不是要一輩子都擔負著愧疚之心，她以為這樣一走了之，就可以成全她和蕭大哥，郡主啊，妳怎麼這麼傻呀。

「我的姑奶奶呀，別在這裡哭，到山洞有時間讓妳哭，」翠微姑姑一邊拉著明箏走出去，一邊嘟囔著，「我到那兒也找地方哭一場，我那可憐的姪女呀，也不知她跑到哪兒去了。」

「姑姑，我要見蕭大哥。」明箏突然掙脫翠微向外跑去。

翠微姑姑一把抱住她，嚷嚷著：「我的姑奶奶，這個時候了，狐王哪有時間見妳呀，妳跟我走吧。」

「姑姑，我要和蕭大哥一起去找青冥郡主，她跑不遠的……」

「哎喲，氣死我了，妳咋不聽勸呢？」翠微姑姑叫道，她怒氣衝衝地指著窗外道，「錦衣衛都封住門了，妳出得了山莊嗎？」

明箏愣住，剛才滿腦子青冥的身影，翠微姑姑的怒喝讓她清醒過來。她這才想到如今危急的局勢，他們被圍困住了。

翠微姑姑拉起明箏便走，明箏不再言語，她返回去抱住書案上的包袱往外走，夏木抱著一個包袱，另外兩個女僕扛著幾個包袱跟在後面。她們穿過甬道直接往後院走去。

在山體前洞口處，盤陽領著幾個狐族人正在等她們，山莊裡眾多婦孺需要時間撤離。盤陽一看見她們過來，立刻跑上前接應。

「盤陽，告訴我到底發生了何事？」翠微姑姑一把抓住盤陽的衣領問道，盤陽知道翠微姑姑的性格，看到無法再隱瞞只得把實情相告：「姑姑，事態危急，不知何時寧騎城帶領錦衣衛摸到這裡圍住山莊，看樣子他們是有備而來，要清剿瑞鶴山莊，眼前要有一場硬仗要打。狐王有令，要妳帶好女眷，不得出山洞，等到夜裡，擇機上山。洞裡有糧食，但不多，妳們要有準備。」

「寧騎城？」翠微姑姑憂心地望著盤陽，「他怎麼會摸到這裡？」

「別問了，我也不知道，我只是奉命來封洞口。」盤陽一揮手，高聲叫喊，「還有人嗎？快去四處催催，沒過來的人，快點過來，要封洞口了。」幾個男人騎馬分頭去四處查看。

只聽「轟隆」一聲巨響後，四周一片黑暗，洞裡一些婦女小聲地抽泣起來。翠微姑姑知道外面的人此時已經把洞口全部封死，再布上遮蓋物，把一旁密密麻麻的藤蔓拉過來，再把洞口處用積雪埋上，待做完這一切，那幾個狐族人就會騎馬向山莊大門迎敵去了。翠微姑姑眼角滑下兩串眼淚，她大聲說道：「哭什麼，咱們的男人在外面為咱們遮擋敵人的弓箭，不是讓咱們坐在這裡哭的。掌燈……」

黑暗裡一陣窸窸窣窣的響聲，不一會兒，有人燃起火摺子，有人遞上火把、蠟燭，雖說跑得匆忙，但是這幾樣東西不少人都帶著呢。山洞裡被火把照亮，大家驚慌的心情稍微得到了安撫。翠微姑姑接住火把，舉著向人群裡一照，除了婦女還有一些年長的男人，他們是一些既沒有武功，又不會騎馬的男人。

「大家跟著我往裡走。」翠微姑姑舉著火把，向前面的洞穴走去。男人都自覺地站在一邊，讓婦女和孩子先走。大家默默跟在翠微身後，這個洞穴的祕密只有少數幾個人知道，翠微姑姑是其中之一，當初在建造的時候，蕭天就考慮到如果遇到緊急情況該怎麼轉移，這個天然大溶洞裡面有一個天然通道，直通小蒼山的山頂。

大家走過言事堂，幾個狐族人跑到高臺下向著牆壁上的九尾神狐磕頭膜拜，祈禱著能逢凶化吉。翠微姑姑舉著火把從言事堂走過，穿過一片鐘乳石林立的區域，走到一片狹小的洞裡。翠微姑姑停下來，對後面的人說：「停下吧，咱們就在這裡等，到後半夜再進山。」

這片洞體雖然不大，但是四處可以聽見流水聲，中間是大片平坦的區域，有水喝又可以休息。人們慢慢聚集到中間，有人燃起蠟燭。大家團團圍坐在一起。翠微姑姑舉著火把向人群裡照了一下，這才發現夏木和明箏不在人群裡，這一驚非同小可，她扯著嗓子喊：「夏木，明箏！」

「在這裡……」夏木遠遠回了一句。

翠微姑姑向來時的方向望去，隱約看見兩個模糊的身影。這才想到她們背著很多行李，她站起身一腳踢到一旁一個男人身上，「喂，快起來，就知道自己往前跑，就不知道幫娘兒們拿行李？」

「翠微姑姑，妳這可是冤枉我呀，」那個男人委屈地說道，「我們都想替她們拿來著，但是她們誰也不讓碰，也不知是什麼寶貝。」

翠微姑姑不再理會他們，一聽她們不肯讓外人拿，不用問就知道肯定是典籍，她剛才只顧領人往裡走，卻把這最重要的事給忘了，真是多虧了兩個姑娘。翠微姑姑二話不說向夏木和明箏跑去。

夏木背著一個包袱，手提著兩個包袱。明箏肩扛著兩個鹿皮包袱，兩個人吃力地走著，翠微姑姑上前從一人手裡接過一個包袱，夏木不肯，拉著包袱道：「姑姑，妳要小心別動了胎氣。」明箏一聽，也急忙把翠微姑姑手裡的包袱又搶了回來。

三人走到人群裡，翠微姑姑命幾個男人搬來一些石塊，臨時搭成一個桌子，又有女人拿來褥子鋪上，明箏和夏木把幾個包袱放到臨時的桌子上。明箏找來一根蠟燭放在石塊上，她把這裡當成書案，開始重新梳理匆忙揉進包袱裡已寫好的書稿。

翠微姑姑命令所有男人去四處尋找樹枝，洞穴裡太冷，時間一長肯定受不了，必須找東西取暖，男人應聲四散而去！翠微姑姑又命令帶食物的人把食物全部交到她面前。女人們都站起身，開始打開包袱，翻開口袋。不一會兒，翠微姑姑面前的石臺上堆滿了五花八門的吃食，有餅子、窩窩、肉乾、醃菜，還有幾壺酒，翠微姑姑看著這些食物，心裡有些發毛，這一點東西怎會夠這些人充饑，這次出逃還不知要走到何時。她望著四散開來席地而坐的女人和孩子，心頭陣陣發酸。

過了有半炷香的工夫，男人們陸續返回，洞穴裡一些藤類植物的乾枝被盡數搜出，統統被抱過來。不一會兒，中間的空地上生起一堆火，人們紛紛圍攏過來，圍著火擠到一起。翠微姑姑按人頭分發食物，說是食物，也只是半塊小餅。人們目光敬畏地盯著小餅，沒有人抱怨食物少，他們恭恭敬敬地接過來，一邊一小口一小口地吃著，一邊小聲地議論著外面的局勢。

翠微姑姑奪過明箏手裡的筆，把一塊小餅遞到她面前，又偷偷在她手心裡塞了幾塊肉乾，道：「明姑娘，這個時候妳還有心情寫？」

明箏把肉乾退給翠微姑姑，低聲說道：「姑姑，妳就讓我寫吧，這是我能為郡主做的唯一的事。」說完幾口吞下手裡的小餅，奪過翠微姑姑手裡的筆，低頭又寫起來。

翠微姑姑一陣嘆息，既拗不過她，只能任她去了。

三

山莊門前，兩軍對壘。面對一片混亂，蕭天的腦子反而越加清醒起來。

此時呼嘯的北風加上密集的雪花鋪天蓋地而來，四周一片白茫茫。外面的人怎麼也不會想到在他們包圍了瑞鶴山莊，眼看就要得手時，天氣驟變，這種天氣反而對突圍有利，只要集中所有力量，撕開一條口子，殺出去跑進白茫茫的雪野，便可脫身。

四周的弟兄在又一陣箭雨中退回來，他們用刀刃擋著飛過來的箭，退到幾輛馬車組成的掩體後。這種天氣射箭已完全失去了殺傷力，一支支箭被迎面的風雪裹挾著在半空中歪歪斜斜地落下來。

蕭天快步來到李漠帆和林棲身後，他清楚這些弟兄個個身負武功，要想撕開一條口子衝出去並不難，蕭天只想多拖延一點時間，好讓山莊裡的人從洞穴裡脫身。玄墨山人從一側過來對蕭天道：「蕭幫主，我帶人再攻一次，我還就不信了，看他們能帶多少箭，陽澤，走。」玄墨山人說完，催馬向大門衝去，只見十幾匹戰馬踏在積雪上，雪花四濺而起，衝出大門。片刻後，從對方陣營裡又射出一陣箭雨，只不過已沒有剛才密集了。

蕭天也看到這個變化，他粗略一算，前後發起五次進攻，山莊大門外地上密密麻麻落了一地的箭。蕭天知道只有讓他們的箭耗完，真正的戰鬥才會開始。蕭天命小六在一旁生起一堆火，他叫來李漠帆圍著火坐下來。「幫主，火燒眉毛了，你還能坐得住？」李漠帆急躁地在火堆邊來回走動著，蕭天一笑，命其他人分成兩組，輪著在火邊烤火。

此時玄墨山人帶著人退回來，直接催馬來到蕭天身邊，他翻身下馬，一屁股坐到火邊問道：「蕭幫主，咱們還要堅持多久？」

「前輩，有個以逸待勞的方法。」蕭天眼望對方陣地，發現對方竟然也在那裡生起了一堆火，原來寧騎城也扛不住了。蕭天一笑道：「此次老天助咱們，賜了難得的風雪天，錦衣衛再凶悍也是人，何況他們駐守在風口，這種風雪天只需半夜他們也會自損一半。現在是想多耗點時間，好讓山莊裡女眷撤出去。以咱們的實力衝出官兵的圍堵不會有太大問題，咱們要考慮的是如何減少傷亡，尋一個好時機，殺出重圍。」

玄墨山人點點頭，蕭天雖年輕卻是個難得的將才，玄墨山人已不止一次領教過他過人的膽識和才幹，因此對他言聽計從：「那依蕭幫主看來，何時是好時機呢？」

「寧騎城要抓的人是我，還得我去應戰。」蕭天壓低聲音道，「我與寧騎城纏鬥時定會吸引住他的注意力，你帶人馬從邊上殺出一條血路上山。」

「……」玄墨山人一愣，馬上問道，「為何要上山？」

「憑我的直覺，寧騎城定會在下山的路口設有埋伏，我與他交手過幾次，彼此的套路都了解。還有你帶人馬上山與從洞穴撤出的女眷會合，一定要確保她們的安全，我會設法脫身去找你們。一旦上了山，他們便奈何我不得。」

「不可。」玄墨山人想到蕭天以一人之力來掩護他們撤出，這讓他於心不忍，相處時間越久，他越是從心裡敬佩這位年輕人，他們之間有種忘年之交的親近感，「我也留下，好與你有個照應。」

「前輩，這裡不需要你，可是撤出的兄弟們需要你來坐鎮，山上的情況還不知道，沒準比這裡還要危險，別人怎能勝任這重擔，你老就別推辭了。」

蕭天如此一說，倒是把山上說得比這裡還要危機四伏，玄墨山人也不好再推辭，但是他心裡明白，蕭天是把更多生的希望留給了他，對面那個大魔頭寧騎城豈是個吃素的角色，他這次必是抱著一決勝負的心來找蕭天決戰的。

玄墨山人一想到此眼角有些濕潤，他叫住陳陽澤，讓陳陽澤從他馬上取下一個皮囊。陳陽澤抱著皮囊跑過來，交給師父。玄墨山人從皮囊裡掏出一個玉瓶遞給蕭天道：「蕭幫主，這是我天蠶門獨門祕術的護心丹，雖不能起死回生，但在關鍵時刻或能幫上你。」

蕭天接過來，急忙起身深施一禮：「前輩厚愛，叫晚輩不勝感激。」

「以後不要再前輩前輩地叫了，我願與你做兄弟。」玄墨山人爽朗地說道，「好兄弟，你這次如若大難不死，我定與你結拜。此次為兄聽兄弟的部署，定會竭盡全力確保大家的安全。」

蕭天點點頭，也順著玄墨山人的稱呼道：「大哥，一言為定。」

「好。你我兄弟在這裡喝杯踐行酒。」玄墨山人回頭叫陳陽澤拿酒來。陳陽澤倒是機靈，跑到蕭天面前叫了句：「師叔。」樂得玄墨山人仰天大笑，蕭天身後的李漠帆也跑來湊熱鬧道：「陽澤，還有我呢？」

陳陽澤嫌棄地瞪著他道：「與你有何關係？」

「怎麼與我沒有關係呢？」李漠帆指著蕭天道，「他是我大哥，你說你該不該也叫我一聲師叔啊？」

玄墨山人和蕭天舉著酒囊互敬，然後仰脖咕嘟咕嘟喝下，兩人擦著嘴角，聽著陳陽澤和李漠帆鬥嘴都不由一樂。

與他們的篝火相距十幾丈，是另一處篝火。

一陣風過，大片的雪撲過來，在空中不停地旋轉舞動，最後落下來，火苗瘋狂地吞噬著雪片。寧騎城坐在火邊陰沉著臉，一臉戾氣，他的身體已經凍僵，這個鬼天氣，他真想把老天爺從天上拽下來放鍋裡給燉了。他回頭看了眼四周的兵卒，一個個哆嗦著蹲在風口。

他命隨從再生一堆火，讓兵卒輪換著烤火，不至於被凍死。隨從領命帶著幾個人飛快地跑出去尋樹枝去了。不多時，幾個人抱來一些濕乎乎的枯枝，從火堆裡取出一根燃燒的樹枝慢慢引燃，四周都彌漫起嗆人的煙霧，即便如此，兵卒們也是興奮地奔向火堆，幾個領兵的百戶大聲地呵斥後，兵卒開始按順序烤火。

寧騎城突然驚覺對方不再攻擊，四周一片寧靜。他站起身，身上的盔甲異常沉重，他踉蹌了一下，身後一位隨從扶住了他。他動了動幾乎凍僵的腳，眼望山莊大門處，只見裡面也生起幾堆火，火邊圍滿人，從那邊竟然還飄來烤肉的香氣。

寧騎城怒不可遏，他本以為對方會不顧一切，拚命要殺出一條路衝出來，這樣他就可以堵在山莊大門處以逸待勞，殺盡對方羽翼，待對方實力大損時衝進去擒賊擒王。但是對方似是看破了他的心思，就是不按套路出牌。考慮到山莊裡地形複雜，他的人馬撒進去根本不起作用，圍堵才是最好的辦法，看來對方也識破了這點，他們不上當，只是佯攻來跟他耗時間。

一匹馬踏雪飛馳而來，高健翻身下馬跑到寧騎城面前，只見他面無血色，顯然是凍得不輕，嘴巴也不利索了：「大……人，這……雪，弟兄們，快……受不了了。」

「高健，把你的人全部帶過來吧。」寧騎城決定要改變戰術了，「他們以為風雪會幫他退兵，哼，做夢去吧。」

「大……人，不埋伏了？」高健疑惑地問。

「現在輪到咱們進攻了。」寧騎城一聲冷笑。

「是。」高健扭頭就回到馬前，被寧騎城叫住，「高健，過來，先暖和一下。」高健隨寧騎城到火邊，高健在火邊烤了下手，就急忙回馬前翻身上馬，他擔心他的兵卒，想快點帶他們過來烤火，讓他們也暖和一下，不然真要死人了。

高健催馬前奔，在拐角處驚見林子裡有火苗閃現。他一驚，如此荒郊野嶺，而且這邊還開有戰端，這些人竟然還敢聚在這裡？高健略一尋思，還是先帶隊伍過來，一會兒回稟了寧騎城再說。想到這裡，他用馬鞭抽打著馬屁股，奮力向前衝去。

高健帶著隊伍過來與大部隊會合後，便來到寧騎城面前把剛才在林子裡見到火光的事告訴他。寧騎城擰眉尋思，他對高健道：「不管林子裡是誰，只要不與山莊裡的人是一夥的，就不管他，你派個人查探一下。」高健領命下去。

寧騎城翻身上馬，命令休整好的隊伍跟他出擊。

飛揚的雪花在眾多火把的照耀下，變得妖嬈多姿。火把照亮了半個天空，就像把墨色的天空撕開了半片，四周低沉的天空變得幾乎觸手可及。寧騎城催馬立在隊伍前面，凝視著對面的山莊大門。

突然，沒等寧騎城叫陣，對面山莊大門洞開。山莊裡一眾人手舉火把一字排開，蕭天從中間催馬過來，他手持長劍迎著寧騎城而去，兩人中間只隔數丈。

寧騎城眼中含著冰霜，手持繡春刀指著蕭天道：「狐山君王，你的山莊被我包圍了，你若識時務，就束手就擒，不然，我定會殺得整個山莊片甲不留。」

蕭天聽寧騎城直呼自己狐山君王，還是有些意外。他的這個身分對外隱藏得很好，外面人一直認為他只是興龍幫幫主，可是寧騎城卻直呼他的真實身分，他是如何得知的？蕭天一聲冷笑，催馬又近半步，道：「寧大人，狐山君王可是朝廷通緝要犯，你有何憑證指認我就是狐山君王？」

「哼，」寧城騎一陣狂笑，「我當然是從你身邊人口中得知的，你身邊也不是鐵板一塊，不要再浪費時間了……」

蕭天聽到此言，稍一愣神，他想不出在哪裡出了紕漏，看見寧騎城信心滿滿拉開架勢要與他廝殺的樣子，也不容他多想，便大聲應戰：「好，寧騎城，既然說到這兒，那就要憑你的本事啦。」蕭天持劍一抖絲韁，拉開了架勢，「我記得咱們交手過多次，每次落荒而逃的人可不是我吧？」蕭天故意刺激他道，「你以為拿了柄皇上賜的繡春刀就可以橫行天下嗎？」

蕭天的幾句話，句句都像打在寧騎城的臉上。寧騎城怒喝一聲：「蕭天，看刀！」只見寧騎城揮刀向蕭天直劈過來，他周身都充斥著肅殺之氣。蕭天持劍迎著繡春刀一擋，兩人在空中較力，只聽「噹啷」一聲，撞擊得火星四濺。接著兩個人招招相接，只見漫天刀光劍影，雪花也避之不及。刀與劍、馬與馬、人與人糾纏在一起，兩人戰得酣暢淋漓，鬥得天昏地暗，讓人眼花繚亂，兩邊的人都傻了眼，一時根本分不清誰是誰。

這邊玄墨山人看到兩人纏鬥到一起，便按計畫開始部署，他吩咐眾人把火把綁到能綁住的地方，下令所有人上馬跟隨他衝出去。李漠帆跑到玄墨山人跟前：「玄墨掌門，我留下吧。」

玄墨山人回頭看了眼李漠帆，心裡清楚李漠帆與蕭天的交情，也敬他是一條漢子，雖然蕭天命他帶全部人馬撤走，但是李漠帆如果能留下，他也會稍微安心一些。玄墨山人點點頭，拍拍他的肩膀，什麼也沒有說，翻身上馬，對身邊弟兄們低聲喊道：「跟著我向西邊衝，弟兄們走嘍……」

這邊眾錦衣衛校尉正盯著中間的兩人，只見兩人纏鬥得昏天黑地，只見光影不見人，卻在不經意間發現有一隊人馬正悄悄向他們衝過來，待他們反應過來，馬隊已衝了過來。錦衣衛慌張應對，呼喊著賊寇要突圍。這邊陣形已亂，被馬隊衝出一個口子，想堵住已不可能。雙方人馬在這裡也纏鬥到一起。

高健眼見口子越撕越大，雙方都有傷亡，便領著他的人馬從東面跑來支援。他抬頭看見寧騎城與蕭天纏鬥正酣，兩個人已不知大戰了幾百個回合，身上都有了傷，他在寧騎城身後大喊：「大人，賊寇有部分突圍了。」寧騎城略一分神，蕭天的長劍就到了眼前，寧騎城只能咬牙接招。

高健忍不住停下來，在一旁觀戰，看得出來，蕭幫主的劍術比寧騎城要略高一籌，如果是在江湖上，兩人那可真是棋逢對手，或許還可以成為朋友。可惜如今變成死對頭。

寧騎城揮繡春刀應付著，眼角的餘光看到高健，恨得牙癢癢，他還有心情在這裡觀戰，每次都是在關鍵時刻掉鏈子，他怒喝一聲：「高健！」

高健渾身一激靈，這才回過神來，催馬向那邊混戰的人群奔去。混戰的雙方都是訓練有素的人。一邊是寧騎城的錦衣衛，他素來治軍嚴明。另一邊雖然人員複雜，但都是在江湖上歷練過的身負武功之人。錦衣衛亂了陣形，只靠單打獨鬥，時間一長，優勢就到了玄墨山人這邊。

玄墨山人擇機撕開一條口子殺了出來，緊接著後面的人也都跟著衝了出來。

玄墨山人回身查看了下傷亡情況，死了五個弟兄，其餘的多是刀傷，並不嚴重，便命令衝到前面的三岔口上山。

此時山門前纏鬥的雙方都漸漸體力不支。寧騎城分寸已亂，他想拿下蕭天，力不從心，想抽身而出，蕭天又不放過他，已是惱羞成怒氣急敗壞。蕭天仍然不急不躁，有板有眼地見招拆招。氣得寧騎城哇哇大叫：「蕭天，你今天若落到我手裡，我非生吃了你不可。」

「哈哈，不會給你這個機會。」蕭天說著，他聽到西邊的廝殺聲漸漸消失，料到玄墨山人帶人馬已衝出去。他暗中已看好一個方位，等一會兒他將從那裡殺出去，直接下山，如寧騎城追擊過來，他就直接把他引到山下，這樣更好。

突然，蕭天眼角的餘光看見山莊大門處晃動著一個人影，讓他暗吃一驚。玄墨山人不是已帶人馬全部撤出了嗎？蕭天一分神，寧騎城的繡春刀晃了一下，劃到眼前直刺心臟。一旁一個熟悉的聲音大叫：「幫主，小心。」

蕭天持長劍擋住，回頭一看李漠帆舉著火把跑過來。蕭天虛晃一劍，回頭對李漠帆叫道：「老李，你快撤。」

「幫主，你別說話了，你我兄弟一場，本應生死與共。」李漠帆大聲說道。蕭天聞聽心頭一熱，回身全力對付寧騎城。

寧騎城一聲冷笑道：「臨死，又來個陪葬的。」

「誰是陪葬的，還不一定呢。」蕭天說著，嗖嗖連著使出幾個致命招數，寧騎城疲於應付，蕭天接著虛晃一招，回頭叫住李漠帆，「老李，上馬，跟上我。」蕭天說著，看準方位催馬衝了出去，李漠帆翻身上馬緊跟在蕭天身後。寧騎城掉轉馬頭看到這兩人要跑，立刻喝住一旁兵卒道：「截住他們，射箭！」

眾兵卒只見兩匹烈馬疾奔而來，躲閃不及的被踩在馬蹄下，上前迎戰的哪是蕭天的對手。聽到命令射箭，一些兵卒彎身找箭，無奈箭囊裡已是空空如也。寧騎城一邊催馬直追，一邊傳令其餘人衝進山莊，尋找賊寇。蕭天在前，李漠帆在後，兩人催馬奔到三岔口，向山下疾馳而去。不遠處，寧騎城帶著騎兵追趕而來。

這時，高健派出去的探馬回來，跑到高健面前稟道：「高百戶，林子裡是幾個蒙古人，此時他們正向咱這個方向而來。」

高健一聽，眉頭皺起，這個地段怎會出現蒙古人？

四

原來，乞顏烈聽到放哨的回來稟告說看見官兵，他便命馬隊躲到坡上林子裡。乞顏烈趴在雪窩裡向下觀察，發現寧騎城領著錦衣衛官兵從坡下小道上行進過來。他粗略地算了下人數，並不多，心想原來堂堂一個錦衣衛指揮使手下也就這麼些人。

和古瑞跑過來趴到他身邊，問道：「叔，咱衝進去吧？」

「不急，等等看。」乞顏烈望著遠處隱藏在山谷裡若隱若現的一群灰色建築，臉上露出貪婪的笑意。

和古瑞瞥見乞顏烈臉上的笑容，知道他此時心情不錯，便趁機開口道：「叔，那兩個俘虜如何處置？跟著怪麻煩的，要不讓我就地埋了吧？」和古瑞看乞顏烈回頭瞪著他，又說道，「要不，那個女的留下，模樣挺好⋯⋯」

乞顏烈揮手打了和古瑞一巴掌，說：「我大哥怎麼弄出你這個種，腦子裡不是糨糊就是女人，這是玩女人的時候嗎？滾一邊去。」乞顏烈不放心又叫住他，「回來，不要動那倆俘虜，他們對咱而言是累贅，但有人會出大價錢要他們，懂嗎？」

和古瑞似懂非懂地點點頭，怕乞顏烈再動手，離他遠遠地站著。

「過來，趴我身邊。」乞顏烈緩和了語氣，語重心長地道，「我的姪兒呀，此次咱們奪銀子事關重大，是咱們建功立業的好時機，若能助也先奪了這花花江山，你要什麼沒有，懂嗎？」

這次和古瑞總算聽明白了，他雙眼放光望著乞顏烈狠點頭：「懂了，叔，全聽你的。」

在他們身後的林子裡，十幾匹馬分別拴在樹下，十幾個蒙古人圍坐在一起，有的人開始吃身上帶的乾糧。在這堆人不遠處一棵老槐樹下，于賀和青冥被反綁著雙手，由一根麻繩拴在樹幹上。

一路上于賀不停地懊悔，非但沒有完成老爺交代的事，還連累了一位姑娘，沒有救成反而落入狼口。于賀看到此時蒙古人在吃乾糧，放鬆了對他們的看守，便動了逃跑的念頭。

他用手拉住麻繩晃了晃，想引起背後那個姑娘的注意，然後他低聲道：「姑娘，咱們想辦法逃吧。」青冥被麻繩晃醒，她剛才幾乎昏睡過去，一路上的奔波讓她的體力極度透支，渾身酸軟無力。此時她聽見和她綁在一起的那個人說要逃走，沉默了片刻，道：「你能逃，快些逃吧，我走不了。」

于賀一聽急了，說：「姑娘，這話如何說起，是我連累了妳，我一定要救妳。」

「我的腿有殘疾，根本走不了。」青冥虛弱地說道，「這位大哥，你能跑快跑吧，剛才我沒有給你說實話，你別怪我，瑞鶴山莊就在這座山的谷底，你順著坡跑下去，就會看見一片房子，我看這幫人不像好人，你跑到山莊裡給他們報個信吧。」

「謝謝姑娘指路，我會帶妳一起走的。」于賀兩隻手努力掙脫麻繩，無奈綁得太緊，手背上勒出血也沒有掙脫。青冥突然說道：「讓我來。」說著，她慢慢挪到他身後，彎身趴到他被綁的雙手前，用牙開始咬麻繩，片刻後青冥滿嘴都被勒出血沫，于賀雙臂用力掙著，突然麻繩從中間斷裂。

于賀掙開雙手，他仍然背著手坐著，兩隻手迅速去解青冥的麻繩。于賀掃視四周，見沒人往這裡看，便偷偷站起身，來到青冥身邊拉起她的雙手把她背到背上，向林子深處跑去。

幾個蒙古人吃著乾糧，一個人凍得縮著脖子道：「這天要把人凍死，生個火吧，暖和一下。」一旁一個瘦高個道：「不行，頭兒怕暴露目標，還是問一下吧，省得一會兒挨罵。」瘦高個站起身，向乞顏烈的方向走去，突然他看了眼旁邊的老槐樹，剛才這裡還綁著兩個人，此時只看見一堆麻繩扔在樹下。

「不好，他們跑了！」

他的喊聲立刻驚起眾人的目光，幾個蒙古人跑到樹下，和古瑞遠遠聽見說有人跑了，氣急敗壞地跑過來，上前就給了瘦高個一拳：「媽的，連個人都看不住。」

乞顏烈抓住麻繩看了眼，望著樹下雪地上清晰的腳印道：「他們跑不遠，那個女的腿殘，沿著腳印快追。」

樹林裡積雪漫過膝蓋，于賀背著青冥拚命向前跑，步伐跌跌撞撞地跑不快。青冥在背後焦急地拍著他的肩，說：「放下我，你快跑吧，你把我放下。」「姑娘，我不會放下妳。」于賀說著。不多時便聽見身後紛亂的腳步聲和喊聲：「站住，再不站住，放箭了。」

于賀加快了腳步，只聽耳邊「嗖嗖」兩聲，于賀感到小腿一陣劇痛，跌倒在地，兩人摔到雪地上，青冥的大腿上也中了一箭。青冥一把抓住于賀腿上的箭拽了出來，她以前在檀谷峪經常給人治箭傷，她看出這支箭只傷到一層皮肉，不礙事。她飛快地說道：「你快跑，要不咱倆都走不了，你叫上莊子裡的人才能救我，快跑。」于賀看到後面追趕的人近了，便不再堅持。他瘸著腿，一邊跑一邊說道：「我會帶人來救妳的。」

和古瑞看見地上躺著一個人，另一人跑了。他命人把青冥重新綁上抬回去。他追了幾步，突然舉起弓弩，搭上一支箭射了出去，本想射到腿上，手一抖射偏了，只見前方那人一頭倒在地上。

和古瑞領著眾人跑上去，只見那支箭正中後心。乞顏烈從後面走過來，氣急敗壞地抓住于賀衣領把他的身體翻過來，發現已沒了氣息。乞顏烈怒不可遏地瞪了和古瑞一眼，扭頭往回走去。

這時，一個在前方刺探情況的蒙古人跑回來，對乞顏烈回稟：「幫主，山莊大門處兩邊打起來了。」

「好。」乞顏烈臉上的怒氣一掃而光，他興奮地叫道，「弟兄們，振作起來，咱們的好運來了，出發！」

山莊大門被高健帶的人一舉搗毀。他命人衝進山莊查找漏網之人。眾兵卒窩在雪窩早就麻木了雙腿，此時聽到命令進山莊，歡呼著向前衝去。

這時，從側面小道上突然衝出來一隊人馬，呼嘯著從兵卒的身邊衝進山莊。高健一愣，大喝一聲：「你們是何人？」那群人並不搭話，催馬悶頭往山莊裡闖。幾個兵卒試圖攔截，怎奈馬隊風馳電掣般闖了進去。

「快，速速向寧大人稟告。」高健派出一個校尉去找寧騎城。

蒙古人衝進山莊後就傻眼了。山莊這麼大，黑壓壓一片房子，如何才能找到銀子？「叔，這往哪兒去呀？」和古瑞望著面前三四條道路不知往哪裡走。乞顏烈也沒想到這片莊子這麼大，如果一間間房挨著搜，這何時才是個頭。

「先找到主宅再說，跟我來。」乞顏烈催馬向前面疾馳，眾人跟隨其後，向中間最高大的一片屋宇奔去。

山路上，寧騎城追到三岔口便停住了，他望了眼下山的路，心裡窩著一團火，又一次讓蕭天跑了。這時，從山莊方向奔來一匹馬，馬上之人大聲喊道：「大人，大人，山莊衝來一群不明身分之人，高百戶請你過去。」

寧騎城掉轉馬頭向山莊疾奔，他想到來的路上處決的那個東廠的暗樁，以為是高昌波來了，便命令手下：「快，不能讓東廠的人在咱們前面進山莊。」

眾錦衣衛接到命令，一個個催馬直奔山莊而來。

高健看到寧騎城疾馳而來，舉著火把催馬迎上前。兩馬相錯時，高健壓低聲音道：「大人，是蒙古人。」

寧騎城緊張的心裡稍微鎮定了些，「乞顏烈？」他望了眼山莊方向，沒想到義父也來這裡插一腳，那天在府裡與乞顏烈說起過瑞鶴山莊，他們跑來難道是想分一杯羹？寧騎城望著高健問道：「他們來了多少人？」高健想了下，說道：「十幾個人吧。」「高健，這些人不用管他們，他們是想趁火打劫求財，不會與咱們為敵。你帶人搜，看還有沒有漏網之魚。」寧騎城吩咐道。

「大人，你受傷了，你的背部……」高健借著火把的光看見寧騎城背部甲冑已被血染紅了，肩部也有血跡，「大人……」

「皮肉傷而已。」寧騎城說道，這才猛然感到背部刺痛，這種痛更加刺激了他，再次讓蕭天從他手下逃脫，他是又恨又氣，但是他也明白蕭天的武功在他之上，這也是沒有辦法的事。

「大人，山莊裡應該還有人，剛才突圍出去的都是男人，這麼大個莊子，難道會沒有女人？」

「沒錯。抓住幾個人質，看蕭天他們來不來救。」寧騎城惡狠狠地說著，催馬往山莊馳去。

整個山莊被眾多晃動的火把照亮了。一隊隊人馬舉著火把一個院子一個院子地搜，所到之處卻空空如也。寧騎城惱羞成怒，親自帶著高健跑到中間的院子，看見上面寫著「櫻語堂」三字，高健在一旁說這應該是主宅。

從裡面傳來說話聲，寧騎城從腰間抽出繡春刀闖進去，看見一幫人正坐一張八仙桌前大吃大喝，屋裡大紅的帷帳被撕成碎片，整個屋子被翻了個底朝天，四處一片狼藉。桌前的乞顏烈看見寧騎城殺氣騰騰地闖進來，裝作不認識地叫道：「你們是何人？」

「你們又是何人？」高健手持長刀指著他們問道。

「討債人。」乞顏烈不動聲色地說道，「山莊的主子欠了我們銀子，我們來討。」

「討到了？」寧騎城沉著臉走過來問道。

「屁，一個子兒也沒找到。」一旁和古瑞叫道，「只看見一桌子菜，俺們也餓了，先吃飽再掘地三尺。」

「想掘地三尺，你問了現在的主人了嗎？」寧騎城不陰不陽地冷笑一聲。

乞顏烈哈哈一笑，站起身道：「來的路上抓了兩個探子，不知道大人感不感興趣？」乞顏烈向寧騎城遞了個眼色接著說道，「只可惜被箭射死一個，還剩一個女人。」

寧騎城一聽，立刻問道：「在哪兒，讓我看看。」

「去，把那個女人弄過來。」乞顏烈命和古瑞去帶人。

不一會兒，和古瑞扛著一個麻袋走進來，他把麻袋放到中間，解開麻袋的繩子，從裡面露出一個腦袋。青冥被一團麻繩塞住嘴巴，發不出聲，她低垂著頭，長髮遮住了半張臉，但是她清秀的面容還是展露出來。

寧騎城一看，有些眼熟，卻一時想不起在哪裡見過。他向高健揮了下手，高健會意，急忙上前掏出被綁女人嘴裡的麻繩，問道：「妳是哪裡人？叫什麼？」

青冥抬起頭盯住寧騎城，那道目光彷彿一把閃著寒光的匕首，猝不及防地向寧騎城射過來。

只這一瞥，令寧騎城渾身一顫，他立刻想到她是誰。因為這目光幾年前他也見過，他幾乎不敢相信自己的眼睛，青冥郡主如何會出現在這裡？青冥正是幾年前王浩從檀谷峪帶進京城，由他護送進宮裡獻給皇上的。這個女子的身分也只有他和王浩、王振知道，後來宮裡傳出她死在乾西里了，怎麼此時落到蒙古人手中？他腦中晃動著一萬個疑問，突然想起刺殺王振當日，蕭天背負一個宮女逃出宮，原來是這麼回事。寧騎城前後一串聯，心中已了然。此時表面上卻裝作漠不關心的樣子，道：「從哪裡搶了一個女人，扔到我面前充功？」

乞顏烈看寧騎城不感興趣，便從衣襟裡掏出那個權杖往他眼前晃了一下，道：「這個兵部的權杖呢？」

寧騎城一愣，盯著乞顏烈手裡的權杖，認出是兵部的。「你從何得來？」

「從那個死了的男人身上，他和這個女人是一夥的。」乞顏烈說道，「這個買賣怎麼樣？」

「好。」寧騎城裝出對權杖喜出望外的樣子，實則是壓抑不住自己的狂喜，只要抓住這個女人，不怕蕭天不出頭，他裝作很猶豫，最後還是咬牙說道，「成交。不過你得把權杖給我。」他太了解乞顏烈，他疑心很重，太順利會讓他懷疑，看來他還不知道這個女人的身分。

「這可不行，我只給你這個女人。」乞顏烈說道，「你可以從她身上得到你想要的東西。」

「就這麼一個來歷不明的女人，你就跟我交換山莊裡的財寶？」

「這裡到底有沒有財寶，還不知道呢。」

爭執了半天，最後兩人終於談定。屋裡的蒙古人興奮異常，個個摩拳擦掌要在山莊裡找財寶。寧騎城命高健牽來一匹馬馱著青冥走出院子。高健十分不以為然道：「大人，你要這個女人有何用？」

「好生看押起來，先給她弄口吃的。」寧騎城深邃的雙眸泛著狡黠的光，他輕聲吩咐道。

「……」高健一愣，忍不住問道，「為何呀，這……」

「她是狐族郡主，你說為何？」

第三十章　又陷狼穴

一

翠微姑姑清點了人數，人群裡沒有看見明箏和夏木。這裡就是洞穴出口，離地面有丈餘高，幾個男人正從一側岩壁上攀爬到洞口，他們背著粗大的藤條往下放，人們依次抓住藤條往上爬。只有兩根藤條，一次只能上兩個人。

翠微姑姑叫來梅兒跟她回去找明箏和夏木。梅兒舉著火把，她們沿著崎嶇的來路往回走。翠微姑姑低聲叫著她倆的名字：「明箏，夏木……」兩人一直走到當初休息時的溶洞才看見一團微弱的火光。

「明箏，夏木？」

「翠微姑姑，是我們。」夏木應了一聲，起身向火把跑來。

「急死我了，大家都走了，你倆怎麼還待在這裡？」翠微姑姑說著，望了一眼燭光下還在揮筆書寫的明箏。

「姑姑，明箏姑娘不走，我想留下陪她。」夏木遲疑地說道。

「不行。」翠微姑姑發火道，「都得跟我走。」

「姑姑，」明箏抬起頭，放下手中筆，走到翠微姑姑面前，為難地指著那一堆書稿道，「姑姑，此番出逃翻山越嶺不說，恐怕還有追兵，帶著這些典籍多有不便，若是路上遺失，豈不是罪過大耶？我留下守住這些典籍是最好的辦法，洞穴如此之大，要想藏身很容易的。」

明箏十分清楚，此次狐族又面臨一次劫難。這些天與典籍為伴，她已對狐族掌故瞭若指掌，在狐族的記載中這不算大劫難，狐族能夠在歷次的劫難中度險重生，與歷代狐王的英勇善戰和守護典籍有著密切的關聯，典籍就是狐族的根，守住根就守住了希望。既然郡主把典籍交給了她，她將拚命守護它們。還有一點，就是她相信蕭天會帶領狐族化險為夷。

翠微姑姑聽明箏如此一說，感到十分有道理，想想洞穴出口人爬上去都很艱難，要帶上這些典籍確實不易，但是待在溶洞裡風險同樣大，萬一官兵發現了洞穴呢？翠微姑姑左右為難。

「姑姑，妳不要猶豫了，我以前跟著隱水姑姑常年住在山上，我能應付，妳們快走吧，還有帶上夏木，留下的人越少越不容易暴露。」明箏說道，「再說，我待在這裡正好把損毀的典籍修補好，也算對得起郡主對我的託付。」

「唉……」翠微姑姑嘆了口氣，本來充滿憧憬的未來生活瞬間變得支離破碎，郡主出走生死不知，唯一的棲息地這片山莊又被圍剿，被迫出逃。她和李漠帆總算結成了夫妻，但是連一個晚上都沒有過成，就被迫分開……此時她心酸難過地望著明箏，「明姑娘，真難為妳有這份心，守護典籍是我們狐族兒女的事，卻讓妳……冒如此風險，我真感激不盡。」翠微姑姑說著就要跪下，被夏木和梅兒扶住。

「姑姑，何出此言。」明箏上前扶住她，「這裡不宜久留，妳們快些走吧。」

「明姑娘，我還是留下吧。」夏木不放心地說道。

「姐姐，妳留下我還要分心去照顧妳，更麻煩了，妳跟翠微姑姑走吧，等官兵走了，妳們來接我。」

「也好。」翠微姑姑說著從身上解下一個布囊交給明箏，「裡面是肉乾和麵餅，我一會兒再派人給送些乾糧來。」翠微姑姑叫夏木和梅兒，「咱們走。」

夏木忍不住回頭望著明箏，眼角掛著淚，邊走邊哭。梅兒囑咐道：「明姑娘，保重啊。」

明箏重新坐到石頭上，臉上掛著笑容，向她們揮了揮手。三人越走越遠，巨大的溶洞裡那星燭火越來越小……

洞口的人少了許多，人們有序地爬上藤條。翠微姑姑叫住廚房老伙夫，查看了下乾糧，拿出一部分叫夏木和梅兒給明箏送過去。兩人舉著火把走了。

不多時，兩人回來。翠微姑姑招呼著兩人爬藤條，夏木卻讓翠微姑姑先上，翠微姑姑知道夏木是擔心自己身體笨爬不上，便好強地抓住藤條要在她們面前露一手。

只見她伸手攥住藤條，雙腿勾住，兩隻手飛快地交替向上，兩條腿像蛤蟆一樣，一縱一躍，已到了洞口。看得夏木和梅兒目瞪口呆，翠微姑姑吊在洞口衝下面哈哈一笑道：「老娘還是有些功夫的。」洞外寒風凜冽。翠微姑姑命所有人滅了火把，好在四周的積雪白茫茫一片，在雪光的映襯下，周圍景物清晰可見。

早爬出洞口的人們集聚在不遠的樹林裡，為了禦寒，人們擠成一團。這些人很多是從檀谷峪逃出的狐族人，他們早已習慣了這種逃亡生活。還有部分是興龍幫的人，也有部分是惹了官司被迫離家、被山莊收留的人，因此，他們一心一意跟山莊共存亡，毫無怨言。

翠微姑姑見裡面的人都出來了，便命幾個男人把洞口用藤條塞住，然後往洞口上堆滿雪，直到洞口看上去跟其他地方無異才甘休。翠微姑姑還是不放心，一想到明箏和典籍都在裡面，她便格外上心，查看了半天方點頭。

翠微姑姑看了下四周，這裡是小蒼山的半山腰，此時估計有四更天，她遠遠地望著山下谷地，看見瑞鶴山莊四周都很安靜，只有裡面仍然有火光晃動。她暗暗高興，這麼說狐王他們衝出來了。

夏木走到她身邊，指著下面道：「姑姑，妳看，他們在莊子裡像是在四處找什麼。」

「找人唄，不過是個空莊子而已，」翠微姑姑得意地笑了一下，對一旁的夏木道，「妳和梅兒跟我走，咱們去前面看看能不能與他們接上頭。」

翠微姑姑找了個避風的地方安頓好大家，便帶著夏木和梅兒沿著小道向山下走。一路上寂靜無聲，只有腳下靴子踏在雪上發出的沙沙聲，走到半路，突然聽到幾聲鳥叫，翠微姑姑一驚，急忙回了一聲。接著又是幾聲鳥叫。

「林棲，出來吧。」翠微姑姑聽出來是林棲，便壓低聲音叫道。

不一會兒，從一旁林子裡走出來幾個人，玄墨山人和林棲在前，後面跟著幾個天蠶門弟子。翠微姑姑高興地迎上去，看了一圈有些發愣，沒看見蕭天和李漠帆，便問道：「狐王和我相公呢？」

玄墨山人和林棲交換了個眼色，玄墨山人道：「狐王和李把頭為掩護大夥撤離，與寧騎城在山莊前交手，我剛剛已派盤陽去探查情況了。」

翠微姑姑點點頭，她聽到李漠帆與蕭天在一起，也不覺得奇怪，男人的世界她不懂，李漠帆更是把義字看得比什麼都重，他又怎會離開他的幫主獨自逃走呢？

「大夥都跑出來了？」玄墨山人問道，想到蕭天的囑咐，他必須確保大夥的安全。

翠微姑姑便把明箏留在洞穴的事告訴了他們，玄墨山人聽罷也是既感動又擔心，但是就目前來說，也只能如此，他們奔波在這荒山野嶺裡居無定所，典籍被所有狐族人視為珍寶，是絕不能再有閃失的。

「翠微姑姑，妳前方帶路，咱們兩方會合後，再行商議去處。」玄墨山人對翠微姑姑說道。林棲返回他們的藏身地，不一會兒，一些人牽著馬跟著他走出來。

在翠微姑姑的帶領下，兩部分人終於在山中間一個樹林裡會合了。這裡距離瑞鶴山莊很遠，雖然俯身可以看到山谷裡山莊裡的燈火，但是要想從山莊到這裡也得有半天的路程。玄墨山人在四周布了崗哨，命人生起一堆柴火，所有人圍著火坐下休息。人們奔波了大半夜，尤其是女人，一旦有了落腳點，再加上與親人會面後，心裡踏實下來，不一會兒四周便鼾聲四起。

玄墨山人與翠微姑姑並排坐在火邊，他看翠微姑姑著急擔心的樣子，便安慰道：「你且好好休息，盤陽會把外面的消息帶回來的。」

二

瑞鶴山莊裡火把四處晃動，幾路人馬已經搜了近兩個時辰，仍然是一無所獲。寧騎城站在櫻語堂外面的庭院裡，他一動不動已經站了兩個時辰，誰也不知道他在想什麼。他望著四處的亭臺樓閣，猛然抖了下黑色大氅的下擺，對身邊的高健說道：「一定有密道。」

高健湊上前，不以為然地說道：「大人，此處山莊本身就很隱祕，修在山谷裡，還有修密道的必要嗎？」

這時，一隊人馬奔過來，打頭的翻身下馬，從甲冑裡掏出幾張白宣紙，稟道：「大人，這是在聽雨居那個院子裡撿到的。」

寧騎城接過紙張，一旁站立的校尉急忙舉起火把過來。寧騎城湊著火光往白宣紙上看去，只見娟秀的楷體字寫滿一頁，字體工整又不失靈動，清秀又暗藏風骨。寧騎城看了片刻，越看越覺得眼熟。紙上寫的內容他倒是不感興趣，像是普通的家譜。但是字跡太像一個人了。他臉上的肌肉不由一抖，一旁的高健以為是發現了什麼重要資訊，忙問：「上面寫了什麼？」

寧騎城突然像一個被點著的炮仗，猛地爆發了。他大喊：「來人！」幾個校尉跑到他面前，他發令道：「山莊一定有密道，尋找密道，每個房間都查。」說完，他幾步跨到馬前，翻身上馬，命那個撿到白宣紙的人前面帶路，「走，去聽雨居。」高健有些暈頭轉向，他也急忙翻身上馬，跟在寧騎城身後出了櫻語堂院門。

聽雨居裡的兵卒看見長官過來，又重新返回，站在遊廊兩側。寧騎城翻身下馬，直衝衝地沿著遊廊走到正房，他在屋裡轉了一圈，又拐進東廂房，翻了幾樣東西扔到地上，又踏進西廂房。

寧騎城站在門口，一眼看到窗下刀架上的一把長劍。寧騎城徑直走到長劍前，仔細地端詳著劍身，劍上刻著一個如意的符號。寧騎城嘴角掀起笑容，他輕輕拿起長劍，嘴裡囁嚅了一句：「我終於找到你了。」

一旁的高健看見寧騎城看著劍，雙眼放光，一副獵人嗅到獵物時的興奮和貪婪，不由好奇地問道：「大人，你在找誰？」

寧騎城回過頭，沒好氣地道：「高百戶，收起你的好奇心，幹點正事吧。」

「我知道了。」高健低頭一笑，他認出了劍的主人是那位明箏姑娘，他多次見她佩帶此劍。看來這位冷血殺手也有柔情的一面，一直惦念著明箏姑娘，「劍在，她一定還在山莊裡。」

寧騎城不去理會高健的提示，瞇著雙眼環視著屋裡，不放過任何一個細節。

「高健，去把那個女人帶過來，她也許知道內情。」寧騎城突然轉身對高健說道。

高健點頭，領命而去。一會兒工夫，高健領著兩個隨從抬著青冥走進來。寧騎城指了下一旁的太師椅，兩個隨從把青冥放到太師椅上，退到後面。

青冥面色蒼白，雜亂的長髮遮住了半張臉，她抬頭狠狠地盯著寧騎城，剛才她被蒙古人拉到他面前，只一眼她便認出了他。當年她被王浩從檀谷峪劫走，就是被他押送到京城，她如何會忘了他，變成鬼她都能認出來。她恨得牙癢癢，但是滿腔的怒氣過後，便是深深的恐懼……青冥腦中一片空白，她只是離開了幾個時辰，山莊便遭此變故，此間到底發生了什麼，她無從了解，她只知道山莊被圍剿，狐族又面臨生死關口。

「青冥郡主，妳還認得我嗎？」寧騎城黑著臉，俊朗的臉上卻現出一個邪魅的微笑。

青冥久久地注視著寧騎城，目光冰冷似刀：「寧百戶，不，應該是寧指揮使，你還活著呢？」

「活著呢。」寧騎城慢慢走近青冥，一字一句地說道，「妳不在宮裡，怎麼跑到了這兒？我記得皇上封妳為玉妃，這可是大逆不道，要誅九族的大罪呀。」

「我狐族本就被你們這群奸佞小人污蔑，也不在乎再加上這一條，你少廢話，要殺要剮隨你。」青冥說完閉上眼睛，不再搭理他。

寧騎城壓了壓心中的火氣問道：「那妳告訴我，妳是怎麼落到那夥蒙古人手裡的。」

青冥扭過頭，看也不看他。

寧騎城從刀架上取出那把劍，一邊看著劍刃上泛出的寒光，一邊問道，「這把劍的主人叫明箏，我沒說錯吧，她在哪兒？」

「別費力了，妳不會從我嘴裡聽到任何事。」青冥冷冷地瞥著寧騎城。

「告訴我，山莊裡是不是有密道通往外面？」寧騎城此時失去了耐心，粗暴地吼道。他看見青冥索性閉上雙眼，扭過頭，便氣呼呼地嚷道，「既然這樣，那我只好把妳送回宮裡了。」他見青冥身體抖了下，便緩和了語氣接著道，「如果妳說出山莊的密道，還有蕭天他們的藏身地，我就放了妳，如何？」

寧騎城話沒說完，誰也沒料到，青冥猛地從椅子上起身，向一旁牆上撞去。若不是寧騎城輕功了得飛身撲住她，她一定撞牆而亡。寧騎城氣得哇哇大叫，高健及隨從再不敢大意，死死按住她。

「天亮後，把她綁到山莊大門上，看蕭天出不出頭。」寧騎城氣急敗壞地叫道。高健和幾個隨從抬著青冥走出去。

這時，從敞開的門看到一旁院裡熊熊燃燒的火光，濃烈的煙霧漫進院子裡，寧騎城幾步跑到門外，一個校尉跑來回稟：「大人，那幾個蒙古人不聽勸阻要燒房子。」寧騎城氣急敗壞地趕到櫻語堂，只見東廂房已經從裡面燒了起來，和古瑞拿著火把走向西廂房。院子裡幾個人正往馬上綁東西，都是錦緞細軟之類的，幾個人一邊綁一邊罵罵咧咧：「什麼財寶，連個銅錢也沒見到。」「快點，去其他院子看看。」「這是主宅，這兒什麼都沒有，其他地方更不會有。」

「和古瑞！」寧騎城大喊一聲叫住他。

和古瑞舉著火把已引燃了屋簷下的枯草，火光把院子照得明亮如晝。寧騎城憤怒地衝到和古瑞面前，一把奪過他手中的火把扔到地上。他憤怒地瞪著他，這夥來自草原的莽寇在邊塞劫掠慣了，搶了便跑，跑前還不忘放火燒村寨。雖然他也是從小跟他們在一起，但是他從未燒過房子，也未殺過邊民，為此他沒少挨鞭子，但是他一旦認下死理，是任誰都無法改變的，直到現在他都痛恨這種做法。寧騎城身後的隨從迅速跑進屋子去撲火，不一會兒火勢得到了控制。

「小黑子，你騙我們說有銀子財寶，在哪兒呢？」和古瑞被寧騎城奪下火把很是惱火，不依不饒地向寧騎城叫囂著。

寧騎城一把抓住和古瑞的衣領，怒喝道：「你給我閉嘴！」寧騎城說著抬腳踹到和古瑞腿窩裡，和古瑞撲通摔了個嘴啃泥，仍不依不饒地叫著：「叔父，他又打我。」

「這個臭小子，」乞顏烈從一旁走過來，笑著為和古瑞開脫道，「他是空歡喜了一場，有些氣不過。」

寧騎城不去理會和古瑞，徑直走到乞顏烈面前壓低聲音道：「義父，這裡耳目眾多，甚是不便，既然沒有找到財寶，你們快些離去吧。」

「你就這麼打發我走了？」乞顏烈有些心不甘地乜了他一眼。

「你還想怎樣？」寧騎城不耐煩地問道。

「別忘了我交給你的事。」乞顏烈狠狠盯著寧騎城片刻，以提醒他記住此事，說完扭頭向其他幾人揮了下手，「好啦，走吧。」他們幾人翻身上馬，向院門疾馳而去。寧騎城望著他們的背影，越加心煩氣躁。乞顏烈變本加厲要他刺探朝堂機密，怎知他如今在朝裡地位岌岌可危，原本計畫周密的行動，本想抓住朝廷通緝要犯狐族的狐山君王，以此來邀功，可人算不如天算，又讓蕭天跑了。高健走到他身後：「大人，你臉色很不好，還是休息一下吧。」

「那個女人安置好了？」寧騎城一隻手按住額頭，喪氣地問道，「她還是不肯說嗎？」

「唉，這個女人也真是可憐。」高健望著寧騎城皺著眉頭問道，「大人，她到底是什麼來頭？」

寧騎城陰鷙的目光裡帶著一絲嘲諷：「高百戶，你的好奇心真是重呀。」寧騎城說完，一隻手急忙扶住廊柱，他身上的傷此時劇烈地疼起來，他皺了下眉頭，有氣無力地吩咐，「下去休息吧，巡夜的部署好。」說完，一臉落寞地往聽雨居走去。

「大人，我去把隨行的郎中叫來。」高健看出他傷得不輕，急忙匆匆跑出去。

三

夜色如濃稠的墨，卻在雪野的映照下，一點點化開，變得模糊、空幻。本該是一年裡最安逸祥和的夜晚，卻在這裡註定要變成一個噩夢。

地上的積雪被夜風吹得平整無痕。李漠帆拉著兩匹馬從林子邊走過來，他身後跟著蕭天，蕭天有些狼狽，走得十分緩慢。李漠帆不時往後看看蕭天，他知道他身上有傷。兩人小心地繞進林子往山上走來。

「幫主，要不歇會兒吧？」李漠帆說著，把兩匹馬分別拴到兩棵樹上，跑過來看蕭天。蕭天靠到一棵樹上，一隻手捂著肩膀，血已染紅了衣袍。蕭天撩起下擺撕下一片布衫，李漠帆接過來幫他綁到肩膀上。「幫主，你還行吧？」

「沒事，一點皮肉傷。」蕭天從樹枝上抓了把雪填進嘴裡，冰得他不由閉上眼睛，他吞下雪，喘了口氣，「寧騎城功夫了得，如果時間延長，我真沒有把握能戰勝他。」

「不管怎麼說，他也是你的手下敗將。」李漠帆不無得意地說道。

「勝與敗，有區別嗎？」蕭天苦笑一聲，他站起身，看了下天，道，「天快亮了，咱們需快些趕到山中與他們會合。」

李漠帆扶著蕭天，兩人向兩匹馬走去。突然兩人停下，同時盯住前面雪地上的一支箭。那支箭直直地插在雪地上，箭尾結滿冰凌。「去看看。」蕭天對李漠帆說道。李漠帆緊走幾步，去拔雪地上的箭，沒有拔出來，他一急，手伸進雪裡，不由驚訝地叫起來：「幫主，是個人。」

李漠帆幾下扒開那人身上的積雪，把他的身體翻過來。此人早已沒有了氣息，臉上沾滿了雪。蕭天走過來伸手抹掉他臉上的雪，不由大吃一驚，叫道：「這，這不是，于府的管家嗎？」

「于府，你說是于謙大人？」李漠帆疑惑地說道，「你可看清了？」

「沒錯，我幾次去于府，每次都是他開的大門。」蕭天說著，急忙拍打他身上的雪，在他衣襟裡翻了翻，什麼也沒發現。他盯著屍體上那支箭，伸手用力拔了下來。蕭天把箭放到眼前，一下就認出是蒙古人的箭，「是蒙古人幹的。」

李漠帆聽得一頭霧水，盯著那支箭，「蒙古人怎麼會出現在這片林子裡？還有，這位於管家來這裡幹麼？」

「于管家是于大人的心腹，一般情況是不會讓他親自辦差，除非是……」蕭天猛然驚醒，「除非是于大人得到信，寧騎城要圍剿瑞鶴山莊，于大人派管家來這裡給咱們報信，結果卻……」蕭天站起身，來回踱步，「目前，只有這樣才能解釋得通，于管家是因為咱們而發生不幸。至於這支箭出自何人之手，還要再查。」

李漠帆認同地點點頭：「那于管家的屍身怎麼辦？」

「只能先藏起來。」蕭天痛心地道，「來日，我要親自把于管家送回于府交與于大人。」

兩人在樹林裡一棵歪脖槐樹下，挖了個雪窩，把于賀的屍身埋進去，在他身上蓋滿雪，堆出雪丘，做了標記。兩人在雪丘前拜了三拜才離開。

兩人沿著林子裡的小道，繼續向山中艱難跋涉。蕭天經過那場血戰，體力消耗很大，又加上有傷，走得緩慢。李漠帆執意讓他坐到馬上，雖然馬也很疲累，走這種山道馬也沒有多少優勢，但是總比一個傷者走得快。蕭天拗不過他，只好坐到馬上，讓李漠帆牽著往山上走。

四處除了風聲，寂靜無聲，偶爾飛過一兩隻覓食的山雀。

「幫主，咱們都走到這裡了，怎麼還不見他們？」李漠帆有些沉不住氣了，「不會出什麼事吧？」

蕭天騎在馬上，頭不時要避開前方觸到頭上的樹枝，眼睛機警地四處巡視。他沒有理會李漠帆的牢騷，他心裡有數，玄墨山人也是經過大風大浪的，是個可以委以重任的人。如今山莊遭遇突襲，他絞盡腦汁也想不明白寧騎城是如何找到瑞鶴山莊的。這件事使他骨鯁在喉，時時不安，如果這個落腳點也沒有了，他將帶著他們去哪裡？還有青冥郡主到底去了哪裡？他心中各種念頭交織在一起，亂成了一團麻。

正在這時，前面突然躥出一個人抱住李漠帆大叫，李漠帆嚇了一跳，再一看竟是裹著羊皮的小六。「六兒，是你！」

「叔呀，叔，叔……」小六興奮地叫了一嗓子，拔腿就往回跑，不一會兒，帶著玄墨山人等幾個人跑過來。

「蕭幫主可好？」玄墨山人大步跑來，看到馬上坐著蕭天，這才放下心來，「兄弟，我們在這裡守候多時。」

「大哥。」蕭天看到大家個個精神抖擻的樣子，滿意地笑了。李漠帆急忙告知玄墨山人，蕭天身上有好幾處傷。玄墨山人命人小心地把蕭天扶下馬，在一旁鋪下毛氈讓蕭天坐下，蕭天一笑道：「皮肉傷，無礙。」

玄墨山人查看了蕭天的傷勢，一邊從懷裡掏出一個瓷瓶，在傷處上藥粉，一邊給蕭天說明當下的形勢：「山莊裡，從洞穴出來的婦女老人和我帶出去的人都在小蒼山雲玦頂，那裡有幾個洞穴，目前比較安全，就看下一步寧騎城會不會進山了。」

「山中不比山莊裡，方圓百里不怕他進山。」蕭天略一沉思，「青冥郡主有信嗎？」

「林棲跑出去，到現在還沒有回來。」玄墨山人回道，他嘆口氣，突然想到一事，望著蕭天道，「有一事得告訴你，明姑娘她留在洞穴裡沒有跟人群出來，聽翠微姑姑講，她是和典籍一起留在那裡的。」

「糊塗……翠微姑姑怎麼能把明箏留在洞穴裡？」蕭天一聽急了。

「是明箏自己非要留下，要把那些典籍從洞穴裡搬出來實屬不易，所以翠微姑姑就同意了。」玄墨山人道。

「寧騎城是什麼樣的人你們不知道嗎？」蕭天氣得幾乎跳起來，「瑞鶴山莊如此機密的所在他都能找到，山莊裡那個洞穴會難住他？如果他找到了，不僅典籍被毀，明箏也會……」蕭天站起身，向自己的馬走去。

「幫主，你去哪兒？」李漠帆追過去。

「這樣，」蕭天回過頭，感到剛才在玄墨山人面前有些失禮，便緩和了語氣道，「大哥，你帶人回到雲玦頂加強警戒。我這會兒回洞穴把明箏帶出來，然後與你們會合。」

玄墨山人想了想：「也好，明箏獨自待在洞穴裡確實不妥，你去也好，只是你身上有傷，還是帶著李把頭一起吧。」玄墨山人向李漠帆囑咐了一句，「照顧好蕭幫主。」說完，玄墨山人招呼人向來路走去。

蕭天翻身上馬，剛才經過短暫休息，再加上玄墨山人給他的傷口上了天蠶門獨門創傷藥，傷口已經不痛了。他催促著李漠帆心急火燎地向洞穴的方向走。他們所在的方向離那片山坡不遠，為了更快些，他們冒險離開林子，來到小道上，這樣馬可以奔跑起來，比在林子裡走要快。

「幫主，還是回林子裡吧，走小道太危險，要是遇到進山的錦衣衛就麻煩了。」李漠帆有些擔心。

「你不是說，寧騎城是我的手下敗將嗎，怕什麼？」蕭天說道，催馬疾馳。

李漠帆一時無語，他知道此時蕭天心裡一定焦急萬分，恨不得一步跨到明箏身邊。唉，他嘆口氣，做事周密謹慎的蕭天，一遇到明箏就完全失了分寸，本來嘛，英雄難過美人關，蕭天為了誓言毅然放下這段感情，但畢竟他也是個有血肉的男兒，如若明箏在他眼皮底下出了差池，那他如何能過得了心裡這一關。李漠帆想到這兒，也明白了蕭天會不惜任何代價去找明箏，也就不再抱怨會暴露蹤跡，暴露蹤跡算什麼，或許他連命都會豁出去。

兩人一前一後沿著山道向山中疾馳。從山道的彎路上就可以看到山谷裡瑞鶴山莊黑壓壓一片屋宇了。那個洞穴的出口在坡上面，兩人騎馬過去，瞬間愣住了，一片白茫茫雪地，厚重的積雪把四周所有山石道路遮蓋得了無痕跡。

「這……怎麼找呀？」李漠帆發愁地問道。

蕭天翻身下馬，走到這片坡地的中間。他環視四周，這場大雪遮蔽了所有辨識物。他記得有一次專門從洞穴爬出來過，印象最深的是四周稠密的各種藤類植物，當時正是盛夏，繁茂的植物像一張網蓋在洞口，他拔出腰中佩劍斬斷藤蔓才爬出來。

「沒別的辦法，只能一點點摸索了。」蕭天說著，根據記憶在洞口附近開始刨雪，他飛快地用雙手在地上挖著，李漠帆也跟著加入其中。很快兩人挖出一片裸露的土地，地上現出光禿禿的藤莖。蕭天抓住一根粗大的藤莖站起身往上拽，頓時盤根錯節的藤莖從積雪中騰起，雪泥四濺。

蕭天順著藤莖繼續尋找，發現一處地方藤莖堆積在一起。他用力抖起藤蔓，藤蔓盤亙著被騰空拽出，露出一個黑乎乎的洞口。李漠帆興奮地趴在洞口往裡面俯瞰。蕭天叫住他，「你藏在這裡，我下去。」說著，身上綁著一根藤蔓的根莖就往洞口下。

「幫主，千萬小心。」

「知道了，你看著四周，有事給我發信號。」

蕭天雙手攀著岩壁向下走，這裡地勢他十分熟悉。有時進山為了省腳力他從這裡出去過幾次。從外面走要一天的路程，從這個洞口出去只需半個時辰。洞裡沒有外面的刺骨寒風，手腳更靈活了。不一會兒他從岩壁上下到地面，他借著上方洞口微弱的光，看了看四周。他把腰間的藤莖解開，放到一塊凸起的大石頭上，向裡面走去。

這一路怪石嶙峋，道路又窄，兩邊的石縫裡不停地滴著水。他略一沉思，明箏應該還待在裡面那幾個溶洞裡，那裡寬敞且容易藏身。他從衣襟裡取出火摺子，火摺子燃了，他看到一旁有扔掉的火把，急忙撿起一根點燃。

蕭天舉著火把向裡面飛快地走著，走過一個溶洞，裡面空蕩蕩漆黑一片又寂靜無聲。他心裡開始擔心起來，這麼巨大的溶洞，只剩下她一個人，她該多麼害怕和無助呀。他太了解明箏，嘴上很強，其實就是小孩子脾氣。他忍不住輕聲喚了一聲：「明箏，明箏妳在哪兒？」

他的聲音在巨大的空蕩蕩的溶洞裡產生回聲，什麼也聽不清，只聽見呼呼的風聲，把他嚇了一跳。他舉著火把繼續往前走，這裡又進入一個小溶洞，他一眼看見角落裡亮著一星火苗。他一陣興奮，迅速向火苗跑去，腳步聲發出巨大的聲響，他也顧不了這個，待他跑近，卻發現燭光下無人，正愣怔著，猛聽見身後有聲響，一回頭，看見一根木棍向他襲來。

蕭天扔下火把，閃身一躲，伸手抓住來人手臂，準備就勢把她按到地上。就在蕭天擒住那人手臂的瞬間，他猛然辨認出來，急忙又伸手把她從下面拉回懷裡，叫道：「明箏，是我。」

懷裡的明箏聽到如此熟悉的聲音，抬起頭看見是蕭天，突然「哇」地大哭起來，經歷了剛才的驚嚇，和獨自一人與這片洞穴的黑暗作對，現如今猛然看見自己日思夜想的人，她是又喜又悲，又驚又怕，百感交集之下整個人都癱在蕭天懷裡，蕭天變成了一座靠山，任她趴在懷裡哭，一動不動。

蕭天不敢移動身體，明箏柔弱的雙臂緊緊抱著他的腰，即使那裡有三處刀傷，在她手臂的牽扯下，陣陣作痛，他彷彿忘卻了疼痛，他知道這種短暫的親昵會轉瞬即逝，對他來說彌足珍貴，他看到她的瞬間除了心痛就是深深的自責。

突然，明箏離開蕭天，向後退了幾步，羞澀地揉著眼睛：「你，你怎麼來了？」她突然想起來，他帶人尋找郡主去了，便問道，「郡主呢？」

「還，沒有消息。」蕭天望著明箏，兩人說到郡主都有些尷尬，不由都沉默下來，不知怎麼開口。蕭天望著明箏，猶豫了一下試探地問道，「郡主留下字條，妳知道嗎？」蕭天說著望向明箏，在微弱光影下，明箏的臉紅成了火球。

「你別說了，我不會聽她的話，你把我明箏當什麼人了。」明箏背過身。

「不管怎麼說，」蕭天安慰她道，「郡主出走，躲過了這一劫，也是幸運的事。」「這一劫？」明箏這才想起問外面發生的事，「山莊到底發生了什麼事？」

「寧騎城帶錦衣衛圍住了山莊，好在大家都突圍了出去。」蕭天以命令的口吻道，「妳這就跟我出去。」

「啊？那典籍怎麼辦？」明箏問道。

「留在這裡。妳跟我走。」蕭天飛快地說。

「不行，我答應郡主，一定要守好它們。」明箏望著蕭天，心裡有氣，這些天他對她不管不問，一見她就對她發號施令，便賭氣道，「剛才是你嚇住我了，其實這裡很安全，不會有事，你走吧，別管我。」

「他們已經進入山莊，妳不走時刻會有危險。」蕭天耐下心勸道，「寧騎城詭計多端，這個洞穴並不安全。」

明箏不理他，徑直走到燭火邊，竟然坐到石頭上，拿起筆開始往宣紙上寫字。蕭天在一旁看得汗都下來了，他蹲到她身邊，索性開始給她研墨，嘴裡嘟囔著：「算了，妳不走，我也不走，要是被抓住，正好抓一對，我呀，往那菜市口大鍘刀下一躺，一了百了，明年這個時候就是妳我的忌日。」

「誰和你是一對？」明箏停下筆，瞪著蕭天。

「妳呀……」蕭天一笑，「反正要死啦，死前總得說句真心話。」

「那……郡主呢？」明箏故意問。

「我只能帶走一個。」蕭天剛說完，明箏猛然背過身子，肩膀一聳一聳似在抽泣。

「明箏，妳別哭了，妳不如打我一頓吧。」蕭天胡亂說著。

「我幹麼打你？」「好好出口氣。」

明箏被他的話逗樂了，突然撲哧笑了一聲，臉上飛上一片紅暈。她不再理他，站起身開始收拾石臺上的紙張，把它們放進一旁包袱裡。

「明箏，妳怎麼不寫了，墨都研好了。」蕭天故意問道。

「我可不想跟你死在菜市口。」明箏乜了他一眼，她看著身旁三個包袱，犯了難，「但是這些包袱怎麼辦？」

「交給我，」蕭天提起三個包袱，向裡面走去，一邊走一邊對明箏說道，「妳拿著燈，來這裡。」蕭天熟練地摸到靠岩壁一個巨大的鐘乳石上，上面有一個自然的凹洞，他把三個包袱放進去，回頭問明箏：「怎麼樣？」

明箏高興地直拍手：「太好了，這個地方真隱祕。」

兩人正在說著，突然從山洞入口方向聽到一聲爆炸聲。蕭天從岩壁上跳下來，一把抓住明箏道：「不好，像是山洞入口被炸開了，咱們快走。」

「那裡還有一些東西呢。」明箏想起來，自己隨身的包袱和一些乾糧在那裡。

蕭天拉著明箏往狹長的通道跑去，在通道口蕭天讓明箏在那裡等他，他獨自一人返回，去取明箏的東西。

明箏緊張地望著那個快要燃盡的火把漸漸遠去，心都提到了嗓子眼，不一會兒，她聽見急促的腳步聲，那截火把就剩下一星火光，蕭天背著一個包袱跑過來，他扔下燃盡的火把，拉住明箏就往出口跑。

「明箏，妳猜我剛才聽到誰的聲音？」蕭天鼻腔裡散發出一股怒氣，「柳眉之！」

黑暗中，明箏看不清蕭天的臉，只感到他握住她右手的手掌一直用力，明箏感到一陣痛，但她忍著沒有發出聲音。柳眉之這個名字讓明箏剛剛平復下來的心緒，又一陣翻江倒海。

洞穴裡由遠處傳來一陣喧囂聲，不過此時蕭天拉住明箏已經攀上洞口的岩壁……

第三十一章　鬼魅身影

一

除夕辰時，柳眉之離開了雲玦頂。這兩日在洞穴裡睡了兩天，他養足了精神，雲的表現也很讓他高興，前兩日他獨自下山，弄了一匹膘肥體壯的黃驃馬，還有一袋乾糧，最高興的是裡面有一袋牛肉乾，他和雲美餐了一頓。昨日他出去又牽回一匹馬，柳眉之毫不吝嗇地誇了他一通。

這日一早，柳眉之叫醒雲道：「知道今兒是何日嗎？」

雲從角落裡爬起來，不敢湊太近，怕自己的醜態讓師父難受，他遠遠地問道：「師父，今兒是何日呀？」

「每年的除夕夜，都是白蓮會大會師的日子。我告訴你雲，可別小看咱們白蓮會，信眾有十幾萬人，總壇下面分東西南北四大分會，每年輪流坐莊，今年輪到北部堂會坐莊，所以咱們今日必須趕到會師地，與其他三大堂主會面。」柳眉之說著，一臉得意的笑容，眼裡滿是自信，「今年，他們會實現承諾，把北部首座堂主這個位置交給我。」說完，他哈哈一聲大笑，片刻後瞬間收起，眼望前方放射出異樣的光。

「師父……」雲撲倒在地，磕了幾個頭，「謝師父收留我，我定跟隨師父，赴湯蹈火生死與共。」

「好，完成這件大事後，我就會一門心思來對付寧騎城。」

一聽到寧騎城這個名字，雲變得焦躁不安，他抓耳撓腮地晃動著身體，湊近一步道：「我恨不得抓住他吃他的肉，喝他的血，師父，咱何時找寧騎城報仇。」

「他會來這裡的。」柳眉之一陣冷笑，他心裡清楚把狐山君王就是興龍幫幫主蕭天這個驚天祕密告訴了寧騎城，便可以坐等他們兩廂殘殺，他一是可以坐收漁翁之利，二是雙方不管誰落敗他都可以收拾這個殘局。他不由暗暗得意，望了眼洞穴外面的天空，道，「走吧，速去速回，今夜還要趕回來。」

會師地就在京城外的虎口坡，離小蒼山半日路程。那裡依山環水，周圍山勢險峻，附近又有小鎮。四年前的除夕柳眉之曾在這裡目睹過一次會師大會。當時他還只是北部會裡大師的弟子，在會裡分為三個等級，堂主掌控一切，下面傳教收信眾的是大師，最下面聯絡辦事的是掌事，也稱掌事師傅。那一夜，讓柳眉之一生難忘。

他偷偷從長春院溜出來，跑到白蓮會祕密會堂，一家聽書唱曲的堂子，面見自己的師父，琴師李甲康。李甲康與他同為樂籍，對他並不歧視，甚至與他很是親近。他與師父在密室讀寶卷，詠經，在彌勒佛金像前三拜九叩後，兩人起身趕往會合地——西直門外一個茶坊。他們到時，那裡已聚集了二十幾個人，其中有掌事師傅陳其亮，他是個腳夫，平日裡與李甲康沒什麼來往，都是聽從堂主的差遣。眾人相伴而去，其間路過一個小鎮，石門鎮。鎮裡兩個信眾找到掌事師傅陳其亮，他們的棺材鋪受強人欺凌，求白蓮會為他們出頭，收取了信眾的銀兩後，陳其亮帶眾人去搗毀了棺材鋪對手的鋪子，大家高興而歸。卻被李甲康一頓訓斥，當場陳其亮和李甲康發生爭吵。

不承想陳其亮從靴子裡拔出匕首，刺入李甲康的胸口。可憐李甲康才過不惑就撒手人寰。在他們之中李甲康地位最高，陳其亮次之，突然間頭目被刺死，眾人皆驚，不知所措。

陳其亮這時把眾人叫到一處，從布囊裡掏出棺材鋪信眾給的三十兩銀子，讓人去錢莊兌成三十串銅錢，分發給眾人，並告訴大家，他之所以刺死李甲康完全是上天的旨意，李甲康是混進來的奸細，所以處處與他作對，只有他才能帶領大家返歸天界，免遭劫難。

眾人手捧沉甸甸的銅錢，個個興高采烈，瘋狂地呼喊：「陳其亮大師，陳其亮大師……」在眾人的歡呼中，陳其亮坐上大師的位置。面對突如其來的變故，柳眉之沒有一點心理準備，他被眼前發生的一切深深地震撼了。他黯然神傷，獨自買來一口薄棺殮了師父。

沒想到陳其亮並沒有放過他，在墳邊拔出匕首插到墳頭，讓他選是跟著他幹還是進墳墓陪葬。那一天柳眉之在生死關頭猛然警醒，師父不是死在陳其亮的手裡，是死在他自己手裡。燭光佛念與世無爭的清平世界只存在於師父的想像裡，這個世界從來就是你不強大，就要被強大的對手吞掉。

懷著對陳其亮的痛恨，柳眉之服從了他，但他發誓要以其人之道還治其人之身，為師父報仇。在那個除夕的午後，在師父的墳旁，柳眉之迅速地成長起來，他把最後一鍬土蓋到墳頭，整個人都像從泥土裡重生一樣，他不會再懦弱，不會再讓別人欺負自己，他學會了怎樣保護自己。

這天夜裡，盛大的會師場面再次震撼了柳眉之。上萬的信眾從四面八方趕來山谷，圍在用木板搭成的高臺四周。高臺上鋪著金色的錦緞，周邊是一根根胳膊粗的蠟燭，黃色的火苗把整個金色高臺映照成一片閃閃發光的仙境。教眾披著白色兜頭，手拿蠟燭，跟著高臺上的大師低聲詠經。遠遠望去，恍如仙界。

柳眉之跟著陳其亮走進會場，眾人皆激動得淚流滿面。陳其亮告訴柳眉之，只要跟著他好好幹，回去就把他升為掌事師傅，作為師傅被信眾敬仰。如果可以像高臺上的堂主一樣，被萬民膜拜，還有什麼是不能放下的？

那個除夕夜，離此時已過去了四年，恍如隔世。柳眉之騎在馬上，心裡一片感慨。自那時起，他的生活發生了翻天覆地的變化，他從普通信眾一步步走到今天的位置，從掌事師傅到大師，又到堂主，不過跨越了兩個年頭，今天他將迎來嶄新的起點，如此離他心目中的首座堂主就更近了。

兩匹烈馬在官道上疾馳，不管是田間還是村鎮皆被積雪覆蓋，一片白茫茫。兩人來到石門鎮，柳眉之勒住馬轡繩，對身後的雲說道：「走，跟我祭拜一下師父。」柳眉之掉轉馬頭，拐到鎮西口，那裡有一片墳崗，由於師父沒有家眷，當時他只能草草掩埋。之後一年，他又回來了一趟，重新修了墳。那次在墳前，他還帶來了陳其亮的一縷頭髮。陳其亮直到死時都不知道是誰動的手腳，他被堂主宣布是奸細，被教眾亂棍打死。

柳眉之站在長滿荒草的墳前，墳上沒有任何標記，師父在世時常說，生前在臺上被人指指點點厭煩了，死後一定要清清淨淨，不要任何人知道。作為一代琴師，他就這樣走了。

柳眉之閉上眼睛，他想起那些黑暗的夜晚，淒風苦雨下無處躲避的他，一次次蜷縮在師父的身邊，聽他講彌勒佛，他不知道佛是什麼，只知道師父的故事給他無盡的溫暖。師父已死，對他來說佛也死了。他心裡除了怨氣再也盛不下其他的。

唯一讓他欣慰的是，他為師父報了仇。柳眉之站在墳頭望著遠處的石門鎮，過了石門鎮就是虎口坡，他喃喃自語道：「師父，你老人家好好享受清淨吧，我有空再來看你。」

柳眉之領著雲從墳崗出來，催馬向虎口坡而去。一路上再沒有心思留意周圍的景物。他蟄伏在瑞鶴山莊已近半年之久，自他從詔獄中逃出，由於身中奇毒受制於寧騎城，還是第一次去見北部會的人，也不知會裡是個什麼情況，以前白眉行者總會隔段時間來見他一面，細細算來，不覺一陣心慌，白眉行者已經兩個月有餘沒有來見他。

離那片谷地還有半裡有餘，他便發現不祥端倪。路上寂靜無聲，看不見過往的車輛和人馬，偶爾過來一隊人馬還是官家的驛站車馬。柳眉之越想越覺得不對頭。記得四年前，這條道上早已熙熙攘攘，人員車馬絡繹不絕，大家嘴裡不說，但都知道是奔著同一個目標。當時之所以把會師地定在偏遠的山區，就是為了避開官府的耳目，不至於引起他們的注意。

可此時已日落西山，路上卻只有他們兩匹馬，前後不見人影。

「師父，你說……會師大會……很……熱鬧，人山人海，是……真的嗎？」雲望著杳無人跡的官道，想著師父的話，不由問道。

柳眉之皺著眉頭，心情越發沉重，他已預感到定有大事發生，決定先到谷地再說。他們兩人催馬前行，拐過山口，直奔會師地而去。如果說剛才還是預感，踏進谷地那一刻，柳眉之猶如醍醐灌頂，差點從馬上跌落。

谷地一片白茫茫，死寂一片。過膝的積雪平整無痕，連個印跡都找不到。柳眉之催馬奔進雪地，站在中間望著面前空蕩蕩的山谷，幾乎是絕望地發出一聲怒吼：「你們人呢？為什麼要騙我？」

突然，谷口奔來一騎棗紅馬，馬上之人催馬直接來到柳眉之面前。來人一身公子打扮看不出身分，他在馬上抱拳高聲道：「可是京城柳堂主？」柳眉之一直看著來人，努力辨認著，但來人卻是個陌生面孔，他平穩了一下心緒，道：「正是在下，公子是……」

「白眉行者派我來通知柳堂主，今年的會師大會改在昆山了。」

「白眉行者在哪兒，帶我去見他。」柳眉之壓著心中怒火，對年輕人說道，「對了，還沒有請教你的尊號。」

「堂主客氣了，小的叫吳陽，白眉行者屬下新晉級的護法。」年輕人說道。

「好一個年輕有為的護法，那你就前面帶路吧。」

「這也是白眉行者的意思，他讓我帶你去見他。」吳陽笑著說道。

「雲，」柳眉之向雲招了下手，看雲催馬過來，他轉向吳陽道，「我的這個弟子，相貌醜陋，但是對我忠心耿耿，你不要介意。」

「無妨。」吳陽笑著說，等雲來到近前，吳陽還是嚇了一跳，他急忙勒馬退到柳眉之這邊，說道，「柳堂主，那咱們出發吧。」

「他在哪裡？」柳眉之問道。

「在石門鎮茶坊。」吳陽說著，催馬在前面帶路。

三人從原路返回，來到石門鎮。這個小鎮只有一條街，這條街上只有一個茶坊，茶坊門前挑著一根旗杆，上書「雲起」，兩個字狂草書成，煞是惹人眼目，不知這位茶坊掌櫃什麼來路，但單就這兩個字，煞是費人思量。柳眉之把黃驃馬交與雲，自己跟著吳陽來到二樓一間雅室，一推門便愣住了。

裡面坐著七個人，個個精壯。從精氣神就可看出都是習武之人，白眉行者坐在上首的位置。柳眉之心裡一驚，不祥的預感又一次浮上心頭，這種場面他需要有一個人為他壓壓場子，他衝視窗吹了下口哨。不多時，雲沉重的腳步聲嗵嗵地響起來。

門被推開，雲走進來，雖然他身披大氅戴著兜頭，但他可怕的外貌還是引起屋裡人一陣陣倒吸冷氣。雲十分恭順地立在柳眉之身後，一動不動。

白眉行者朗聲一笑，起身抱拳道：「柳堂主，多日不見，看來你身體康復得不錯。請坐。」

柳眉之一陣冷笑，徑直坐到白眉行者對面的桌前。

「白眉行者，」柳眉之坐下便直接問道，「為何到此時才通知我會師大會改了地址？我們北部會裡的人呢？他們去會師大會沒有？」

白眉行者不慌不忙地給柳眉之斟滿茶，然後說道：「我今天來見你，是受總壇之托，來向你宣布一件事。」白眉行者飲了口茶，猶豫了片刻，緩緩說道，「近來，由於朝堂對白蓮會追剿越來越緊，因此總壇商議決定，暫時關閉北部會，避一避風頭。」

柳眉之突然發出一陣狂笑，他站起身，一隻腳踏在椅子上，指著白眉行者道：「你知道你在說什麼嗎？關閉北部會，哈哈……我不相信，我不相信總壇會瞎了眼，難道他們不知道這兩年北部會信眾上萬，堂庵逐漸增加，我每年向總壇上交的供奉是所有分會裡最多的，難道他們都沒有看到嗎？沒有我如何會有這種局面？白眉行者，這兩年你在我這裡殺了幾個朝堂酷吏，你難道不清楚嗎？」

「柳堂主，請你對白眉行者客氣點，」白眉行者身後的吳陽插話道，「現如今白眉行者已不歸北部會了，他是總壇首座的金剛護法。」

「噢，哈哈。」柳眉之又一陣狂笑，「原來如此……」

「柳堂主，你且聽我說完，」白眉行者也站起身，「正因為這兩年咱們屢屢與朝堂作對，因此才會處境艱難。」

「江湖上誰不知白蓮會因刺殺王振名震四方，收了不少信眾。」柳眉之鄙視地乜了他一眼。「王振作惡多端，禍國殃民，人人可誅之，我是替天行道。」柳眉之叫道。

「不錯，王振害得李府，你家主人，工部原尚書李漢江滿門抄斬，使你就此流落樂坊變為樂籍，你當然對他恨之入骨。」白眉行者看了眼憤憤不平的柳眉之，接著道，「你的身世我很同情，但是你想過沒有，刺殺王振就是與朝堂作對，王振權傾朝野，咱們怎能鬥得過他，而他舉手之間就可傾覆白蓮會。現如今京城滿大街東廠番子，誰被指認是白蓮會的人就被抓走，信眾已被抓走幾百人，對白蓮會是個從未有過的打擊，以後百姓誰還會進白蓮會的堂庵？進去就會招來牢獄之災。因此首座關閉北部會，也是想避過這個風頭，再擇機復會。」

柳眉之額頭上冒出豆大的汗珠，他一屁股坐到椅子上，端起面前茶盅一飲而盡，然後問道：「我們北部會首座呢，他怎麼說？」

白眉行者靜默了片刻，平靜地道：「你們首座死了。」

「你說什麼？再說一遍？」柳眉之詫異地瞪著白眉行者。

「總壇處死了他，並宣布遣散北部會。」白眉行者依然平靜道，「他要為如今的局面負責，這也是給其他三個會的警示。」白眉行者盡量控制自己的情緒，因為他心裡清楚今天的見面註定不會很平靜。

柳眉之一把推開面前的青花茶壺，它從八仙桌上滾下去，「啪」的一聲摔成碎片。柳眉之隔著桌面抓住了白眉行者的衣襟，怒喝道：「是你殺了他。」

「我是奉命行事。」白眉行者保持著平靜說道。他身邊幾個護法擁過來，虎視眈眈地瞪著柳眉之，卻被白眉行者喝退，「你們退下，這是我和柳堂主的事。」

「還稱呼我堂主，我已經什麼都不是了，對吧？」柳眉之怒不可遏地吼道，白眉行者沒有動，他想讓自己的被動喚起柳眉之的冷靜，但他沒有想到，轉眼之間一把短刀就直刺到他胸口，他甚至都沒有看見從哪裡拿出的刀，因為他對柳眉之根本沒有防備。

血從白眉行者胸口噴湧而出，濺了柳眉之一臉。兩人迅速分開，白眉行者瞪圓了眼睛，他做夢也沒想到，自己會栽在柳眉之這個小白臉手上，他掙扎著退到牆角，伸手指著柳眉之，喘息著斷斷續續說了一句：「你這個小人……」話沒說完便倒地吐血而亡。

屋裡大亂，白眉行者身後的護法對眼前突發的殺戮猝不及防，一個個驚慌失措，紛紛掏出刀劍衝柳眉之而來，突然一個身影擋到柳眉之身前。

雲與他們七個人大打出手。只見那七個人，一個持劍，兩個拿刀，其他四人分別使鞭子、錘、雙截棍和飛鏢。七人的兵器五花八門，武功也是分三六九等。頂尖之人就是持劍的吳陽，他揮劍向雲刺去，劍刃上寒光閃爍，直逼人眼目，他師從泰山派，此派極其講究，每一招都花式繁多，令人看來驚嘆不已，但其實只是金玉其外而已。

雲一下被吳陽繁雜的劍式迷惑了眼睛，他呆呆地盯著令人眼花繚亂的劍花，滿心羨慕而忘了下手。幾人看到雲窘態，暗自得意，紛紛擁上來，錘子、飛鏢一起攻擊，只聽見一陣「叮噹」之聲後，錘子、飛鏢紛紛落地。

這一下，他們震驚不小，驚異於他練就的是何功夫，竟能刀槍不入。正在納悶間，雲已發怒，他衝到他們中間，三下兩下摁倒一片。有一個使錘的壯漢，不知死活，從背後襲擊雲，被雲抱住身體摔到地上扭斷了脖子，當下就斷了氣。其他人一看，都縮著脖子蹲下，不敢再動。最後只剩下吳陽，吳陽持劍指著雲，腦中一片空白，自他出山後還沒見過有如此功夫的人。

站在角落觀戰的柳眉之一陣大笑，他為眼前的勝利沾沾自喜。他喝住雲，走到那一群縮在角落的人面前道：「你們的頭目，白眉行者，是他先背叛了首座，竟然殺了他，這種背主求榮的畜生，不殺之天地不容。」柳眉之走到吳陽面前，把他手中的劍扔到地上，拍了拍他的肩膀道，「我知道你們是受他蠱惑，現在他得到應有的報應，你們要是想走，我放你們走，如果你們願意跟隨我，那我也是求之不得。」柳眉之走到窗前，對著他們揚起雙臂，面色莊重地說道，「昨夜佛給了我啟示，他告訴我，白蓮沒落，金禪興起，命我以金禪之名，帶領信眾返歸天界。」

雲莫名地興奮起來，又唱又跳，倒地就拜，大呼：「金禪……金禪會……」其餘人猶猶豫豫地互相觀望了片刻，知道此時只有順服才能活命，而天下有什麼比活命更重要的事呢，便紛紛跪下叩拜。

「我以金禪會堂主之名，向你們保證，」柳眉之接著說道，「你們如果跟隨我，將會成為護法，你們可願意？」

「不行，你們起來，白眉行者待你們不薄，你們怎能背叛他？」吳陽望著幾個人，憤憤不平。

「算了吧，吳陽，」其中一個說道，「白眉行者已經死了，俗話說識時務者為俊傑！再說，咱們去南部背井離鄉不說，不是同樣受人排斥。跟誰不是跟，還不如跟柳堂主在家鄉好。」其他幾人紛紛點頭，吳陽閉上眼睛一陣搖頭嘆氣。

柳眉之哈哈一笑，贊同地看著剛才說話的人，道：「這位兄弟說得很好，我會帶你們重新回到京城，在那個繁華之地，會有咱們的堂庵、眾多的信眾，享受金禪會無憂的富貴，將來與我共同歸返天界。」

除了吳陽，其他幾人已被柳眉之所描述的美妙前景觸動，紛紛跪下，聲呼：「堂主，謹聽教誨。」

「好，」柳眉之回頭望著吳陽，他看出吳陽也心動了，只是還在猶豫，他是真心喜歡這個年輕人，一心想把他留在身邊。他的身邊必須有幾個得力的人，雲只能是一個殺手，偶爾使用，想要在京城立足還是需要像吳陽這樣的人。

「這樣吧，咱們先把白眉行者入殮，把他葬了，你再決定是留是走。」柳眉之耐心地說道。

柳眉之的話讓吳陽吃了一驚，他點點頭。

於是，柳眉之花重金買來一口上好的棺木，殮了白眉行者。他跟茶館夥計說白眉行者突發重疾而亡，夥計一看這些人個個凶悍，尤其那個又黑又醜的傢伙，唯恐躲避不及，哪裡還敢過問。

他們一行人抬著棺木，葬到墳崗上。柳眉之一看，墳頭離師父的墳頭不遠，心想倆人可以做個伴，也不錯。

來時一路上滿心期盼，回時卻已時過境遷，短短幾個時辰，對於柳眉之來說已是生死輪回。他胸中的怒氣已被釋放。如今他擺脫了白蓮會，殺了白蓮會金剛護法，自立金禪會，這一切雖說只是臨時起意，卻是他一生夢想，這一切的到來讓他自己都有些暈眩。

他突然看到一片廣闊的天空，看到天空上飄浮的白雲。以前他只看到腳下一片地，天與地的區別就在這裡，天可以讓人無限陶醉，而腳下的地除了給你挫敗感，什麼也給不了你。

柳眉之仰天大笑，笑自己以前蠢得離譜，如今一切才剛剛開始。他站在山坡上，望著他的幾個手下，高聲宣布道：「跟我回小蒼山，我要去瑞鶴山莊拜會一個老朋友，他手裡有一張藏寶圖，有了這個圖，咱們還怕沒有立足之地嗎？你們在石門鎮等我。待我辦完了事，咱們就回京城。」

「是，堂主。」幾個人一聽藏寶圖，心裡十分高興，想到將來跟著新堂主吃香喝辣，不由激動不已，紛紛跪下叩拜。

柳眉之看向吳陽，問道：「你呢，吳陽，你想好了嗎？」吳陽見柳眉之厚葬了白眉行者，與他接觸後感覺他也不像想像的那麼冷酷，畢竟是白眉行者先殺了柳眉之的首座，柳眉之為首座報仇也算是為主盡忠，看到其他幾人都願意留下，他也就不再堅持，便躬身一禮道：「柳堂主。」

「好……」柳眉之仰頭笑道，「吳陽，你就做金禪會的掌事。只要你好好幹，堂主絕不會虧待你。」

「是，堂主。」吳陽跪下叩謝。

眾人一片歡喜，雲更是喜歡得不得了，以前只有他一個人跟在柳眉之身後，如今一下子多出來六個人。但看了一圈，他們都有了職位，唯有他沒有被封，心下十分不爽，他吞吞吐吐地問道：「堂……堂主，那……那……我呢？」

柳眉之一回頭，樂了，說道：「你是我的金剛護法，他們全部聽你的。」

「啊……」雲猛地被這個大名頭鎮住了，雙膝一軟，跪下叩頭。其他人聽見這個封號，由於忌憚他詭異的武功，也不敢有任何反駁之意。眾人從山坡上下來時，來時的散漫已不見，一個組織嚴密、官階森嚴的金禪會出現在石門鎮上。

當夜，柳眉之留下雲照看這幾個人，其實他還是對他們不放心，怕他們跑了。跑了倒是無所謂，怕就怕他們跑回南方給總壇報信。現如今他落腳不穩，還要與寧騎城鬥，暫時還騰不出手來對付白蓮會。

他囑咐雲看好他們，自己連夜趕往小蒼山。此時已是除夕之夜，小鎮上家家戶戶貼紅對聯，放鞭炮，一家人聚在一起守歲，街道上人跡罕見，不時從路邊的屋簷下飄出陣陣飯菜的香氣。

一路疾馳，柳眉之趕到小蒼山時已近三更。他騎馬拐入山道後發現路上厚厚的積雪上滿是馬蹄印和車轍印跡，待他趕到三岔口，遠遠便聽見雙方交戰的嘶喊聲，看來寧騎城已經在攻打山莊了。他催馬奔到一邊山坡上，便看見山下瑞鶴山莊門前一片火光。

他興奮地翻身下馬，把馬拴在一邊樹上，自己隻身跑下山坡，從側面跑到山坡下，藏身在雪窩裡，靜待時機。

二

瑞鶴山莊經過半夜的激戰和一波波搜尋，終於漸漸安靜下來。各處晃動的火把逐漸熄滅，櫻語堂被點燃的屋簷也被撲滅，四處彌漫著嗆鼻的煙火味。一些兵卒實在熬不住睏，尋著個落腳點倒頭就睡。

只有派去值夜巡邏的一隊人馬，舉著火把在山莊四處走動，按照規定，一個時辰後就會換防。這時，這隊人裡一個低個子突然嚷嚷起來，罵罵咧咧道：「見了鬼了，我的肚子疼，哎喲……」

一旁一個人打趣道：「讓你貪嘴，像撿個大便宜似的，在廚房啃了兩個兔腿，你不肚疼才怪呢。」

「你還說我，」低個子嚷起來，「你不也吃了，咱們在這個鬼地方熬了幾天，吃過一頓飽飯嗎？哎喲。」

「別吵吵了，」從佇列外走過來他們的頭目，「一會兒就換防了，忍忍吧。」

「頭，我想忍，但是，我去趟茅房吧……」

「滾，瞧你那點出息……」

低個子捂著肚子從道上向一邊花圃裡跑去，花圃裡積雪很厚，他跑了幾步，找到一個隱蔽的地方，解開身上的甲胄，沒有看見身後閃過一個黑影。

一張俊朗的臉隱在暗處，眼睛盯著那個兵卒，手中握住一把短刀，此人正是柳眉之，他矮下身子瞅準時機，只見寒光一閃，短刀直刺進兵卒背後，那個兵卒連哼都沒有來得及就斷了氣。

暗影裡柳眉之迅速拔出短刀，在雪裡擦去血跡。他環視四周，那隊巡邏的兵卒向西走去。他急忙解開死者的甲冑，剝下他身上的兵卒的外衣，穿在自己身上，胖瘦合適，就是短了點。他又穿上甲冑，戴上頭盔。自己看了看身上的裝扮，還算滿意，便從花圃拐到道上。

此時已近四更天，四周一片黑暗。但是對於在這裡住了大半年的柳眉之來說，閉著眼也能摸到想去的地方，這也是他不帶雲來的原因，雖然有風險，但是帶雲是累贅。他要在天亮前找到寧騎城，他懷裡揣著那最後一丸迷魂散，成敗就在今夜。

他看到只有聽雨居院裡亮著燭火，便悄悄向那邊走去。從月亮門裡看見一個火把引著兩個人走出來，柳眉之閃身躲到牆邊。

原來是高健舉著火把領著郎中走出來，高健不放心地問：「大人身上的傷，到底如何？」

「暫時無礙。」郎中一邊安慰道，一邊蹙眉嘆息，「以大人的武功，能把他傷成這樣的人，也算是鳳毛麟角，看來是棋逢對手了。」

「是呀。」高健點點頭，他很同意郎中的觀點。兩人相伴而行，向東邊宿營的臨時住所走去。

柳眉之藏在牆邊聽到兩人的談話，心裡竊喜，原來寧騎城被蕭天所傷，看來真是上天垂憐他，助他擒住這個魔頭。

他眼見火把的火光消失在道路盡頭，便轉身悄悄走進月亮門。沿著遊廊向前走，看見西廂房裡有光亮，這間房曾是明箏的住所，如今卻被寧騎城占有，真是讓人匪夷所思。柳眉之看到門前有四個全副武裝的守衛，便退回到廊柱後面，略一思索，想到一個絕妙的主意，退出月亮門。

一炷香的工夫，柳眉之重新回到這裡，這次他手裡多出一個托盤，托盤上有一盅湯藥，他弄到這些東西一點也不費力。他大搖大擺地從月亮門走進去，故意把腳步踏得很沉，西廂房門前的守衛聽到腳步聲，其中一個跑出來大聲問道：「什麼人？」「高百戶派我來送湯藥。」柳眉之平靜地回道。

四個守衛不再言語，看著柳眉之端著托盤走過來。其中一個守衛，幫著推開了西廂房的門，柳眉之匆匆瞥了眼室內，眼角的餘光看見寧騎城只穿了件中衣，端坐在書案前，眼睛呆呆地盯著上面的一樣東西。他除去了甲冑、頭盔，燭光下的寧騎城，哪裡像一個剛剛經歷了血戰的將軍，卻似是一個書生，清秀的臉龐消瘦憔悴。

聽見腳步聲，寧騎城回過神，他抬起頭的瞬間雙眸又恢復了犀利和陰鷙，看見一個兵卒端著托盤進來，他有些不耐煩地點了下頭，道：「告訴高健，以後不要再送什麼湯藥了。」

柳眉之控制住雙腿的抖動，低著頭躬身走過去，即使他穿著錦衣衛的盔甲，把自己隱藏得毫無瑕疵，但在看見寧騎城的瞬間，他還是感到恐懼，寧騎城那戾氣囂張的氣場無形中已震懾住他。

他把托盤輕輕放到書案上，沒想到一眼看見書案上放著一柄劍，是明箏的如意劍。柳眉之的手微微抖了一下，他沒有想到寧騎城會如此在意明箏，或許他一直在找她，為了那本《天門山錄》，或許還有別的，柳眉之從寧騎城的眼神裡窺探到一些端倪，他先是鬆了一口氣，也許此時，寧騎城的心思不會在其他地方，這正是下手的好時機。

柳眉之把湯盅放到書案上，悄悄退到後面。

寧騎城伸手撫了下肩部的傷，剛才郎中塗抹的創傷藥起了作用，已不疼了。他伸手握住劍柄，望著劍柄上雕刻的那個如意，輕聲道：「我會找到你的主人的，你暫時歸我了。」說著，握住劍向上方一揮，不由嘲諷地一笑，「這也太輕了，簡直是個玩意兒。」

寧騎城收起劍，突然瞥見旁邊一雙靴子，猛然回頭看見送湯藥的竟然還在這裡，便怒道：「你怎麼還沒走？」

柳眉之撲通跪到地上，道：「高百戶囑咐，看你喝下，再，再走。」柳眉之故意結巴著說完，便跪下不動了。

寧騎城沒好氣地哼了一聲，走到書案前，端起湯盅一飲而盡，然後把湯盅扔到托盤上，道：「行了，滾吧。」

「是，高百戶還囑咐，要扶你躺下再走。」柳眉之仍然跪著不動。

「這個高健，真是多此一舉。」寧騎城沒好氣地道，「那你就等著吧。」寧騎城重新回到書案前，從一旁拿過來一張牛皮地圖，俯身看了起來。過了一會兒，寧騎城身體開始搖晃，他伸手扶住書案，臉漲得通紅，眼神慢慢發直。跪在地下的柳眉之慢慢抬起頭，他盯著寧騎城的一舉一動，知道藥效開始起作用了。他起身放輕腳步來到門前，輕輕閂上門閂，然後拉上帷帳，仰頭哈哈一笑。他慢慢走到寧騎城面前，看見他身體抖個不停，他身上的症狀與玄墨山人近似，武功越高的人藥效催化得越快，寧騎城剛剛經歷了一場激戰，全身的血液都處在活躍狀態，藥效立竿見影。

寧騎城出於本能想控制自己的抖動，但是他已無法控制自己，他跌倒在太師椅上。柳眉之從一旁炕上的褥子上撕下幾塊布條，上前把他手腳都捆住了。

寧騎城被牢牢綁在太師椅上，仍止不住身體的抖動，眼睛不停地翻著白眼。柳眉之知道是時候了，不能耽誤時間。他走到寧騎城面前，一把抓住寧騎城的髮髻，問道！「你看看我，你認出我是誰了嗎？」

寧騎城對著他翻了下眼，搖了搖頭。
「你是不是很難受？」寧騎城點點頭。
「我有解藥，你只要回答我幾個問題，我就把解藥給你，你吃下就會好了。」柳眉之看見他無力地點點頭，就問道，「你知道鐵屍穿甲散吧。」
寧騎城遲疑地點點頭。
「告訴我，你把解藥放哪裡了？」柳眉之眼裡冒著光，他盯著寧騎城，眼睛眨也不眨。
寧騎城搖搖頭，垂下頭去。
柳眉之猛地拉住寧騎城的髮髻，著急地叫道：「你說呀，鐵屍穿甲散的解藥你放在哪裡？」
「沒有。」寧騎城翻了下白眼，眼神迷離地看著柳眉之，可能是柳眉之太過用力，把他髮髻上的簪子拉了出來，一頭烏發散了下來。寧騎城發了脾氣，說：「沒有，你聽到沒有。」
「怎麼可能沒有，你忘了，你給柳眉之吃過解藥。」他有些慌了，語無倫次地說道。
「哈哈，那是騙他的，只有一丸鐵屍穿甲散，讓雲吃下了，哈哈。」寧騎城搖頭晃腦，哈哈笑起來。
「那你讓柳眉之吃下去的是什麼？」柳眉之怒不可遏地問道。
「是跌打丸，哈哈……」
「啪」的一聲脆響，柳眉之狠狠摑了寧騎城一個耳光，「你讓他吃下的是跌打丸？你個混蛋，我恨不得剝了你的皮。」柳眉之拔出靴子上的短刀，刺向寧騎城左肩，寧騎城低吼了一聲，血噴濺而出。
「啊，你個孬種，我要殺了你！」寧騎城臉上肌肉亂抖，劇烈的疼痛似乎使他清醒了些，他眼睛血紅地盯著柳眉之，不停地晃動，致使綁住他的布條都被扯斷了幾處。柳眉之被寧騎城氣瘋了，想想自己這幾個月生不如死的日子，竟然是一場騙局。他沒控制住自己，拔刀就刺，寧騎城的吼叫聲引起外面守衛的懷疑，只聽一個守衛大聲問道：「寧大人，你怎麼了？」

柳眉之忙跑到窗下，回了一聲：「大人在換藥，沒事。」

柳眉之返回身，從炕上褥子裡掏出一把棉花塞進寧騎城嘴裡。寧騎城挨了他一刀，肩膀上血流不止。柳眉之本想再補一刀，但看著他衣衫已被血染紅，心想血盡人也就亡了，用不著他費事了。他仍然不放心，便在屋裡四處翻動，想找找看。

他把寧騎城的官服和盔甲扔到地上，一點點仔細搜尋。從衣衫的夾層搜出幾張宣紙，上面有字，他一眼認出是明箏的字，一看內容應該是明箏抄寫的典籍，柳眉之鄙夷地一笑道：「寧騎城，你去天國見明箏吧。」

柳眉之把那幾張紙揉成一團，扔到一邊，他只專心搜尋了，沒有留意身後太師椅上，寧騎城眼睛裡的渾濁慢慢退去，隨著體內血液大量流出，寧騎城的眼睛越來越明亮，他深吸了口氣，忍著劇痛雙臂一震，綁住他的布條斷了兩根，他迅速伸出一隻手去扯嘴裡的棉絮。

柳眉之聽到身後的動靜，回頭看時，已經晚了。寧騎城大吼了一聲：「來人啊！」

柳眉之詫異地瞪著寧騎城，不知道他身上發生了什麼，怎麼藥效失靈了。他來不及多想，便握住短刀向太師椅上的寧騎城刺去，此時寧騎城雖身上有傷，但是神志已漸漸清醒，他一隻手緊捂著肩膀的傷口，喊道：「有刺客……」

話音未落，大門處出現撞擊聲，幾個守衛用重器撞擊木門。

柳眉之拚命向寧騎城刺去，寧騎城身體離開太師椅躲過一刀，伸手抓住書案上如意劍刺過去，冷冷說道：「柳眉之，今天是你自己送上門來了。」

「這是被你逼的，如果我早知道你給我吃下的不是鐵屍穿甲散，我也不會找你。」柳眉之開始感到後怕，語言也軟下來。

「哈……」寧騎城握著手裡的如意劍，在空中停下來，「我可不想髒了這把劍。」

突然，木門被撞開，四個守衛衝進來，柳眉之還想做拚死抵抗，無奈已沒有還手之力，被四個守衛生擒。寧騎城也因失血太多倒在地上。不多時，郎中又被喚回，郎中給寧騎城服下幾粒丹丸，包紮了傷口，慶幸的是刀太短，沒有傷到要害。

寧騎城被灌下一大碗熱湯，這才從極度的虛弱中睜開眼睛，剛才經歷的事情，只記得大半，看見柳眉之要行刺他，至於柳眉之是怎麼進來的，他腦子裡一片混沌，抬頭問面前的守衛：「刺客呢？」

「回大人，被我們綁在外面樹上。」

寧騎城從炕上坐起身，一旁的郎中勸道：「大人，你還是躺下歇息為好，剛才失血過多，實在不宜再走動。」

「我的身體我清楚。」寧騎城叫一旁守衛，「送郎中回去休息吧。」郎中走之前，又再三交代一番。

寧騎城披上衣服，坐起身叫道：「來人。」一個守衛舉著火把來到近前，「走，到院裡去。」寧騎城在那個守衛的攙扶下走到外面，另一個守衛給他搬來一張椅子，寧騎城坐在廊下椅子上，看著院子裡被綁在樹上的柳眉之。

此時柳眉之被綁在樹上，被室外的寒風一吹，不由雙腿打戰，額頭冒冷汗。他心裡清楚落到寧騎城手裡準沒好，直到此時他才後悔沒帶雲，雖然從寧騎城口中得知自己沒有吃下奇毒鐵屍穿甲散，這種解脫的幸福感也只維持了片刻，便又落入了冰冷的現實中。

寧騎城盯著樹上的柳眉之，並不急著開口。他肩膀的傷口隱隱作痛，他知道這一刀是柳眉之給的，這一次不會再放過他，他陰森森地開口道：「柳眉之，說說吧……」

「你想聽什麼？」柳眉之試探地問，腦子飛快地轉動著，想著脫身的方法。

「你給我服下了什麼？」寧騎城從守衛那裡已知道了他的伎倆，又看到他身上穿著錦衣衛的衣服，心裡已知道了個大概。

「迷魂散，我從玄墨山人處拿的，只能致人迷惑，性命無憂。」柳眉之說道，「我只想從你嘴裡打聽鐵屍穿甲散的解藥。」

「你滿意了。」寧騎城冷冷一笑，「我現在實實在在告訴你，你吃下的是跌打丸。該我問你了，你在這裡住了多久？」

「半年。」

「告訴我，這裡有沒有密道，蕭天他們會在哪裡藏身？」

「……」柳眉之沉默了片刻，突然抬起頭道，「如果我告訴你，你會放了我嗎？」「不一定。」寧騎城冷冷地道。

「那我不說。」柳眉之垂下頭。

「你不說是肯定不會放過你。」寧騎城風輕雲淡地道，「我那詔獄裡十八般酷刑，你是沒跑了。」

柳眉之的身體在風裡顫抖，他點點頭，幾乎哀求道：「我幫過你，你不能這樣對我。」

「你幫過我？」

「瑞鶴山莊，還有蕭天的真實身分不都是我告訴你的？你在朝堂立功受爵，難道我一點功勞都沒有嗎？」

「呸，你給我閉嘴。快說！」寧騎城厭惡地站起身，只想衝上去狠狠抽他一頓，怎奈此時他兩個肩膀都有傷，這口氣暫時忍了。

「我知道山莊裡有一個洞穴，女眷藏在裡面，明箏肯定沒來得及跑出去。」柳眉之想用明箏引起寧騎城的注意，雖然他知道明箏已被雲推下了山崖。果然，此話一出，寧騎城眼神一閃，直接走過來，走到他近前道：「知道就快講。」

「那條道很隱祕，說不清楚，還是我帶你去吧。」

寧騎城深深看了柳眉之一眼，咬牙切齒道：「你再敢耍滑頭，我一刀劈了你。」

「我只求自保，哪還敢耍你。」柳眉之可憐巴巴地說道。

「你在前面帶路。」寧騎城一揮手，兩個守衛走過來解開麻繩，把他從樹上鬆開，又用麻繩將其五花大綁，寧騎城對身邊守衛道：「去把高健叫來，讓他帶著人跟我一起搜。」守衛領命而去。

柳眉之垂著頭，想著進了洞穴是否有機會逃走。這時，高健帶著一隊人睡眼惺忪地走過來，看到被綁的柳眉之，或許是在路上已從守衛那裡聽聞了全過程，他除了詫異，就是憤怒。

高健詢問了寧騎城的傷勢，寧騎城看到人已到齊，便命令出發。四周兵卒舉著火把，柳眉之在前面帶路。他們沿著小徑向後院走，最後走到山體前，無路可走了，大家停下來。柳眉之指著山體道：「就是這裡，原先有一個洞口，現在被他們填上了，只需炸開即可。」

寧騎城派幾個人回營地取來火蒺藜，點燃後果然炸出一個洞口。眾人跟著柳眉之走進去，大吃一驚，裡面竟是如此巨大的洞穴。寧騎城走著走著停下來，他對裡面的地勢不清楚，再加上必須提防柳眉之從這裡逃跑。

柳眉之看寧騎城停在原地，有些急了，大聲說道：「這裡面深著呢，走呀。」

「行了，你就不用跟著走了。」寧騎城轉身叫高健，「高健，你帶人押送柳眉之回營地，好好看著。」

柳眉之不情願地回過頭，大叫：「沒有我，你們什麼也找不到。」

高健命人押著柳眉之往回走。幾人沿著原路走出洞穴，向營地走去。火把的光影下，柳眉之不時地窺視著高健，慢慢心裡又有了主意，他漸漸與高健並排而行，一邊走一邊嘆息。

「高大人，人生真如曲裡唱的那樣。」柳眉之說著便悲悲戚戚地哼唱了起來，「……沒來由犯了王法，不提防遭刑憲，叫聲屈動地驚天，頃刻間遊魂先赴森羅殿……」

「唉，柳眉之，你這是何必呢？」高健忍不住嘆息道，「當日，你在長春院，擁躉眾多，生活安逸，誰想到你會涉獵邪術。」

「在高大人眼中，我當日很好嗎？」柳眉之一聲苦笑。

「當然，總比現在好。」高健搖搖頭，看了眼被五花大綁的柳眉之，雖於心不忍，但軍令不可違。

幾個人押著柳眉之來到臨時營地，這個院子以前是山莊儲藏糧食、過冬之物的倉房和馬廄。兩排房舍已被用於安頓兵卒，盡頭一間屋子變成臨時羈押監牢，房前有兩個守衛。此時已到後半夜，四處鼾聲一片，兩個守衛抱著長槍靠在牆上打瞌睡。

高健大力咳了一聲，兩個守衛忙打起精神，上前寒暄，看見他們又押來一個犯人，急忙打開監牢的房門。高健往裡面一看，青冥蜷縮著身體靠在角落裡，房間的後牆上破了一個洞，風不停地灌進來。

高健回過頭，對身後的部下道：「你們幾個去找些柴草，把屋後那個洞塞上，不然要凍死人呀。」幾個人猶豫了一下，有兩個人慢吞吞走出去。高健看著柳眉之，道：「送你到這兒，你就委屈些吧。」

柳眉之笑著道：「高大人，你看，我被綁成一個粽子了，連坐下都難。」

高健一看，也是，既到了牢房，就不應該還捆綁著了。他走到柳眉之面前，逐一解開捆綁的麻繩。在高健彎腰去解麻繩的時候，柳眉之眼睛瞄上了高健腰間的繡春刀，他的雙手一被鬆開，一隻手就伸到高健腰間，待高健警覺時已晚了，柳眉之極快地拔出腰刀，一刀刺進高健腹中，當即又拔出，頓時血濺四壁。屋裡幾個隨從驚呆了，待反應過來，其中一人持刀砍向柳眉之，柳眉之躲閃不及，左胸被刺破，幸虧身上穿著甲冑，不然他命就沒了。殺紅眼的柳眉之反身直刺那人，那人沒想到他會不按規矩出招，連躲也不躲迎著他的刀衝過來，他嚇得一分神，對方的刀已到近前，直刺進他胸口，他瞪著眼睛倒地身亡，柳眉之順勢又揮刀撂倒兩人，衝出房間。

幾個人大喊著：「來人呀！」衝出去追趕柳眉之，院子裡已空無一人。聽見喊聲，那兩個出去的人跑過來，他們一起在院子裡空轉了一圈，各個屋裡鼾聲如雷，這會兒誰也不會起身去追逃犯。幾個人罵罵咧咧趕緊回牢房，去看高大人的傷勢，擔心另一個犯人再出意外。

柳眉之並沒有離開，他躲在馬廄裡。他對這個院子瞭若指掌，見那幾個人回房了，他沿著馬廄走到盡頭的草料堆，這裡有一個隱蔽的小門，是山莊裡養馬人為了省事不繞路，在牆上掏的一個洞口，被草料掩蓋，極其隱蔽。

出了這個門，就到了前院，離山莊大門不遠了。柳眉之蹲在草料堆裡，從內衣裡撕下一條布匆匆包紮傷口，把身上的甲冑脫下扔到地上，渾身一輕，轉身出了小門，消失在黑夜裡。

那幾個兵卒在院子裡沒找到逃犯，急忙向牢房跑去。看見屋裡那名女犯人還在，高健躺在血泊裡，頓時嚇得不知所措。其中一個年長的說道：「哥幾個，別愣住了，快去稟告寧大人吧，這個婁子捅大了。」

他們關好牢門，留下四人守住這裡，另幾個飛快地向後院跑去。

此時，寧騎城在幾個隨從的帶領下，已走到最裡面的溶洞，他發現地上有一些隨手扔掉的行李、火燭、燃盡的火把等物，在火光的照耀下，可以看到裡面的大致情景，中間有一堆燃盡的炭堆，這裡一定曾經進來過很多人。寧騎城握緊了拳頭，惋惜自己又晚了一步。正在這時，從身後傳來喊聲：「寧大人，寧大人……」

寧騎城回過頭，看見來的道上，幾個人舉著火把匆匆跑過來。

「大人，出事了，高百戶被刺身亡。」一個人喊道。

「什麼？」寧騎城渾身一震，他緩緩回過頭，猛然警醒自己又做錯了一件事，不該讓高健押送柳眉之，他瞬間就猜到了原因。

「是剛才那個人犯刺……刺……刺死高百戶，他，他跑了。」

寧騎城有些站立不穩，一旁一個隨從急忙扶住了他。寧騎城猛然感到心裡一陣刺痛，高健跟隨他多年，是他身邊時間最長的一名部下。寧騎城後悔得牙都要咬斷了，柳眉之，本該一劍了結了他，怎麼糊塗到要高健去押他回營。高健呀高健，憨厚老實的他如何是柳眉之的對手，他還是小瞧了柳眉之，他忘了困獸則噬，結果害了高健。

寧騎城眼裡幾乎要噴出火苗，他身上的刀口又開始火辣辣地痛起來，他飛快地掃了眼頭頂上的洞口，咬牙切齒地向眾隨從命令道：「回去。」

幾個火把的火苗搖晃著向回去的方向前行，眾人跟著寧騎城撤出，漸漸消失在黑暗的洞穴裡。

三

初一一早，一騎快馬從冷冷清清的街道疾馳而過，兩邊的街坊關門閉戶沉浸在年節的熱鬧和忙亂中，快馬擇僻道穿小巷，很快奔到一戶人家府門前。府門上一個「于」字，墨跡斑駁，另一個「宅」字更是模糊不清。不過門兩側一副大紅的春聯倒是映襯出年節的喜慶。

于府的下人引著來人直奔書房而來。于謙坐在太師椅上端著茶碗正與上門拜年的高風遠喝茶，聽見下人來報，急忙放下茶碗，迎到門口。來人中等身材，精悍壯碩，一看就是行伍之人。他看見于謙掀起衣角就拜：「大人，末將來遲了。」

于謙上前扶起，道：「錢千戶，可有于賀的消息？」

來人是北大營的錢文伯，曾跟隨于謙多年，後赴任駐守京師北大營。前幾日得到于謙送去的口信，便派人尋找失蹤的于賀。找了幾日無果，便親自向于謙回覆。

此時錢文伯站起身，臉色凝重又焦慮地道：「大人，我派出三隊人馬，依次在必經之路上多方盤查，始終沒有于管家的消息。」他說完頓了一下，壓低聲音接著說道，「但是昨夜，在北大營裡值夜的巡防抓獲了一個可疑之人，從他身上繳獲了一件東西，我帶來了，請大人過目。」說著，錢文伯從衣襟裡掏出一塊權杖，遞給于謙。

于謙接過來一看，大吃一驚：「這，這是我的權杖，是我交給于賀的。」于謙盯著錢文伯，問道，「執此權杖的是哪裡人？」

「是個蒙古商人，叫和古瑞。」

于謙和高風遠面面相覷，高風遠驚道：「這權杖怎麼會落在他人手裡？」

「這個和古瑞惹了那麼大的官司，被人從牢中換走，竟然還敢待在京城，他到北大營幹什麼？」于謙突然敏感地嗅到某種關聯，不安地問道，「抓住他時，他在幹什麼？」

「什麼也沒幹。他拿著權杖混進北大營，只是四處轉圈，後來遇到巡防隊，問他口令他答不出，才被發現。抓住他時，他口口聲聲說自己迷路了，錯進了營房，然後就開始嗚裡哇啦不知道說些啥。」

「絕沒有這麼簡單。」于謙立刻吩咐道，「你回去嚴密看守，下午我到營裡親自審他。」

「是，末將告辭。」

待錢文伯離開書房，于謙再也坐不住了，神情緊張地在房間裡來回踱著步。高風遠也嗅出其中的詭異，突然說道：「于兄，我看你的管家于賀凶多吉少啊。」

「是我思謀不周。于賀一定是在路上遭遇蒙古人被害，然後被他們拿到了權杖。」于謙緊皺眉頭，心裡為于賀的遇害悲痛不已，「是我沒有料到，半路上會殺出一撥蒙古人。」

「唉，事發突然，也是沒有辦法的事。只是如若于賀遇害，也不知信送到沒有？現在也不知小蒼山是什麼情況，我可是聽說寧騎城帶著一隊緹騎出京城辦案，估計早已到了小蒼山。」

「我倒是並不擔心瑞鶴山莊，畢竟蕭天他們個個身負武功，有勇有謀，瑞鶴山莊依山而建，牢固易守。寧騎城雖然帶著一隊緹騎，但是在蕭天他們面前，並沒有太大優勢。而且寧騎城如今在王振面前已經失勢，他此次前往小蒼山圍剿瑞鶴山莊並沒有告知王振，我想接下來就是一場窩裡鬥，高昌波早看寧騎城不順眼，一心想除之，肯定會借著此事大做文章。他們窩裡鬥的好戲不足掛齒，但是，我擔心蒙古人有動靜。」

「我可是聽說這次蒙古使團對朝廷回贈的禮單破口大罵，很是不滿，甚至口口聲聲嚷著要給朝廷點厲害瞧瞧。」高風遠說道。

「那哪是朝廷給的禮單，是經王振動過手腳的。」于謙痛心地說道，「這次瓦剌使團來了兩三千人，雖然人員有虛報的嫌疑，但是如按以往先例，他們算計著能得到朝廷近三千份的回贈，估計可以夠他們部落一個冬季的給養，但是禮單交給他們手中後，與想像差距太大，他們能不鬧事嗎？不僅是冬季生活沒有著落的問題，而是覺得被輕視受欺辱。」

「這個閹人，真是誤國呀，上次沒有除去他真是遺憾。」高風遠扼腕嘆息。

「如今王振似已察覺，為自保他藏進宮裡，天天神祕莫測，想要再對他下手，真比登天還難。」于謙嘆口氣，「如今，咱們能做的，就是防患於未然了。」

「依于兄所見，他們真敢來進犯嗎？」高風遠也緊張起來。

「這些使團的人天天在京城裡亂轉，你以為是閒得沒事嗎？」于謙仰天長嘆，「他們早已看透如今的朝堂，一直想伺機而動，別忘了他們心中一直有要復辟大元的大夢。」

「……」高風遠只感到脊梁骨陣陣涼意，「那于兄要怎麼處置蒙古商人和古瑞？」

「想必可以從他口中得到一些這方面的消息。」于謙說著，轉回身從架子上取下一件棉袍，「可願隨我去北大營，見見這個和古瑞？」

「願隨于兄前往。」高風遠本來就是一個閒不住的人，又值正旦假期，又無家眷拖累，當然樂此不疲。

兩人都是家常的裝扮，各騎一匹快馬，向城門奔去。此時，街道上熱鬧起來，出門走親訪友的人流車馬熙熙攘攘，絡繹不絕，將于謙和高風遠裹挾其間，想快也快不起來。

突然，從西直門方向一騎快馬絕塵而來，人群相繼後退讓道，馬上之人手執了八百里加急的令旗，從人群面前飛馳而過，引來眾人一陣不安和騷動，有人推測道：「定是邊關又出事了。」

人群裡于謙和高風遠相視一愣，隨後兩人催馬離開人群，向城門方向疾馳而去。

舉著八百里加急令旗的快馬直接飛奔進紫禁城。

高昌波第一個得到消息，他命手下叫來孫啟遠，兩人相伴迅速快步向乾清宮而去。近幾個月，自那次王振在宮裡遇刺以來，他一直沒有出過乾清宮的大門，一直伴著皇上，服侍著皇上。住的地方是偏殿裡面一間小閣子房，極其隱祕難找。

高昌波和孫啟遠從乾清宮角門進入，守值的禁軍都熟悉他倆，一路暢通無阻。他倆沿著角落甬道拐彎抹角來到偏殿，小順子抱著一件裘皮褥子從裡出來，正與他們打個照面。高昌波急忙拉住小順子問王振是否在裡面，小順子一臉慌張，似乎沒心情，只是對付著說道：「先生去見皇上了，到現在還沒有出來，我要到殿外候著了。」

高昌波與孫啟遠交換了個眼色，兩人心裡都清楚王振見皇上肯定與邊關八百里加急戰報有關。兩人站在當院裡，左等右等不見王振回來，正有些煩躁不安時，聽見甬道那邊傳來密集的腳步聲。

兩人急忙迎出去，只見甬道裡在眾多東廠高手的護衛下，王振擰著眉頭一臉冰霜走過來。看見院門前恭恭敬敬站在一旁的高昌波和孫啟遠，他只是鼻孔裡哼了一聲，抬了下頭。兩人便受寵若驚地跟進院裡。

一眾人等來到角落的西廂房裡，王振直接坐到太師椅上，小順子弓著身子跟著進來，拿裘皮褥子給王振蓋到腿上。高昌波和孫啟遠忐忑地走到近前，給王振行禮。

「免了。」王振有氣無力地說了一句，眼睛瞪得溜圓道，「剛剛，皇上接到八百里加急軍報，瓦剌的也先接連攻下幾座城池，這幫該殺的瓦剌人……背棄信義，皇上非常震怒……」

高昌波與孫啟遠面面相覷，兩人驚得半天合不攏嘴。

王振瞥著兩人，突然問道：「說說吧，小蒼山上那場戲是什麼結局？」高昌波看了看孫啟遠，孫啟遠得到高昌波的首肯，上前一步顫聲回稟：「派出去的人聯繫不上錦衣衛裡的那個暗樁，估計是被寧騎城發現後做了，咱們的人沒能進

瑞鶴山莊，在外面盯守了一夜。他們雙方經過激烈交戰，山莊裡的人成功突圍，寧騎城雖然進了山莊，但是沒有抓住狐山君王。」

「哼，」高昌波一陣冷笑，「寧騎城偷偷摸摸出城，本想立個大功，沒想到卻栽個大跟頭。看他怎麼向朝廷交代？雖然他有摺子上奏，說是去追捕狐山君王，但是也算得擅自帶著緹騎出京城，是要被砍頭的。」

「還有，」孫啟遠又近一步道，「在瑞鶴山莊裡竟然出現一撥蒙古商人，他們在裡面大肆搜繳，據探子核算，他們搶走不少絲綢布匹和糧食，拉了兩輛大車出山門。」

「寧騎城早與城裡馬市蒙古商人有聯繫，而且關係密切。那幫人的底細我派陳四已核查清楚，他們皆來自瓦剌部落，是黑鷹幫的人，幫主叫乞顏烈，竟然是寧騎城的義父。」高昌波在一旁插話道，「先生還記得鑫福通錢莊的案子嗎？其中有幾條線索都跟這幫人有關聯，而且陳四曾親眼見到寧騎城出現在馬市里。」

「這傢伙終究還是露出了狐狸尾巴。」王振抿著唇角，滿臉殺氣地說道，「如果他早與瓦剌人有勾搭，那這次也先犯疆，保不齊也與他有關聯。如果他們裡應外合，豈不是……」王振臉上冒出冷汗，他「噌」地

站起身，在室內來回踱著步。

「那群野蠻人，每每來京城咱都是好吃好喝地供養著，沒想到竟養出了個白眼狼。」高昌波扯著公鴨嗓子喊道。

「哼，我早就看出瓦剌部落心懷不軌，幸好今年給他們使團的回贈，讓我給扣下了大半，連他們拉來貿易的牛羊，也讓我給他們扣下了。」王振憤怒地說道。

「先生真是高呀，給這些野蠻人一個教訓。」孫啟遠道，「看這些傢伙還敢不敢小覷咱大明天朝。」

「但是，」王振話鋒一轉，「此次他們把事鬧大了，皇上很憤怒，咱們必須為皇上分憂，皇上不靠咱們靠誰？所以，你們給我精神著點，此次也先進犯是壞事也是好事，正是咱們為朝廷建功立業的大好時機。」

高昌波和孫啟遠立時躬身點頭道：「是是，是。」

「你們跟著我就等著晉爵封賞盡享榮華富貴吧。」王振尖著嗓音把一幅美好圖畫展現在他們面前。高昌波和孫啟遠面露驚喜，兩眼放光，一動不動地盯著王振。

「孫百戶，你此次立了大功，」王振接著說道，「能把寧騎城這個叛賊揪出來，想到他我就來氣，我把他當兒子般對待，他卻在背後給我使絆子。」

「先生，讓我帶著東廠的人去把他抓回來吧？」高昌波眼見孫啟遠的風頭蓋過他，心裡豈肯落他人之後。

「哼，想拿寧騎城？就你們兩個誰是他的對手？」王振斜乜了他倆一眼，「還得想其他的辦法。」王振在屋子裡接著踱步，突然他盯著孫啟遠，「你跑一趟，我寫一道密令，引寧騎城回京，要做得不顯山露水，不然引起他疑心，他跑了可不好辦了。只要他回到京城，再想出城便不容易，首先收了他的錦衣衛大印才是要緊，你們明白嗎？」

「妙呀……」高昌波和孫啟遠幾乎同時發出讚嘆，不由得佩服王振的足智多謀。

「孫啟遠，你若能引寧騎城回城也算大功一件，我就向皇上推舉你為錦衣衛指揮使，如何？」王振說完看著孫啟遠。

孫啟遠一聽此言，眼前金星亂閃，頭頂上突然落下一個大富貴，砸得他措手不及，呆若木雞。

「還愣著幹麼？還不謝恩。」高昌波心裡雖然有些酸意，但是由孫啟遠做錦衣衛指揮使總比寧騎城好，最起碼孫啟遠肯聽他的，不會高高在上瞧不起自己。孫啟遠被高昌波搗了下脊梁骨才清醒過來。孫啟遠倒頭便叩，頭磕在磚板上發出「咚咚」的響聲。

「起來吧。還不到你磕頭的時候。」王振心情好起來，「但是辦不好差，可是要小心腦袋了。」

孫啟遠又俯身磕了個頭，道：「請先生放心，小的對先生肝腦塗地，忠心不二。」

「好，就等著你這句話，起來吧。」王振笑了起來，轉身走到窗前書案上，拿起筆一揮而就，然後又看了看，滿意地合上，塞進一個信封裡，交給孫啟遠道，「你依計行事，不可讓他有絲毫疑心。」

孫啟遠接過密信，小心塞進衣襟裡，躬身向王振告辭。王振留下了高昌波，孫啟遠向高昌波作揖辭行，便離開乾清宮。

孫啟遠回到家中，酒足飯飽帶足路上的乾糧，在馬廄選了一匹膘肥體壯的烈馬，翻身上馬，向小蒼山的方向疾奔而來。

四

此時的小蒼山，雲霞遮目，山頂被晚霞塗成金色，多日不見的太陽在此時終於露了下臉，但是轉瞬之間，又躲到了雲層裡。

山間一片密林裡，冒出一線細煙，被白霧包裹著，不仔細看，根本看不出來。煙霧下面是幾個裹著層層皮草的女人，在火邊煮穀物。四周三三兩兩或坐或躺著一些人，他們身上更是蓋著五花八門的避寒物品。

蕭天在營地巡視一圈回來，走到火邊問煮粥的大媽：「糧食還剩多少？」大媽拉下臉上的裹巾，露出嘴巴，木訥地回道：「都在裡面了。」大媽說著用木棍攪著鐵桶裡混合著粟米高粱的糊糊，又轉身去一旁雪地取來雪塊扔進桶裡，她顯然認為桶裡的糊糊不夠這麼多人分食。

蕭天沉著臉轉回身，在橫七豎八的腳和腦袋中間走出去，一扭頭看見明箏靠著一棵樹睡得正香，她身旁挨著坐著梅兒和夏木，兩人背靠背也睡著了。明箏身上搭著的一件棉比甲滑落在腿上，蕭天悄悄走到近前，蹲下來為她把棉比甲重新蓋在身上。

蕭天見明箏雖然睡著，但好像被夢困擾，臉頰不時現出痛苦的抽動。蕭天有些擔心，急忙搖晃她想讓她醒過來，明箏被搖醒，嘴裡斷斷續續叫著：「郡主……」

明箏猛地睜開眼睛，她看見眼前的蕭天，愣了一下，突然抓住他的胳膊說道：「我，我剛才夢見郡主了，她，她站在懸崖邊，呼喊著讓我去救她。」

「明箏，妳做噩夢了。妳看咱們在林子裡，我已派出多人下山尋找郡主，妳放心吧。」蕭天說道。

聽蕭天這麼一說，明箏頭靠著樹幹，點點頭，眼睛一翻，又接著睡著了。蕭天看她實在是太累了，想到這些天她一直熬夜修復典籍，如今這些典籍不在她身邊，她終於可以好好睡一覺了。蕭天便不再打擾她，看著林子邊的崖壁，想著那幫去冰窟叉魚的人怎麼還沒動靜。

他剛走出林子，就看見玄墨山人領著幾個弟子從山澗裡爬上來，看來他們收穫不少，幾個簍子裡撲棱亂跳著幾尾魚。隨後李漠帆跟著爬上來，他樂呵呵地舉著劍，上面穿著三條小魚。

「你們都別跟我搶啊，這是我家娘子和兒子的口糧。」李漠帆說著，樂呵呵地跑去找翠微姑姑了。其餘人看著呵呵一笑，便拎著竹簍向火邊跑去。

橫七豎八躺倒的人群，似乎聽見撈到魚了，不少人翻身坐起來，眼睛盯著那個竹簍，盯著裡面活蹦亂跳的幾條魚。玄墨山人向眾人說道：「一會兒不僅有魚吃，我的弟子已布下陷阱，沒準能逮到野豬呢。」大夥一聽，都高興地坐起來，有的口水都要流出來了。蕭天對他們叮囑道：「還是熬成熱魚湯喝吧。」於是，幾個人拎著竹簍跑一邊雪堆裡收拾魚去了。李漠帆拉著翠微姑姑走到火邊，把那個穿著魚串的劍直接架到火堆上，翠微姑姑嘴裡罵著死鬼，眼睛頓時瞇成一條縫。發現周圍無數雙眼睛盯著那把劍，翠微姑姑不好意思又罵起來，「你個死鬼，這麼多人，你穿了這一串，你讓誰吃呀？」

「只讓妳一個人吃。」李漠帆說道，又一把拉她坐下來。

「這麼多人，你只讓我一個人吃？」翠微姑姑「呼」地又站起身。

「這麼多人也就妳一個人懷有身孕，對吧？」李漠帆看看四周，似乎是徵求大家的首肯，四處的人嬉笑著紛紛點頭。

「哼，我翠微從來不吃獨食，有飯一起吃。」翠微姑姑說著，一扭臉走了。

李漠帆從後面追上來，嬉皮笑臉地說道：「婆娘，沒想到妳還挺仗義的，是我錯了，一會兒烤好了，大家一人一口可好？」

倆人正說著，只見林邊小道上出現一個人影，疾步如飛，足見輕功了得，那架勢非林棲莫屬。李漠帆高興地對蕭天喊道：「幫主，林棲回來了。」

蕭天一聽，迅速跑過來，玄墨山人緊跟其後而來。兩人並排而立等著林棲。林棲兩天沒有消息，此時急急而回，一定是帶來了山下的消息。

林棲看見他們，更是加快了步伐，一邊大聲喊道：「狐王，有郡主的消息了。」

此話一出，林子裡的不少人都聽見了，紛紛聚攏過來，翠微姑姑拉著李漠帆跑到林棲面前，一把抓住林棲的胳膊叫起來：「你看見郡主了，她在哪兒？你為何不把她帶回來呀？」

林棲被翠微姑姑推搡了幾下，垂下頭，沒有回答。

「你個臭小子，你要把我急死呀？」翠微姑姑催促著。

林棲低著頭，突然聲音哽咽起來：「她被寧騎城綁在山莊大門上。」人們頓時愣住了，個個目瞪口呆。

蕭天走到跟前，一把拉過林棲問道：「你別一會兒蹦出一個字來，到底怎麼回事？說呀！」

「我看見錦衣衛押著郡主從裡面走出來，他們把她綁在山莊大門的柱子上，周圍有重兵把守。」接著，林棲把他躲在山莊外看見的一切說了出來，「狐王，要想辦法救郡主呀。」

蕭天被這個新情況打擊得幾乎站立不住，他以前還僥倖地以為，青冥出走能逃過一劫，沒想到竟然落到了寧騎城手裡。四周的人群剛剛由於有魚吃而好轉的心情，瞬間又跌進谷底。大家神情凝重，議論紛紛，一個個出謀劃策說著營救郡主的主意。

林棲抑鬱已久的情緒在這個時候突然失去了控制，他瞪著蕭天大叫起來：「狐王，難道郡主落入敵手，你不感到難過嗎？是不是郡主死了，就如你所願了？」

「林棲！」李漠帆怒喝一聲，試圖阻止他進一步發洩。但是林棲此時就像豁出去了，他瘋狂地大叫：「狐王，郡主出走，你一點責任都沒有嗎？如果不是你另有所愛，讓郡主傷心，郡主能出走嗎？郡主一死，就遂了你和明箏姑娘所願了，是不是？」

「林棲……」蕭天氣得臉上的肌肉直跳，如此不堪的話撂到他頭上他可以忍，但是他不想讓明箏受辱，「林棲，我蕭天就是豁出自己這條命，也會與寧騎城決戰到底，救出郡主。」蕭天說完奪路而去。

玄墨山人擋到蕭天身前道：「大家冷靜一下，冷靜一下。」玄墨山人一把拉住蕭天手臂，擔心他一氣之下跑出去，再與寧騎城決鬥。他向眾人示意道：「郡主既被綁在門柱上，說明寧騎城不會加害她，想利用她來引出咱們的人，所以目前來說，郡主性命無憂，這點大家可以放心。」

大家看著玄墨山人，聽他說得有道理，紛紛鬆了一口氣。

「救郡主，要從長計議，不可莽撞而為。」玄墨山人接著說道。

「依老掌門所見，怎麼才能救出郡主呢？」翠微姑姑急躁地問道。玄墨山人擰眉苦思。蕭天抖了抖大氅上的雪，面色嚴峻地說道：「還是我去吧，寧騎城想要的人是我，用我蕭天去換回郡主。」

「不行呀，幫主，咱還是想想其他的辦法吧。」李漠帆站出來第一個反對。

「死鬼，你懂什麼？他的女人被人抓住，當然得他去營救。」翠微姑姑不滿地瞪著李漠帆。

「幫主去，我也去。」李漠帆回頭瞪著翠微姑姑道，「如果妳做了寡婦，我允許妳改嫁。」

李漠帆的話氣得翠微姑姑對他一陣拳打腳踢，李漠帆被踢飛在地，一邊捂著屁股一邊叫屈：「妳個婆子，妳還真打呀……」

眾人忍不住一陣哄笑，本來很難過的一件事，眼見變成鬧劇。

突然，夏木慌慌張張跑到眾人面前，喊道：「不好了，狐王，明箏姑娘不見了。」這時，梅兒也跑過來，說道：「剛才你們的談話，她都聽見了，她哭著跑了。我沒攆上。」

「她會去哪裡？」蕭天心裡突突跳起來，一種不祥之感向他襲來，他看著梅兒，梅兒搖搖頭，想了想道：「也許，她一會兒就會回來吧？」

「沒有這麼簡單。」蕭天瞬間有些站立不穩，他太了解明箏，她跑出去，絕不會是哭哭就回來，她一定會去山下救青冥。蕭天回過頭，他面色蒼白，轉眼間的變故，讓他方寸大亂，他大聲下令道：「備馬，跟我下山。」玄墨山人想攔已不可能。一眾青壯年，紛紛向馬匹跑去。玄墨山人不放心，叫來幾個弟子也跟著去了。不多時，林子裡傳來人嚷馬嘶，數十匹馬向山下奔去。

明箏裹著斗篷，屁股下墊著一塊木板，沿著緩坡從雪上滑下去。她當年跟著隱水姑姑奔走江湖時，雪天最喜歡爬山，爬上很難，下去卻毫不費力，因為她跟著隱水姑姑學會了滑雪。她聽隱水姑姑講，她兒時生活在塞北，一年中半年時間與雪為伴。

順著小道很快滑到山中間，已隱隱看見山莊裡的一片黑壓壓的屋頂。明箏知道此去絕無回頭之路，她聽到他們對蕭天發洩不滿，她知道這一切有她的責任，如果沒有她，他們會很好地相處下去。總之她和蕭天是要有一個人去面對寧騎城，與其讓蕭天落入寧騎城手裡，自己悲慟欲絕，不如用自己換回青冥。

自己本就在世上毫無牽掛，父母姨母已亡，李宵石變成了柳眉之，她與他再無瓜葛，她苟活著只為父母報仇，而此一項，蕭天會替她完成。她也終於聽到了她想聽到的話，她知道蕭天心裡有她。如此這般她真的了無牽掛了，她會在郡主走後，自行了結自己，她藏了一把蕭天的飛刀在靴子裡，死在他的刀下，是個不錯的選擇。

山莊門前死一般的寂靜。一隊緹騎手持繡春刀在山莊門前巡視，山莊兩旁的門樓上，站立著不少人守衛。在大門中一個柱子上，青冥被綁在上面，她低垂著頭，及膝的烏髮披散在胸前。

門樓上一個緹騎眼尖，看見遠處移動著一個人影，對一旁的人說道：「喂，看見一個人朝山莊而來。」旁邊的人凝神遠望，確實看見一個人影，衣衫飄動，像是個女人向這裡跑來。這時巡視的那隊緹騎也走過來，站立一排看著那個移動的身影。

明箏踏著積雪慢慢走近山莊大門，大門前一個緹騎迎面大喝一聲：「什麼人！」明箏沒有理會，繼續向前走。被綁在門柱上的青冥聽見叫喊聲緩緩抬起頭，她結滿冰霜的雙眸模糊看見一個身影，越來越近，當她看見是明箏走過來時，便瘋狂地大喊：「明箏，妳快走，妳快走呀……」青冥急了，因為她突然明白明箏來要幹什麼，她不想因為自己一個廢人而害了明箏。

那個緹騎從腰間抽出繡春刀，看見來人是一個瘦弱的女子，手中又沒有武器，就把長刀入鞘，問道：「妳是何人？」

明箏沒有理會青冥的怒吼，她走到那個緹騎前面，說道：「我要見寧騎城，你告訴他，明箏拜訪。」緹騎疑惑地看了她一眼，轉身向大門走去。其他人慢慢圍住了明箏，明箏彎腰從靴子裡抽出飛刀握在手心裡，她心裡有把握寧騎城會願意交換青冥的，因為寧騎城一直覬覦《天門山錄》，他想方設法找她，就是為了讓她默寫出《天門山錄》。

一旁的青冥眼淚掉下來，她嘶啞地吼道：「明箏，妳走呀，走呀，寧騎城不會放過妳的。」

明箏看了眼青冥，淡然一笑：「青冥姐姐，一年前在宮裡，我見妳往樹幹上畫道道，以此計算離家的日子，妳那麼盼望回家，聽我的話，跟著蕭大哥回家吧。」

青冥一愣，眼神迷離地看著明箏，問道：「那夜……那個小宮女，是妳？」明箏一笑，沒有回答。

這時，山門裡衝出一騎，馬上之人一身黑色大氅像一片烏雲瞬間飄到眼前，明箏只覺得眼前一黑，寧騎城已來到跟前。寧騎城騎在馬上繞著明箏轉了一圈，饒有興致地盯著她。

明箏退後了一步，眼睛瞪著他。

寧騎城翻身下馬，似笑非笑地望著明箏，道：「真是妳？明箏，哈哈哈，我本來想引來蕭天，沒想到妳來了。」

「寧騎城，我要和你做個交易。」明箏逼視著他，「用我來換青冥如何？你放了青冥。」

寧騎城得意地冷笑著，深深地望著明箏道：「交不交易，我說了算。妳已經來了，還能跑得了？我幹麼還要放了青冥，多一個人，就多了一份制服蕭天的籌碼。」

明箏眼睛裡噴發出怒火：「我就知道你會這樣，如果你不照我說的做，你只能收到一個屍身。」說著，明箏把手裡的飛刀架到自己的脖子上，刀刃劃破皮膚，雪白的脖頸上宛如盛開了一朵梅花。

寧騎城一驚，急忙想伸手安撫明箏，明箏退後一步叫道：「放了青冥。」寧騎城忙點頭答應，他轉身叫手下放人。

兩個人走到青冥面前，把她身上的麻繩解開。青冥踉蹌著走了幾步，瘸著腿挪到明箏面前，她早已淚流滿面，搖著頭痛心地道：「明箏，妳怎麼這麼傻呀，妳為何要來救我？」

「青冥姐姐，狐族不能沒有妳，妳走吧，帶著他們回到檀谷峪，回到妳們的家鄉，告訴蕭大哥，如果有來生，我還願意做他的妹妹。」明箏說著，臉上露出笑容，她不想讓青冥看見她悲傷的樣子。

「明箏，我的好妹妹，妳讓我如何面對他啊！」青冥失聲痛哭，抱著明箏的腿不放。寧騎城一揮手，叫來幾個手下，拽著青冥離開明箏，幾個人抬著青冥向外面走去，他們把青冥扔到山莊門外的道路上，然後走了回來。

寧城騎走到明箏面前，冷冷地說道：「妳的條件，我都做到了，青冥也給放了，把妳手裡的刀交給我吧。」

「不行。」明箏把刀從脖頸處放下，緊緊地攥在手裡，「你不准給我提條件，再多說一個字，我就死在你面前，到時候你一個字也得不到。」

寧騎城望著明箏愣怔了半天，臉色由紅轉白，嘴巴張開又合上，他突然轉身對身後手下怒道：「回山莊！」

青冥從雪地上爬起來，眼睜睜望著明箏被眾官兵帶進山莊，緊接著大門「砰」的一聲關閉了。青冥臉上的淚又一次止不住流下來，她趴在雪地裡失聲痛哭著，突然山道上傳來雜亂的馬蹄聲，青冥回過頭，看見蕭天打頭縱馬奔來。

一眾人等迅速來到跟前，看見青冥郡主，紛紛驚訝地翻身下馬。蕭天走到青冥面前，沒等蕭天開口，青冥突然指著山莊大門道：「明箏，她用自己做交換，他們才放了我，你們快去救她啊……」

眾人都被這突然的變故驚呆了，只有蕭天似乎早有預感，他猛地向自己的坐騎跑去，玄墨山人向李漠帆一使眼色，李漠帆立即明白，迅速抱住蕭天的腰，大叫：「幫主，你冷靜一下，帶郡主回去再想辦法吧。」

在眾人的合力阻止下，蕭天被拉下坐騎，林棲把郡主抱上自己的馬，李漠帆不放心蕭天，一直拉著韁繩。

蕭天奪過韁繩，面如土灰，顫聲說道：「放心，明箏沒有脫離魔爪前，我不會有事的。」

眾人不敢在山莊外久留，簇擁著青冥向宿營地馳去。

次日，負責在山下放哨的探馬突然跑回山頂，蕭天和玄墨山人以及青冥、翠微姑姑正在商議救明箏的辦法，那個探子直接跑到蕭天面前回稟道：「幫主，山下錦衣衛一早就撤離了山莊。」

蕭天一聽此言，身體晃了一下，一頭栽倒在地。眾人趕緊扶起他，玄墨山人給蕭天把了把脈，只說了一句：「急火攻心而致。」大家商議著既然寧騎城走了，不如暫回山莊再想辦法。

第三十二章　寒光乍現

一

昨日，寧騎城命手下把明箏帶回山莊後，他騎馬前後查看了山莊大門，叮囑把守此處的百戶嚴加守衛，增加巡邏的密度，這才催馬返回前院營地。

他一進院，就看見幾個隨從押著明箏往以前關押青冥和柳眉之的那間牢房走去，他叫住其中一位校尉，道：「此人是我一位朋友，不是朝廷囚犯，把她送到聽雨居，你們在院門外把守。」

明箏遠遠聽到他們的對話，心裡一陣忐忑，不知寧騎城又耍什麼花招。那幾個人聽聞此話，態度立刻溫和了許多，他們領著她走到聽雨居，把她往裡面一送，然後幾個人站立在院門外。

冬日的夜，總是提早降臨，月亮門裡黑咕隆咚，明箏慢吞吞地走進院子，發現這個院子是整個山莊保持最完整的，剛才路過櫻語堂時，她看見主屋的屋簷燒毀了，寒煙居的一處後牆被掏出一個大窟窿，地上散落著一堆瓶瓶罐罐和稀奇古怪的藥材，以前那個地方估計是玄墨山人所建的密室。

明箏直接走到西廂房自己的房間，摸黑找到燭臺和火折，點燃蠟燭，看見屋裡竟然還是自己離開時的樣子，只是刀架上自己來不及帶上的如意劍不見了蹤跡。明箏把自己一路上緊緊攥著的飛刀，又插回到自己的靴子裡。寧騎城並沒有跟上來，而是去了別處。本來她以為，寧城騎會對她嚴加看守，甚至會把她五花大綁，她已做好了準備，如果他敢對自己不敬，她就立刻了結自己的性命。

出乎她的意料，寧騎城似乎對她並不在意。有了這個發現，明箏稍微鬆了口氣，她疲憊地坐到自己的炕上，頭靠著牆壁，閉上眼睛休息，不一會兒她的上下眼皮開始打架，為了安全起見，她彎身從靴子裡摸出飛刀，緊緊攥在手裡。

突然，屋頂上輕微地響了一聲，像是瓦片的碰撞聲。明箏沒有聽見，她太累了，心裡一放鬆就瞌睡了。屋頂上一個黑影手拿一塊瓦片，放回了原地。他站起身，拍打了下手上的灰塵，縱身一躍，雙腳落到地面。

寧騎城拉下黑色兜頭，露出他那張面無表情的臉，他緩步走到門前，門外看守看見寧騎城從裡面走出來都甚是詫異，寧騎城命其中一人去營地端晚飯，手下領命而去。

不一會兒，那個手下端著托盤走過來，上面有一碗粥，兩個麵餅。寧騎城從懷裡掏出一個紙包，把裡面的白色粉麵倒進碗裡，又拿湯勺攪了攪，吩咐那個手下，給西廂房裡的人送去。

手下躬身答應，也不敢多言，匆匆向西廂房走去。他敲敲房門，裡面的明箏被敲門聲驚醒，迅速坐起身，手執飛刀望著門口。過了一會兒，那名手下低著頭，端著托盤走進屋裡，把托盤放到八仙桌上，一句話也沒說，躬身退了出去。

明箏往桌上一看，是一碗粥和兩塊麵餅，粥還冒著熱氣。明箏舔了下嘴唇，心想既然要死，也不能做餓死鬼，先吃了再說。明箏猶豫著，悄悄從炕上下來，跑到窗前向四處張望，院子裡空無一人，一片死寂。她放心地坐到八仙桌前，看了看麵餅，拿到鼻子前嗅了又嗅，咬了一口，又放下，覺得還是喝粥吧，她端起熱氣騰騰的粥碗，一口氣喝完。

明箏放下碗，舔了下嘴唇，已經好幾天沒吃過熱飯了，她又拿起麵餅，剛啃了一口，眼睛就開始發直，上下眼皮開始打架，不一會兒她就趴到八仙桌上睡著了。突然，房門被輕輕推開。寧騎城悄無聲息地走到八仙桌邊，他輕輕一推，明箏就從桌邊倒到了寧騎城的懷裡，寧騎城雙臂抱起明箏，把她輕輕放到炕上，他伸手到她的靴子裡，摸了半天，一無所獲。又向明箏身上摸去。

寧騎城猶豫了一下，一皺眉，一隻手伸進明箏的衣襟裡，他臉上有些發紅，但是終於找到那把飛刀，他迅速把飛刀塞進自己衣袖裡，然後從一旁拉過一床棉被給她蓋上，悄悄走出去。

寧騎城關好房門，走到月亮門，一個手下向他回稟：「大人，剛才山莊外有人拿王公公權杖，要求見你。」

「他人在哪兒？」寧騎城一愣，急忙問道。

「在營地用餐。」

寧騎城急忙跑到自己馬前，交代守門的部下加強警戒，自己催馬向前院營地奔去，一路上他都在想此人會是誰，王振此時派人來見他是什麼用意？他直接來到供兵卒用餐的營房，只見一張方桌上，一個熟悉的背影，正在呼嚕呼嚕地喝粥。

「孫啟遠？」寧騎城認出給王振送信的人竟然是孫啟遠，雖是有些意外但也不難理解，他能被王振派往鑫福通錢莊，便可看出已為王振所用。這個昔日京城街面上的小混混，東廠檔頭，如今竟成了王振面前的紅人了。孫啟遠放下大大碗公，看見寧騎城進來，急忙離開座位，畢恭畢敬地向他行了一禮，道：「見過寧大人，大人在外公幹，可是辛苦了。」

寧騎城哈哈一笑，沒想到孫啟遠進了趙詔獄，越發會說話了，寧騎城大喇喇在孫啟遠的旁邊坐下，指著凳子示意他坐下，孫啟遠點頭哈腰地坐了下來。

「孫啟遠，不對，你看我這記性，定是早已官復原職了吧。」寧騎城笑著說道，「孫百戶，你今日到這裡所為何事？」

「小的奉了先生的密令，給寧大人帶了一封信來。」孫啟遠笑著，從衣襟裡掏出一封牛皮紙封口的信。

寧騎城接過信一看，臉色一變，只見信上洋洋灑灑一頁紙，寫了兩件事：第一件事是告訴寧騎城，瓦剌部落也先進犯邊境！第二件事是朝堂裡有人把他勾搭瓦剌商人進行黑市買賣的事上疏朝堂，事情重大，速回來面議。看此信的筆跡，確是出自王振之手，字跡圓渾華麗，看上去柔弱無骨，但每一筆都勁力十足。王振在所有太監中自稱先生確是實至名歸，在他早年沒有去勢進宮前，是縣裡一名教習，肚裡還是有些文墨的。這封只需兩句話就可以說完的信，硬是讓他寫了一頁紙，明顯有在寧騎城面前顯擺的意思，寧騎城微微一笑，說道：「乾爹好文采呀。」

孫啟遠賠著笑，他知道寧騎城是個戒心很重的人，也突然明白為什麼王振要親自寫封信了，只讓他口頭傳達，未必會說服寧騎城回京。

寧騎城恭敬地展平紙張，折好重新收回信封裡，然後小心地塞進衣襟裡，他看著孫啟遠，問道：「我不過出來幾天，朝裡就出了這麼多事？」

「那天八百里加急的戰報上奏朝堂，朝野都震動了，一片征討聲，想咱大明天朝一向待他們草原部落不薄，如今他們背棄信義，進犯邊關，咱們能坐視不管嗎？」孫啟遠侃侃而談。

「這麼說朝廷要派兵去征討了？」寧騎城問道。

「這個……哪是我等會知道的事?」孫啟遠尷尬地一笑道,「倒是大人你要提防上疏你勾搭瓦剌商人的事,這次回去,先生就是和你商量這件事。還有,我聽說北大營,于謙的部下……叫什麼錢文伯的,那個千戶抓到一名刺探軍情的瓦剌探子,叫和古瑞,竟然是那個私運軍火案的案犯,後來說是死在牢中了,這次卻離奇地出現在北大營,據說是為也先刺探軍情來的,這個人你我都認識,這對你極其不利啊。」

寧騎城心裡一驚,額頭上冒出冷汗,他陷入沉思,這兩件事應該都是真的,他雖然沒有見過也先,但是從乞顏烈那裡早已有所耳聞,也先早有進犯大明的意圖。至於後者,他與乞顏烈見面時,見過他手裡的權杖,定是乞顏烈讓和古瑞拿著那個權杖出入北大營探查消息的。想到這裡,寧騎城深感事態危急到出乎他的意料,他努力保持著鎮定對孫啟遠道:「明日一早,我就打道回府。」

孫啟遠一聽,先是鬆了一口氣,然後站起身道:「大人,既是如此,恕不能久留,小的這就告辭,好回去稟明先生。」

「也好,你見到先生,代我謝謝乾爹的提醒和報信。」寧騎城說道。孫啟遠點點頭,躬身一揖,告辭而去。

寧騎城看著孫啟遠離去,想到明天回到京城要面見王振,心裡一陣百爪撓心。雖然上奏說是去緝拿匪首,但是畢竟瞞著王振,若是抓住蕭天還好說,如今他逃出山莊,再想抓住他就如同大海撈針,擺在他面前最好的一次機會已經喪失,這次是空手而歸。寧騎城唯一想不通的是,這次王振似乎對他特別寬容,對這件事提也不提,是何原因呢?

雖然有這麼多的煩心事,但是此時寧騎城心裡卻被另一種情緒所左右,既緊張又興奮,那就是明箏終於回到他身邊。他知道自己必須小心謹慎,依明箏的脾氣,她是什麼事都做得出來的。他剛剛給她灌下蒙汗藥，只是希望頭天夜裡不要出意外，他搜出了她藏匿在身上的飛刀，心裡算是平穩了些，也沒有必要待在此地了。

寧騎城走出倉房，叫來傳令兵，下令道：「明日一早，回京。」

二

晨霧彌漫在山間，林間十丈外就模糊一片。天不亮，從瑞鶴山莊已走了一批人，他們是先前坐馬車來的先遣人員。此時山莊大門大開，一隊鐵騎從山莊大門奔馳而來，寧騎城陰沉著臉，披著黑色大氅一馬當先，眾部下追隨其後。馬隊後面跟著四輛馬車，一輛坐人，後面幾輛拉著傷患和一具簡易的棺木，裡面是高健的屍身。駕車的都是身著甲冑的緹騎。

前面那輛馬車很簡陋，素色粗布的帷幔遮住車窗，前面的門簾也緊緊拉著。車廂裡倒是很寬敞，只是裡面只有一位乘客，此時明箏半躺在座位上睡得正香，馬車吱吱呀呀向前疾駛，搖晃之下，明箏越發昏睡著。

也不知過了多長時間，明箏眼皮跳了幾下，緩緩睜開一條縫，看著車廂一臉迷惑，等她意識到是在馬車上時，她突然坐起，那一瞬間似乎記憶重新回到她身上，她瞪著眼睛大叫：「喂，停車，停車……」

與馬車並行的一個護衛，聽到車廂裡的叫喊，立刻催馬向前面佇列馳去，他攆上寧騎城道：「大人，明姑娘醒了，嚷著要停車。」寧騎城回過頭，道：「不用理她，加快速度進城。」寧騎城說著，揮手甩下馬鞭，催馬前行。

那個騎兵掉轉馬頭向回疾馳，到了馬車旁邊，對著兩個駕車人一揮手，馬車在他們的手下，加快速度前行。

明箏坐在座位上，上下顛簸著。她拉開窗簾，辨認著外面的景物，以此推測是去哪裡，看了半天，越看越像是進京之路。心裡的擔憂更重了，她急忙伸手進懷裡，卻意外地發現飛刀不在了，明箏驚出一身冷汗。她突然又想到自己是如何上的馬車？怎麼一點記憶都沒有？昨晚發生了什麼？她腦子裡一片空白。

明箏瞪圓眼睛，她曾有過一次被人下藥的經歷，馬上意識到定是寧騎城對她的食物動了手腳，不然，她就是再疲累，在這種情況下也不至於昏昏沉沉睡得什麼也不知曉。

明箏此時被一陣陣恐懼所包裹，她低頭查看自己衣服，裡面的中衣，外面的襦裙、比甲，沒發現有不妥的地方，座上放著一件狼皮褥子，她認出是夏木的，一定是他們從夏木的炕上拿來的。

明箏此時已坐不住，想到寧騎城拉著她進京，寧騎城會怎麼處置她呢？她早從李漠帆的嘴裡聽說過詔獄的酷刑，與其到時候受其凌辱，不如此時做個了斷，但是自己的刀呢？明箏急不可耐地在周身翻了個遍，靴子也脫了，都沒有找到。她得出一個結論，飛刀被寧騎城搜走了。想到這裡明箏不由憤怒地吼叫：「寧騎城，你個混蛋，你給我出來。」

四周除了馬蹄聲、車軲轆的響聲，什麼也聽不到。駕車人聽到她的喊叫，開始吆喝馬匹加快速度，但是無奈馬車破舊，這輛馬車原本是山莊伙房裡的廚子用來採買用的，想快也快不到哪裡去。明箏不再猶豫，她看到前面有一個拐角，在馬車減速的瞬間她猛地躥到兩個駕車人的身後，從一側直跳了出去。明箏倒到雪地裡，她的腳扭了一下，她忍著疼，一瘸一拐地向路邊的枯草叢跑去。身後傳來喊叫聲，明箏忍著疼，連跑帶滾到山道旁的坡下，這時，頭頂上傳來馬的嘶鳴聲，馬蹄聲離自己越來越近，突然，四隻馬蹄出現在她的眼前，擋住了她的路。

明箏不得不抬起頭，看見馬上之人一張似笑非笑的臉。

「妳跑得還挺快，」寧騎城的臉說變就變，他怒火中燒地叫道，「妳敢再跑一次，看我敢不敢把妳的腿掰斷。」

明箏急忙縮起腿，她一點都不懷疑，對於他來說，掰斷一個人的腿也就是瞬間的事。她掙扎著站起身，即使死也要死得有尊嚴，她可不想讓他看自己的笑話。她瘸著腿往坡上爬，寧騎城騎著馬，從一旁看著她爬坡。馬隊停在前面等著他們，寧騎城騎馬走到明箏面前問道：「妳是自己走過去，還是坐我的馬過去？」

明箏理也不理他，瘸著腿徑直向前面走去。

在馬車前，寧騎城騎馬攔在她面前道：「妳自己選擇，是坐馬車，還是坐我的馬？」說著，寧騎城一臉壞笑地在馬上做了一個十分猥瑣的摟抱的動作。

「坐馬車。」明箏厭惡地白了他一眼，向馬車走去，匆忙爬上馬車，坐到座上直抱怨自己倒楣的腳，要不是腳崴了，沒準就能跑了。車廂一搖晃，寧騎城彎身上來，坐到了她對面。明箏瞪著他，一時驚得啞口無言。

馬車顛簸著繼續前行，寧騎城那麼個大塊頭擠進車廂，車廂裡瞬間變得十分狹小。明箏努力縮小自己的身體，盡力往裡面去。但是滿心的怒火還是忍不住了：「你幹麼老看著我。」

「是妳在我眼前，我不光看妳，我還看妳腦袋後面的一個蜘蛛。」寧騎城冷冷地說道。

明箏一聽，不相信地回過頭，車篷頂上盤了一張大網，一隻黑色的蜘蛛正吊在網上打秋千。明箏平時最怕這些蟲，她「啊」地叫了一嗓子，抱住頭，突然眼前閃過一道亮光，待她抬起頭，看見一把飛刀正穿過蜘蛛身體刺進車篷頂上。寧騎城起身一把拔下飛刀，把刀身上血肉模糊的一團東西從車窗甩出去。

明箏認出那把飛刀，她想奪回來，但很快被寧騎城看穿：「別想了，它放在我這裡比較好。省得你把自己身上扎幾個血口子，又死不了，淨給我找麻煩。你知道不，京城的郎中個個都是騙子，會獅子大開口，我可沒有銀子使在妳身上。」

明箏被他的這番話氣得臉一陣紅，一陣白。「寧騎城，你是個人嗎？」

寧騎城抱著雙臂，冷冷地看著她：「那妳說呢？」

「你是個畜生。」明箏怒不可遏地望著他。

寧騎城並沒有被明箏激怒，反而十分開心的樣子，只是眼睛瞇成一條縫，語氣更加冷酷和充滿魔性：「那妳可想好了，跟一個畜生在一起，什麼都有可能發生。」說完，他閉上眼睛，隨著馬車的顛簸，片刻後，竟然從寧騎城的嘴裡傳出忽高忽低的鼾聲。

明箏幾乎崩潰了，她頭靠到車廂上，身體禁不住一陣顫抖，面對這樣一個魔頭，連死都變得不能自主。此時她只剩下一種本能，她突然想到了絕食，這是她唯一能做的事了，想到此，她也不再糾結，安然地合上眼皮。

對面寧騎城瞇起的眼睛漸漸睜開，奇怪剛才還尋死覓活的明箏，怎麼突然安靜下來，竟然閉上眼睛像是睡著了，難道是她想通了？以他對明箏的了解，不會這麼簡單，他心裡有些忐忑，害怕明箏又想出別的么蛾子來。

車廂裡兩人都閉著眼睛，一副昏昏欲睡的樣子，兩人各懷心事，一路再無話。一直到城門前，寧騎城才從馬車裡出來，躍身上了自己的坐騎，領著這隊緹騎回到衙門。

不多時，管家李達得信從府裡快馬加鞭趕過來，寧騎城交代他給明箏安排住所，又叮囑了一些細節後，管家李達帶著幾個家丁護送馬車回府。

明箏從車窗裡看見馬車離開衙門，走街串巷，最後停在一個府門前，她抬頭一看，門上兩字「寧府」，明箏大吃一驚，不是抓她進詔獄嗎？怎麼跑到這裡？沒待她明白過來，管家和家丁已經打開大門，馬車徑直駛進去，最後停在一個小門前。李達拉開門簾，很溫和地一笑道：「小姐，到了，請下車。」李達說著，又十分小心地解釋道，「我家主人吩咐要小的們好生照顧小姐，小姐有什麼要求儘管說，小的一定盡力去辦。寧府不比別處，規矩甚嚴，主人生性嚴厲，如果出了差池，小的們就會被重罰，輕者暴打一頓，重的就會被趕出府，小的們無父無母，在府裡討碗飯吃，小的們不想丟了飯碗，懇請小姐體諒小的們的難處。」

明箏坐在車裡，還沒下車就聽見他嘰裡呱啦說了一堆，明擺著就是警告明箏，不要鬧事，不要為難他們。明箏沒好氣地哼了一聲，心想他們也太高看她了，既到了這裡就如同我為魚肉，他為刀俎。

李達領著明箏走進裡面的小院，沒想到遍布演武場的寧府裡竟然還有這樣一個精巧獨立的院子。院裡積雪很厚，一片潔白無瑕，看得出這裡平日無人居住。沿著院牆修有遊廊，沿遊廊可以直接走到正房，李達看出明箏的好奇，便沒話找話道：「這個小院，原本是主人修來供養母親大人的，只是老婦人一直沒有成行，所以一直空著。」

「他竟然有娘？」明箏說完臉一紅，不認同寧騎城也不該對長輩不敬，她忙糾正道，「我怎麼聽說他是個孤兒？」

「是養母。」李達笑著說道，「如果主人知道了咱背後談論他養母，會被……」

「怎麼樣？」明箏扭頭問道。

「唉，不好說。」李達摸摸腦袋，想了一下，「是卸胳膊還是卸腿，真不好說。」

明箏一吐舌頭，鄙夷地白了李達一眼，「我要是你，早找機會逃跑了，跟誰不行，要跟這個魔頭？」

「跑哪裡呀，」李達一笑，「跑哪兒都能給抓回來，還要挨頓痛打。我們都不敢，真的，跑不了。」

明箏也不傻，早已聽出李達話裡有話，這話是對她說的，便沒好氣地回了他一句：「放心，我不跑。」

李達頓時喜出望外，跑到前面引著明箏走進正房。房間不大，作為一個老人用也夠使了，也許是一直沒有主人的原因，撲面一股陰冷潮濕的黴味，屋子裡雖說不上奢侈，但也處處顯示了用心。屋角擺著一把紅木雕刻的搖椅，雕刻精美又結實耐用，顯然是為老人準備的。

窗下是一個大炕，上面有炕桌，絲綢面的墊子，繡金絲的靠枕，炕下腳幾上鋪著猩紅毯子，中間是一張紅木雕花的圓桌，沿桌擺有兩隻紅木小圓凳，空地上擺著一個焚香的方鼎。

李達躬身道：「小姐，妳以後就住在這裡，沒有主人的允許，妳最好不要離開這個院子，一會兒服侍妳的人就會過來打掃房間，這個炕也會燒起來，到時候屋子裡就暖和了。方鼎裡的香是皇上賜的安神香，可金貴了，一會兒讓下人給妳焚上，晚上就會睡個好覺。我這就去命下人給妳端一些時令瓜果和茶水。對了，忘了告訴妳，這個院子到了春天，百花盛開，尤其是桃花多，院子有十幾株桃樹。」

明箏並不為其所動，她坐到紅木圓凳前，呆呆地望著這個房間，下意識地想著，不知道到了春天她還會不會活著？

一炷香的工夫，屋子裡的人走馬燈似的來來去去，把明箏眼睛都晃花了。圓桌上擺滿果品點心，方鼎裡飄來一股奇異的香味，清幽柔順！接著一個托盤擺到眼前，三個精美的瓷碗，兩碟小菜。明箏盯著那幾個瓷碗，心裡有了主意。她只等用人們離開了。

李達見一切都盡善盡美，便向明箏告辭離去，他叮囑屋裡的兩個服侍明箏的婆子，交代完了後，便走出小院。院門前按主人的吩咐設了門崗，有四個家丁看著。木門上新換了一把大鎖，鑰匙只有兩把，一把他拿著，另一把等主人回來交給主人。他盡量小心翼翼地把一切安排好，這才準備回房休息。

他前腳剛踏進房間，後腳就有一個家丁跑過來。

「管家，那個姑娘把所有吃的都砸了。」家丁一臉慌張，「兩個婆子嚇壞了。」

「快，帶我去看看。」管家李達端起桌上一碗冷水咕咚咕咚一口氣喝完，便拔腿又向小院跑去，一路上直搖頭，主人就夠怪了，弄回來個女人比他還怪，他愁眉苦臉地奔到小院門口，打開門鎖，進了小院，看見兩個婆子站在外面正候著他呢。

「管家呀，這姑娘說了，她要絕食。」一個婆子說。

「她還說，不要再給她送飯，送來就砸。」另一個婆子說道。李達皺著眉頭向屋裡探了下頭，看見一地碎瓷片和飯菜，忙回頭道：「你們還不收拾了。」

兩個婆子急忙低著頭跑進去打掃，李達一想事情重大，還是趕緊回稟主人吧，萬一出了事，豈是他一個小小的管家能承受得起的？

李達跑到馬廄，選了匹快馬，翻身上馬往衙門裡去了。到了衙門口，遇到衙門裡同知范先生。范先生一看李達就知道是找寧騎城的，忙走到馬前告知：「李管家，你是尋寧大人嗎，他這會兒不在衙門。」

「范同知，我家主人去了哪裡？」李達一抱拳在馬上行禮道。

「寧大人先是送高百戶的棺木去了高府，然後就進宮了，」范同知說道，「你還是回府裡等著吧。」

李達一聽，無奈地搖搖頭，掉轉馬頭，沿原路返回。

三

此時寧騎城正走在乾清宮外的甬道上，腦子裡還是剛才棺木送進高府時，高老先生白髮人送黑髮人的淒涼場面。他的手不由握緊腰間的繡春刀，從牙縫裡擠出幾個字：「柳眉之，這個帳總有一天要清算。」

從小門繞進花圃，他左右看看，竟迷失了方向。這個地方他平日都是從正門進，今日一路胡思亂想竟走錯了路徑，正不知往哪裡去時，突然看見前面小道上走過一個人，從那人走路的姿勢，寧騎城一眼認出是高昌波。高昌波走路總是塌著腰，從來沒看見他直過身子，或許是做奴才的時間太久了，如今做了東廠的督主，依然是這個德行。

寧騎城急忙閃身到樹後，等高昌波進了前面一個院子，他才從樹後走出來，他知道高昌波去的那個院子就是王振的居所。此時寧騎城倒不急著進去，他在花圃裡溜達了一圈，腦子想好了對策才繞過花園向院門走去。

在門口看見小順子蹲在院子裡一個火爐前，一邊搧著火一邊吹著煙氣。寧騎城問道：「小順子，先生在屋裡嗎？」小順子抬起頭，眼睛被熏得淚水漣漣，他忙著點頭，道：「在呢，在呢……」

「這麼說，我來得正是時候？」寧騎城道。

「誰呀，是我乾兒來了？」屋裡聽見動靜的王振，啞著嗓音喊了一聲。

「乾爹。」寧騎城聽見喊他，急忙大步跨上臺階，掀開棉門簾，走進屋裡。本想著會看見高昌波，沒想到屋裡的大炕上只坐了王振一人，此時王振手裡端著一本書，抬眼望著他。

王振臉上堆著笑，眼角四周乾巴巴的皮子皺成一朵菊花樣，他目不轉睛地看著寧騎城。「來，坐下吧。」王振推開手裡的書，手裡把玩著一顆灰色的晶瑩剔透的珠子，珠子在王振手中不停變換著顏色。

寧騎城認出那顆珠子，正是從狐地檀谷峪青冥郡主手裡得到的，被狐族稱為鎮界之寶的狐蟾宮珠。寧騎城垂著眼皮坐到炕上，他記得當時聽王振說把寶珠送給了皇上。

王振看著寧騎城深深嘆了口氣：「兒呀，你這次禍可是闖大了。」

「乾爹，此話怎講？」寧騎城沒想到他一進來，王振就向他撂下這麼一句話。

「眾臣還有言官，紛紛上疏，說你與瓦剌有勾連之事，著實麻煩。」王振說著，抬起眼皮乜了寧騎城一眼，他想等寧騎城解釋，但寧騎城一聲不吭，坐在炕上，似乎是等著他訓示似的。

「你也不想解釋一下？」王振問道。

「是與他們做過一些小生意。」寧騎城心裡清楚王振一定把他查了個底朝天，再多說也是無益。

「完了。」王振啪啪地敲著炕桌，「肯定會授人以柄。」

「那依乾爹的意思，孩兒這次該如何應對？」寧騎城試探地問。

「還用問嗎？先躲避風頭為妙。」王振轉動著狐蟾宮珠，搖頭晃腦地沉思片刻，道，「正逢邊境有事，瓦剌那幫野蠻人又來造次，此時正是敏感時期，等咱們的邊關守將好好教訓了那幫傢伙，這件事過去了，你再出來，可好？」

「依乾爹的意思……」寧騎城眼睛盯著王振問道。

「無官無職一身輕，看那幫勞什子還能拿你怎麼辦。」王振耷拉著眼皮，手裡搖晃著狐蟾宮珠，雲淡風輕地說道。

寧騎城倒吸一口涼氣，他看不見王振的眼神，不知道他心裡到底怎麼想的，但是有一點很清楚，自己這次是徹底得罪了王振，他要清理門戶了，這是要他交出錦衣衛大印了。寧騎城知道一切都被王振算計好了，只能硬著頭皮說道：「孩兒聽乾爹安排就是。」

「好孩子。」王振陰鬱的臉上露出了笑容，他沒想到寧騎城會爽快地答應，他點點頭接著說道，「那好，你把衙門裡的事交接一下，先休息一段時間，等過了風頭，乾爹再讓你出山。」

「是。」寧騎城從炕上下來，向王振躬身行禮，他眼神掃過牆角，看見帷幔後面露出一隻靴子，寧騎城不動聲色地說道，「孩兒全憑乾爹護佑，這就回去了，孩兒告辭。」

寧騎城轉回身，他心裡清楚高昌波就在屋子裡，估計還布置有大內殺手，若他敢有半點不服，便會身首異處。他苦笑著，走出房間，走到院子裡，室外的冷風吹到他的臉上，只覺得從頭涼到了腳。

回來的路上，他沒有騎馬，一路牽著馬，失魂落魄地走到鬧市。此時華燈初上，他站在十字路口，偌大的京城竟然不知該往何處去。他不知不覺走到一家酒館，裡面的小二看他錦衣衛的打扮頗有來頭，不敢怠慢，忙端上酒菜。

寧騎城看著那壺酒，幾年前因醉酒失書，那本《天門山錄》生生讓他斷了酒癮，此時，他端著酒壺一通大喝，一氣喝下一壺，又向小二要了一壺。他端著酒壺，眼裡的淚和著酒一起吞進肚裡……直喝到酩酊大醉，兩旁的夥計也不敢來勸，都躲到角落，遠遠地看著。

寧騎城酒醒時，已是翌日巳時，陽光照到桌面，他竟然趴在桌上睡了一宿，此時他抬起頭，模糊中看見面前的桌上菜盤狼藉，五六個酒壺橫七豎八地扔在桌上。

酒館裡陸續上客，兩邊的食客侃侃而談，說起朝堂之事，顯得一個比一個神通廣大。

「看見街上那個過去總在這一片晃蕩的姓孫的東廠檔頭了嗎，聽說他就任錦衣衛指揮使了，以後見了可要當心了。」

「你胡吹吧，誰不知道指揮使大人是一個姓寧的。」

「姓寧的被擼了官職，聽說與瓦剌有勾結……」

「看吧，馬上便會倒楣了。」

「你不信？敢打賭嗎？」

「賭什麼？」寧騎城一掌拍到桌面上，震得茶壺乒乓直跳，他從腰裡取下一個荷包，扔到桌面上，起身就走。

第三十三章　籠中金雀

一

寧騎城回府後閉門謝客。宮裡各種消息不時傳來，有關孫啟遠新任錦衣衛指揮使的聖旨也下來了，朝會時人們關注的重點轉移到新赴任邊關守將的問題，人選在朝堂上爭論了半月之久才定下來，此人並不為人所知，是個無名之輩，但後來的各種傳言中有一種比較可信，就是這位守將與王振有著親屬關係。

寧騎城待在府裡，每日喝得爛醉，變得更加沉默寡言，一想到自己在錦衣衛裡拚殺了五六年，身上新傷壓舊傷，如今落得這個結局，心涼至極。他心裡清楚他的府邸已被東廠和錦衣衛的暗樁盯住，他稍有不慎便會引來禍端，若是放在以往他早就一走了之，在這個城裡還沒有能擋住他步伐的人，但如今小院裡住著明箏，他決心要帶走她。

但是想在王振的眼皮底下人不知鬼不覺地溜出京城也沒那麼容易。他心裡聚集的怒氣只能用練武來消解。他每日喝了酒來演武場，一待一天。他把兵器架上的兵器逐一耍一遍，直到滿身大汗，累得倒到地上。每天管家李達都會小心翼翼地跑來向他回稟小院裡明箏的情況。

此時，寧騎城剛拿上長槍在場上繞場一圈，李達就慌慌張張地跑過來，也不等寧騎城把一個招式練完，李達就喊起來：「大人，小姐她已經三天沒用餐了，你看怎麼辦呀？」

「她這麼想死，就讓她餓死好了。」寧騎城怒不可遏地扔下長槍，向書房的方向走去，李達跟在後面，欲言又止，但想想還是明說吧，就開口道：「大人，要不你過去勸勸她？」

「哼，」寧騎城鼻孔裡哼了一聲，「我去她死得更快。」

李達愣了半天，他搞不懂自己的主人和這位明箏姑娘是什麼淵源，兩人的相處如此古怪，便不敢再多言，只能愣愣地站著看著主人。

寧騎城發完了火，乜了李達一眼道：「院子裡那幾個婆子是幹什麼吃的，她不吃，你們就由著她的脾氣嗎？」

李達一愣，明白了主人話裡的意思，但又怕理解錯了，望著主人道：「難道……」

「有何不可，她不吃，你們就給我往嘴裡灌。」寧騎城陰沉著臉，「告訴那幾個婆子，小姐出了事，她們都脫不了干係。」

李達嚇得縮起腦袋，連忙點頭，急急忙忙退下去了。

寧騎城怒氣衝衝地走進書房，一進門竟看見乞顏烈大喇喇地坐在太師椅上。

「義父，你……，」寧騎城臉色一變，急忙反身去關門，轉回身看著乞顏烈叫道，「都什麼時候了，你還敢出現在大街上？」

「你看，我有備而來嘛。」乞顏烈拉了拉身上漢人的衣衫，又向他指指搭在一旁的兜頭大氅，「沒人能認出來。」

寧騎城苦笑著坐到他旁邊的椅子上。寧騎城早預感到乞顏烈會來見他，定是為了和古瑞被抓的事，於是故意問道：「今日又是為何事而來？」

「出大事了，和古瑞被北大營的人抓住了。」乞顏烈看著寧騎城一臉期待地道，「你想想辦法，把他弄出來。」

「義父，你……」寧騎城又一陣苦笑道，「你以為我還是以前的我呀，你知道我這些天為何老老實實待在家裡嗎？我在閉門思過。我已經不是錦衣衛指揮使了，孫啟遠那個傢伙接任我的職位，現在王振不抓我，主要是礙於他是我乾爹，已經是很給面子了，估計他的爪牙正在四周日夜監視著我。再說我與北大營的于謙也早結有梁子，你讓我如何下手？」

「你小子，你……」乞顏烈聽聞寧騎城把自己推得乾乾淨淨，便急紅了眼，「你小子平日裡看上去挺聰明的，怎麼越到節骨眼，越掉鏈子？」

「義父，我有今天，還不是拜你們所賜。」寧騎城說道。

「拜我們所賜？你小子也太忘恩負義了吧，」乞顏烈怒了，「你別忘了，你是怎麼長大的，你是喝誰的奶吃誰的飯，才活到今天。」

「我當然記得。」寧騎城冷冷一笑，臉上肌肉顫動，雙眸含著寒霜。

「記得就好。」乞顏烈緩和了語氣，「如今正是你報答養育之恩的時候，我知道你從不會讓我失望。」

「我對你來說，一直都是個好刺客。」寧騎城嘴角擠出一個笑容。

「哈哈，你是我的義子，我最信任的人，當然把最重的任務交給你了，難道要交給那些不成器的傢伙嗎？好了，不要胡思亂想了。」乞顏烈站起身，準備走了。

「義父，我養母是不是已經不在了？」寧騎城走到他面前擋住了他的路，盯著他問道。

乞顏烈先是一愣，繼而哈哈大笑道：「你胡說什麼，她在草原上好好的，每天還放牧呢，她有羊群馬群，過得別提多開心了。好了，你別操心你養母了，該操的心不操，你好好想想怎麼救和古瑞才是正事。」

寧騎城嘆口氣，白了乞顏烈一眼，問道：「那你告訴我，和古瑞是怎麼讓北大營的人給抓住的？」

「嗨，這個臭小子，出去玩摸錯了路，跑到人家大營裡了。」乞顏烈輕描淡寫地說了一句。

「義父，還不肯跟我說實話嗎？」寧騎城沉著臉，走到乞顏烈面前道，「他定是混進北大營刺探軍情被發現了。」

乞顏烈尷尬地乾笑了兩聲，抱著大鼈望著寧騎城道：「讓你看出來了，確實是這樣。」

「看來義父真是信任我呀。」寧騎城嘲諷地笑了笑。

「唉，不是怕牽連你嗎？」乞顏烈解釋道。

「你們牽連我還少嗎？我已經被朝堂掃地出門了。」寧騎城沒好氣地說，「義父，這是我最後一次給你做事了，這件事後我就回草原了，金盆洗手再不會回來。」乞顏烈看到寧騎城逼人的眼神，知道他不是在玩笑，只能暫時先穩住他，先讓他救出和古瑞再說，便笑著點頭道：「好，一言為定。」

送走乞顏烈，寧騎城便一身便服戴著寬簷草帽騎馬出了府門。他專揀偏街陋巷一路出了城門，並不走官道，而是走莊戶人走的羊腸小徑，一路疾馳到了白廟莊，遠遠就可以看見北大營巍峨的營門了。

寧騎城牽著馬走到一家酒坊，門前一根竹竿上挑著一個酒幡，上書一個「品」字。寧騎城把馬拴到旁邊樹上，獨自走進茶坊。一個小二正在抹桌子，看見有客人進來，忙上前招呼。寧騎城從懷裡摸出一把匕首交給他，小二嚇了一跳，只聽寧騎城道：「我和你們掌櫃的是故人，把這個交給他就知道了。」小二拿著匕首一溜煙跑到後院，不一會兒，一個尖細的嗓音從後院嘰嘰喳喳叫嚷著傳出來，接著掌櫃的走出來，有四十出頭，清瘦白淨，到這個年齡竟然沒有鬍鬚，倒是顯得年輕，他幾步走過來，身後還跟著一個濃妝豔抹的女子。

「大人……」掌櫃的興奮地張嘴，剛說了兩個字就被寧騎城用手勢打斷，再一看寧騎城身著便裝，便改口道，「客官，請上座。」

寧騎城走到裡面揀靠窗一個桌前坐下，掌櫃的隨後坐到他對面，把手掌上的匕首還給寧騎城。寧騎城接過來，重新插進靴子裡。那位女子捏著絲綢手帕也跟著坐了過來。掌櫃的看寧騎城臉色不對，急忙對那個女子道：「娘子，妳去櫃檯上招呼著，仔細了小二的手長。」女子一聽，急忙閃身去了櫃檯。

「秦有福，你當真是有福呀。」寧騎城嘴角掛著笑，連刺帶諷地說道。

掌櫃的傻傻一笑，摸了摸光溜溜的下巴，嘆口氣，「啥子福呀，我一個太監，躲在這鳥不拉屎的地方，混著日子過一天是一天吧。」

「你知道自己是個太監，你還成親？不想活了，要是被發現你是從宮裡偷跑出來的，還有好嗎？」寧騎城沒好氣地道。

「我這娘子，也是剛從良的，就想和我搭夥過日子，她是真喜歡我。」秦掌櫃喜滋滋地說道。

「你們倆還真是一對。」寧騎城有些哭笑不得，這個秦有福當年得罪了東廠督主王浩，被扔進大牢裡，當年他剛赴任指揮使一職，有意從牢裡放了一些人，這些人沒有犯案卷宗，連名冊都沒有上，其中就有秦有福。兩年後，一天衙門口跪著一個人要見他，一問才知道是他，出於感恩給寧騎城帶來了幾壇酒，從此他時常跑來送酒，後來熟了，也就知道了他現在的營生。

這是寧騎城第二次來這裡，由於這酒坊所處的地理位置獨特，因此寧騎城也逐漸與他交往起來。

「大人，此次來是有事嗎?」秦有福看著寧騎城似有心事的樣子，不由問道。

「有件事需要你幫忙。」寧騎城略一沉思，道，「駐守北大營的人中，其中有一個叫張超的百戶，你可認識?」

「張超?」秦有福摸著下巴，想了想，「大營裡很多人我都認識，就是說不上名字，見面熟，他們經常來我這小店喝酒。」

「那好，你就跑一趟，找來張超。就說他同鄉找他有事。」寧騎城叮囑道。

秦有福看了看天色，點點頭道:「好吧，這會兒也該放飯了，我這就去。」

這個張超是寧騎城的鄰居，寧府裡如今明箏住的那個小院子就是從張超家祖業中買來的。張家以前是做茶葉買賣的，後來家道中落，最後剩下孤兒寡母，經寧騎城介紹，張超從了軍，現在做到了百戶。

不多時，張超隨著秦有福走進酒館，一看果然是寧騎城，急忙抱拳行禮，兩人寒暄了一番後，秦有福跑廚房張羅酒菜去了，寧騎城便開門見山地問道:「近日，營裡是否抓獲了一名瓦剌人，叫和古瑞?」

「是呀。」張超一笑道，「還是我的那隊人馬在巡營時抓獲的。」

「如今這個人關押在哪兒?」寧騎城看出張超有些猶豫，便笑著說道，「蒙古使團裡的人找到朝堂，為他說情，今日我只是來了解下情況，不會為難你。」

「難道大人你不知道嗎?」張超一臉迷惑，「他今天早上就被東廠督主提走了。」

「什麼?你是說高昌波?」寧騎城後背一緊，不安地問道，「高昌波如何會知道你們抓住了這個瓦剌人?」

「是于謙于大人放的話，」張超說道，「高昌波領著東廠的人帶著囚車拉走的，至於他們之間說了什麼，咱們就不得而知了。」

「于大人審過那個瓦剌人？」寧騎城詫異地問道。

「審過。聽在場的兵卒講，這個瓦剌人是個包，看起來人高馬大的，幾皮鞭下去就嚇尿了，什麼都招了。」張超一臉鄙視地說道，「估計這會兒，這傢伙已到了詔獄，那些過場下來，指不定怎麼哀號呢。」

寧騎城萬萬沒有想到，短短幾天，事態已肆意發展到無法控制的地步。他強裝鎮定地送走張超，一下子癱坐到椅子上。他感到背後陣陣涼意，和古瑞是個什麼德行，他會不知道嗎？估計他已和盤托出黑鷹幫的事和他的事，自己又被人出賣了一次。這之前他還慶幸和古瑞落在于謙手裡，而不是王振手裡，可是這樣一來，他是死定了。怪不得于謙會把和古瑞交給東廠，肯定是得到口供後，把他的底細了解了個底朝天，交給高昌波就是讓他們相互廝殺呢。

于謙與王振這樣一對死對頭，這次竟然合作了一把，對付的卻只有一個人，就是他。別人可能不會明白，但是他一眼就看清楚了。于謙想透過和古瑞幹掉王振身邊最得力的人，在于謙眼裡東廠和錦衣衛裡全是一堆廢物，只有他寧騎城不好對付，一旦幹掉了他，再對付王振就容易多了。而王振這個疑心很重的人，一直懷疑他與瓦剌人有勾結，這正合了高昌波和孫啟遠的心意，他倆人時時刻刻都想著把他除去而後快，此時倆人不知正躲在哪裡偷偷樂呢……寧騎城想到這裡，一陣悲戚，對這裡的一切都深惡痛絕，瞬間那盤亙在心的退意已決。

秦有福端來酒菜，一看就剩下寧騎城一個人枯坐著，想到張百戶公務在身也沒有再問，開了一罈老酒，把寧騎城面前的碗斟滿了。

寧騎城連著喝乾了三碗後，起身告辭。秦有福按慣例又給他帶了兩罈老酒，還有一些自己滷的熟肉。

寧騎城回到府裡，天已擦黑。他抱著一罈酒拎著幾包肉就往小院裡走，守門的家丁一看，急忙打開院門。寧騎城走進小院，有個婆子急忙上前接住他手裡的酒罈，跟在他身後走進屋裡。

此時，明箏坐在炕上靠著軟墊打盹，由於三天沒有進食，她整個人都昏昏沉沉似睡非睡，她聽見房門響了一下，以為是婆子又來催她吃飯，便閉上眼睛，頭靠到牆壁上。

寧騎城站在屋子中間望著蜷縮在炕上的明箏，小臉雪白，了無生氣，一股不把自己弄死絕不甘休的勁頭。寧騎城一股怒氣從胸中騰然而起，他一屁股坐到圓凳上，對著一旁的婆子一揮手，陰冷著臉說道：「倒上酒，給她端過去，肉也給她端一份。」

明箏迷迷糊糊中聽到這個聲音，嚇了一跳，立刻驚醒了，坐直了身體，雖然眼前直冒金星，但是她還是穩住了自己。一眼看見寧騎城竟然坐在屋子當中，還帶了酒菜，便使出了全力喊道：「寧騎城，誰讓你進來的？」

「哼，別忘了，妳在我家裡。」寧騎城鼻孔裡哼了兩聲，揮手退下兩個婆子，便撕扯著紙包裡油乎乎的大肘子啃起來。

撲鼻的香味猛烈地刺激著明箏的嗅覺，她不由自主地舔了下乾澀的嘴唇，身體往後靠到牆壁上，大聲地發洩著：「吃死你，噎死你。」

「唉，在一個快要餓死的人面前飽餐一頓是種什麼樣的樂趣呀。」寧騎城說著，滿不在乎地繼續吃著。

「寧騎城，我今天把話給你說清楚。」明箏被他氣得眼淚都快掉下來了，她努力支撐著自己，一字一句地道，「我告訴你，如果你囚禁我是為了讓我給你寫出《天門山錄》，那你就死了這條心吧，你不會得到一個字。你如果逼我，我就死給你看。」說著，她從衣袖裡摸出一片尖利的瓷碗的碎片，做了個抹脖子的手勢，惡狠狠地望著寧騎城，接著說道，「寧騎城，那本《天門山錄》害了多少人，你幫著王振那個閹賊四處搜刮奇珍異寶，害得多少人流離失所，你難道就不怕遭報應，遭天打雷劈嗎？」

「是，妳說得不錯，我就是個魔鬼，我會遭報應的。」寧騎城揚脖把杯中酒一飲而盡，「我被王振利用，被乞顏烈利用，我殺人如麻。哈哈，這就是我，妳還想說什麼？看看妳自己吧，妳又比我好多少呢？妳難道沒有被人利用？沒有被人出賣？妳用自己換下青冥郡主，妳以為妳就很了不起嗎？妳只是個傻瓜而已……」

「可我一點都不後悔，青冥是郡主，狐族不能沒有她，反正我也是個孤兒，我無牽無掛……」

「好個無牽無掛！我問妳，狐族跟妳有何關係，值得妳豁出自己？」

「蕭天是狐王，他是我大哥，你說跟我有何關係？你不過是蕭天的手下敗將而已。哈哈，別看你在我面前怪神氣，不過是我大哥的手下敗將。」

明箏看著寧騎城，看見他眼睛凶惡地瞪著她，眼裡的紅血絲幾乎要爆出來，就像一個猛獸看著自己的獵物，明箏縮起脖子，不敢再說下去，擔心他失去控制會一口吞了她。

不過寧騎城並沒有進一步發作，而只是瞪著她，接著呆呆地望著桌上的酒碗，緩和了語氣：「其實，我並不想與狐族為敵。」

「你還要怎麼為敵？你幾乎趕盡殺絕了。」明箏提醒他。

寧騎城閉上眼，深深嘆口氣，扔下手裡的肘子，端起桌上的酒碗一飲而盡，撂下酒碗，看著明箏道：「妳為何每次看見我，總是要死要活的樣子，不在我面前整死自己誓不甘休，妳告訴我，我到底怎麼妳啦？」

明箏一愣，想了想，卻真是回答不上來。

「我動妳一根手指了嗎？」寧騎城皺起眉頭，突然像是想起了什麼，接著說道，「別忘了，我還救過妳的命，把妳從狼群裡救出來，可是妳是如何對待妳的救命恩人的？」

明箏愣怔了片刻，恍惚想起來，確實有這回事。

「我要妳給我寫《天門山錄》了嗎？」寧騎城問道。

「你還沒來得及呢。」明箏想到那天偷偷給她餵下的藥和搜走的飛刀，氣勢洶洶地說道，「你還偷偷給我餵下蒙汗藥，還搜走我的飛刀。」

「那又怎麼樣？」寧騎城說道，「我不過是擔心妳會自殺，才拿走的。」

「那你乾脆放了我不就行了。」明箏叫道。

這次輪到寧騎城愣怔住了，他眨了下眼，搖搖頭，小聲地囁嚅了一句，「我為什麼要放了妳。」

寧騎城的言行徹底把明箏給整糊塗了，「那你把我關在你家裡，到底想幹什麼？」

「哼，等我厭煩了，沒準就會放了妳。」寧騎城黑著臉說道。

「寧騎城，怪不得別人說你是魔鬼，你身上就沒有一點人氣兒。」明箏惡毒地攻擊他，「你知道做人是要有感情的嗎？」

「別給我提什麼感情，我壓根兒就不知道那是什麼東西。」寧騎城又一次爆發了，猛地往嘴裡灌了一通酒，「我生下來就沒有爹娘，不知道有爹娘的感覺是什麼。我被丟在羊圈裡，跟一群小羊羔爭奪母羊的奶才活了下來，一個草原上的女人在一個死去多時的母羊身邊發現了我，把我帶走了。後來我又被人強行從養母身邊帶走，丟到一群人高馬大的瓦剌男人中間習武，受盡百般折磨，從小到大我得到最多的就是傷疤。」寧騎城說著突然站起身，他一把扯下身上的衣衫，露出他肌肉勁爆的上身，從脖子下面，一道道醜陋刺目的傷疤出現在眼前，嚇得明箏急忙捂住眼睛。寧騎城重新整理下衣衫，冷冷地望著明箏道：「所以，別在我面前提感情，也別耍花招，妳只要照著我說的做，就不會挨打。」

「我憑什麼要照著你說的做？」明箏迷惑地問道。

「因為妳是我看上的女人。」寧騎城威嚴地說道。

「……」明箏眼珠子差點瞪出來，到此時她才明白寧騎城把她囚禁在這個小院子裡，竟然是看上了她！明箏有些哭笑不得，她真是感嘆世界上竟然還有這樣的男人，她必須讓他清楚地明白，她不會成為他的女人，「寧騎城，你不要妄想我會成為你的女人，絕無可能。」

寧騎城冷冷一笑，說：「我不急，我會等。」

明箏突然感到一陣天旋地轉，幾乎要昏過去：「你等不到這一天。」

「妳也不要高興得太早。」寧騎城幽幽地說著，「也許，妳很快就會自由了。」

明箏沒聽懂他古怪的前言不搭後語的說辭，瞪著眼睛坐起身問道：「你要放我？」

「是我要去劫獄。」寧騎城又一次揚脖喝下一碗酒，「詔獄，這個地方我已經很久沒有去了，救和古瑞那個混蛋，我知道……我不一定能回來。」

「你，要去劫獄？」明箏笑起來，越想越可笑，「你怎麼說的像我們這些朝廷通緝要犯似的？」

「這次，妳說對了，我也將是被通緝的一個，不久也會在海捕文書上有個畫像。」寧騎城有些醉了。

「不如，你劫獄時帶上我如何，我可以給你望風？」明箏故意嘲笑他。

「妄想。別以為我不知道，妳想借機逃跑。」寧騎城也不生氣。

「那你就必死無疑了。」明箏狠狠地說道。

「早死早托生……」寧騎城說著，頭垂到桌面上，他真是醉了。俗話說酒後吐真言，明箏望著趴在桌上的寧騎城，看來他說的是真的，和古瑞是黑鷹幫的人，寧騎城與他們素來往來密切，看來這次是為黑鷹幫到詔獄撈人。如果真如他所說回不來了，那她豈不是真的就可以擺脫這一切了？

明箏心裡一陣興奮，這時看見炕桌上的肘子便再也按捺不住饑腸轆轆的肚子的召喚，管他呢，先吃飽再說吧。明箏抱著肘子啃起來，正啃得津津有味時，突然看見寧騎城猛地警醒過來。寧騎城素來睡覺輕，多年刀尖上的生活，讓他養成睡眠很少、瞇一下就醒的習慣。他驚訝地望著明箏，明箏想起自己信誓旦旦要絕食，此時卻趁他睡著大吃特吃，便非常尷尬地扔下肘子，又急忙把嘴裡沒來得及咽下的肉吐了出來。

寧騎城驚嚇的不是明箏偷吃，而是他垂下的手臂碰到了他腰間的繡春刀。剛才他是真睡著了，如果明箏想殺他，他此時已在陰間轉悠幾圈了，想到此他後背一陣發涼。寧騎城望著明箏臉上黏著的肉末，古怪地笑了起來，同時欣慰地嘟囔了一句：「明箏呀明箏，妳一點也沒變。」明箏慌忙地抹著嘴，並不知道他嘟囔點啥。他站起身，走到炕前，看了眼炕桌上那個肘子，被明箏啃去一半。

「妳怎麼吃這麼多？」

「我三天沒吃飯了。」明箏說著打了個飽嗝。

「絕食不好玩吧？是我給妳帶來的這個消息，讓妳胃口大開了吧？」寧騎城在一旁冷嘲熱諷。

「是又怎麼樣？」

「哼。」寧騎城冷冷哼了一聲，轉身往門外走，在門口寧騎城又回過頭，「明箏，昨天我看見了狐族丟失的狐蟾宮珠，妳想要回來嗎？」

「什麼？」明箏大吃一驚，她當然知道這個珠子對狐族的重要性，但是從寧騎城嘴裡說出來，多少讓她感覺怪怪的，還沒有來得及細想，寧騎城已大步走出去。

寧騎城在門口叮囑李達晚上加強警戒，徑直往前院自己的寢室走去。李達又加了班崗哨，然後跟在寧騎城身後向前院走去。

「李達，給我備馬。」

「大人，你這個時辰還要出去？」寧騎城點點頭，李達便拐到馬廄去牽馬。寧騎城望著李達走遠，自己走進屋裡，直接走到裡面一間密室，拿出一套夜行衣，從木箱裡取出弓弩，然後走出密室。

寧騎城很快換好夜行衣，背上弓弩，把腰間的繡春刀換成自己的長劍。他從窗裡看了眼外面的夜色，腦子裡開始思謀行動的路線，這個想法從腦子裡一冒出來就讓他有種報復的快感，在以前他想都不會想，去王振那裡盜走狐蟾宮珠，他一定是瘋了。但此時，他全身都爆發出一種力量，一定要給王振點顏色看看，至於為何要去盜走狐蟾宮珠，他卻沒有細想，他不認為是為了討好明箏。

這顆珠子他以前一直以為在皇上那裡，沒想到被王振扣下了，他想不出這些年王振還私自扣下多少奇珍異寶。這些年，他像一條忠誠的狗一樣為王振賣命，如今被他掃地出門變成了喪家犬。

寧騎城嘿嘿一陣冷笑，退意已決的他，知道在京城的日子不多了，如果今天能順利出來，那麼下次去劫詔獄，就不知會不會幸運了。他看時辰差不多了就向馬廄走去。李達又給馬匹添了草料，待馬吃完，為牠繫好馬鞍牽到寧騎城面前，寧騎城二話不說，翻身上馬打馬而去。

二

宮裡禁軍的巡防寧騎城非常清楚，出入皇宮對他來說易如反掌。他把馬拴在宮牆外，隻身從連綿的屋簷上縱身進入皇宮。縱橫交錯的屋頂對他來說如走平地，很快他就來到乾清宮外的甬道。

他站在宮牆上，可以清晰地看見燈火明亮的大殿，路上舉著宮燈辨差的宮女太監。他找到王振住的那個偏殿外的小院，從屋頂輕落地面，迅速躲到屋簷下的暗影裡。院裡幾個小太監提著宮燈走進來，手裡提著食盒，小順子從正房走出來，問了一句：「主子要的羊羹呢？」

一個小太監走出來把食盒遞給小順子，小順子接過食盒，看了眼其他的，說了一句：「退下去吧，主子只用這個。」

幾個小太監躬身退回去，在院門口與兩個人相遇，一個太監的食盒被碰到地上，湯水灑了一地。一個聲音高聲罵道：「該死的，燙死我了，沒長眼嗎？」是高昌波的聲音。

「還不滾？高督主，你沒事吧？」是孫啟遠的聲音。

幾個小太監看見碰到的竟然是東廠和錦衣衛的頭目，早嚇得匍匐一地，忙著又是叩頭又是掌臉。

「滾，滾……」高昌波拍了拍被澆了湯汁的靴子和衣角，顧不得跟幾個小太監計較，快步向院裡走來。

兩人都是嶄新的官袍和官靴，精神抖擻神氣活現。躲在屋簷暗影中的寧騎城急忙把身體貼到牆上，他一見兩人同時出現，眼裡立刻噴出仇恨的目光，他沒想到自己的率性所為，竟然有意外收穫，他倒是想看看這兩人深夜至此，到底又有何勾當。

兩人走進屋裡，寧騎城看四處無人，閃身躍到屋頂。他輕抬腿緩落步，小心翼翼來到屋頂中央，俯身揭開兩片瓦，從木梁間俯瞰屋裡的動靜。

王振坐在炕桌前一手執湯匙喝著羊羹，一手握著狐蟾宮珠在手心裡轉著。高昌波和孫啟遠一走進去，王振就喝退兩邊太監，只留了兩個東廠侍衛在身邊。高昌波看了眼孫啟遠，兩人似乎在用眼神交流誰先稟告。最後，高昌波一臉忐忑地上前，稟道：「先生，出了點紕漏，那，那個瓦剌人和古瑞……」

「怎麼了？」王振推開碗，關切地看著高昌波。

「他，他死了。」高昌波看見王振變得犀利的眼神，渾身一顫。

「笨蛋。」王振一掌拍在炕桌上，「我還指著他來釣大魚呢。你個笨蛋！」王振氣得一腳踢到高昌波的肚子上，高昌波沒敢動，硬是結結實實挨了一腳。

「先生，不能怪高督主，實在沒想到這小子……這麼軟包，不經打。」孫啟遠雙膝跪地替高昌波說了句話。

「還有誰知道此事？」王振問道。

「審問時，只有三四個獄卒在場。」高昌波回道。

「你回去一定要讓他們閉口，放出話，那個瓦剌人還活著，看他們黑鷹幫來不來救他。尤其是等寧騎城，若是他來，咱們布下天羅地網一舉拿下，豈不是省去很多麻煩。」王振微眯眼睛，露出凶光。

「寧騎城狡猾得很，不一定上當呀。」高昌波上前一步道，「不如我帶著人封了他的府邸，一舉抓獲吧。」

「哼，你去抓他？你是能對付得了他還是能抓得住他？」王振眯著眼斜乜了他一眼，哼了一聲，「之所以不對他採取任何行動，就是不想打草驚蛇，就你們根本對付不了他，咱們只有引君入甕這一個萬全之策。如今瓦剌人已供出他原來是黑鷹幫潛入大明的內奸，這就由不得他不來，畢竟他得聽命於人，看著吧，他會來的。如果他來劫獄，那不正中咱們的下懷嗎，還就怕他不來呢。他若來便當場射殺，不留活口，以免後患。那天晚上，放了他一馬，本來想著如果他不交錦衣衛大印，就當場捉了他，沒想到他小子竟很聰明，躲了一劫，這一次，定讓他有來無回。」

「老奴這就回去準備。」高昌波躬身道，臉上出了一層汗珠。

「如果不是抓住了和古瑞，誰會想到寧騎城會是瓦剌的奸細，這次于謙竟然會主動向咱們示好，真是沒想到。」一旁的孫啟遠說道。

「你懂什麼?于謙是有目的的。」王振冷笑了一聲，「他想讓皇上同意他推舉的守邊將領，他知道首先要過了我這一關，但是，我又不傻，放著這麼好一個建功立業的機會，為何要拱手讓與他人?我是老了，不然我還想親自帶兵打他一仗呢。讓文武百官看看，他們不待見的太監也有領兵打仗的本領。以前有鄭和七下西洋，今兒有王振領兵打仗，哈哈……」王振越說越興奮，最後仰脖大笑起來。

高昌波和孫啟遠雙雙跪下，高呼：「先生威武，先生威武。」

突然，院子裡傳來喊聲：「有刺客!」接著傳來護衛的奔跑呼喊聲。王振正在興頭上猛地愣住了，高昌波和孫啟遠急忙站起身六神無主地四處看。

王振已經滑到炕下，兩個護衛急忙架著他往裡面一個密室走。高昌波和孫啟遠這才想起，向王振高喊著：「先生，你先躲起來，我們出去看看。」兩人一前一後跑出去，咋咋呼呼地跟著幾個護衛向前面一個飛跑的影子追去。

他們剛跑出院子，一個黑影從屋脊落下，閃身走進屋裡，寧騎城一把抓住炕桌上的寶珠，握在手裡把玩了一下，立刻被冰冷入骨又溫潤的手感所震驚。他從晶瑩的珠體裡看到一隻飛翔的狐，真乃寶物呀，怪不得王振愛不釋手。寧騎城嘴角勾起一個壞笑，迅速將其揣進懷裡，幾步來到窗前，跳上窗臺翻了出去躍上房頂，臨出去彎身從背後拔出一支箭，「嗖」的一聲，甩到紅木雕花炕桌上。

此時甬道上，幾個護衛追上那個黑影，幾個人按住他，撕開他的黑色面巾，竟然是小順子，小順子雙手被綁在背後，嘴裡塞著一團枯草。高昌波和孫啟遠跑到跟前，一把掏出小順子嘴裡的草。

「那個人呢？」孫啟遠抓住小順子的衣襟問道。

「我不是刺客，」小順子嚇得跪倒在地上，「是一個人逼我跑，不然就割掉我的鼻子……」

「不知道……」

「快，回去看看。」高昌波猛然意識到上當了，掉頭就往回跑，眾護衛和孫啟遠緊跟其後。幾人回到院裡，四處一片寂靜，幾人跑進正房，一個護衛從密室探出頭，見眾人回來，兩個護衛攙扶著王振走出來。

所有人都注意到了炕桌上那一支羽毛箭，眾人不由自主向後退了一步。孫啟遠走上前一把拔下那支羽毛箭，拿在手上看了看！「不像出自官坊，倒像是草原上的……這，上面刻著一個『寧』字……」這時，王振走到炕桌前，忙亂地翻了半天，突然一把推開湯碗和細碎的東西，叫了一嗓子：「哎呀，我的心肝……」

「寶珠？」高昌波這才意識到發生了什麼，「那個刺客故意讓小順子引開咱們，偷走了先生的心肝呀。」

「誰這麼大膽？」孫啟遠叫道，突然想到箭上的刻字，瞪著眼睛問道，「難道是寧騎城？」

「還會有誰？只有寧騎城有這個手段，他剛才就在這裡。」王振既震驚又氣急敗壞地喊道，「孫啟遠，你速速帶領錦衣衛給我把寧府抄了，發下海捕文書，全城通緝寧騎城。」

三

從午後就刮起西北風，一直沒有停的跡象。山莊裡滿目瘡痍，除了聽雨居完好外，另兩處院子櫻語堂和雲煙居損壞嚴重，櫻語堂的正房坍塌了一片，裡面的家用物品被風刮得滿院子都是，李漠帆帶著眾人在聽雨居收拾出一間正房後，眾人把青冥郡主抬了進去。

青冥自從那日被蕭天等人從山莊門前的雪地抬回駐地，身體就時好時壞。玄墨山人跟著扎針施藥，病情仍然是不得緩解，再加上露宿雪地，反而又加重了，因此山下崗哨一來報寧騎城撤了，玄墨山人便毫不猶豫地讓眾人把青冥抬回山莊。

幾天裡，蕭天也病了一場，他是積勞成疾，又加上聽到明箏被寧騎城帶走，急火攻心便倒下了。睡了一覺，蕭天服下些湯藥，腦子迅速清醒了，他知道此時最不能倒下的就是自己，如今正是山莊最艱難的時刻，自己無論如何都得挺住。

蕭天命人找來幾床棉被，一路匆匆走到聽雨居正房，夏木和梅兒正在為青冥餵水，翠微姑姑坐在一邊看著。聽見腳步聲，翠微姑姑看見是蕭天過來，身後還跟著兩個人抱著棉被，急忙接了過來，她輕聲退下他們，急忙給青冥蓋上。

蕭天走到炕邊看青冥，只見她雙唇輕顫，面色煞白，似乎是冷得發抖。「玄墨掌門把過脈了嗎？」蕭天不安地問道。

「把過了，回去配藥了，只是玄墨掌門說，寒煙居裡的藥材被毀壞了一些，只能是有什麼用什麼。」翠微姑姑憂心地說道。

蕭天把棉被往上拉了下，手指觸到青冥的面頰，不由一驚，涼似冰塊，他回頭吩咐道：「梅兒，再去加幾個炭盆。」

「這不是加幾個炭盆的事，」翠微姑姑忍著眼裡的淚道，「體虛至此。」翠微姑姑看著蕭天：「你去忙別的吧，這裡有我們就行了，外面亂成一團麻，你該幹啥幹啥吧，有事去叫你。」

蕭天點點頭，正欲轉身離去，突然，一隻冰涼的手抓住了蕭天的衣邊，青冥微微抬起眼皮，顯然她沒有睡著，她張了張嘴，蕭天急忙俯身下來：「郡主，你想說什麼？」

「快去救明箏，不要在這裡。」青冥的聲音雖然微弱，但是能聽得清。

「郡主，」蕭天心裡一顫，他緊緊握住她冰涼的手，安慰道，「妳不要胡思亂想，好生將養身體，外面的事，有我呢。」

「她怎麼那麼傻呀，」青冥眼裡湧出淚珠，聲如蚊蠅般虛弱地說道，「救我一個廢人，太不值了……」

蕭天心裡一陣刺痛，他緊握住郡主的手，聲音哽咽著：「郡主，妳怎會有此想法，妳是狐族的郡主，老狐王的掌上明珠，所有狐族人都敬仰妳，我想明箏她豁出去救下妳，不是讓妳妄自菲薄的，妳能懂她的心嗎？」

「我的苦心，沒有白費，她懂咱們狐族，她懂……」青冥答非所問地低吟了幾句，就開始咳起來。翠微姑姑過來提醒他不要再讓郡主講話，蕭天點點頭，端起夏木手裡的水碗，餵她一湯匙水。

青冥臉上露出微笑，用微弱得幾乎聽不見的聲音說道：「蕭公子，還記得吊腳樓嗎？」

蕭天端碗的手一抖，他望著面色蒼白、氣若游絲的青冥，就像看到了九年前的自己，當時自己命懸一線躺在吊腳樓上，豈不是和青冥如今一個樣子嗎？青冥照顧他半年，把他從閻王爺面前搶了回來。蕭天抑制不住愧疚的心情，端著水碗點了點頭，突然趴在青冥身上失聲痛哭起來。

屋裡的幾個人都被眼前這一幕驚住了，蕭天是一幫之主，如今又是狐族新狐王，平日裡無不是給人以頂天立地的大男人形象，如今竟然能傷心到這個地步。

翠微姑姑急忙領著夏木和梅兒走出房間，邊走邊抹著眼淚。

青冥伸出手，輕輕地撫摸著蕭天頭上的髮髻，緩緩說道：「我的日子恐怕不多了。」

蕭天猛然抬起頭，他盯著青冥，眼裡的淚還在眼眶裡盤旋，他開始從心裡恐懼起來，他一把抓住青冥的手：「我會治好妳的，玄墨山人醫術高明，妳要相信我……」

「蕭公子，你有沒有喜歡過我？」青冥眼睛盯著蕭天，迫切地想知道這個她無數個夜晚都在想的問題。

「青冥，」蕭天深深地望著她，一字一句地說道，「青冥，妳是我蕭天今生唯一的妻子，這個正妻的位置永遠都是妳的。」

青冥臉上突然湧起一片紅雲，她張了張口，把後面的話咽了下去，她沒有想到蕭天會對她說出如此情深義重的話，對於一個女人來說，一個男人對她說出這樣的承諾，她還有什麼不滿足的？

青冥笑著合上眼睛，眼角流下兩串淚珠。她突然明白她是不應該問他那句話的，他心甘情願把妻子的位置給她，可是他心裡的位置永遠是她可望而不可即的。她是被剛才他的真情流露沖昏了頭腦，她就不該有這個奢望，因為那是他為另一個女子留下的。此時她平靜了下來，真的想睡了，便笑著說道：「我想睡一會兒。」蕭天站在旁邊，又給她掖了掖被角。青冥閉著眼睛說道：「我沒事，你不要再耽誤時間了，快去救明箏吧。」

蕭天尷尬地站在原地，想了想，突然說道：「有件事我要去辦，妳就先休息吧。」

蕭天心情沉重地離開正房，他確實有件緊要的事要辦，那日領明箏出洞穴，把典籍留在洞穴裡。回來後大事小事太多，竟然把這事給忘了，此時突然想起來。

蕭天帶著幾個人走到後山，看到洞穴的進口處被炸出一個洞，他命幾名手下清理，自己帶著兩個人進去，他舉著火把走進裡面，雖然這個洞穴寧騎城也進來過，卻絲毫沒有被破壞的痕跡。

他徑直走到藏典籍的那個小溶洞，找到那個巨大的鐘乳石，看見三個包袱完好無損地躺在裡面，不由觸景生情，眼淚噴湧而出，他只趴到鐘乳石上感傷了片刻，便振作起來往回走，外面還有很多事要做。

次日清晨，蕭天和玄墨山人騎著馬在莊子裡巡視，兩人都默默無語，雖然寧騎城撤出山莊，但是他們會不會捲土重來，兩人心裡沒底。這個季節轉走他方不太現實，最起碼要熬過這個冬季。

「蕭幫主，」沉默多時，玄墨山人終於開口，「這裡就交給我了，你多帶人手，想辦法救明箏吧。」

蕭天嘆口氣，「如今郡主病成這個樣子，我再不敢離開半步，以前是我疏忽大意，讓郡主誤會，現在只能先派人手去打探消息，再做決定。」

玄墨山人點點頭，他看著蕭天，知道他做事穩妥，也不再說什麼。他突然又想到一事，便問道：「于管家的屍身找到了嗎？」

「昨日已入殮。咱這裡沒有合適的棺木，只是李漠帆的一個手下做過幾天木匠，砍了棵樹草草釘了個棺。回到京城再置換吧，我將派李漠帆親自送到于府。」蕭天說道。

「好。」玄墨山人很欽佩蕭天年紀不大做事如此周全，「唉，老夫雖然雲鶴多年，不問朝政，但是朝中曲直我也有所耳聞，于謙大人是個值得尊敬的好官，這年頭宦官當權朝政險惡，他也著實不易。」

「是呀，于大人心繫百姓國體，」蕭天不禁感懷，「狐族的遭遇他曾深表同情，其實，我之所以一直跟于大人交往，就是抱著一個希望，希望有朝一日，于大人能上疏皇上，還狐族以清白。」

「這個想法沒錯，但是只要王振當權，就很難做到這點。」玄墨山人嘆口氣，眺望著遠山的山頂。

這時，從後院的小道上匆匆跑過來一個人，只見衣裙飄飛，離近了才認出是夏木姑娘。

「狐王，不好了，郡主不行了。」夏木面色蒼白，驚慌地說道。

蕭天和玄墨山人互望一眼，兩人都吃了一驚。蕭天問道：「郡主服下藥，不是好些了嗎？」

「是呀，今天一直都挺好的，臉色紅撲撲的，我們看著都很高興，可是突然就……」

「不好，」玄墨山人臉色一變，「或許是迴光返照，走，快去瞧瞧……」說著，他掉轉馬頭就向聽雨居奔去，蕭天一看，緊追其後而去，夏木愣了一下也拔腿跑過去。

聽雨居正房裡聚了一堆人，大多是狐族人，也有興龍幫幾名女眷。青冥郡主躺在炕上，旁邊坐著翠微姑姑，一旁的梅兒正從熱氣騰騰的銅盆裡絞出一條熱帕子，給青冥郡主擦著頭上冒出的汗。

玄墨山人走到門口，人們讓出一條道。玄墨山人直接走到炕前查看青冥的狀況，蕭天緊接著走過來。

「玄墨掌門，不用瞧了，我自己的身體自己清楚。」青冥郡主笑著說，然後吩咐梅兒扶她坐起身。梅兒看她太弱，就勸她還是躺著好。青冥郡主這時看見蕭天，向他伸出手，蕭天急忙走過去。

「扶我坐起來。」青冥郡主虛弱地說道。

蕭天坐到炕上，伸手扶住她，使她靠到自己懷裡。蕭天心裡一顫，青冥靠向他的身體，輕得如同一片羽毛，蕭天一陣難過，輕輕說道：「青冥，妳別胡思亂想，妳會好起來的。」

「不會了。」青冥郡主微微一笑，她慢慢抬起頭，目光溫柔地望著蕭天，雙頰泛著紅光，「狐王，我心裡清楚得很。」

「青冥，不要叫我狐王，我不配這個稱呼，是我的無能致使狐族四處飄零，我發誓不報此仇、不還狐族清名我不配活在世上。」蕭天擰眉自責地說道。

「我相信你，就如同當年我父王相信你一樣。」青冥說著，可能是說話太多，她開始喘息起來。梅兒急忙遞過來一碗水，蕭天接過來，餵青冥喝下。青冥喝了一口，只是沾了下唇邊，就推開，接著說道，「我苟活到今日，就是為了完成父王的心願，如今我的使命已然完成，狐族有了你，我可以放心地走了。盤陽，林棲……」

「在。」盤陽和林棲從後面走到炕前，「郡主，我們都在。」

「狐族有了新狐王，你們可高興？」郡主問道。

「高興。」盤陽和林棲雙雙跪下，匍匐在地。

「狐族的族規，持狐王令者號令狐族。父王是從前輩狐王手中接過的狐王令，今天狐王令傳到了蕭公子手裡，他是你們的新狐王，你們今後聽從他的號令，記住了嗎？」

「記住了。」盤陽和林棲再次叩頭，炕邊的翠微姑姑聽到這裡，捂住嘴扭過頭抽泣起來。

「我只剩下一個心願了，」青冥郡主看著蕭天，「我聽到了我想聽的話，我知足了。以後，我不能在你身邊照顧你了，我把你交給明箏姑娘，希望她可以替我好好照顧你，所以，你一定要把她救出來。」青冥說著，望向狐族眾人，「你們聽著，明箏姑娘為了救我身陷狼穴，我感念她的大仁大義，今日，當著眾狐族兄弟姐妹的面，我要把郡主的封印傳給明箏姑娘，見印如同見我，我死後，明箏姑娘就是你們的新郡主。姑姑，拿印來。」

翠微姑姑從一個包袱裡取出一個木匣子，從裡面拿出一塊月牙形晶瑩剔透的翡翠，翡翠精雕細刻，外形奇異，有著狐頭龍身，這種形象聞所未聞。青冥郡主接過來，說道：「這塊狸龍玦，其實是狐蟾宮珠的底座。狐蟾宮珠已失，狸龍玦絕不可再失去。若狐蟾宮珠能回到狐族，它就能給狐族帶來祥瑞和安寧。我早已把它交給姑姑，就是想有朝一日，能交給明箏姑娘，此時，我等不及了，交給你，希望你早日救出明箏姑娘。」青冥郡主說了一大堆話，把手中碧綠的狸龍玦塞進蕭天手裡，她似乎真是累了，深深出了口氣，合上眼似乎想睡一會兒。

突然，翠微姑姑兩隻手上前抓住青冥的手，急迫地大喊：「青冥，青冥呀，我苦命的姪女呀……」翠微大哭起來。

眾人這才發覺青冥郡主已經沒有了呼吸。蕭天悲痛地把青冥抱進懷裡，眼前突然浮現出翠綠的山谷裡，一個明豔靚麗的身影，那個一身異香總是低頭微笑的青冥，那個在他病榻前操持數月不辭辛苦的少女，就這樣突然撒手而去。

蕭天愧疚自責，悲慟欲絕，久久地抱著青冥不願撒手。

最後，李漠帆硬是把他拉走。林棲和盤陽迅速遣散眾人，把靈堂布置出來，把青冥的屍身抬到靈堂裡。夏木和梅兒攙扶著翠微姑姑回到她的房間，以防她悲傷過度動了胎氣。

傍晚時分，蕭天走進翠微姑姑的房間，夏木和梅兒從炕邊退到後面，蕭天此時已恢復了常態，只是眼裡多了幾分悲戚。翠微姑姑從炕上坐起身，望著蕭天道：「狐王，你找我有事？」

「翠微姑姑，我決定明日一早把青冥葬到後山坡上，然後就和玄墨山人一起進京。此番進京一是要救明箏，再一個就是要聯手除去王振和寧騎城，只有除去了他們，咱們狐族才有和平的日子可過。我在青冥面前發了誓，定要讓狐族恢復榮耀，昭雪於世。」

「狐王，翠微我任憑你差遣。」翠微姑姑點點頭道。

「這個狸龍玦，妳先拿著。」蕭天鄭重地把木匣子放到翠微姑姑手裡，後面的話沒有說，翠微姑姑看見他眼裡的憂傷，也不想再傷他的心，如今青冥走了，明箏又落入狼口，他身邊最重要的兩個女子都離他而去，而明箏能不能救出來，也是個未知數，他怎能不痛苦。

蕭天沉默了片刻，交代道：「妳留下駐守山莊，我會把最強壯的人手給妳留下。」蕭天說完，看著一旁的夏木和梅兒道：「有勞兩位姑娘，一定要照顧好翠微姑姑。」夏木和梅兒急忙屈膝行禮，點頭稱是。

次日一早，眾人抬著棺木走到山莊後山一片山崖上，早早有族人挖了一個深坑，族人們唱起了歌子，人人手裡拿著一枝松柏枝，一邊唱一邊在空中畫著圓弧。

棺木抬進坑中，人們把手中的松柏枝扔進坑裡，蕭天跳下深坑，把四處散落的松柏枝一叢叢整齊地放到棺木上。在狐族只有死者的至親才被允許進到墓穴為死者做最後一件事。在狐族人的葬禮上，哭泣是不祥的，不被允許的。他們用青翠的葉子寄託哀思，陪著死者留在泥土裡。用歌聲代表對死者的思念，歌聲不斷，思念不斷。

墳頭聳立起來時，在翠微姑姑的帶領下，歌聲達到了高潮，嘹亮委婉的歌聲，在雪野如泣如訴，令人肝腸寸斷。眾人唱著歌子圍著墳塚走了一圈又一圈。

眼看日出山頭，這支哀傷的隊伍不知要轉到幾時了，玄墨山人遞給李漠帆一個眼色，李漠帆上前拉扯著翠微姑姑，在李漠帆的拉扯下，這支隊伍才掉頭往回走。

走到半路，山莊管家曹波安一路急匆匆跑過來。

「幫主，」曹管家走到蕭天面前，由於蕭天的多重身分，在山莊裡人們早已約定成俗，對蕭天的稱呼，各幫稱呼各幫的互不干擾。興龍幫稱呼蕭天為幫主，狐族稱呼蕭天為狐王，而天蠶門稱呼蕭天為師叔，雖亂但也倫理清晰。

曹管家壓低聲音道：「幫主，山莊大門處來了一個道姑，口口聲聲要見你。」

「道姑？」蕭天腦中一片空白，「可報上尊號？」

「說是隱水姑姑。」曹波安說道。

「啊……快，快請到寒煙居。」蕭天猛然驚醒，隱水姑姑不正是明箏的師父嗎，一個月前他曾寫信讓隱水姑姑前來接走明箏。

曹波安急忙稱是轉身走了。蕭天對身邊的玄墨山人道：「此道姑是明箏姑娘的師父，一定是收到我的信，匆匆趕來了。」

「這……」玄墨山人一皺眉，「這如何是好？人家師父來接徒兒，這明箏姑娘的事該如何開口呀？」

「事到如今，再不好開口，也要說了。」蕭天道。

由於此時櫻語堂正在修繕，蕭天他們也搬到寒煙居居住，因此就叫曹管家把隱水姑姑直接請到寒煙居見面。蕭天和玄墨山人一行人加快步伐，走到寒煙居玄墨山人居住的正房沏上茶等著隱水姑姑。一轉眼工夫，消息傳出去，李漠帆和盤陽前後腳跟過來看熱鬧，天蠶門幾個弟子也悄悄溜進來。

眾人坐下不到一盞茶工夫，曹管家就領著一個中等身材偏瘦的白髮女道姑出現在碎石小徑上，她一身灰藍的道服，乾淨歷練，足下步伐迅速有力，雖然滿頭白髮，但是面容卻是中年模樣，一看就身負武功，非一般等閒女人。

隱水姑姑在曹管家之後走進房間，只見正堂上兩排太師椅上坐滿了人，正中兩位器宇不凡，一位鶴髮童顏，一位青年才俊。隱水細思信中所述，心中已大致有了意向。她向在座的眾人行道家禮儀，拱手一禮道：「貧道隱水，今日叨擾各位了。」

蕭天和玄墨山人起身還禮，蕭天一步走到近前道：「隱水姑姑，晚生蕭天，這裡靜候多時了。」

「蕭幫主，」隱水姑姑一抱拳，「我行走江湖多年，你的威名如雷貫耳，只是今日得以見面，失敬。」

「隱水姑姑，妳折煞晚生了。」蕭天說著，急忙給隱水姑姑引薦玄墨山人，以及在座的眾人，隱水姑姑與所有人見過禮，眼睛不時掃過門外，眾人當然清楚原因，便請隱水姑姑坐下，給她端來茶碗，四下突然異常安靜。

隱水姑姑顯然感受到屋裡眾人的怪異，按理說她一來，明箏就應該過來見她，怎麼直到此時還不見這丫頭的人影，越發沒了規矩。「蕭幫主，明箏這丫頭呢？」隱水不得不開口了。

蕭天面帶難色，突然走到隱水面前單膝跪下道：「隱水姑姑，晚生對不住你老人家託付，明箏姑娘，她……」

隱水姑姑臉色一變，她急忙扶起蕭天，說道：「蕭幫主，使不得，你且起來說話。」

蕭天看著隱水姑姑，把發生在瑞鶴山莊的事，前前後後說了一遍。「……如今明箏被寧騎城帶走後，我派出人多方打探，還是沒有下落。我本與玄墨掌門商議好，明日就進京尋找，不想今日妳老人家便來了。」

「我跟你們一起去。」隱水姑姑隱忍著，眼淚還是湧出眼眶，「這麼些年，我已經不會流淚了，本以為眼淚都在那些年流盡了，沒想到這丫頭又出了這事。她十歲起便跟著我，我把她視為己出，聽到她被錦衣衛抓走，就像剜我的心一樣。」眾人看見隱水姑姑傷心，一陣勸解。

「罷了，看來這次我非要找朝廷出面不可了。」隱水姑姑此話一出，在場的人都一愣，不明白她所說的找朝廷出面是什麼意思。

「眾位，你們有所不知，我也不再隱瞞。我在出家前，是邊關守將張竟予的妻子。二十五年前與來犯瓦剌人的那場血戰，使我失去了丈夫和一對才出生未滿月的雙生子，為了尋找他們，這些年我隱姓埋名，奔走四方，到如今我已滿頭白髮了，也不再對找到那對雙生子抱有希望，我此時要找朝廷，以忠烈的名義要求他們放了我在世上唯一的親人，不放明箏我就死在那裡。」

隱水姑姑的話震驚了在場所有人，二十五前發生在邊關的那一場血戰，很多人都不知道，但是玄墨山人和蕭天知道。

「那場戰役我知道，老夫這麼多年行走江湖，見過的慘況多了，但是那場戰役是我今生見過的最慘的一次，守軍全軍覆沒，一個人都沒有留下，瓦剌人不僅搶糧食，連女人孩子都不放過，全搶了去。」玄墨山人悲慟地說道，「我聽人講，那個守城的將軍姓張，最後被瓦剌人的箭射死，當時的場面太慘烈，真是萬箭穿心，他身上拔下的箭……」玄墨山人說不下去了。

「姓張的將軍就是我的夫君……」隱水姑姑低頭閉上雙目。

「隱水師傅，這麼說你一直在設法尋找你那一對雙生子，可有下落？」玄墨山人問道。

「沒有……」隱水姑姑搖搖頭，道，「這麼多年過去了，我已不抱希望了。」

「隱水姑姑，妳是張將軍的夫人？」蕭天直到此時才弄清楚，不禁驚訝地問道。隱水以為蕭天不相信，急忙從衣襟裡掏出一個布包，揭開包皮，裡面是一張明黃的聖旨，她眼睛濕潤地說道：「此道聖旨是當今皇上的爹——宣宗皇帝所擬，建文年間所頒發的，雖然離現在有近三十年了，但是由朱瞻基親手書寫，不怕他們不認。」

「隱水姑姑，」蕭天見隱水誤解他的話，急忙說道，「妳可聽說過蕭善？」

「蕭善？」隱水姑姑一愣，突然說道，「我倒是認識一位蕭善，他也曾駐守邊關，任遼東總兵，我公爹曾是他手下一名副將，蕭善曾有恩于張家，丈夫經常向我提起蕭善將軍。請問蕭幫主，你與蕭將軍有何淵源？」

「隱水姑姑，蕭善是我祖父。」蕭天說道。

「什麼？」隱水姑姑沒想到在這裡會遇見恩公的後代，不由喜出望外，「原來蕭幫主是蕭善將軍的後代，怪不得你年紀輕輕卻有如此威名，竟然是將門之後，可你為何沒有在朝為官，而是隱遁江湖？」

「我父親一生心繫儒學，我幼時與父親起了爭執，便去了武當山習武，後來時為國子監祭酒的父親得罪權貴被發配雲貴，我便陪他前往，路上被東廠追殺，後被狐族所救，就留了下來。後來的事你都知道了。」蕭天簡短地說了自己的經歷。

隱水姑姑點點頭，一時的生疏感被幾句交談沖淡，他鄉遇故人，怎能不高興。他們又接著談了片刻，便說到了明箏身上，隱水姑姑問道：「蕭幫主，你說明箏會被錦衣衛關押在什麼地方，我直接去找他們？」

「隱水姑姑，妳的心情我們都理解，但是即使妳拿出了能證明自己身分的文書又能如何？如今朝堂是一潭渾水，誰會為了一個死去多時的守將得罪錦衣衛呢？」蕭天說道。

「那……依你將如何？」隱水姑姑六神無主地問。

「咱們明日進京，先打探清情況再做決定。」蕭天安慰道，「隱水姑姑，妳遠道而來，先休息，咱們明日還要趕路。」

隱水姑姑思索片刻，點頭答應。

蕭天安排隱水姑姑到聽雨居住進原來明箏的房間，有梅兒姑娘在旁照顧。隱水姑姑離開後，蕭天和玄墨山人就安排明日進京的人手，考慮到要留一部分人在山莊駐守，他們決定只帶李漠帆和林棲，連同隱水姑姑，他們五人一同前往。

三

天色漸明，在通往京城的官道上，一輛莊戶人家的大馬車急匆匆地向前行駛著。駕車的人是一身短打扮的李漠帆，旁邊坐著同樣農戶打扮的林棲。車廂裡並排坐著員外郎打扮的玄墨山人和夫人打扮的隱水姑姑。馬車的後部拉著一具簡易的棺木，旁邊用麻繩捆綁著一些截成段的原木，蕭天就坐在原木上，他也是一身短打扮，戴著一個爛邊的草帽，臉上沾滿灰土，像極了做苦力的腳夫。

不久便來到城門口，駐守的兵卒並列兩旁，看見婦孺老人基本不查，直接放行，看見青壯年要上去看看面相，看看身分文書，尤其是騎馬的過客，無論是出城還是進城，盤查得尤其嚴格。

李漠帆駕著馬車，緩慢往城門前行走，還有一段距離時，他就看見城門樓上新張貼的海捕文書，見畫像極像寧騎城不由得一愣，再仔細看上面的文字，寫著緝拿逃犯寧騎城，得賞銀千兩。李漠帆不由哈哈大笑，一旁的林棲不識字，不知他笑什麼，瞪了他一眼。李漠帆把韁繩交給林棲，拍拍他的肩膀：「你先駕著，我去去就回。」

李漠帆跳下馬車，跑到車後，壓低聲音對原木上的蕭天道：「幫主，你快看城門上的海捕文書。」蕭天坐在原木上正在觀察來往車輛，忽聽李漠帆這麼一說，他回頭看城門上一片海捕文書，舊的上面貼新的，最上面的一張顯然是最近張貼的，紙張還是雪白的。

蕭天不由一驚，感嘆世事變遷如此之快，這才幾天，寧騎城就由一個耀武揚威的錦衣衛指揮使變成了階下囚。又一想，既是通緝他肯定跑了，那明箏會被關在哪裡？想到這兒，心裡的焦慮又重了一層。他鎮定了片刻，對李漠帆道：「先進城再說。」李漠帆應了一聲，轉身返回馬車上，接過韁繩駕車到城門前。

一個兵卒看了他們一眼，問：「馬車上拉的什麼物件？」另一個兵卒掀開車廂門簾，看見裡面一對老年夫妻。蕭天抄著雙手，哭喪著臉，對車下幾個兵卒道：「拉的棺材。我兄弟伐樹讓樹砸死了。」

「呸，今兒真倒楣，大早起弄個這。」一個兵卒朝另一個兵卒道，「你去看看那個死人的模樣。」

「不去。」另一個兵卒抱怨道，「讓走吧，人家是進城，哪有逃犯往城裡逃的？」

兵卒不耐煩地向馬車揮揮手，李漠帆向兵卒點點頭，駕車向城裡駛去。由於節慶剛過，街上充斥著各種做買賣的小販和趕集市的人流，馬車在擁擠的人群裡緩慢地行駛著。此時蕭天和林棲交換了位置，蕭天坐到前面給李漠帆指認道路。蕭天去過于府，但那幾次都是在夜裡，如今大白天倒是認得吃力，拐錯幾個路口後，蕭天才指出那條道。

玄墨山人掀開簾子問蕭天：「兄弟，咱們五人一同進府，是否不妥？」

「大哥，你放心，沒有什麼不妥。」蕭天回頭說道，「你見過於大人就知道了，他是個很隨和的人，好交朋友。」

玄墨山人點點頭，便不再說話。

馬車停在一個府門前，蕭天跳下車，跑到門前拍門。不一會兒，出來一個老僕，蕭天對他說：「你去見你家主人，就說朋友送于賀回來了。」老僕一愣：「是于管家？」蕭天點點頭。老僕忘了關門，轉身就往裡面跑。

不一會兒，蕭天看見從遊廊走過來幾個人，打頭的正是于謙。于謙一身便服急匆匆走來，他這幾天派出打探的人回來，都沒有于賀的消息。于賀跟他有年頭了，府裡大事小事原先都是于賀操持，如今于賀不在，他忙得四腳朝天，苦不堪言。

剛聽老僕說有人送于管家回來了，他一陣高興，待走到大門前，只看見一身腳夫打扮的蕭天，並沒有于賀的影子，細思極恐，于賀豈用送嗎？蕭天見于謙匆匆走來，急忙拱手深深一揖。

「大人，我送于管家回家了。」蕭天一臉肅穆地道。

于謙瞬間什麼都明白了，他身體微微一晃，閉了下眼，待睜開時已是滿眼淚光，「蕭幫主，你在哪兒找到的？」

「在小蒼山，一片林子裡。」蕭天說著，從背後取出一支箭，「這是當時從于管家背後拔下的。」蕭天說完突然單膝跪地就拜，「謝于兄，我知道是你派于賀前來山莊報信，只可惜……」

于謙急忙上前扶住蕭天，「起來吧，我既認下了你這個兄弟，就不能見死不救。看來山莊是虛驚一場？」

蕭天點頭道：「請于兄放心，我們自有應對。」

于謙鬆了口氣，他拿著箭，仔細地看了片刻，突然抬起頭，看著蕭天道：「我知道凶手是誰了。」于謙說著眼裡的憤怒噴射而出，這才發現他們竟然還站在門口，忙拱手道，「蕭兄弟，老夫失禮了，快，快裡面請。」

「于兄，我來得唐突，」蕭天回身一指門外，「還有幾個朋友，不知可否叨擾大人？」

「哪裡的話，是我怠慢了。」于謙忙囑咐一旁的老僕，開角門請馬車駛進府裡，自己引著蕭天走到院裡等候，不一會兒馬車過來，于謙一個箭步來到棺木前，拉開木板看到裡面面目已發青的于賀，禁不住垂淚傷心，他叫來幾個家丁抬走棺木，並叮囑老僕在後院設靈堂。

「于兄，節哀順變。」蕭天勸慰道。

「實乃相處太久，于賀與我親如一家。」于謙哀嘆道，他這才發現院子裡還站著玄墨山人和隱水姑姑，另兩人李漠帆和林棲于謙見過，對於這兩人卻很陌生。蕭天急忙上前向于謙一一介紹，當說到隱水姑姑時，蕭天說起了邊關守將張竟予。

于謙大驚，他在兵部多年，雖然與張竟予將軍沒有謀過面，但是張將軍的英名早已如雷貫耳，不僅如此，張將軍還是于謙恩師的大弟子，于謙恭敬地走到隱水姑姑面前，深施一禮，道：「張夫人，屬下怠慢了。」

隱水姑姑還了一禮，眼裡也是噙滿了淚水。

于謙抱拳環視一圈，說：「眾位英雄，請到在下書房一敘。」眾人相繼走到遊廊，沿遊廊走到書房，書房裡早有下人擺好椅子。于謙請玄墨掌門和隱水姑姑上座，他坐在隱水姑姑側首，蕭天挨著玄墨掌門坐下，李漠帆和林棲坐下首。

下人送來茶水，于謙退下僕人，關上房門。蕭天見屋裡沒有了外人，便問道：「于兄，你如何說知道凶手是誰？」

「蕭兄弟，」于謙看了眼眾人，「近來京城發生很多事。前幾日北大營抓住一個瓦剌探子，叫和古瑞。

這傢伙是個膽小鬼，沒有上刑就全招了，他是黑鷹幫之人，幫著也先刺探京城布防。從他身上搜出一塊權杖，他就是拿這塊權杖混進的北大營，而這塊權杖是我交給于賀連夜出城用的，剛才又看到那支射入于賀後背的箭，就能斷定，是和古瑞這幫黑鷹幫的人截住于賀，射死了他並得到權杖。」

眾人對于謙的分析紛紛點頭，沒有異議。

「還有一件事，你們想不到，」于謙接著說道，「那個和古瑞供出寧騎城也是黑鷹幫的人。我就略施小計，把消息透露給王振，王振派東廠督主高昌波來大營接走了和古瑞，關在詔獄，不出我所料，和古瑞肯定是有什麼說什麼，現在寧騎城被全城通緝。」

眾人一陣唏噓，李漠帆十分興奮：「沒想到寧騎城會落到這個下場，他幫著王振幹盡壞事，現在倒是落個被王振通緝，哈哈……」

只有蕭天和隱水姑姑臉色依然緊繃著，聽到這個消息絲毫沒有高興的意思，這引起了于謙的好奇，他問道：「蕭兄弟，你似有心事，不妨說來聽聽。」

「于兄，實不相瞞，此次來還有一事相求，」蕭天決定和盤托出，「那日在瑞鶴山莊，寧騎城抓住了青冥郡主，並把她綁在山門上想引誘我們出來。結果明箏姑娘偷偷下山，用自己把青冥換了回來。我們此次前來也是想救出明箏姑娘。這位張夫人還有一重身分，就是明箏姑娘的師父。」

「于大人，」隱水姑姑見于謙露出疑惑的眼神，不等他問便說道，「我自那年痛失丈夫和一對雙生子後，就隱姓埋名四處尋找孩子，有一年病倒在路邊，幸遇一名進貨的生藥鋪的掌櫃，他醫好我的病，看我孤苦無依就介紹我到山西夕山入道觀拜師，道觀的道長是這位生藥鋪掌櫃的遠房親戚，此後我就成為一名道姑，有了這個身分，倒是方便我行走江湖尋找骨肉。六年前，我接到生藥鋪掌櫃一封書信，請我收養一名孤女，後來我才知道此女是工部原尚書李漢江之女，李尚書遭人陷害滿門抄斬，家中女眷拚了性命保住這最後骨血，生藥鋪掌櫃是李尚書家街坊鄰居，曾受李大人恩惠，此女從一片廢墟中爬出時，正讓生藥鋪掌櫃撞見，冒了風險抱進馬車，拉出城躲了起來。後來這個孩子就跟了我，我們以師徒相處，我把她視為己出，她就是明箏。老身是受恩人所托，萬不可出了差錯呀！不管想什麼辦法，我都要救明箏出來。」

于謙這才恍然大悟，感嘆世事艱難，官吏人家都如此，更何況百姓呢？他嘆口氣，略一尋思，發現一個問題：「你們說是寧騎城帶走了明箏姑娘？但是怎麼可能？如今寧騎城被東廠和錦衣衛的人滿城抓捕。」

「會不會羈押在牢房裡？」蕭天問道。

「羈押在牢房裡不是沒有可能，」于謙蹙眉沉思，緩緩說道，「如今東廠是高昌波掌印，錦衣衛指揮使換成了孫啟遠，這兩個人好得跟一個人似的，東廠和錦衣衛總是聯合出手。如果寧騎城把明箏投入大牢，不管高昌波還是孫啟遠，他們都會知道，但我怎麼沒有聽他們說過最近收押了一個女囚？前兩日高昌波來大營接和古瑞時，還討好地對我說，可以用詔獄裡的犯人跟我做交換。」

「大人，他們何出此言？」蕭天很是疑惑地望著于謙。

「他們害怕我不交出和古瑞。」于謙說道，「後來，我向他們提了另一個條件，就是推舉一個人做守邊將軍的副將，但是王振壓根兒不同意。」

「大人，難道坊間流傳的邊關告急是真的了？」一直默默無語的玄墨山人突然問道。

「草原上的瓦剌部落在也先的帶領下屢屢犯關，」于謙沉下臉，一臉憂鬱地道，「但是朝中王振當權，朝廷派去的守將是王振親屬，不僅不懂軍事，更是個草包，這次當真要誤國了。我只能用這種方法，本想給他配一個會打仗的副將，結果真是要氣死人。」

「沒想到京城裡會出這麼多事。」蕭天皺著眉頭，望著手中的茶碗，看得出他心情焦慮不安。

于謙望著蕭天道：「這樣吧，我現在就派人去見孫啟遠，問一下牢裡有沒有這麼一個女囚，他們欠我一個人情，定會實話實說。這樣大家心裡也有個底。」于謙說完起身步出書房，派人打聽去了。

不一會兒，于謙重新回來坐下，對隱水姑姑道：「張夫人，我派人收拾出後院，你可就此安歇，你看可好？」

「不勞大人了。」隱水姑姑感激地一笑，「沒想到我夫君死去多年，還有人記得，我心裡知足了。」

「夫人此言差矣，張將軍忠烈為國，理應受此殊榮。」于謙說道，「在我兵部的功勞簿上，張將軍的赫赫戰功永遠在冊。」

隱水姑姑的眼睛再次濕潤，這麼多年她把夫君埋在心裡，只是偶爾想起淚濕滿襟。而這兩日屢屢說起他，心中積壓太多的委屈和思念，終於可以一吐為快，如今又有于大人把無限榮光給予夫君，她怎能不感激涕零。「于大人，有你這句話，我夫君在天之靈可以安息了。」

于謙看隱水姑姑沒有留下的意思，便說道：「這樣吧，蕭幫主，我給你們找一家客棧，是自己人開的，你們可以隨意住下去，你們看如何？」

蕭天點點頭，由於京城盤查很嚴，東廠的番子遍布大街小巷，上仙閣是回不去了，如果不熟悉的客棧確實會有很多麻煩。想到這裡，蕭天起身拱手一揖道：「有勞兄長了。」

「哪裡，我於某人向來喜歡結交江湖好漢，諸位都是我敬仰的人。」于謙謙虛地說道。

眾人離開書房，走到角門前。于謙命下人給他牽來馬，其他人還坐著馬車，于謙騎馬在前面帶路，馬車跟在他後面。一行車馬穿街過巷，很快來到一條僻街上，他們在一家不大的客棧前停下來。客棧是臨街的兩層小樓，樓上是客房，樓下是酒肆供客人吃飯飲茶。門口有一個旗杆挑著一面布幡，上書「祥雲」兩字。看來這是這家客棧的名號。

由於于謙一身便裝，客棧的小二沒有認出來，于謙走到櫃檯前，掌櫃的才認出來，忙扔下帳本一臉恭順地迎出來。掌櫃的是個獨臂的殘疾人，身高馬大聲音洪亮，跟著于謙走出來，于謙給掌櫃的指著從馬車上下來的五個人，道：「王掌櫃，這五人是我的朋友，你一定要照顧好了。」

王掌櫃笑瞇瞇地望著眾人，由於無法拱手行禮，只能躬身鞠躬以代行禮。他行完禮回頭對于謙臉露難色道：「大人，只是這次沒有上房可用。」

「為何？」于謙有些不滿地問道。

「大人，你上次領來的那幾個道長還在這裡住著呢，他們占著兩間上房，這幾位朋友只有委屈住在後院了。」王掌櫃說道。

「你是說高瑄道長還住在這裡？」于謙問道。

「是呀。他說是陪他一位師哥，那位師傅一看就是得道之人，鶴髮童顏，但是就是不知他每天忙什麼，早出晚歸的樣子，回到房間就與高道長對弈，兩人能對到凌晨。」王掌櫃回道。

一旁的蕭天聽見他們之間的對話，對住不住上房並不在意，便說道：「于兄，我看這裡挺好，我們都是江湖行走之人，沒那麼嬌貴，住哪裡都可以。」

于謙聽蕭天如此說，便也不再為難王掌櫃。吩咐王掌櫃在堂上擺一桌飯菜，讓他們用過餐再回房休息。王掌櫃下去忙活了，于謙向眾人介紹道：「此人以前是位副將，只因受傷退隱回鄉。當年看他貧困潦倒流浪街頭，我便找到兵部一些人，共同出資給他找個營生。所以眾位住這裡儘管放心。」

蕭天拉于謙一起坐下，幾個小二端著托盤走過來，托盤上是幾大碗牛肉、豬肘子，又搬來一壇老酒。蕭天搶過罈子給于謙滿上，桌面上幾個大碗公都滿上，他們也不便多說，相互看著對方，然後都是仰脖一飲而盡。店小二看著這一桌子人，頗感古怪，一個個端著大碗公，也不說話，都是一飲而盡，再斟滿再飲。

餓了半天了，林棲也不客氣，撕開肘子大口啃起來！李漠帆一直給隱水姑姑夾菜，關懷備至。平日裡李漠帆就與明箏姑娘交好，如今明箏的師父來了，明箏不在，他就多了份心思！玄墨山人與于謙甚是投緣，兩人碰了幾杯酒，蕭天做起酒保，不停地給兩人斟酒。正喝得起勁，一個家僕打扮的年輕人跑進大堂，一眼看見于謙，便跑了過去。

于謙抬頭一看派出去打聽的人回來了。

「老爺，我回到府裡，看你不在，老張頭說你來了這裡，我就跑來了。」家僕說道。

「快說，問到什麼沒有？」于謙催促道。

「我跑到衙門，正遇到要進宮的孫大人，我就報上老爺的名號，說了要問的話，孫大人急著進宮，只是匆忙地說了兩句。一句是寧騎城回城後什麼犯人也沒有提交，第二句是寧騎城夜闖皇宮，盜走寶物狐蟾宮珠，現在全城都在搜捕他。」

眾人一聽，全都大眼瞪小眼呆在那裡。

林棲丟下豬肘子，瞪著眼睛問道：「你再說一遍，寧騎城盜走什麼？」

「名字很古怪，什麼狐蟾宮珠？我也記不清，總之是個寶物，好像是從王振手裡盜走的，這下可把王振氣死了。孫啟遠就說了這些。」

「好，你先回府吧。」于謙打發走下人，他興奮地看著眾人神采飛揚地說道，「這麼看來，寧騎城跟王振翻臉了，這是好事，王振少了一個得力幫手。上次交手，就是由於寧騎城的出現，讓王振躲過一劫，沒了寧騎城看誰還能救他。」

「妙呀。」玄墨山人佩服地望著于謙，「他們這樣窩裡鬥，倒是咱們下手的好時機。」

蕭天依然十分冷靜，一進京城，他就被京城裡瞬息萬變的局勢所壓迫著，此時他焦慮的不是寧騎城的事，而是明箏如今在哪兒。他越來越擔心她的安危，寧騎城如今變成了喪家之犬，已不足為慮。

看到蕭天的憂鬱，于謙知道他與明箏姑娘的感情，因此急忙安慰他道：「蕭兄弟，我回去再多派些人手四處打探，你們且先住下。」

蕭天看了眼隱水姑姑，知道此時她的心情也不比他好到哪裡，便點點頭道：「好，我們先住下，我也會四處打探。」于謙這時起身告辭，蕭天跟著走到門外送行。

這時，從外面走進來一老一少兩個道士。兩人都是道袍背囊，行色匆匆。老道士戴著一個長簷草帽，小道士戴的草帽上還遮著面紗，總之這兩個道士著裝十分古怪。

他們與于謙、蕭天迎面相遇，于謙對兩人微微點頭示意而過，蕭天不以為意，一臉心事地跟在于謙後面送行。在他們相錯的一瞬間，老道士死死盯住蕭天。

于謙和蕭天在客棧外拱手告辭，于謙翻身上馬催馬而去。蕭天轉回身回到大堂裡。桌上的幾人酒足飯飽，相繼起身離開飯桌，小二領著他們拐到後院，這是個四合院，天井中間種著一棵老槐樹。正房住有人，東西廂房空著，小二引著他們走到東廂房。

穿堂口，老道士隱身在一個紅木雕花屏風後面，一直盯著他們……

第三十四章　再次邂逅

一

小二引著五人來到東廂房，只見房間裡傢俱一應俱全，收拾得也還算乾淨，屋裡除了有些潮濕沒有毛病。眾人挺滿意，玄墨山人首先發話：「這間房留給隱水姑姑，咱們去西廂房吧。」隱水姑姑含笑謝過大家，也不願此時就休息，仍然跟著他們到了西廂房。

西廂房倒是比東廂房寬敞些，裡面兩面牆邊都有炕，中間是紅木雕花隔斷，擺設與東廂房基本一樣。小二道：「這裡可以住兩位，旁邊還有一個耳房，小是小些，也可以住兩位，以前都是老爺們帶的下人住的，圖一個方便，如果兩位相不中，我再帶你們到其他地方。」

李漠帆打斷小二的話，說：「好了，就這樣吧，我們就要這三間房了，你歇著吧。」打發走小二，李漠帆接著道，「挺好，幫主和玄墨掌門住西廂房，我和林棲住旁邊耳房。」

西廂房紅木雕花隔斷邊有一張八仙桌，正好有四把椅子，蕭天招呼眾人坐下，他看著林棲：「林棲，你到這個客棧四周和院子裡轉一轉。」林棲立刻領悟蕭天話裡的意思，扭頭走出去。

「此次進京幸虧有于大人照應，」蕭天說道，「來的路上，我看見很多東廠的番子在街上巡視。」

「是呀，」玄墨山人點點頭，「他們肯定每家客棧都會查。住在這裡起碼不用提防這個啦。」

「蕭幫主，咱們下一步該怎麼辦？」隱水姑姑無法掩飾自己的不安，著急地問道。

「等到夜裡，我先出去看看，我知道黑鷹幫在京城的一個據點，寧騎城如果無處可去，也許會去那裡。」蕭天壓低聲音，接著說道，「既然于大人派人去見孫啟遠，孫啟遠說詔獄沒有見人，那我敢肯定，寧騎城把明箏帶在身邊，他這麼做只有一個目的，那就是想從明箏那裡得到《天門山錄》，這樣就可以解釋得通他為什麼願意交換青冥郡主了。所以我認為，明箏暫時不會有事。」桌邊的幾人紛紛點頭，同意蕭天的分析。

「幫主，夜裡我跟你一起去吧？」李漠帆央求道。

「不行。你留在客棧，這裡離不開你。」蕭天委婉地說，不想駁他面子，他的那幾下身手，真不敢領出去。

「也好。」玄墨山人點點頭，「明日我出去走走，在京城我有幾個熟人，讓他們也打聽著。」

這時，門外發出幾聲沉悶的響聲，接著就聽見兵器交接的鏗鏘聲。蕭天一躍而起，叫道：「不好，有情況。」他看一眼李漠帆，「老李，你招呼好隱水姑姑。」蕭天從腰間拔出長劍，玄墨山人也呼地立起身。

突然，門被一個身體撞開。林棲一臉怒氣推搡著一個白髯道士：「進去……狐王，在外面抓住一個探子，他鬼鬼祟祟在門外偷窺。」

「眾位，誤會，我不是偷窺，是來會友。」老道士不卑不亢地說道。

眾人看那道士，只見他有五六十歲的模樣，一身灰藍色道袍，倒是乾淨利索，頭上的髮髻和唇下的鬍鬚都白了，眉目端正，眼神明亮。蕭天看著先是一愣，有種似曾相識的感覺。老道士看著蕭天，看出他眼神裡也流露出疑惑的神情，便拱手道：「蕭公子，一別十年有餘，你可還記得我？」

蕭天又是一驚，聲音也有種熟悉的感覺，但是就是想不起來了。

「檀谷峪，老橡樹上幽閉臺，漫天星辰下你我曾推杯換盞……」老道士緩慢地說道。

這句話瞬間打開了蕭天的記憶，他瞪著面前的老道士，馬上猜到了這個道士的身分，蕭天剛才的篤定一掃而光，不由一陣心顫，眼睛瞪得血紅，他輕輕吐出幾個字：「你是吾土……」

一旁的林棲猛地扭頭瞪著吾土道士，眼裡凶光畢露。正當一圈人還沒有弄清來龍去脈時，林棲已經一步躥到吾土道士面前，一把揪住他的衣領，手中的彎刀抵到吾土道士脖頸上，林棲眼睛血紅地瞪著他，「我要把你這個老道，千刀萬剮，我要千刀萬剮了你！」

其他幾人驚愕地望著這突如其來的一幕，不知所措，他們都望著蕭天，以為蕭天會喝退林棲，但是蕭天只是一臉寒霜、面色雪白地扶住桌子坐了下去。

「蕭公子，林壯士，」吾土道士被林棲揪住，依然面色平靜，眾人聽見他竟然連林棲的姓也稱呼得一字不錯，更是驚訝。看來他們之間自有恩怨，便也不再著急，看看吾土道士怎麼說。吾土道士任林棲把彎刀抵著脖頸，平靜地說道：「我既來，便不懼死，說實話貧道今天來見你們，就為了這個結局。」

此言一出，眾人皆驚。

吾土道士眼望蕭天，接著說道：「這幾年，我每天都像在烈火上灼烤一樣，生不如死。幾年前，我回過一次檀谷峪，看到那裡變成一片廢墟，我當時死的心都有，但是我忍住了，我知道自己罪孽深重，要死也要死在你的劍下。」蕭天坐在桌前，眼神直直地盯著對方，雙手不由握成拳頭。林棲看吾土道士有話說，便鬆了手，讓他說完再殺也不遲。吾土道士走到蕭天面前，看著他說道：「十年，彈指一揮間，世間萬物，變幻莫測。但是貧道並不是寡情之人，那年你在崖頭救下我，留我在檀谷峪小住，還跟這位林壯士切磋過武藝。絕美山川，人間桃源，再加上與你暢談甚歡，那段日子是貧道一生中最美的記憶，以至於後來忍不住在《天門山錄》裡過多贅述，不承想給你們帶來滔天大禍……」

直到此時，玄墨山人、李漠帆和隱水姑姑才明白過來，原來這個道士就是那本攪動江湖風雲的《天門山錄》的作者，也難怪林棲要對他動手了。

吾土道士說著，從道袍裡掏出一本發黃的冊子，雙手捧著呈獻給蕭天。蕭天接過來一看，大吃一驚。冊子第一頁貼著一張白紙，第二頁是目錄，與去年春上在明箏手裡看到的一模一樣。「道長，此書從你手中遺失，你是如何拿回來的？」

「去年，我聽到風聲，那本書從王振手裡遺失，東廠和錦衣衛在京城大肆搜尋，當時並不知道是寧騎城酒後遺失。於是我就進京沿街四處化緣，擇機查找。真想不到機緣巧合讓我碰到，不知何故此書落到一個小姑娘手中，我就跟蹤她，最後在長春院得手，為了讓那些心懷叵測的人死心，我一把火燒了那間房子。《天門山錄》終於失而復得後，我第一個想到的就是要找到你們，當著你們的面來燒毀它，可惜，那時狐族已被朝廷列為逆匪，狐山君王被通緝。後來我猜出狐山君王應該就是你蕭公子，便又開始四處打探你。不承想今日讓咱們再次邂逅，我也不用再辛苦尋找了。剛才，聽林壯士稱呼你狐王，貧道甚感欣慰，死在狐王手下，此生足矣。」

「不……」突然從門外闖進一個小道士，他匍匐在地，幾步爬到蕭天面前，頭重重地磕著地面，聲嘶力竭地說道，「請寬恕我師父，他一生向善，雲遊四方，幫助過無數人，從沒想過要害人，他即使犯下過錯也是被別人利用呀！」

「本心，你退下。」吾土道士嚴厲地望著徒兒，「此乃師父一生所負的孽債，必由師父償還。」

「師父……」本心道士抱住吾土的腿，低聲抽泣起來。

剛才本心道士一直趴在地上，此時他抱住吾土道士的腿，眾人可以看清他的面容，這一看不要緊，李漠帆第一個驚得跳起來，拔出腰間大刀，持刀指著本心道士，「你，你到底何人？」

玄墨山人也吃驚地站起身，不由得暗自紮開了架勢，蕭天看見兩人如此古怪，這才注意看了看本心道士的臉，這一看也是唬得一愣，一隻手也猛地伸向腰間佩劍。

吾土道士看見眾人神態，急忙伸手護住本心，心疼地喊道：「你這個孩子呀，我怎麼交代你的，不管發生何事，不要出來，你也知道你的容貌容易讓人產生誤解，你竟然連面巾都不戴。」

「師父，我哪裡還顧得上這些，我無論如何都不能見你入險境而置之不理，」本心望著眾人，「我願替師父他老人家承擔罪責，求你們看在他老人家年事已高的分上，放過他吧，一切由我來承擔。」

「你們不要誤會。」吾土道士一隻手臂護著本心，一隻手臂抬起來安撫眾人，他看見他們拔刀持劍已紮起架勢，急忙解釋道，「我知道我這個徒兒長相有幾分像寧騎城那個大魔頭，但是……」

不等吾土說完，李漠帆幾乎叫了起來：「道長，豈止是有幾分像，簡直就是一模一樣。如果不是看見他穿著道袍，我就一刀劈過去了。」

「眾位，少安毋躁。」吾土道士急忙說道，「聽我解釋，本心他，他的身世……他其實是寧騎城的孿生兄弟。」

眾人一聽，怪不得如此相像呢。但本心似乎很忌諱別人把他和寧騎城連繫到一起。本心垂下頭，臉憋得通紅，眼裡噙著淚。眾人卻都毫不避諱地直直地看著他，驚詫於雙胞胎的性格竟然能如此迥異，本心說話行事，一看就是一個溫良謙卑的人，而那個寧騎城簡直是另一種極端。

「道長，你是如何收下這個徒兒的？」蕭天突然開口問道。

「這孩子命苦呀。」吾土道士垂淚道，「他是我恩公的孩子，此事說來話長，這要追溯到多年前。有一年我到關外，忽遇一股蒙古人到關內劫掠，當時那裡時常遭遇蒙古部落搶劫，我沒能躲過去，被一個部落首領擒住。他看我一身道袍，似乎知道些道家的東西，就命我帶著一些部落裡的男人製作弓箭，我會是會，但一想到這些弓箭總有一天要射向自己的同胞，我就寧死不從。後來被他們丟進了羊圈裡放羊，我也曾逃跑過，但是幾次都被抓回來，於是我跟著這部落顛沛流離了幾年。有一年，他們又去關內劫掠，一支鐵甲騎兵迎頭痛擊了這個部族，他們聞風喪膽而逃，我就被這支騎兵救了出來，我對領兵的將軍感激涕零，他又留我住了一陣子。」

「第二年我又一次去拜訪將軍，去得不巧，又有一股蒙古人來犯。據將軍說此部落是蒙古各部落中最強大的，這次是遇到強敵，將軍已做好最壞的打算，他把我叫到大帳拜託我去距營地十五裡的東安縣城埠陽堡，那是他家眷的住址，有他的妻子和才出生不滿月的一對雙生子，他拜託我帶走他們到關內避一避。我聽到此話，心中悲痛，顯然將軍是在向我託付後事，我立刻答應，出了大帳，騎上馬就往東安縣城而來。走到半路我驚異地發現，已有不少蒙古部族流竄到那裡，一些村莊遭到搶劫，等我馬不停蹄趕到埠陽堡，那裡已是硝煙四起，我輾轉打探到將軍家眷的院子，看見幾個蒙古人馱著幾個包袱從這個院子裡出來，一個蒙古人懷裡的包袱似是一個繈褓，我就追過去，與蒙古人搏鬥，蒙古人受傷後，便把繈褓扔到地上跑了。我下馬抱起那個嬰孩就往回趕，當我再回到那個院子，只見院子裡一片狼藉，地上人摞著人，七八具屍身，有家僕、老人，但是沒看見將軍的妻子和另一個孩子，整個院子找了一遍都不見，後來我匆匆葬了這些人，帶著這個孩子回了關裡。」

屋裡突然發出一聲沉悶的響聲，剛才眾人的注意力都在吾土道士身上，沒人留意隱水姑姑，此時只見她一頭栽倒在地上，昏死過去。

眾人一片手忙腳亂，李漠帆跪在地上托住隱水姑姑讓她靠到他身上，玄墨山人上前急忙掐她人中。蕭天緊皺眉頭，突然回頭問吾土道士：「道長，你所說的將軍，可是姓張，叫張竟予？」

吾土道士十分驚訝：「是，你是如何知道的？」

眾人又一次唏噓不已，屋裡除了兩個道士，其他人都明白為什麼隱水姑姑會突然倒下，是誰也承受不了這突來的衝擊。

「道長，你知道隱水姑姑是誰嗎？」蕭天問道。

「……」吾土道士不解地看著蕭天。

「她就是張將軍的妻子。」蕭天不顧吾土道士愕然的眼神，回頭看著本心道士，拍了拍他的肩膀，「這位是你的母親。」

本心道士突然瞪圓了眼睛，身體晃了幾晃，被吾土道士扶住，本心道士臉色煞白，突然朝隱水姑姑看過去，眼神發直，一動不動。

隱水姑姑被玄墨山人掐人中蘇醒過來。她緩緩張開眼，看著吾土道士：「那日，蒙古人進村劫掠，有三個蒙古人跑進我家，我公公為保護我和孩子與蒙古人抗爭，他哪裡是那些蒙古人的對手，幾個家僕也先後被刺死。他們先是衝進房裡搶東西，我帶著孩子藏起來了，後來一個孩子突然啼哭，被他們發現，我拚死護住孩子，被他們擊中後腦昏了過去。等我醒來，發現兩個孩子都不見了，我就瘋了般跑出去……」隱水姑姑突然失聲痛哭，「二十多年了，我找了二十多年……」

在場所有人無不被這個場面所感動，個個眼含淚水。眾人也都感嘆這個離奇的故事，蕭天簡短地把隱水姑姑的事告訴了吾土道士，吾土道士聽後仰天長嘆，道：「張將軍呀，一定是你的在天之靈引導他們母子相見，你終於可以安息啦。」吾土道士回頭看著蕭天道，「這也是我這些年四處雲遊的原因，我總感覺那對母子還活在人間，我把本心託付給一位師兄後，就不停地四處雲遊，期望能找到他們，沒想到在我餘生竟然能了結所有心願。」

吾土道士走到隱水姑姑面前，他把本心道士拉到她面前，雙膝跪下：「恩公夫人，貧道這就把你這個兒子交給你，本想把寧騎城也找到，但是現在他被通緝，恐怕一時不好尋找。今日我要了結我的債，所以顧不了這麼多了。」說著向隱水姑姑磕了個頭。隱水姑姑急忙上前攙扶：「道長，我怎受得起，快起來。」

「狐王，」吾土道士從桌上拿起那本《天門山錄》，「我今天當著眾人的面燒了它，我隨你們處置，吾土不會有任何怨言。」

由於中間插入剛才那一幕，眾人把吾土道士的來意都忘了，這才想起吾土道士與狐族的恩怨，眾人皆看向蕭天，看他如何了結。

蕭天站起身，走到吾土道士面前，從他手裡奪過火摺子，捏在手裡道：「道長，狐族被屠，檀谷峪變成一片焦土，這個仇恨比天還高，但是我蕭天是個是非曲直分得清的人，我不會把這個恨遷怒到你的身上。仇要報，但不是殺你，你也太小看我啦。這本書不用燒，交給我。道長信得過我嗎？」

吾土道士沒想到蕭天會對他說出這話，他感動地點點頭。

「這本書落到那些宵小手中，只會變成一本奪寶圖，但是如果落到明君手裡，就是一幅江山社稷圖，大明境內，山川地貌，部族廟堂，無不盡列其中。」

玄墨山人點頭稱是：「蕭幫主，你是想……」

「如有機會，獻給皇上，以證我狐族兒女對大明的赤膽忠心，還狐族清白，我將殫謀勠力促成此事。」蕭天說完，接著一陣苦笑，「只是此時時機不到，不把王振這個閹賊扳倒，我是不會交出此書的。」蕭天看著吾土道士，「道長，你與我狐族的恩怨，至此一筆勾銷。」

吾土道士心潮起伏，不能言語，只是向蕭天和眾人深深一揖，雖然林棲還是有些氣不過，但是剛才狐王的一番話，也確實有道理，畢竟導致狐族生靈塗炭的是東廠和王振，與吾土道士無關，他只是把狐族至寶寫進了他的書裡。

從剛才的劍拔弩張，到此時雙方能夠和解，一陣激烈衝突後峰迴路轉，眾人都鬆了一口氣。何況中間還插進一段骨肉至親二十多年後相聚的感人場面，大家都倍感輕鬆和喜悅。

眾人重新坐下，李漠帆讓出他的座位讓吾土道士坐下，他和林棲還有本心道士站立在旁邊。剛才只顧著替隱水姑姑高興，這時李漠帆想到一個問題，他直直地望著本心道士，驚訝地叫了起來：「本心，那這麼說來，寧騎城有可能是你弟弟？」

「怎麼是有可能？就是。」玄墨山人說道。

玄墨山人這句話說完，望向眾人，從他們的眼神裡看出大家心情突然都變得有些怪異和複雜。是呀，在這之前大家還對寧騎城痛恨有加，恨不得把他千刀萬剮，但此一時彼一時，寧騎城轉眼變成了本心的兄弟、隱水姑姑的兒子、張竟予將軍的骨肉至親，這讓他們情何以堪？

隱水姑姑看出大家的疑慮和不安，她說道：「有道是生由父母，修行靠個人。今日我隱水仰仗諸位終於尋到失散多年的骨肉，我已是知足，至於那個孽障，不認也罷，諸位不要介懷我，你們該怎麼辦就怎麼辦，殺人者償命，欠債者還錢，天經地義之事。」

「隱水姑姑，你言重了。」蕭天蹙眉沉思片刻，望著眾人道：「剛才吾土道長講了事情經過，他救下了一個孩子就是本心道士，那麼另一個孩子很可能被蒙古人搶走，從寧騎城跟黑鷹幫的關係就證明了這點，黑鷹幫是草原上一個很大的幫派，寧騎城從小應該是生活在草原上。」蕭天看了看眾人，「現在既然知道了這層關係，也少了很多環節，咱們直接找到寧騎城，告訴他真實的身分，讓他不要再認賊作父，回頭是岸，豈不更好？」

「這個大魔頭，他會聽進去嗎？」李漠帆擔心地問道。

「我帶著他兄弟本心親自去，不由他不認。」隱水姑姑說道，「我在江湖上也有耳聞，錦衣衛指揮使勾結王振作惡多端，萬萬沒想到，他竟是我的兒，他爹如果天上有知，豈不要氣死。張家歷代忠良，怎麼出了他這個敗類！」

「如果他還是個男兒，聽到自己身世，豈有不幡然醒悟的道理？」蕭天說道，「咱們應該試一試，如果他拒不悔悟，繼續跟咱們作對，那另當別論，再想他法。」

「有道是浪子回頭金不換，應該給他一個機會。」玄墨山人捋著鬍鬚說道，「咱們不看別的，看著隱水姑姑，看著張將軍的面子，也要給他一個機會，他畢竟是忠烈之後。」

蕭天點點頭，望著眾人道：「玄墨掌門說得不錯，現在咱們要做的，就是找到他，讓隱水姑姑和本心道士去說服他。」

隱水姑姑聽見眾人有保全寧騎城的意思，突然捂住臉失聲哭起來。本心道士急忙蹲下勸慰她。眾人看著他們母慈子孝，心中一片暖意。

隱水姑姑擦了擦眼淚，對眾人說道：「當年夫君看見誕下一對雙生子，當時就給兩個孩子起了名字，大的叫張念祖，小的叫張念土。如今這個孩子回到我身邊，我也不知是大的還是小的，就按照先來後到的順序，叫本心念祖，你們看可好？」

「念祖？甚好。」吾土道士哈哈一笑。眾人也是頻頻點頭。

二

夜幕低垂，華燈初上。西苑街上夜市初開，由於在正月裡，天寒地凍，行人寥寥無幾。只有一些耐不住寂寞的富貴人家公子貴戚，往來於煙花柳巷，只見滿眼錦衣繡袍，華鞍駿馬，一些燈火輝煌的樓前，停滿朱纓寶蓋的豪華馬車。巡街的東廠番子倒是識趣，路過這些歌舞坊間，打個卯露個頭就晃了過去，他們心裡清楚裡面的人豈是他們得罪得起的。

宜春院緊挨望月樓，左邊胡同遍布一些小吃攤和雜耍賣藝人，人氣很旺，摩肩接踵。一個女子披著鑲白狐毛領的兜頭大氅，從人群裡擠出來，她手提著一個食盒，低著頭急匆匆地朝宜春院裡走。

「秀兒，這是從哪裡來呀？」

「呦，還給人買了吃的？」

「秀兒，聽說那兩位貴公子留宿在妳那裡，老鴇得了一千兩銀子，是真的嗎？秀兒妳本事大呀……」

宜春院門口幾個閒下來的女子邊嗑著瓜子，邊圍過來連羨慕帶譏諷地撂下一堆話，秀兒答也不是，不答也不是，但也不能這樣讓她們白奚落一頓，於是腰肢一扭，乜了她們一眼道：「那位爺要給我贖身呢。」說完，扭著腰上了樓。身後幾個女子個個撇著嘴角敵視地瞪著她的背影，「呸呸呸」吐了一地瓜子皮。

秀兒上了樓，解下大氅拎著，露出了她粉藕色緊窄的小襖，下身水綠色的百褶襦裙，粉粉嫩嫩，婀娜多姿，一路興高采烈地回到房間。她一推門，迎接她的是一把閃著寒光的長劍。

「公子，是我啊，秀兒。」秀兒小聲說著，膽怯地去推門，突然門敞開，一個身影一閃而過，一把摟住她拽進房裡，只聽門「砰」一聲，重重地合上了，然後是插門閂的聲音。

秀兒被一摟一拽，摞到屋裡，驚得心咚咚亂跳，等她站定看見屋裡那個富家公子正在翻看食盒，秀兒一笑。她在宜春院也有年頭了，什麼樣的男人沒見過，但是，前天她一見到他就有三魂七魄都離她而去的感覺，以至於他說什麼，她就身不由己地去做。此時她望著他的背影，絲綢衣衫黑髮飄逸，身材頎長玉樹臨風，她輕輕走過去，一隻手搭在公子的背上，只感覺公子背部一僵，回過頭來。

寧騎城從衣襟裡掏出一個金元寶遞給秀兒：「有勞姑娘了。」他盡力放緩聲音，烏黑的雙眸蒙上一層神祕的狡黠，接著嘴角上揚，擠出一個心不在焉的微笑。秀兒眼睛放光直愣愣地盯著寧騎城，不由自主地靠上去，軟聲細語地道：「公子，奴婢願盡心盡力地服侍公子。」

突然，從一旁的四折屏風後面發出嘔吐的聲音，而且聲音很大。

秀兒很敗興地扭過頭，不耐煩地瞥了眼角落，不滿地道：「公子，你這兄弟真是不討人喜歡，要不把他送走吧。」

「不妥，我這個兄弟殺了人，外面一堆東廠番子等著抓他呢，妳且忍耐，等過了這個風頭，我自有辦法。」寧騎城說著拎起食盒，「天色不早了，妳先歇息吧。」

秀兒一看，嘆了口氣，向那個屏風白了一眼，扭著腰肢向裡間自己的臥房走去。寧騎城見秀兒走了，拎著食盒走到屏風的後面，明箏被捆在一張椅子上，一臉鄙視地瞪著寧騎城。一旁的八仙桌上放著一盞油燈，火焰忽大忽小，飄忽不定。寧騎城把食盒放到桌面上，拿起桌上一把小剪刀修剪了燈芯，火苗呼地躥了上來。

寧騎城從食盒裡取出幾樣小吃，誇張地搓著手，顯出垂涎欲滴的樣子。明箏沒好氣地道：「喂，這位公子哥，是你被全城通緝，你搞清楚沒有？」

「難道妳沒有被通緝過？妳從宮裡偷跑出來，就是株連九族的大罪，如今妳我彼此彼此。」寧騎城得意地說道。

「誰跟你彼此彼此，」明箏有些哭笑不得，「你與剛才那位姑娘倒是彼此彼此。」

「看我對她好，妳吃醋了？」寧騎城一邊嚼著大餅，一邊說道。明箏故意噁心他，又做出嘔吐的樣子。

「妳真的不吃？」寧騎城根本不為所動，大口地嚼著，舉著大餅在明箏眼前晃了晃，然後解開她上身的繩子，只留雙腿還被捆著。明箏活動了一下雙手，並不搭理他。「真的不吃？」寧騎城又問了一遍，見明箏賭氣閉上眼睛，便自顧自吃起來。

明箏想到自己的處境，如何能吃得下。那天夜裡的遭遇一直縈繞心間，她不清楚外面發生了什麼。四更天寧騎城闖進她的房間，命房裡兩個女僕給她換上男子的衣服，把她拽出房間，她的腳還沒落地就被他托到一匹馬上，隨後他翻身上馬，只聽見他對管家交代，把帳房裡剩下的銀子分下去，府裡人全部遣散，李達和眾家僕不知所措，哭倒一片。寧騎城交代完便催馬奔出角門，他們剛拐過街角，就看見一隊緹騎和眾多東廠番子向寧府集結。他們奔到城門時已晚了一步，看見孫啟遠站在那裡。寧騎城又掉頭往城裡跑，在街上兜了一陣子，最後停在宜春院門前，這裡依然燈光明亮，還有客人出入……

「你到底犯了什麼案子？」明箏實在忍不住問道。

寧騎城滿不在乎地丟下手裡的食物，拉椅子向明箏靠了靠道：「妳真想知道？」明箏立刻警覺地向後靠去，努力拉開她與寧騎城的距離，寧騎城一笑：「妳這樣有用嗎？如果我願意妳早就是我的人啦。」明箏又羞又惱，真後悔不該多此一舉，便打定主意不再理他，臉一背，閉上眼。

「當然，我承認，我不敢，不是我沒有這個膽量，是我怕妳死在我手上。」寧騎城倒是挺坦然。

「你知道就行。」明箏氣得胸口起伏不平，臉上也是一陣紅一陣白，「寧騎城，如今你自顧不暇，何必帶上我這個累贅呢？咱們商量一下，你開個條件。」

「妳也要贖身？」寧騎城哈哈一笑，「剛才那個窯姐也想。」

「寧騎城！」明箏真的惱了，她吼了一聲。

寧騎城急忙上前捂住了她的嘴，明箏扭動身體掙扎。「不要再叫我寧騎城，就當這個妳痛恨的人已經死了。」寧騎城坐回去，他眼角向窗邊掃了一眼，然後看著明箏，「聽說妳飽讀詩書，那妳就給我再取個名字。」

「呸，名字豈有自己說換就換的？那是祖上的傳承。」明箏怒道。

「我不知道祖上是誰，我就是祖上。」寧騎城一副潑皮相，「他們既然通緝寧騎城，我就換個名字好了。給我起一個響亮的名字。」

明箏白了他一眼：「就你這樣，還要響亮的名字，我看稱呼你獨狼，倒是合適。」

寧騎城想了想，也不說好，也不說不好，他沉默了片刻，一改剛才的嬉笑潑皮，臉色陰沉下來，他盯著明箏，緩慢地說道：「妳我都是無家可歸之人，我帶妳去一個地方，天高雲淡，綠草如茵，可以盤馬彎弓，也可以放牧牛羊可好？」

「我要是不去呢？」明箏不知道他腦子裡又打什麼鬼主意。

「妳還有選擇嗎？」寧騎城馬上露出凶惡的面目。

「你這是明搶啊！」明箏快被逼瘋了。

「有什麼不好，搶到手就是自己的。」寧騎城飛快地說道，「我自小就是這麼活下來的，不搶，我早就餓死了。」

「可不是嘛，你從小跟著瓦剌人搶掠，你知道大明子民如何看待你們這些強盜嗎？沒有進化的蠻夷。」明箏毫不客氣地說道，「我和你不一樣，我有親人。」

明箏想到蕭天，眼淚就在眼眶裡打轉，她無法想像他此時會怎樣，她如今真是悔不當初，一時衝動就跑去自投羅網，越想越傷心，眼淚像斷了線的珠子，撲簌簌往下掉。

「誰跟妳是親人？蕭天？」寧騎城盯著明箏臉上的淚，越想用冷酷的話去刺痛她，「他如今換回了妻子，正闔家團圓呢吧。」

「我還有隱水姑姑，」明箏幾乎哭起來，「我要去找她。」

「道姑？那我更不能放妳了，我可不想妳出家。」

「你到底要怎樣？」明箏聲嘶力竭地問道。

「讓妳跟我就這麼難嗎？」寧騎城一步逼到明箏面前，臉幾乎抵近明箏的額頭，咬牙切齒地說道，「有時候，我真想把妳的腦袋瓜砸開，看看妳到底怎麼想的。」

明箏一聽此話，眼淚更是流個不停，如今身陷魔爪，逃又逃不了，打又打不過，死也死不了，真是快被他逼瘋了。

寧騎城轉身而去，不一會兒，他又走回來，手上攥著一個圓圓的東西，他把東西往明箏手裡一塞，又坐回到剛才的座位上。

明箏感覺手中一涼，急忙低頭去看，竟然是一顆滾圓的珠子，有一個半雞蛋大小，在昏黃的燈光下，珠子發出金色的光圈，並且不時變換著色彩，精美絕倫。明箏滿臉驚詫，剛剛還滿腔的傷感，此時已拋到腦後，她目不轉睛地盯著圓珠，發現更神奇的是圓珠的裡面竟然有天然的紋路，她對著燭光定睛一看，一隻狐活靈活現，隨著光線舞動，更難得的是它竟然是一隻九尾狐。明箏自小讀經，記得在《山海經》裡，九尾狐被描述成瑞獸，是子孫昌盛的徵兆，是大大的祥瑞。明箏心頭一顫，難道這就是狐族被王振搶去的狐蟾宮珠？聽翠微姑姑講，先人是借玉珠就像天上的月亮而取的名字，月也稱作蟾宮，有詩曰，涼宵煙靄外，三五玉蟾秋。明箏一陣胡思亂想，她有些衝動地望著寧騎城，想證實一下，她看見他翻動著食盒又開始吃。兩人的目光交織到一起。

「別高興得太早，」寧騎城冷冷地說，「這是我給妳的聘禮，怎麼樣，出手還闊綽吧？」

明箏的衝動被寧騎城當面一盆冷水澆滅了。明箏一皺眉，但是忍住了，如果是旁物早丟到他臉上，但是此時她任他在一旁冷嘲熱諷，手裡卻緊緊攥著寶珠，轉瞬間她想到一事，此珠如何落到寧騎城手裡，難道是……明箏低聲問道：「你搶的？」

「聰明。」寧騎城打了個響指，「還猜到什麼？」

「從皇宮搶的？」明箏瞪大眼睛，「怪不得全城通緝你。」

「猜對了一半，是從皇宮搶的，但是從王振手裡。」寧騎城道。

「他的東西你也敢搶？你們倆鬧翻了，他不是你乾爹嗎？」明箏好奇地問。

「我們只是互相利用罷了，即使我不搶寶珠，也是這個下場，索性來個痛快的讓他好好記住我。」寧騎城嘴角浮上一絲冷笑。

「這，」明箏第一次露出燦爛的笑容，「你知道嗎，這是狐族至寶，他們為了尋回寶物死了多少人啊。寧騎城，從今天起我不叫你大魔頭了，叫你獨行俠可好？」

「剛才還叫我獨狼，現在又改成獨行俠了。」寧騎城走過去一把從明箏手裡奪過寶珠，「讓妳玩一會兒，妳想多了。」

「唉……」明箏眼睜睜看著寶珠被寧騎城放進懷裡，又絲毫沒有辦法，只能乾著急。

寧騎城似是聽到什麼動靜，機警地躍身到窗前，小心地掀開簾子一角，看見街上自東面過來一隊身著甲冑的錦衣衛，打頭的那人是個獨臂。寧騎城一眼認出此人是陳四，獨臂還是拜他所賜，便不由暗暗罵道：「這群宵小，山中無老虎，猴子稱大王，再遇上看我怎麼收拾他們。」又回頭看看計時的沙漏，瞥了眼明箏低聲道，「三更快到了，一會兒咱們離開這裡。」

「去哪兒？」明箏不安地問。

「妳只要跟著我就行。」

「我要單獨騎一匹馬，你不會落魄到只剩一匹馬了吧？」

寧騎城一笑：「我不上當，我就只剩下這一匹馬了。」

三

三更天，西苑街仍然有車馬過往。宜春院前依稀聽見迎來送往的說話聲。寧騎城和明箏一身富貴公子的打扮從樓上走下來，一身珠翠的老鴇嬉笑著走過來：「哎呀，獨公子，玩得可盡興嗎？」明箏一愣，盯著寧騎城，寧騎城低聲道：「妳給取的。」

寧騎城十分豪爽地從懷裡拿出一個金元寶扔給老鴇：「老鴇，這是給妳的，讓秀兒好好休息呀，不要打擾她。」老鴇立刻笑瞇了雙眼，急忙點頭稱是。

走到門口，明箏忍不住問道：「你剛才去秀兒的臥房幹什麼了？」寧騎城從懷裡掏出一個錦囊，在她面前晃了晃。明箏立刻明白了，向他呸了一口：「寧騎城，你好無恥，你送給人家的銀子，走的時候再搶走，你到底什麼人呀？這個秀兒，也太好欺負了，她就讓你拿走了？」

「我給她下了點蒙汗藥，估計要睡到明日午後了。」寧騎城老實地說。

明箏白了他一眼，甩下他向前面走，剛走兩步就被一隻鐵鉗般的大手抓住手臂。她被牽引著走到黑駿馬前，背後寧騎城問：「你自己上，還是我抱妳上？我不介意抱妳上去。」

「我介意。」明箏叫了一句。她急忙拉著馬鞍翻身上馬，寧騎城隨後一躍而上。

一馳離西苑街，前面的路一團漆黑，四周也沉寂下來。只聽見黑駿馬四蹄有力地踏在青石板上發出「嘚嘚嘚」的聲音。明箏看著四周，辨認出是向西南方向馳去，離鬧市越來越遠。

一路疾馳，黑駿馬停在一個院子前，寧騎城下了馬，他示意明箏不要下來。明箏坐在馬背上向四周環視，感覺這個地方有些眼熟。寧騎城走向院門拍門，過了很長時間，不見有人開門。寧騎城有些不耐煩，加重力氣拍門，片刻後有女聲在裡面模糊地喊了一句。

門下方出現昏黃的光影，門從裡面拉開一條縫，露出一個披著羊氈的女子提著一個燈籠站在門口，她又圓又寬的臉蛋上，有兩塊很紅的凍斑，看上去有十七八歲。「和古帖，是我，寧騎城。」黑暗裡寧騎城對女子說道，和古帖一驚，「全城都在通緝你，你還敢出來。」和古帖一把抓住寧騎城的衣襟要拉他進去。

「你把門打開。」寧騎城說著，回頭牽過黑駿馬。和古帖舉著燈籠睡眼惺忪地看見馬上還有一人：「這人是誰？」

「我義父呢？」寧騎城把話題岔開，「你去把他叫起來，我有話要給他說。還有先給我騰一間房住一宿，我明日就走。」

和古帖十分不情願地張羅去了。明箏從馬上下來，寧騎城小聲對她說：「知道這是什麼地方嗎？」明箏得意地瞥了他一眼，她已認出來是東陽街的馬市，她和蕭天曾在這裡救出夏木，對這裡並不陌生。她冷冷地道：「我來過這裡，也是夜裡，但走的不是大門。」

寧騎城馬上明白過來，他退後一步，換了種眼光看著明箏：「妳也會幹這種事？夜探民居，可不是妳一個姑娘家該幹的事。」

「哼，是民居嗎？」明箏一聲嘲諷。

「好吧，你既然來過我就不多言了，這裡可是住著黑鷹幫的不少高手，妳最好在房間裡老實待著，以免遇到麻煩。」寧騎城說著，從懷裡掏出一物塞進明箏手裡，「這個還是妳拿著吧。」

明箏只感到手心裡一涼，低頭一看，狐蟾宮珠在手心裡發出幽幽的藍光。只聽寧騎城在一旁說道，「快收好了。」

和古帖一路小跑過來：「幫主已經起來了，叫你過去。」

「妳先帶我到房間去。」寧騎城說著，環視院子，四周黑漆漆的，空氣裡彌漫著一股牲畜糞便的臭味，他向後院看了看，「和古帖，這裡住了多少人？」

「十幾個。怎麼了？」和古帖突然想起什麼，衝動地問道，「黑子哥，我哥哥和古瑞，他到底怎麼樣了？」

「我一會兒去見義父，就是說這事。」寧騎城不打算告訴和古帖。

「義父？你是蒙古人？」明箏從背後小聲地問寧騎城。

和古帖聽見尖細的女聲，這才認真地看了看寧騎城的背後，恍然大悟地噘起嘴：「你……也和我哥一樣，領些不三不四的女人回來，我可不給她做飯。」

寧騎城也不解釋，只是催促道：「給我找個僻靜的地方，我窩一宿就走了。」

和古帖滿臉不高興地舉著燈籠在前面帶路，不時回頭偷看寧騎城兩眼，明箏可以感覺出這個小姑娘對寧騎城的好感，和古帖慢吞吞地問：「就住一宿，你要去哪兒呀？」

「我要回草原了，去烏蘭察布見我養母。」寧騎城突然像換了個人，整個人年輕得像個少年。

「你不知道？」和古帖詫異地問道，「我沒有記錯的話，娜仁大媽兩年前就去世了。」

「你說什麼？」寧騎城一把抓住和古帖的手臂，燈籠在風中劇烈地搖晃起來，「你再說一遍。」

和古帖疼得直叫，一旁的明箏看不下去，湊上去掰開寧騎城的手，和古帖一邊揉著手臂，一邊說：「你真不知道啊，我……娜仁大媽是染上了瘟疫，幾個氈帳的人都死了。」

「為什麼要瞞著我？」寧騎城一把推開和古帖向後院跑去，不一會兒又跑回來，他看見和古帖和明箏還傻乎乎地站在院子裡，一把奪過燈籠舉著，命令和古帖道：「快去開門。」

和古帖再不敢多言，她知道自己的話捅了婁子，急忙向馬廄旁一個小院跑去，裡面是個小四合院，和古帖直接領著他們走到正房，推開門垂手站在門旁，看著寧騎城膽怯地哀求道：「黑子哥，要是，要是幫主問起來，不要說是我告訴你的。」

寧騎城一屁股坐到中間八仙桌旁的一把椅子上，向她擺擺手，連話都懶得說。

和古帖走後，寧騎城又枯坐了一會兒，這才扭頭看向明箏，看見明箏靠牆坐在炕前，不聲不響地看著他。

寧騎城面色雪白，像是十分吃力地站起身，他瞪著明箏，一字一句地道：「妳聽著，妳若敢跑，讓我抓回來，剝皮抽筋。」明箏長這麼大，這是她聽過的最惡毒的話，不由渾身打戰，這個男人的脾氣瞬息萬變，他現在就對她這麼幹，她也不奇怪。

寧騎城仍不放心，一把拉過明箏把她用一根長鞭捆在太師椅上，這才關上房門，又上了一道鎖。他像個瘋子似的向後院乞顏烈的臥室跑去。

後院正房裡亮著燭光，乞顏烈久等寧騎城不見，正著急地來回踱著步，聽到腳步聲，他回過頭，看見寧騎城一臉凶相站在門口。乞顏烈也是窩著一肚子的火，「你杵在那兒幹啥？我問你，和古瑞的事辦了嗎？」

「辦砸了。」寧騎城喘了口氣，直截了當地說，「他死了。」

「死了？」乞顏烈衝寧騎城瞪起眼睛，懷疑地凝視著他，一句話脫口而出，「怎麼你還活著？」說完，乞顏烈才察覺不妥，忙糾正道，「我是說，你怎麼沒受傷？」

寧騎城冷冷地回道：「我打聽到的，和古瑞在詔獄已死，我就沒有去。我今天來見你，也是想向你說一聲，估計和古瑞對東廠的人什麼都說了，這個馬市也不再隱蔽，已在他們的掌握當中，你早做打算吧。」

「你，到底是他死了，還是你怕死不敢去？」乞顏烈氣得臉色鐵青。

「我是那種貪生怕死的人嗎？我今天冒險來見你，你竟然說出這話？」寧騎城也惱了。

「寧騎城，你今天連義父也懶得叫了，你是不是覺得如今你翅膀硬了，多我這個人是累贅？你就這樣報答我的養育之恩嗎？我把你從草原帶到這個富貴之處，指點你讓你成為可造之才謀取功名，你以為就為了讓你安享富貴嗎？我指望你有朝一日幫助咱們部落，這點小事你都做不好！」乞顏烈忽又想起來什麼，「他們說城裡在通緝你，可是真的？」

「是真的。」寧騎城回答。

「為什麼？你告訴我個原因，你坐著錦衣衛指揮使的位置不是好好的嗎？你還認王振為乾爹，他們竟然敢動你？」

「我和王振翻臉了。」寧騎城答道。

「是何原因？」乞顏烈驚詫地問道。

「你別問了，以後我幫不上你了，你好自為之吧。」寧騎城說著，臉色一變，「現在該我問你了，我養母兩年前就死了，你為何一直瞞著我，還騙我說她好好的，有羊群馬群，為何連她最後一面都不讓我見？」

乞顏烈猛然聽見寧騎城提及他養母之事，有些惱羞成怒，他揚起雙臂，氣急敗壞地喊道：「是誰告訴你的？反了，全反了……」

「乞顏烈，你養我一場，我也為你做了二十年奴隸，你我之間兩清了。」寧騎城冷冷地道，「從此天各一方，各自珍重。」說完，寧騎城轉身就走。

「你去哪兒？」乞顏烈陰沉著臉問道。

「這是我的事，無須告訴你。」寧騎城抬腳就走。

「那你看看這是誰？」乞顏烈哈哈一陣狂笑，對著外面喊了一聲，「和古帖，你叫他們把她抬過來。」和古帖探出頭，膽怯地避開寧騎城，向後面一招手，只見兩個蒙古大漢抬著一把椅子，椅子上綁著一個人，被一塊黑布蒙著頭，此人掙扎著發出細微的哭聲。寧騎城大吃一驚，他辨認出是明箏的哭聲。他幾步上前，被身後幾個蒙古漢子躥上來束住雙臂。

「乞顏烈，你我之事，為何要牽連外人，你放了她。」寧騎城一臉憤怒，看到明箏如今落到他手中，又悔又恨。

乞顏烈走到明箏面前，伸手揭去蒙在她頭上的黑布，明箏被布條封住了嘴巴。乞顏烈向和古帖一揮手，和古帖走過來撕開了布條，明箏長出了一口氣，恐懼地望著這個地方。

「好個美人啊。」乞顏烈看著寧騎城陰森森地一笑。寧騎城面色煞白，剛才的氣焰瞬間被澆滅，他死死地盯著乞顏烈，不知道他要幹什麼。乞顏烈此時倒是一下子輕鬆起來，他看著寧騎城瞬間被他制服的樣子，剛才的怒火也消失了大半，他像教訓孩子似的，走到寧騎城的面前，伸手搧了寧騎城一巴掌，寧騎城咬著牙低下頭一動不動。

「你個搗蛋貨，想抱得美人逍遙快活，也要問問老子同不同意。」乞顏烈厲聲道。寧騎城身邊幾個蒙古大漢哈哈大笑。乞顏烈向幾個人一揮手，他們便鬆開了寧騎城。

寧騎城額頭上冒出豆大的汗珠，腰間的佩劍也不知何時被卸下，如果只有他一個人，他對付這些人勉強還能應付過去，但是明箏在他們手中，他就沒有把握了。

「寧騎城，你錯了沒有？」乞顏烈威嚴地問道。寧騎城低下頭，不敢再激怒他。

乞顏烈盯著寧騎城的一舉一動，他從和古帖說寧騎城帶回一個女人起，就感覺事情不對，這些年寧騎城都是獨來獨往，從未聽說他跟女人有瓜葛，如今看來，這個女人對寧騎城有著不同一般的意義，他再次試探道：「混帳，給我跪下。」

寧騎城猶豫了片刻，還是跪了下來。

乞顏烈像發現了寶貝似的開心地笑起來。

明箏坐在椅子上，怒其不爭，如不是被捆綁著雙手早過去了，「寧騎城，男兒膝下有黃金，你懂不懂，認賊作父，還如此卑躬屈膝，你是個男人嗎？」

乞顏烈和大堂裡眾男人聽到此話，一陣哄堂大笑。

寧騎城面色如雪，仍然跪著，額頭上的汗，不停地掉下來。

「好了，起來吧。」乞顏烈說道，「想要抱得美人歸，有個條件，你可願意？」寧騎城面無表情地看著乞顏烈，點點頭。

「好吧，你拿京城布防圖，來換這個女人，條件不高吧？」乞顏烈說道。

「寧騎城，」明箏這才明白這幫蒙古人的險惡用心，她衝著寧騎城大喊，「你敢這麼幹，我就死到你面前。」明箏說著用力去掙脫身上的繩索，乞顏烈大叫：「抬走她。」他一分神，背後一個硬物直抵後心，他回過頭，已經晚了，這才發現寧騎城已抽出他腰間的彎刀，對住了自己。四周的人都慌了，寧騎城身法如此迅疾詭異，大家再不敢輕舉妄動。

「兒呀，寧騎城……」乞顏烈軟下來，眼中露出哀求的神情。

「寧騎城這個名字還給你，我就是一隻獨狼。」寧騎城說著，一把摟住乞顏烈，持彎刀抵住他的脖頸，退到明箏身邊，寧騎城衝和古帖道，「把她繩索解開。」和古帖惶惶不安地走過來，看見乞顏烈在寧騎城手裡，也不敢違抗，便上前去解明箏身上的繩索，越緊張越解不開，寧騎城大怒：「快點！」

「你走不了，外面都是我的人。」乞顏烈緩和了語氣道，「咱們還是合作吧，何必弄得劍拔弩張的。如今你被通緝，能去哪兒，還是跟著我幹吧。」

「獨狼，別聽他的。」明箏從椅子上起來，趁和古帖不注意，從她腰間抽出一把匕首，攥在手裡。和古帖嚇得急忙藏到牆角。

「我兒，你帶來了一個妖女，她會帶你走上邪路。」乞顏烈氣急敗壞地道，「把所有出口堵住！」乞顏烈狂躁地叫道，「你敢動我一根指頭嗎，你是我養大的，你敢弒父，你個孽障！」

寧騎城手一抖，猶豫了一下，鬆開了手，他一把抓住明箏的手，持刀指著乞顏烈道：「你別逼我，我只想一走了之。」

「哼……」乞顏烈一陣冷笑，他退後幾步，黑鷹幫裡四大金剛聞訊趕來，他們手下幾個蒙古大漢手持兵器走到近前，「你既不願再跟隨我，我留你何用？」

四大金剛衝到近前，寧騎城看到一場惡戰不可避免，好在明箏在自己身邊，他把她護到背後，與幾個人開始交手。一陣兵器交接的鏗鏘之聲，寧騎城縱有以一當十的功夫，但被眾人圍住，束住手腳，堂間窄迫，也是一陣狼狽應付，再加上明箏在一旁，礙手礙腳，寧騎城越發苦於應付。

「把這一對賤人通通拿下，這就是敢跟我作對的下場。」乞顏烈在一旁咆哮道，「不留活口。」

四大金剛和幾個蒙古大漢聽到命令，下手更狠，呼呼舞動刀斧，刀刀致命。寧騎城拚死力搏擊，也不得不後退，明箏在身後，更是沒有招架之力，眼看兩人就有被擒之虞。這時，門口一陣喧囂，院子裡傳來撕打喊叫之聲。乞顏烈錯愕，抬頭看向門口。

「哎呀！」只見一個蒙古漢子被重重踢進門裡丈餘，匍匐倒地發出呻吟之聲。接著一陣風過，從門外走進來幾個人，個個氣宇軒昂手持兵器望著屋裡眾人。明箏從拳腳縫隙間，看見門口幾人，不由又驚又喜，朝他們喊道：「師父，大哥，我在這兒……」

第三十五章　驚天一爆

一

門口一下子擁進來六個人，使屋裡激烈交鋒的雙方都愣住了。隱水姑姑手持寶劍跨到近前，她身後跟著吾土和圍著面巾的本心，一旁是手持長劍的蕭天，玄墨山人和李漠帆最後進來，林棲在院裡駐守。隱水姑姑聽見明箏的聲音大喜：「明箏，莫怕。」眾人這才看清屋裡形勢，寧騎城正與七八個蒙古漢子交手，明顯處在下風，處境危險。

乞顏烈看見突然進來的闖入者，怒不可遏地大叫：「來人呀，來人呀，一群廢物。」他眼見形勢有變，趁眾人呆愣的瞬間，猛然出手一把擄住明箏，明箏正為看見師父和蕭天他們而高興，沒有防備背後突襲而來的乞顏烈。

乞顏烈用彎刀抵住明箏，眾人一片慌張，幾個蒙古漢子也暫停攻擊寧騎城，退守到乞顏烈周邊。乞顏烈狂躁地叫道：「把兵器都放下，不然我一刀讓她身首異處。」幾個蒙古漢子在四周跟著叫囂：「放下……」

門外傳來奔走相號的嘶叫聲，院子裡一些原本睡下的人被喊醒向這裡跑來。蕭天回頭向李漠帆使了個眼色，李漠帆領悟，拎著大刀向門口走去，他必須守住大門，以免他們從背後攻來。

隱水姑姑盯著乞顏烈，一雙飽經風霜和苦難的雙目，此時驟然目眥盡裂，眼前的乞顏烈雖然身材走樣，發胖變老，但是二十多年前的那一幕已刻骨銘心，她不由得心膽俱裂：「老賊，你還認得我嗎？」乞顏烈見衝在前面的老尼姑對著他眥目哀號，叫道：「哪來的瘋婆子，我再說一遍，把兵器放下，不然……」

「老賊，你變成灰，我也認得你……」隱水姑姑又上前一步，「放下我徒兒。我找了你二十五年了，國恨家仇，今天是跟你算總帳的時候了。」隱水姑姑怒道。

「妳個瘋婆子，妳是誰呀，妳……」乞顏烈被隱水姑姑的雷霆氣勢所迫，向後退了一步。

「你當然不會記得，」隱水姑姑又逼近一步，「二十五年前，在遼東安東縣埠陽堡你闖進一戶人家，殺了一家七口人，搶走一對雙生子，當時他們還不滿月。」

乞顏烈一愣，滿臉狐疑地盯著隱水姑姑。

「你想起來了？」隱水姑姑愴然長笑，「老賊，你是不是很詫異，其中一個女人竟然沒有死？我怎麼會死呢，我的血海深仇還沒報，我的一對骨肉還沒有找到，我怎麼會死呢？」

「妳個瘋婆子，妳來這裡發瘋，我不認識妳……」乞顏烈眼角的餘光掃了一眼屋裡一側的寧騎城，看見他一動不動地盯著自己，心下立刻有點緊張，他拉緊了明箏，他心裡清楚自己面對的是一眾強敵，就剩下手裡這根救命稻草。

隱水姑姑突然望向寧騎城，寧騎城先是一愣，不由退了一步，他發現女道姑看向他的眼神古怪，眼裡含著淚水，漸漸地淚水滿溢出來，她衝他大喝一聲：「你個孽障，還不給我跪下。」

寧騎城有些恍惚，他不知所措地愣怔著。

蕭天看著寧騎城厲聲道：「寧騎城，面對你的母親，你還不跪下！」寧騎城聽見蕭天的聲音，不屑地瞥向蕭天，多疑的性格和對蕭天的敵視使他脫口而出：「蕭天，你別以為你從外面隨便找個老太婆冒充我的母親，我就會就範。」

「哈哈，說得不錯，」乞顏烈大笑，回過味來的乞顏烈開始反駁，「你們一派胡言。」

「看看到底是誰在一派胡言。」吾土走上前，看了一眼一旁的本心，本心突然一把拽下臉上的面巾，仰臉看著他們。寧騎城和乞顏烈定睛一看，不由大吃一驚，紛紛後退一步。

吾土接著說道：「乞顏烈，這是我的徒兒，是二十五年前被你搶走的一對雙生子中的一個，我從軍營趕到埠陽堡張將軍家時，看見你們劫掠而歸，懷裡抱著嬰孩，我拚盡全力只搶回了一個，另一個還是被你們帶走了。」吾土說著，轉向寧騎城，「剛才我們所說，就是你的家事，你就是另一個孩子。」

「啊，師父啊……」明箏困在乞顏烈的懷裡大喊大叫，「師父，你老人家為何從未對徒兒提過，難道你這些年帶著我奔走四方，就是為了尋找那對雙生子？」

隱水姑姑身子晃了下，咬牙說道：「孩子，傷痛太深，我自己背負尚且吃力，怎能拖累妳呀。」

寧騎城腳下踉蹌了一下，手裡的劍「噹啷」一聲落到地上。他抬起眼，又仔細地看了看本心，遽然一震，簡直就是看著另一個自己，世界上會有如此雷同的人嗎？若不是雙生子又如何解釋呢？寧騎城面色猛然變得煞白，他不由退了一步，雙腿不停地打戰，最後雙膝一軟，跌坐在地上，他像是突然得了癔症一樣，雙眼發直，盯著前方。

「乞顏烈，你害了我兒呀。」隱水姑姑再不能忍，望著癱在地上的寧騎城傷心地哭起來。

蕭天早已伺機而動，悄然閃身到乞顏烈一側，趁著局面混亂，揮劍向乞顏烈刺去，乞顏烈聽見側面風起，扭頭一看，急忙揮起彎刀擋劍，身前就空虛了，明箏就此脫離向蕭天的方向撲去，蕭天一邊持劍回擊，一邊伸出臂膀接住明箏，把她擁進懷裡。

明箏撲進蕭天懷裡的瞬間，早已熱淚盈眶，她手臂緊緊摟住蕭天脖頸，蕭天身體迅速騰空在原地轉了一圈，兩人的目光在空中短暫但熱烈地交織在一起。蕭天只能匆匆地一瞥，便迅速把明箏送回自己身後緊緊護住她。

乞顏烈失去了手裡的人質，變得氣急敗壞，他對身後眾蒙古漢子大叫：「勇士們，神考驗你們的時候到了，拿出十二分精神來，教訓這幫漢人。」

隱水姑姑要不是忌諱乞顏烈抓著明箏做擋箭牌，早就出手了，此時看見明箏安全脫險，再沒有顧慮，淤積在心中多年的仇恨此時全部化為力量，揮劍向乞顏烈刺去。屋裡頓時大亂，眾人也都與蒙古漢子交上了手。

吾土口中默默念道：「天網恢恢，疏而不失，此乃善也。」然後也從腰間拔出佩劍開始迎戰！玄墨山人和蕭天各站一處地方，以一當十，他兩人身邊吸引的敵手最多！明箏從蕭天手裡接過一把匕首，對著來犯敵手也應對起來。一片混亂的交戰中只有兩人不動，一個是本心，他從未見過這種殺伐場面，又因不通武功，又急又懼，面白似雪，呆立良久，索性盤腿坐於中央開始默念經文。另一個是寧騎城，他跌坐在一側，眼睛失神呆呆發愣，似乎眼前的打鬥與他無關，或是他根本沒有看見。

明箏眼見師父與乞顏烈交手，自己幫不上忙，便盯著寧城騎，一想到師父數十載風吹雨打浪跡江湖就是為了尋找寧騎城和這個只會念經的小道士，氣就不打一處來，她瞅準空隙向寧騎城喊話：「喂，寧騎城，你眼睜睜地看著你母親與你家仇人交手，你竟然一動不動，你是個人嗎？」

寧騎城依然保持那個姿勢盯著地面，臉上的肌肉顫動著，嘴裡嘰裡咕嚕地說著什麼，誰也聽不清。

此時，門口聚集的人越來越多，林棲和李漠帆應對起來開始吃力。蕭天雖然在裡面應戰，但目光沒有放過任何一處變化，他看到門口的險情，急於脫身去救急，他不想起殺心，往往挑筋斷骨即可，怎奈蒙古漢子不依不饒，蕭天大怒，開始招招催命。

這時，玄墨山人也發現了情況，一掌擊退兩個敵手後，迅速向門口支援，對蕭天道：「不宜久戰，告訴隱水姑姑，讓她速戰速決。」蕭天應了一聲，轉過身幾招落英飛花，兩個蒙古漢子便應聲倒地，蕭天收劍去支援隱水姑姑。

玄墨山人與李漠帆並排而立，迎接從門外撲進來的蒙古漢子。這些人體態肥胖，個個力大無窮，但靈活不足，手持彎刀或是斧子在如此窄迫的地方，無法施展，李漠帆和玄墨山人來一個收拾一個，很快從屋裡衝到院子裡。林棲此時也躥到院子裡，與那些蒙古漢子近身肉搏。五六個蒙古漢子見他們來者不善，紮起架勢猶豫著後退。

這時，從街上傳來陣陣急迫的馬蹄聲，還夾雜著人的喊聲，聽動靜可不止幾個人。眾人皆是一愣。玄墨山人和李漠帆緊張地交換了下眼色。和古帖從外面跑回來，慌張地叫起來：「不好，是官府的人！」

二

數丈之外，烏壓壓的東廠番子向這個大院圍過來。在他們之後，一隊身著盔甲的緹騎漸漸奔來，打頭的孫啟遠緊拉著轠繩奔過來，他身邊的高昌波似乎仍然有些睡眼惺忪，不停地在一旁問：「啟遠老弟，消息可靠嗎？你沒有搞錯吧？」

「老哥，你放心吧，陳四報的信，準沒錯。」孫啟遠眼神泛光，他急於立功向王振表忠心，都想瘋了，今天終於讓他逮到一個好機會，他怎能不興奮，「馬市這周圍我布下了天羅地網，就等著寧騎城出現，你想呀，他能跑到哪兒，最後還不是要回到這裡。陳四還說，不只有寧騎城，來了一群人，哈哈，沒想到還有落網大魚呢。」高昌波的瞌睡瞬間丟到了爪哇國，一聽到有立功的機會，他立時興奮起來，他們確實需要一場勝利來鞏固彼此的地位，在這點上，他和孫啟遠有著同樣的迫切感。

「咱們帶的人手夠嗎？」高昌波想到寧騎城心裡有些膽怯，畢竟在東廠和錦衣衛裡高出寧騎城武功的人不多，如果能在這次把寧騎城除掉，那他們就可以高枕無憂了。

這時，陳四跑回來向兩人回稟：「高督主、孫指揮使，剛才咱們的人爬到牆頭一看，發現裡面的人打起來了。」

「哦……」高昌波略一沉思，點點頭道，「好，不急著衝進去，把這個院子給我圍起來，先看看戰況再說。哈哈。」

「老哥，高明呀。」孫啟遠不失時機地奉承著，「老話說得好，鷸蚌相爭漁翁得利，妙！」

「你我兄弟守住這裡，做一回漁翁啊，哈哈……」兩人得意地哈哈大笑起來。

院子裡的人似乎感覺到外面隱藏的危險，猛然間爆發出求生的欲望，瘋狂地向對面的敵人衝去。這些蒙古漢子拿著各式武器衝過來，玄墨山人和李漠帆窮於應付，有些寡不敵眾。

屋裡還是一片激戰。隱水姑姑與乞顏烈交戰到此時，漸漸體力不支，在招式上慢慢緩下來。坐在附近念經文的本心，眼睛一直沒有離開過隱水姑姑，他看見母親體力不支，一急之下，站起身向乞顏烈走去。

隱水姑姑知道他沒有武功，忙喝住：「念祖，你站住，聽著，母親縱然戰死也是心甘情願，我們張家的血海深仇一定要報。」

「母親，」本心張著雙手看著氣急而泣，「兒無能啊，不能替張家報仇……」

「我兒，你活著就好，張家的骨血沒有斷……」隱水姑姑說著一口血噴吐出來，乞顏烈一聲長嘯，欺身近前，眼看隱水姑姑身處險境，突然從斜刺裡穿進一柄長劍，擋到乞顏烈彎刀的刃處，只見「噹啷」一聲，火花四射。

本心上前抱住母親，蕭天一步到近前和乞顏烈交上手。兩人彎刀對長劍，見招拆招地激鬥起來。

本心扶母親坐下歇息，明箏這時擺脫敵手，走到近前，「師父，妳哪兒受傷了？」

隱水姑姑臉上一笑道：「明箏，這個是……」隱水姑姑拉過本心對明箏道：「明箏啊，這是我大兒子叫張念祖，妳來見過。」

明箏抬頭看本心，心下驚懼，天呀，世上竟有如此相像的人，簡直就是個道士版的寧騎城，明箏雖然只是輕皺眉頭，還是讓本心看出來了，本心低下頭，突然走向縮到屋角的寧騎城。

本心一把拉住寧騎城道：「你為什麼不認母親，她老人家尋找咱們半輩子，你……」

寧騎城一句話也不說，厭惡地瞪著本心，甩手擺脫本心的拉扯，抱住雙臂重新靠到牆上，把臉轉向牆壁，面如死灰，眼神凝滯，如同死去一樣。

「念祖大哥，」明箏叫住本心，「你無須理他，他認賊作父，乞顏烈是他的仇人他卻把他當爹供著，他不是人，你不要理他。」

「明箏……」蕭天一邊應對著乞顏烈一邊回過頭，他聽見明箏的話過於刺耳，他不願明箏攪和他們母子三人相認，於是便說道，「明箏，妳快去外面，支援一下李把頭。」

明箏聽見蕭天的話，不敢怠慢，惡狠狠地瞪了一眼寧騎城，拔腿向門外跑去。屋裡只餘下蕭天和吾土，兩人對著各自的對手，地上東倒西歪地躺著被打傷的蒙古漢子。

吾土連著幾個太極推手，把敵手震翻在地，接著上前一腳送出，那個敵手便飛了出去。吾土收回掌，盯著與蕭天激鬥的乞顏烈，道：「蕭幫主，你且下來休息，讓貧道見一見仇家。」

蕭天聽吾土這麼說，心裡清楚吾土與張將軍情誼深切，也有意成全吾土為張將軍報仇的心思，急忙閃身退出。他環視四周，看到只剩下吾土和隱水姑姑母子三人，也就放心地離開這裡，直奔院子而去。臨出門，蕭天瞥了眼寧騎城，眼裡思緒煩亂，來不及細思，便跑出屋子，外面交戰雙方正打得熱鬧。

吾土望著乞顏烈，眼裡的怒火足以燒死他。乞顏烈此時疲憊至極，剛才與蕭天交手已是處於下風，幾次被蕭天所傷，此時他放眼室內，地上倒了一片，有幾個活著的，也幾乎不能動彈。他沒有想到自己在京師苦心經營的一切，竟然毀在這幾個人之手，看此時情景，他們不把他置於死地，是不肯甘休的。

「哈哈哈……」乞顏烈突然仰頭大笑，「想置老子於死地，沒那麼容易！」乞顏烈說著突然跳到一旁，抓住一個火燭衝到木臺上，引燃了木臺上的虎皮毯子，「你們誰也別想活著從這裡出去，哈哈……」

吾土感覺不妙，跳到高臺上去滅火，本心擔心師父也跑過去，吾土和本心隨手抓起手邊的東西撲向起火的地方，試圖撲滅大火。

就在此時，突然聽見一聲巨響，一股熾熱的氣流滾滾而來，紅色的火焰瞬間吞噬了所經之處。伴隨著巨大的爆炸聲，四周開始顫抖震動……

隱水姑姑被震得撲到地上，她眼前一黑，差點失去知覺，但是內心的恐懼使她掙扎著坐起身，她望著那一團火光絕望地大喊：「念祖，念祖……」

從濃煙裡爬過來一個身影，本心一臉漆黑，身上衣服碎成一片片，腹部血肉模糊，似乎一直在流血，腸子都被炸了出來，他一直不停地往肚子裡塞。

「我的兒呀……」隱水姑姑幾乎要瘋了，她一把抱住本心，雙手堵住不停流血的肚子，手指間觸碰到兒子的腸子，隱水姑姑尖聲哀號著。本心臉上毫無痛苦的樣子，只是母親的表情嚇住了他，他一邊給母親擦眼淚，一邊大喊：「我的兄弟，我的兄弟，你還不過來？」

寧騎城不知何時跪到了他倆面前，他雙眼呆滯，不知所措。

本心血糊糊的手，一把抓住寧騎城的手，道：「母親，妳別哭了，快告訴他，他是我兄弟，母親快告訴他，我們的身世。」

「你們的父親張竟予是宣德年間的戍邊大將，祖籍遼東府安東縣埠陽堡。二十五年前，也就是你們剛出生不久，你們父親奉旨堅守安東縣城，後被瓦剌部落聯合其他部落的蒙古人攻陷，你們父親拚命抵抗，在後無援軍的情況下，死於敵人的箭雨下，你父親被人抬走時，萬箭穿心……而亡……」

隱水姑姑盯著本心肚子裡潺潺流出的鮮血，彷彿又看見了二十五年前那場血戰，她的眼淚已乾，只是緊緊捂住那個血窟窿，不敢再動。

「母親，妳別難受，妳還有一個兒子，妳還有一個兒子呢！」本心把母親的手拉到寧騎城的手上，隱水姑姑望著寧騎城，母子四目相望的那一刻，寧騎城突然「啊」地大吼了一聲，眼淚噴湧而出。

本心面色緋紅，他知道自己的時間不多了，他一把抓住寧騎城的手道：「兄弟，你記住你叫張念祖，你叫張念祖。」

隱水姑姑搖搖頭，道：「不，他應該是張念土。」

「母親，妳聽孩兒說，」本心猛地拉住隱水姑姑的手道，「我知道我活不成了，可弟弟，他要好好活著，他要幫我照顧你，他是張家的血脈，他一定要好好活著。他是張念祖，從今兒起，寧騎城被炸死了，他死了……」本心抓住寧騎城的手，眼神飄忽渙散，他幾乎用盡最後的力量來看著他這個孿生兄弟，「弟弟，不可認賊作父，不可忘祖背宗，你可記下了……」他的聲音變得飄忽起來，「你把衣服脫下，換上我的衣服，把你的衣服給我穿上，快……」說完這些，本心的臉慢慢變得灰白，他已經用盡了所有的力氣，話盡人終，他的眼睛大睜著，死死盯著寧騎城。

隱水姑姑只感到一陣天旋地轉，她眼睜睜看著剛回到身邊的兒子在她懷裡撒手而去，不由得肝膽俱裂，猛然噴出一口鮮血，倒在本心身上……

濃煙散去，蕭天和明箏跑進一片廢墟裡，只看見一片血肉模糊，明箏放聲大哭：「師父，師父啊……」

她看見地上到處是木屑，木臺已經炸飛。

「木臺下定是藏有火蒺藜，乞顏烈引燃了它。」蕭天一邊查看四周，一邊說道。

明箏看見木臺邊一具屍體，突然扭頭叫蕭天：「大哥，快來看，寧騎城他被炸死了，腸子都出來了。」

蕭天跑過來看見離木臺不遠處寧騎城躺在一片血泊中，上身光著，肚子上纏著衣服，似乎是想堵住血窟窿。寧騎城的眼睛直直地盯著前方，蕭天走過去給他合上眼皮。

「大哥，他真的死了？」明箏心裡有些不敢相信，在這之前她還深陷其手中，苦思脫身之計呢。

「快找找其他人。」蕭天四處尋找，突然看見視窗處掛著吾土，他迅速叫了聲，「明箏，快過來。」兩人跑到窗下，吾土懸空掛在窗上，早已沒了氣息。兩人滿心悲痛把吾土的屍身抬下來。

這時，玄墨山人和李漠帆也趕過來，看到眼前的慘烈情景，都不由皺起眉頭，眼含悲痛。大家繼續尋找，在木臺裡坑窪處發現乞顏烈的屍身，明箏有些急了，師父和本心呢？

李漠帆站在牆角突然大叫一聲：「你們快過來！」

幾個人向李漠帆跑過去，看見牆壁的角落裡坐著一個人，正是本心。他一臉黢黑，衣服碎成片，懷裡緊緊抱著一個人，眾人定睛一看，他懷裡的人正是隱水姑姑，大家走近才發現隱水姑姑面色烏青，早已沒了氣息。

「師父！」明箏撲到隱水姑姑面前，本心道士眼神呆滯，眼睛一眨不眨盯著懷裡的隱水姑姑。

眾人一看，心裡不由一陣酸痛。蕭天走過來，拍了拍本心道士的肩膀：「本心，隱水姑姑已經不在了，你要節哀。」

本心道士一動不動，任他們拉扯隱水姑姑的屍身，他下了死力就是抱著不放。

玄墨山人一看本心的樣子，嘆口氣道：「唉，恐怕是患了失心瘋，勉強不得。」他摸了下本心的脈，搖搖頭道，「一日之內，痛失所有親人，母親、師父、兄弟，他恐怕一時好不了，給他點時間吧。」

明箏跪在師父面前放聲大哭，「師父啊……徒兒還沒有孝敬妳呢，妳就走了……」

蕭天一把拉過明箏：「別再刺激他了，咱們現在得想想法子，怎麼把這三具屍體抬回去。」

「怎麼是三具？不是兩具嗎？」明箏看了看面前的師父和那邊的吾土道士。

「還有寧騎城。」蕭天說道，「死者為大，不管怎麼說，他也是隱水姑姑的兒子，即便以前他對我們做過諸多傷害的事，但看在他母親和父親的面子上，他畢竟是忠烈的後代，我們要厚葬他。」

玄墨山人點點頭道：「再說，他還有個兄弟本心道士呢，一起帶走，把他們母子葬在一起吧。」

李漠帆突然從木臺下叫道：「這裡有個暗門。」

蕭天大喜過望，跑過去，掀開坍塌的木臺，下去探勘，不一會兒他探出頭大叫，「是密道，應該是通到外面。這個乞顏烈在這裡經營這麼多年，挖一兩條密道不足為奇，奇怪的是，他怎麼沒有跑出去？」

「這還用問，他應該是想炸死眾人，然後自己從密道逃跑，肯定是火蒺藜出現意外把自己給炸死了。」李漠帆說道。

蕭天向玄墨山人道：「趁著東廠的人還在外面觀望，咱們快些離開這裡。」玄墨山人看著本心，於心不忍地向蕭天問道，「這，那我可下手了……」

蕭天跑到他跟前，玄墨山人伸手迅疾地點了本心頭部和腰部幾個穴道，本心一聲不吭倒在地上。蕭天上前背起隱水姑姑就走，接著玄墨山人又迅速給本心解了穴。明箏拉起本心就走，本心像個玩偶一樣，神情呆滯地任明箏拉著手走。

李漠帆皺著眉頭走到寧騎城的屍身跟前，想到這個不可一世的人物竟然是這個死法，也是一陣唏噓，剛要彎腰去背，便聽見一陣吶喊聲和雜亂的腳步聲，只聽見陳四叫囂的聲音：「衝進去，活捉寧騎城！」

李漠帆沒有反應過來，便被玄墨山人拽了過來，兩人閃身彎腰跑進密道，玄墨山人又把密道口用四周爆炸時的碎屑堵住，這才放心地跑進去。

眾人相互協助，連拉帶拽，艱難地把兩具屍身拉進密道。李漠帆跑到蕭天身邊，愧疚地道：「幫主，晚了一步，寧騎城的屍身沒來得及就……」

「這樣也好，東廠和錦衣衛明擺著是衝寧騎城來的。」玄墨山人道，「屍身留給他們，他們的目的達到了，咱也好脫身。」

蕭天沉吟片刻，說道：「寧騎城落個被東廠和錦衣衛追殺的結局也是不幸，畢竟是張將軍的兒子，咱們有機會定要把他的屍身贖回。」

眾人皆點點頭，只有本心木然不動。

密道裡，有人劃亮了火折，引燃一支火把。明箏接過火把拉著本心走在前面，本心手指冰涼僵硬，明箏回頭看了眼，發現他垂著腦袋面無表情，明箏嘆口氣，心裡也替他難過。她身後是李漠帆背著隱水姑姑的屍身，後面是玄墨山人，林棲背著吾土的屍身跟在後面，蕭天持劍斷後。

密道竟然有數十丈之遠，他們可以聽到頭頂上的人聲和戰馬的嘶鳴聲。蕭天在後面催促大家：「快點，不然天明了就不好辦了。」密道拐了幾處彎，火把下終於看見前方有一個石壁，明箏回頭叫起來：「看見門了，應該是出口。」她轉身的工夫，本心似乎是站立不穩向前跌了一下，不知碰住了什麼，四支箭從地板下飛了出來。明箏一陣驚叫。

「明箏，怎麼啦？」後面的蕭天驚慌地問道。

「是機關。」玄墨山人說道。

「好險呀……」李漠帆擦了把額頭上的汗道，「要不是明箏轉身，本心道士跌了一下，不敢設想……」

蕭天從後面跑過來，來到近前查看了片刻，然後命令他們全部趴下，自己抬腳向石壁撞去，只聽「嘎吱」一聲響，石壁裂開一條縫，竟然看見外面的月光。

「這是哪裡呀？」明箏驚訝地問道。

蕭天一步走出密道，不由發出一聲驚呼，「原來是這裡。」

明箏搶先一步跑出來，呼吸著外面清新的空氣。原來這條密道竟然修到了護城河堤上。清冷的月光照下來，冰凍的河面平整又光滑，映射著淡淡的月光。

三

馬市驚天一炸，把圍在外面的東廠番子和錦衣衛都嚇得夠嗆，強烈的震感阻止了他們冒險的行為，他們守在原地不敢動，只見黑黢黢的大院裡冒出一股股濃煙，嗆得他們不停地咳嗽。高昌波派出兩個番子前去查看，所有人候在原地，他擔心再次爆炸，穩妥起見還是等一等。孫啟遠從一側跑過來：「督主，現在衝進去吧。」

「不急，看這情勢雙方已經開始火拚了，再等一等。」高昌波得意地道，「此次，咱們不費一兵一卒，就清剿了馬市里的黑鷹幫，把京城裡這個心腹大患給拿下了。」「督主，你料事如神呀。」孫啟遠也樂開了花，只是望著眼前的濃煙，搖著頭道，「這幫傢伙造的火蒺藜如此劣質，看來這幫草原上的匪寇不過如此。」

「也不可小看他們。」高昌波望著濃煙漸漸散去，院子裡一片死寂，又等了會兒，前去探查的兩個番子跑回來，回稟道：「裡面的人炸死了一片……」高昌波和孫啟遠交換了個眼色，高昌波得意地站起身，向守在門前的陳四大喊：「陳四，衝進去，抓活的。」

陳四帶領錦衣衛開始撞擊院門，幾下把院門撞開。孫啟遠從他隱身的馬車後站起身，興奮地揮舞著手中的繡春刀，對他身後的眾錦衣衛大喊一聲：「弟兄們，衝進去，抓住寧騎城！」

院子裡一片凌亂，地上東倒西歪躺著受傷的蒙古人，有的已經死了，有的還有口氣，喘息著在地上掙扎。東廠番子和錦衣衛四處翻找，不見他們要抓的人，最後便向爆炸地跑去，只看見地上的斑斑血跡，一陣搜尋，有人發現寧騎城的屍身，便大喊：「陳百戶，找到寧騎城了。」不久，也找到了乞顏烈的屍身。

陳四興奮至極，仰頭哈哈大笑，拿刀又往寧騎城的屍身上捅了幾下，這才心滿意足地跑去向孫啟遠回稟。孫啟遠得信興沖沖趕來，又仔細地查看了爆炸地，卻不見其他人的蹤跡。「不對呀，明明這裡發生過激戰，看血跡也應該有死傷，應該不只是這兩人，其他人呢？難道會飛不成？」

「一定有密道。」高昌波沉思片刻，「一定是從密道逃走了。」高昌波當下叫來幾個手下，在廢墟中尋找。不多時果然找到密道，高昌波和孫啟遠看了密道口，便派了人下去。

兩人來到平坦的地方站定，高昌波道：「早朝時面見先生，咱兄弟倆可要思量好說辭。」

「是，是，」孫啟遠點頭道，「兄弟全憑兄長提攜。」

「既是大獲全勝，就不要留有遺憾，你說呢？」高昌波微眯眼睛，壓低聲音道，「這一炸，可以把所有的敵人都炸死。對先生說，黑鷹幫和寧騎城，還有那個狐山君王都被炸死了，豈不大快人心？」

「兄長所說甚有道理。」孫啟遠點著頭，心裡清楚這個老狐狸是要到王振面前邀功呀，不過轉念一想，這個功勞也有他的一半，不由開心地笑起來。

「還有，為了彰顯咱們的大獲全勝，把寧騎城和乞顏烈的人頭掛到城牆上，以儆效尤。」高昌波晃著腦說道。

「還是老哥想得周全，太好了，咱們現在便去面見先生，讓他也高興高興。」孫啟遠笑著說道。

兩人出了馬市，此時已是旭日東昇，兩人苦熬一夜，眼前碩果累累，他們最大的敵手寧騎城竟然被炸得腸子都翻出來，一想到這個當年不可一世、武功奇絕的大魔頭竟然是這個結局，他倆肚子都想笑破。兩人都曾被寧騎城壓制刻薄過，這個翻身仗打得太過癮了，倆人志得意滿像凱旋的將軍一般。

他們身後，陳四率領錦衣衛和東廠的人押著傷者，一些番子收拾起死屍也跟著撤離。此時一些早起的人遠遠地圍著觀看，不時從人群裡傳出議論聲，都是說夜裡那一聲驚天的爆炸。

在人群裡晃動著幾個蒙頭巾的人，他們看著官府的人離開。其中一個拉下圍巾，露出圓胖的臉蛋，她此時眼含淚水盯著馬市的大門。一旁一個虎背熊腰的男人拉了她一把：「和古帖，走了。」

「讓我再看一眼。」和古帖戀戀不捨地看著前面的院子。

「走啦，等咱們找到也先，帶他們來給咱幫主報仇，咱們遲早會回來的。」四大金剛之首慶格爾泰一把拉住和古帖就走。

和古帖被拉著走了幾步，又一次回頭，看了一眼，重新裹上頭巾。幾個人漸漸消失在人群裡。

紅日初升，溫暖的陽光照在西直門的城牆上，幾個守城門的兵卒靠著牆晒太陽，暖洋洋的好不舒服。出城的人不多，稀稀落落的，一些挎著籃子賣燒餅果子的人在人群裡穿梭。

這時，遠處響起哀樂，一行馬車漸漸靠近城門。幾個兵卒一陣懊喪，好不容易迎來個豔陽天，又碰見出殯的。魏千總一皺眉，這幾天也不知是第幾起了，他向兵卒揮下手，上面交代要嚴查尤其是出城的人，害怕混進通緝的嫌犯。

離近了才發現，竟然不是一口棺木，是兩口，兩輛馬車拉著緩緩走來，四周跟著一些出殯的人，個個把嘴臉緊緊捂著，魏千總走過去攔在中間，隊伍中一個人翻身下馬，跑到魏千總面前，匆匆解開捂著嘴鼻的白布，露出面容。

李漠帆躬身向魏千總行了禮，道：「大人，家門不幸，我本家一門二人沾染惡疫，昨日不出三個時辰，都死了。」

魏千總一聽，忙向後閃了閃，問道：「可向官府報備？」

「報了。他們還叫來衙門裡的郎中，叫我們速速掩埋，不宜拖延。」李漠帆說著，向隊伍裡的蕭天看了一眼，他們是做好了萬全之策的，萬一守門的千總不讓通行，他們就準備闖關。

魏千總看了眼第二輛馬車，發現一個蓬頭垢面的男人穿著破破爛爛的道袍趴在棺木上，他指了下那個道士問道：「這是怎麼回事？」

李漠帆回道：「大人有所不知，這個道士是我本家的小兒子，被叫回來，發現家人都死了，得了失心瘋，瘋了，他趴在母親的棺木上不吃不喝，啥也不知道了，唉，這叫一個慘啊……」

李漠帆看魏千總來回巡視那兩口棺木，就說道：「要不，大人，我叫人掀開棺木，你看看……不過，大人要先把口鼻全捂住。」

魏千總看了眼那個瘋道士，嘆了口氣，一個人傷心絕望到這個地步是無法偽裝出來的，只看一眼，就能讓人生出無限的悲情，他對李漠帆揮了下手：「去吧，去吧。」聽到這句話，跟在棺木周圍的人都鬆了口氣，李漠帆翻身上馬，從魏千總身邊走過，又對他拱手作揖。

出了城門，李漠帆回過頭不經意間看見城門樓上掛的人頭，突然大喊一聲：「快看這裡……」幾人從馬上回頭，只見城門前掛著兩個竹篾紮成的竹簍，裡面是兩顆人頭，他們立刻認出是寧騎城和乞顏烈的人頭。幾人急忙回過頭，心裡不免沉重，看來想贖回寧騎城的屍身是不能了。

一行車馬沿著官道迤邐而行，漸漸離京城越來越遠。

眾人的心情都異樣沉重，來時相伴而來，離時卻變成冰冷的屍體。與他們一同前來送殯的還有高瑄道長和他的弟子韓文澤。昨日聽到那一聲爆炸，他們師徒就感到不妙，一夜未敢入睡，等到黎明時李漠帆前來敲門，告訴他這個噩耗。他和弟子跟著李漠帆趕到附近的一家棺材鋪，算是與他師兄見了最後一面。

蕭天與高瑄道長並排而行。兩人都沒有想到事態會發展到這個地步，高瑄道長望著第二輛馬車上依著棺木而臥的本心道士更是愁容滿面，他對蕭天道：「本心如今變成這樣，如何是好呀？難道就不能醫治了嗎？」

「玄墨掌門都沒有辦法，咱們能有何法子？」蕭天道。

「唉，這個本心原本就懦弱好靜，現在突然發生這麼大的變故，他變成這樣也不足為怪，只是這以後咱們如何處置他呢？吾土一死，他連個去處都沒有了，是跟我上妙音山呢，還是留在你的瑞鶴山莊？」

蕭天倒是還沒有想過這個問題，他略一沉思，道：「這個要看他了，他願意去哪兒便去哪兒吧。」

「唉，」高瑄道長搖搖頭，「想到本心的身世，也真算得上是一個傳奇，你說他竟然跟寧騎城是兄弟，一想到這兄弟倆的性格，真是天差地別呀。」

「是啊……」蕭天一笑道，「高道長與吾土道士也是師兄弟，你們的性格不也迥然不同嗎？看來同一個師父也教育不出同樣的人。」

「我這個師兄，論才智論品行都在我之上，師父曾經非常器重他，但他就是個閒雲野鶴，愛遠遊涉奇。」說著，高瑄道長擦了下眼角的淚，仰頭長嘆，「師兄，這一下，你可是不能再雲遊了，可以安安靜靜地享受清閒嘍。」

蕭天點點頭，想到自己與吾土自相識以來，也算是頗多傳奇，因《天門山錄》的出現改變了一切，若不是此書惹下這麼多禍端，他本應與吾土成為忘年交的良師益友，想到這些，他心裡也是一陣唏噓。

蕭天只顧著與高瑄道長敘談，此時他才想起明箏，他扭頭在隊伍裡尋找。昨夜自救出她，一直馬不停蹄地忙碌，還沒有來得及跟她說上一句話，他看到明箏跟在馬車後面低垂著頭，一臉悲哀的樣子，急忙催馬來到她跟前。

「明箏。」蕭天拉住馬，與明箏並排而行。

明箏眼睛紅腫，眼睛下面一片瘀青，一看就知道她一定哭了很長時間。明箏回過頭看著蕭天，眼裡一片茫然，就像是剛從一個噩夢裡醒來似的，不知所措。

蕭天關切地看著她，想說點什麼來安慰她，但是想了半天也沒有說出來。他知道隱水姑姑在明箏心裡的分量就如同她的母親，她們師徒相伴生活了數年，明箏從一個不諳世事的小女孩變成一個俠肝義膽的少女，這種類似母女的情分，深入骨髓，任何語言在她面前都變得蒼白無力。

「大哥，在世上我再也沒有親人了……」明箏神思恍惚地說道。

「胡說。」蕭天立刻打斷她的話，「妳還有我呢，妳如何把我給忘了？」明箏一陣苦笑，並不說話，然後垂下頭問道：「郡主好嗎？」蕭天聽她問及郡主，才突然想到她還不知道山莊裡發生的事，便說道：「回去妳就知道了。」蕭天說著從馬鞍旁解下一個葫蘆遞給明箏，「這是酒，妳喝一口，會好一點。」

明箏接過酒葫蘆，擰開蓋子，對著嘴咕咚咕咚喝了幾大口，不一會兒小臉變得通紅，蕭天一看，急忙奪過酒葫蘆，「怎麼像喝水一樣啊。」

「我還要喝。」明箏大聲喊。

蕭天不給，從身上掏出乾糧遞給她：「吃點這個吧。」

「我跟你換。」明箏說著從懷裡掏出狐蟾宮珠放到蕭天眼前，蕭天一看，眼神立刻發直，內心的震驚簡直不亞於看見吾土交給他的《天門山錄》，他急忙一把奪到手裡，拿在面前翻來覆去地看著，驚異地望著明箏，口齒都開始打結，幾乎結結巴巴地問道：「從……何而……來？」

明箏不願意說，但看到蕭天震驚又複雜的目光，有些心虛，小聲說道：「從寧騎城手裡。」

「太好了。」蕭天烏雲密布的臉上突然綻開一個笑容，要不是在馬上，他估計就會高興地抱住明箏轉一圈，「妳知道這是何物嗎？」

「狐蟾宮珠。」明箏乾巴巴地說道，「交給你了，把它還給郡主吧。」蕭天一笑，把寶珠還給明箏道：「還是妳拿著合適。」

「喂，這是妳們狐族的至寶，我拿著算怎麼回事？」明箏不滿地瞪著蕭天。

「那天是誰說的，大哥是狐族人，她便也是狐族人？」蕭天故意問道。

「那是我一時衝動，我不會待在這裡的，我要像吾土道士一樣雲遊四方，沒準我帶著本心道士一起雲遊。」明箏說道，抬起眼皮看了眼臥在棺木一旁的本心道士。

「你們倆一起雲遊，我會首先反對。」蕭天認真地說道，「一個瘋丫頭和一個瘋道士，你以為江湖是這麼好玩耍的？」

明箏白了他一眼，不再理他。眼看車隊已經進入小蒼山，山道有些泥濘，近日的暖陽天，致使山道兩側的積雪開始融化。三輛大車的車軲轆碾軋在泥濘中，泥漿翻滾，四濺而起。

車隊緩慢地上了山坡，遠看坡上有一個孤零零的墳塚，那是趙源傑的墓，如今他終於不再寂寞了，一下子多了兩個伴。蕭天交代李漠帆和林棲去挖墓穴，高道長的弟子韓文澤也過去幫忙。高瑄走到兩口棺木前，由高道長做了簡單的法事，超度亡靈。

蕭天盯著隱水姑姑棺木旁的本心道士發起愁，玄墨山人看出蕭天的心思，走過來和他商量：「咱們去試著說服他如何？」

「試試看吧。」蕭天說著和玄墨山人走到第二輛馬車跟前。本心臥倒的姿勢很像一個嬰兒，他蜷成一團，偎在棺木旁，披散的亂髮遮住了面孔，身上的道袍快變柳條了，看著都讓人心酸。

「本心道士，」玄墨山人語調溫和地說道，「起來吧，到了你母親的墓地了，你起來看看可還滿意？」

本心道士一動不動。玄墨山人和蕭天交換了眼色，換蕭天來說，蕭天又走近了一步，「本心，起來吧，到了。」

任兩個人怎麼說，本心一動不動。眼看太陽落山了，李漠帆、林棲、蕭天和韓文澤四人抬起棺木，本心抬起頭，看見棺木被抬走，突然躥到近前攔住去路。玄墨山人在一旁叫明箏拉住他，明箏跑過去拉住本心的手臂，本心一甩，明箏被扔出去有丈餘遠，額頭磕到一棵樹上，紅腫了一片。

玄墨山人看明箏拉不住他，只得親自上來，用沒有受傷的手臂，牢牢地牽住了他。幾人看見終於制服了本心，就趕緊抬棺木下葬。不多時，兩個新墳赫然出現在眼前。

玄墨山人放下本心，本心跌跌撞撞地跑到一個墳頭前跪了下來。眾人也不再招呼他，而是按照長幼順序分別向兩座墳行禮祭拜。祭拜完畢，蕭天對高瑄道長說道：「此時天色已晚，不如到山莊留宿一晚，明日一早趕路。」

高瑄道長也不推辭，點頭答應。

蕭天又道：「山莊剛遭遇錦衣衛的襲擊，缺東少西還請道長見諒。」

「我哪裡會介意。蕭幫主你有所不知吧，錦衣衛要清剿瑞鶴山莊的那張字條還是我送出去的。」高瑄道長笑著說道。

蕭天一驚，如果高瑄道長不說，他還真不知道這件事有如此曲折的隱情，便好奇地說道：「道長，還請你從頭說來。」

「一切都是天意呀。」高瑄道長捋鬚說道，「那日我師兄吾土帶著他的弟子本心，以求籤算卦為名在寧府門前轉悠，我師兄是想讓本心見一見他從未謀面的兄弟，正巧被管家叫進去，裡面寧騎城的一個屬下就塞給了吾土一張字條，就是這麼來的。我一看情況緊急，就命弟子送到我姪兒高風遠家裡，因為我知道你們交好。」

「原來如此，你可知是誰跑到小蒼山來送信嗎？」蕭天說道，「是于謙大人家的管家于賀，可惜于賀在山中遭毒手，還是我親自把棺木送到于府的。」

「啊……」高道長這也是第一次聽到下面的事，一陣唏噓感嘆。

「是誰塞的紙條呢？」蕭天低眉沉思，突然想到一個人，或許只有這個人會做出這事。高道長看見蕭天豁然開朗的樣子，忙問道：「蕭幫主可是想到塞紙條之人啦？」

「一定是他，高健。」蕭天回憶了與高健交往的點滴，肯定地點點頭道，「此人品行純良，不愧是世家出身。」蕭天看著高道長，由於此中原因，兩人又親近了些，蕭天伸手向前道，「高道長，請……」

蕭天和高瑄向各自的坐騎走去，眾人都走到坐騎前，這才發現本心還趴在墳頭上，蕭天嘆口氣道：「把他抬到馬車上，拉回去，如果他不聽話，點他穴道。」

眾人一看，只能這樣了。幾個人上前，把他連拉帶拽地抬到馬車上。眾人紛紛上馬，向坡下的山莊駛去。

林棲早已回去把他們回來的消息帶到山莊，翠微姑姑、盤陽以及天蠶門的眾弟子和興龍幫幫眾都趕到山莊門口迎接。蕭天領著高瑄道長在前面，後面是玄墨山人、明箏、李漠帆、韓文澤，趕車人駕著兩輛馬車跟在後面，本心披散著頭髮盤腿坐在大車上。

一行車馬進入山莊，眾人翻身下馬，馬匹交與山莊裡人。高瑄道長環視山莊，雖然夕陽西下，四周景物模糊，但是高瑄還是讚嘆不已，「你這裡真是『山光悅鳥性，潭影空人心』，好去處！」

蕭天一笑，道：「既如此，高道長可要多住幾日。」說著，蕭天對圍在周圍前來迎接的眾人介紹高瑄道長，眾人也是早有耳聞，紛紛行禮問候。蕭天又把山莊裡眾人向高瑄道長一一介紹，大家又是一陣寒暄。眾人在這裡招呼遠客，不想身後發生意外。盤陽看見一個孤單的身影站在人群外，身上襤褸的衣服看上去像是道袍，以為是高道長的人，便上前招呼，走近一看見那張面孔，驚得後退一步，拔出長刀指著他，大叫一聲：「你，你？」

本心一動不動，冷冷地望著他。

盤陽大叫一聲：「混進奸細了，你，寧騎城！」盤陽揮刀向本心砍去，本心並不躲避，仍然一動不動看著他。盤陽心裡一慌，舉刀的手臂就慢下來。「盤陽……」只聽一聲斷喝，就見一個灰色身影從這邊人群裡射出來，似一道閃電飛到本心面前，「噹啷」一聲，蕭天持長劍架住了大刀。這邊的眾人皆驚出一身冷汗，圍攏過來。

「盤陽，」蕭天大喝一聲，指著本心道，「他不是寧騎城，他是本心道士。」

「狐王說得沒錯，」林棲跑過去收起盤陽的大刀，「寧騎城被炸死了，是我親眼所見，腸子都炸出來了，如今他的首級就掛在城門前。」

盤陽疑惑地又看看本心，一頭霧水地愣在當地。

蕭天明白本心的面貌不被人誤解才怪，只是剛剛進山莊還沒有來得及對大家講明，於是說道：「眾位，外面風大，再加上貴客在此，咱們還是去櫻語堂，我把這件事給大家講明，以免再引起誤會。」蕭天引著高瑄道長和玄墨山人向櫻語堂走去，眾人相繼跟在後面走了，只剩下明箏遠遠地看著本心，她看他孤零零站在原地沒有走的意思，急忙跑過去叫他。

「念祖大哥，走吧。」明箏看著他身上爛成一片片的道袍，胸前還有一大片血跡，就不忍再看下去，她扭過頭，聲音哽咽道，「念祖大哥，我知道你心裡難過，但是你也不能這麼糟踐自己，剛才多懸呀，要不是大哥身法快，你不被砍死也得被砍傷，你這樣子，師父她老人家在天之靈如何可以安息呀？」

本心突然蹲下身，他抱住頭從胸腔裡發出壓抑已久的低沉的抽泣聲……

「念祖大哥，」明箏也蹲下來，看著他一頭沾滿泥土的散亂的髮絲，心酸地說道，「一會兒，我去找幾件大哥的衣服，你先換上，不然，你這樣子真會被認為是瘋子，你跟我去櫻語堂，讓大家認識認識你，以後就不會有誤會發生了。」

本心突然站起身，頭也不回向一旁花圃裡跑去，轉眼消失了蹤跡。

「念祖大哥……」明箏一臉愕然地站起身，她追了幾步，突然聽見身後有人喊她，明箏一回頭，看見夏木向她跑過來，沒到近前就跪了下來，明箏以為她腳扭了，忙扶住她道，「夏木……」

夏木眼裡全是淚，結結巴巴地道：「郡主，擔心死了，以為再也見不到妳了……」

「郡主呢？」明箏沒有聽清夏木說什麼，跟著問起來。夏木也不回答，拉著明箏就往櫻語堂走，「大家都在等妳呢。」一邊走一邊擦臉上的淚。明箏緊緊拉著夏木的手，她與夏木相處的時間最長，也最喜歡她，夏木的溫柔與善良，總是讓與她相處的人感到溫暖和舒適。明箏走著，伸手到懷裡摸了下狐蟾宮珠，想到一會兒獻給青冥郡主，能夠完璧歸趙，也算是狐族的一件喜事。

夏木拉著明箏走進櫻語堂的院門，看見櫻語堂已經修繕完畢，燒毀的半邊牆壁以山石重新壘砌起來，屋裡兩排太師椅上坐滿了人。夏木突然向明箏屈膝行禮，明箏笑起來：「死丫頭，又來捉弄我。」

突然，翠微姑姑、林棲、盤陽以及眾多狐族人從屋裡各個地方走到門口，翠微姑姑打頭走到明箏面前道：「恭迎新郡主。」說完跪地行禮，眾人隨後也都跪地行禮。明箏望著他們在自己面前跪下行禮，稱呼自己為郡主，眼珠子都要瞪出來了，她慌張地向屋裡尋找，看見蕭天坐在上首微笑著看著她，她的肺都要氣炸了，這些人今天到底是怎麼了？

行禮完畢，翠微姑姑看明箏一臉茫然，猜想到蕭天還沒有把青冥去世的事告訴明箏，於是說道：「青冥郡主臨終留下遺言，我族歷來是禪讓賢能之人即位，狐王如此，郡主也如此，郡主選定了妳為我族新郡主，請受狐族人一拜。」眾人在翠微姑姑的帶領下，又行拜見之禮。

「翠微姑姑，妳說什麼？青冥郡主她……」明箏終於聽明白了，原來在自己離開的這段時間出了這麼大的事，她走到翠微姑姑面前扶她起來，從衣襟裡掏出狐蟾宮珠道，「本來我還想把這個寶珠交與青冥郡主呢，可是她……」

翠微姑姑無比驚訝地看著明箏手裡的狐蟾宮珠，突然轉身狂喜地向眾狐族人大叫：「兄弟姐妹們，咱們的新郡主奪回了狐蟾宮珠，咱們的鎮界之寶回來了！」

眾人一陣歡呼，接著又是一陣倒地叩拜。

明箏一臉恍惚，她看到蕭天得意的微笑，這才明白她把狐蟾宮珠交給他時，他看了一眼，沒有接卻讓她拿著，因為他早已料到今天的情景。想到她的新身分，如今她成了狐族的新郡主。明箏腦中一片空白，世間事轉瞬變換，昨日她還在死神前徘徊，來不及細思，如今天地已換，這種衝擊讓明箏一陣心悸，接著便倒到了地上……

明箏醒來時，已到次日午後。夏木看見明箏醒來，興奮不已，她跑到炕前，說：「郡主，妳終於醒了。」一旁的梅兒也走過來，欣喜地望著她。

明箏捂住腦袋，一聽到「郡主」兩個字，她的頭又開始嗡嗡作響。她看看夏木又看看梅兒道：「妳們，還是叫我明箏吧，我聽著順耳。」

「那怎麼行，這豈不是要壞了規矩。」翠微姑姑端著一個木匣子從門口走進來，臉上帶著微笑道，「郡主，妳看這是什麼？」

明箏坐起身看著翠微姑姑掀開木匣子的蓋，一道青碧色的光在眼前一閃，再看匣子裡，正應了那句古詩：翠竹法身碧波潭，滴露玲瓏透彩光。一個翠綠的形狀似狐狸又有著龍首的玉玨上靜靜地放著狐蟾宮珠。看上去翡翠鮮明珠磊落，一對世間罕有的寶物，怎不讓人嘆為觀止。

「這是狸龍玦，與狐蟾宮珠珠聯璧合，是狐族至寶，這麼多年庇護狐族繁衍傳承至今，每當它們失散的時候，狐族總會遇到大劫難，但是一旦它們合到一起，狐族就會轉危為安，這是大祥瑞啊……昨日當妳拿回狐蟾宮珠的時候，狐族人是多麼的歡欣鼓舞啊。」

明箏睜大眼睛看著翠微姑姑，此時她混亂的大腦也逐漸清晰起來，她曾抄寫典籍，對狐族事物知曉得很是詳盡，此時也漸漸回想起來。狸龍玦是歷代狐王頸上之物，如護身符般一直傳承下來。被之後的狐王賜予郡主，成為郡主的身分象徵。

「郡主啊，妳奪回了寶珠，對狐族居功至偉呀。」翠微姑姑接著說道，「青冥郡主真是沒有看錯妳，大家都在說妳給狐族帶來了好運，如今大夥雖然心情悲痛地埋葬了青冥郡主，但看到新郡主回來了，就像是看到了新的希望，大傢伙都盼著妳和狐王早日完婚。」

「完婚？」明箏瞪大了眼睛，臉頰漲得通紅，感覺自己像一片羽毛被一隻手拋上天空，越飄越遠。

「丫頭呀，妳苦盡甘來。」翠微姑姑笑起來，「按狐族的規矩，狐王正妻去世，填房進門要守孝一年，這一年要住在正妻的房裡，早晚祭拜，作為夫人，其實是與正妻一樣的。」

明箏聽著這些古怪的禮儀，腦子裡嗡嗡直響。翠微姑姑知道她猛然聽到這些還不適應，便說道：「這個匣子今後就有了新主人，妳要收好。從今兒起夏木和梅兒來服侍妳的起居，妳也看到了，妳現在住的是青冥郡主原來的房間。」

翠微姑姑說完把木匣子交與夏木，又小聲叮囑了幾句，這才轉身離開。明箏見她走出房間，急忙問一旁的夏木：「大哥在哪兒？」

夏木愣了片刻，才恍然明白她口中大哥是指何人，便道：「狐王交代我，等妳醒了，去告知他，我這就去。」

夏木跑出去後，梅兒一臉喜悅地跑到明箏跟前笑道：「姑娘，恭喜啊，有情人終成眷屬。」

明箏的臉又一次漲紅了，她嘟著嘴道：「妳也戲弄我，妳聽聽這都什麼呀，什麼填房，還要守孝，還……」

「姑娘難道是等不及了？」梅兒在一旁笑著問。

「梅兒……」明箏站起身追著梅兒打，兩人正鬧著，夏木跑回來，道：「郡主，狐王在後山青冥郡主墳前等妳，走吧，我帶妳去。」

明箏一聽先是愣了一下，接著急忙收拾衣裙，她在炕上躺了大半天，蓬頭垢面的。夏木和梅兒也急忙打來洗臉水，兩人幫她梳頭打扮，往她頭上你插一支簪子我插一支翠花，明箏嫌兩人麻煩，最後把頭上的珠翠全部撤下，揀了梅兒一身素色百合花的百褶裙，套上一個素色的比甲就跑出去。

夏木引著她走到後院的小門前，對她指著那條小道：「到了這條小路的盡頭，就看見了。」然後屈膝辭別，轉身走了。

明箏隻身走著，遠離了人群和喧囂，從昨天到現在她感覺恍然若夢，自己傻呆呆地看著周邊變換的色彩和美麗的景致，滿心膽怯不敢觸碰，生怕一不小心觸動了哪個機關，又被打回原形。她小心翼翼地向前走著，這片山坡此時正沐浴在午後的陽光下，她驚異地發現乾枯的雜草間已有鮮嫩的小芽在萌動，溫暖的陽光照在她冰涼的面頰上，就像是一隻帶著溫度的手在撫摸她。經歷了那麼多淒風苦雨的日子，終於迎來了陽光，她被這個溫暖的午後所打動，眼中不由濕潤了。

坡上佇立著一個灰色的身影，長身玉立，衣帶飄飛。

蕭天定定地望著小道上緩慢走來的明箏，一襲白色的長裙垂及地面，烏黑的長髮拖至腰間，消瘦下來的面孔上多了一份成熟和堅韌，少了一絲嬌柔和青澀。彷彿瞬間那個稚氣滿身、天不怕地不怕的小姑娘就長大了。這個瞬間他還想起第一次見到她時，在虎口坡雪窩裡被她救起，她稚氣調皮地衝他眨著眼睛……本以為他和她，今生會錯過，沒想到上天對他如此眷顧，還是把她送到他面前。蕭天看著漸漸走近的明箏，看見她眼神不安地盯著他面前的墳塚，他走向她。

明箏有些猶豫，她看著腳下的墳塚，想到青冥郡主不由滿心難過。蕭天拉住她的手，明箏冰涼的手指一接觸到蕭天溫暖的手掌，不由渾身一顫。蕭天拉著明箏走到墳塚前，蕭天單膝跪下，明箏不由也跟著跪了下來。

「郡主，我和明箏來看妳了，告訴妳個好消息，狐蟾宮珠又回到狐族手裡，妳可以瞑目了。」說完，蕭天站起身，看到明箏跪在那裡流淚，急忙把明箏扶起來。

明箏擦了一把臉上的淚，白了蕭天一眼，陰陽怪氣地說道：「你來祭拜你的妻子，也不說一句情話？」

蕭天眼皮跳了一下，不答話，也不生氣，只是微笑著看著明箏。

「你才死了妻子，還能笑得這麼開心。」明箏故意氣他道。蕭天依然不吭聲，拉著她的手往坡上走去。明箏氣急了，想吵架都吵不起來，終於甩開蕭天的手，大聲說道：「蕭天，我何時同意嫁給妳了？還是填房，還要守孝。」

蕭天看她終於把心裡的憋屈發洩完了，微微一笑道：「他們說的話，妳可以不聽。」蕭天把她拉到近前，「我知道，妳聽到這幾個字心裡不舒服，我聽著也不舒服，我們堂堂工部尚書的掌上明珠怎麼可以做填房呢？要不這樣，妳不要嫁給我了。」明箏一愣神，臉色一變，接著又聽蕭天壓低聲音道，「妳娶我如何？我入贅如何？」

看著蕭天一本正經地說著不著調的話，明箏終於憋不住笑起來。同時心裡的那股無名之火也被澆滅，這麼多天的思念之情像洪水一樣襲來，明箏猛地撲到蕭天的懷裡，雙臂緊緊地摟住了他的脖頸，眼淚撲簌簌掉下來。

「明箏，從今以後，我不會再讓妳受委屈。」蕭天緊緊擁抱著明箏，眼角瞬間濕潤了，把明箏柔軟的身體擁進懷裡，就像擁抱了整個世界，幸福的感覺鋪天蓋地而來。「明箏，妳知道嗎？妳能留在狐族，是我做夢都不敢想的事。」

「大哥，我如今明白了青冥姐姐為何逼我抄寫狐族典籍，她是用心良苦啊。」明箏便把看到的狐族的歷史對蕭天講了一遍，還提到了蕭天父親蕭源修整典籍的事。蕭天一驚，原來他竟然不知道，他看著明箏道：「我只知道父親參與修整典籍，但是對典籍的內容知道得並不多，沒想到狐族竟然是前朝抗元大將文天祥殘部的後裔，明箏，難不成這是妳要留下來的原因嗎？」

明箏一笑道：「物以類聚，人以群分。明箏自小仰慕英雄，願傾盡一生追隨之。」

「我的好明箏啊……」蕭天突然興奮地舉起明箏，明箏猛然雙腳離地，眼前直冒金星，一邊拍打著蕭天，一邊大聲叫起來：「啊……放我下來，放我下來……」

突然，從樹叢裡閃出一個人，死死盯著他們。明箏嚇得瞪大眼睛，蕭天看見明箏面色有異，忙放她下來。明箏心裡一驚，在樹叢裡露出一張陰鬱的臉，斜乜著她。這個面孔就像一個噩夢經常出現在她腦中，瞬間想起那是寧騎城的臉……明箏一陣驚慌，雙膝一軟，蕭天看她臉色突變不知發生了什麼，急忙上前抱住了她，「明箏，妳怎麼了？」

明箏身上一陣顫抖，她想到寧騎城已經死了，可能是幻覺。

蕭天看她面色慘白，急忙抱起她，向山莊走去。

第三十六章　蹤跡難尋

一

次日一早，高瑄道長和他的弟子韓文澤向蕭天和玄墨山人辭別，高瑄道長本想帶走本心，只是一夜未找到他，只得作罷，就拜託蕭天暫時照應一下。蕭天和玄墨山人把兩人送出山莊大門，兩人騎馬離去。

玄墨山人與蕭天往回走，蕭天環視著四周問道：「兄長，你昨夜可見過本心？」

「我也正想問你呢。」玄墨山人皺起眉頭，捋著長鬚道，「我的一個弟子見他在山莊裡溜達，過去叫他，他又跑了，不知去向。依照我以前見過的類似患者，要不痴傻不知，要不憂傷不能自拔，本心與他們都不一樣，我也不知如何下手。」

「難道就沒有對症的湯藥？」蕭天問道。

「世間最難治的不過是心病。」玄墨山人嘆口氣，稍微停頓了下，眼神深邃地望著前方，「但是事不至此吧。」

「兄長此話怎講？」

「表面看確實是本心痛失三個親人，但是細思之下，這三個親人與他真正有聯繫的也就是他的師父吾土，但吾土長年遠遊，一年估計也就見一兩面，另兩個親人更是才相認，母親與他相認不過兩天，那個兄弟寧騎城還沒來得及相認就被炸死了，何來情感？」玄墨山人搖搖頭，「我總覺得還有別的原因。」

「不過，本心性格本就內向，不多言語，是不是也有這個原因？」蕭天問道。

「還是得先找到他，細細把過脈，再做決斷。」玄墨山人道。蕭天點點頭，兩人商量好回去就派人在山莊裡尋找，先找到他把他控制住再商議怎麼醫治。

蕭天回到櫻語堂就叫李漠帆派人手尋找本心。這時，小六氣喘吁吁跑過來，一進門就大喊：「幫主，我看見那個瘋子了，在馬廄裡，跟著馬吃草料。」

蕭天和李漠帆一聽，立刻跑出去。

小六在前面一邊跑一邊說道：「剛才，我去給馬拌草料，我就看見草垛上躺著一個人，嘴裡還銜著一撮草料，正呼呼大睡呢，我認出是那個瘋道士，就趕緊過來報信。」

「小六，你怎麼不拿繩子綁住他呀。」李漠帆在一旁發急。

「我不敢呀，都說瘋子會像狗一樣咬人。」小六委屈地說道。三人沿著花圃邊的小路，一路疾走。馬廄裡十幾匹各色駿馬正在吃草料，他們跟在小六身後向裡面的草料堆走去，蕭天示意他們放輕腳步。三人來到盡頭的草料堆前，只見草料堆上除了幾個破草墊，空無一人。

「人呢？」小六一臉疑惑，左右查看。

「一定是躲起來了。」蕭天走到草料堆前，看見草料堆中間有一處塌陷，料定是夜裡本心睡的地方，蕭天嘆口氣，對李漠帆道，「走吧，咱再去其他地方找找。」蕭天又叮囑小六，「如果今夜他還在這裡過夜，你速來回稟。」

小六點點頭，蕭天和李漠帆走後，小六依然不甘心地在草料四周翻找。小六走到牆壁邊，拿起鏟草料的木鍁，鏟起草料往一旁堆放。突然，一邊草料裡伸出一隻手臂，接著是一條腿，趁小六鏟草料的工夫，那隻手臂來到小六身後，飛速點了幾處穴道，小六身體一僵，倒在地上。

本心從草料堆裡鑽出來，他滿身都是草，拖著小六的身體走到一旁房間裡，把他擱到炕上，然後返回草垛，一頭鑽了進去。

蕭天和李漠帆在山莊四處尋找，找了半天也沒有發現有用的線索，李漠帆抱怨著罵了幾句氣話，想起翠微姑姑交代的事，就離開蕭天向前院跑去。蕭天獨自走了一會兒，不覺走到聽雨居的月亮門門口，便抬腳走了進去。

院子經過重新整修煥然一新，翠微姑姑搬出院子，在前院另闢了一處宅子與李漠帆過起了小日子。燒毀的暖閣被拆除了，視線豁然開朗。蕭天看見夏木和梅兒在廊前晾晒書籍，便沿著遊廊走過來。夏木聽見腳步聲抬頭看見蕭天，急忙屈膝行禮：「參見狐王。」梅兒聽見夏木的話音，也急忙轉回身，躬身抱拳道：「參見幫主。」

蕭天溫和地對她們擺擺手，直接走進房裡。倒是身後兩個姑娘互相驚訝地看著對方，夏木小聲道：「妳怎麼稱呼我們狐王為幫主啊？」梅兒一攤雙手，道：「他本來就是我們的幫主嘛。」

蕭天只當什麼也沒有聽見，氣定神閒地走進房間，看見屋裡書案上、八仙桌上、地上都是攤開的典籍，明箏只穿著輕薄的長裙在它們之間來回跑動整理著。看見蕭天進來，明箏擦了把額頭上的汗，道：「哎呀，你可來了，你看全都亂了套了。」

蕭天一笑，緩緩走過去，俯身看了看四周的典籍，說道：「不急，有妳在，也不怕有遺失，你給補齊就行了。」明箏白了他一眼，發哆地叫道：「哈，原來你找了個不用出銀子的幫工啊……」

「誰說我不出銀子啦？」蕭天壓低聲音道，「我傾盡所有。」

明箏瞥了蕭天一眼，見他春風滿面竟然破天荒地說了句恭維話，「那你不覺得虧本嗎？」明箏臉上掛了一絲嘲弄，向後退了一步，她心裡一直對翠微姑姑的話耿耿於懷，雖然在外人面前她一切照舊，但是此時當著蕭天的面，她還是忍不住拿不好聽的話刺激他，「傾盡所有買來一個填房？」

蕭天臉上一白，他看著明箏半天沒有說話。

明箏在蕭天默默的注視下，瞬間就慌亂起來，她有些心虛，她只是發個牢騷，跟他開個玩笑，蕭天的反應讓她嚇一跳，她想等他先開口說話，但是蕭天只是深情地看著她的眼睛。

「明箏，這是最後一次，我不想再聽到。」蕭天沉下臉說道。

明箏忍住眼裡的淚，她沒想到他會翻臉，便又撂出來一句不著調的話：「我看得出來，既然你與郡主伉儷情深，為何還要我？」

蕭天臉色煞白看著明箏：「妳為何說出此話？」

「我只是不想做一個替代品，我不是青冥的替身。」明箏說完就後悔了，她只是發洩一下積蓄在心裡的怨言，她一向說話不知輕重。她看見蕭天身體晃了晃，額頭上的青筋都暴起來，臉上的肌肉顫動著，她第一次看見蕭天被自己氣成這樣，她看見他握起拳頭，懷疑他會一拳向自己打來。

「……是我錯啦。」蕭天轉身向外面走去。

明箏追了幾步，看著蕭天頭也不回大步向前走的背影，委屈地哭起來。她的哭聲驚動了外面的夏木和梅兒，兩人不知發生了什麼，急忙往屋裡跑，明箏關上房門，背靠在門上，臉上的淚嘩嘩地流下來。

夏木推了下門，沒有推開。梅兒向她招手，一把拉夏木過去，附在她耳邊說道：「你沒看見幫主出去的時候，臉色都變了，兩人這是鬧彆扭了。」夏木嚇一跳。「剛才不是還好好的嗎？」

梅兒瞇著眼睛對夏木嫵媚地一笑：「情人之間的事情，誰能說得清呀。」夏木伸手指點梅兒的鼻尖，小聲道：「主子的事，咱最好不要多嘴。對了，」夏木一笑，指著梅兒道，「妳給我說實話，是不是喜歡盤陽。」

「他，那個油嘴滑舌的傢伙，我才不會喜歡。」梅兒說著臉漲得通紅，急忙把話題又轉了回來，「幫主是不是欺負明姑娘了，妳聽她哭得好傷心呀。」

夏木不滿地瞪了梅兒一眼：「梅兒，妳能不能不要再把我們狐王叫作幫主，把我們郡主叫作明姑娘？」

梅兒愣了會兒神，點了點頭：「是啊，可是我真的是叫習慣了呀。夏木，妳不要這麼小心眼呀，妳看我們幫主還有明姑娘都成了妳們狐族人，我還沒有不高興呢，妳倒是先找我的不是了。」

夏木撲哧一聲笑出來，急忙上前拉住梅兒的手，道：「好姐姐，是我的不是，不過妳放心，我們狐王心裡有明姑娘。不對，是新郡主。」

「妳怎麼知道？」梅兒好奇地問道。

「我就是知道。」夏木輕輕一笑道，「我在聽雨居服侍過青冥郡主，如今又來服侍明箏郡主，我看得出來，妳放心吧。」

梅兒鬆了一口氣，點點頭，突然雙手合十，默默念道：「菩薩保佑，菩薩保佑。」夏木一笑，也學梅兒的樣子，雙手合十，默默念道：「神狐保佑，神狐保佑。」

門後的明箏，把兩個女子嘰嘰咕咕的對話都聽得一清二楚。她躲在房裡獨自發了會兒呆，便起身披了件青色的大氅走出去。門外的夏木和梅兒看見她走出來，急忙不放心地跟上來。

明箏已經恢復了常態，她對她們一笑，說道：「我沒事，讓兩位姐姐見笑了。」夏木急忙屈膝行禮道：「郡主，莫要這麼稱呼，壞了規矩。」

「我不管這些，如今在這個聽雨居，沒有郡主奴僕之分，我把妳們當姐妹，兩位姐姐為我好，明箏心裡記下了。」

梅兒一笑，看著明箏和夏木道：「郡主如此抬舉咱們，咱們就更要用心服侍，郡主可以不拘小節，咱們可不能亂了尊卑位分。」

夏木沒想到平日不愛言語的梅兒，說起話來如此周全，真不愧是從宮裡出來的，見過世面，喜悅地點點頭道：「正是如此。」

明箏看說不過她們，只得作罷。

明箏吩咐她們準備一些鮮果之類的東西，她要到前面山坡上祭拜師父。夏木和梅兒一陣忙碌，準備了一個提籃，裡面有幾樣時鮮的果子和一壺酒。明箏不準備帶她倆去，商量了半天，兩人才同意。

梅兒去馬廄牽來一匹馬，扶著明箏翻身上馬，把提籃繫在馬鞍一側。兩人目送明箏出了院門。

明箏騎馬奔到山莊大門處，如今這裡守衛得比以前更加嚴密。此時當值的是李漠帆，他看見明箏騎馬到門前，不放心地從崗樓上一路小跑下來，他拉住馬嚼子，問道：「明姑娘，妳這是去哪兒？」

明箏指了下身旁的提籃，道：「李大哥，我去祭拜我師父，一會兒就回來。」

「妳如何一個人去啊？蕭幫主呢？他怎麼不陪妳一起去啊？」李漠帆問道。

「李大哥，我想一個人去。」明箏說著，臉上已經抑制不住悲哀，眼淚在眼眶裡打轉。

李漠帆急忙招呼手下打開大門，明箏騎馬直奔出去。

李漠帆看了看明箏的背影，急忙向一旁站立的幾個興龍幫弟兄吩咐道：「去，找幾個人遠遠地跟著。」吩咐完這些，他依然不放心，急匆匆向櫻語堂跑去。

二

明箏沿著山道一路向上，雪融化後，路上的泥土鬆軟，還帶著一股新鮮土腥味。再往上走了一段路，就看見土坡上三個墳塚。明箏把馬拴到一棵楊樹上，從馬鞍上解下提籃，向墳塚走去。

明箏提著提籃走到中間一個墳塚前，把籃子裡的兩碟果品，擺在墳塚前，又從籃子裡取出酒壺。明箏跪了下來，想到那些年與師父相依為命，師父帶著她遊歷江湖，點點滴滴，最終化為巨大的悲慟。

「師父呀，」明箏再也抑制不住內心的悲痛，哽咽著哭泣起來，「徒兒不孝，是徒兒給妳帶來禍患，如果不是我，如果不是為了救我，妳老人家如今肯定還好好地待在夕山呢？」明箏越想越傷心，眼淚止不住地流下來。

突然，從一旁伸出一隻手抓住酒壺，歃酒於泥土，頓時空氣中彌漫著香醇濃烈的酒的味道。明箏回過頭，淚眼婆娑中看見一個身影在她旁邊跪了下來。

「本心……」明箏看見衣衫襤褸披頭散髮的本心在墳前叩頭。明箏已經幾天沒有見到他了，所有人都在找他，而他此時終於出現了，明箏怎能再讓他溜走？急忙挪了幾步，抓住他的衣袖道：「本心，你這幾天都去哪兒了，你知不知道所有人都在找你？」

本心並不答話，只是目光呆滯地望著墳頭。

「本心，跟我回山莊吧？」明箏幾乎是懇求他。

「給我說說妳師父吧。」本心嗓音含混不清地說道。

「師父她老人家……」明箏重新跪下，望著墳頭，想起往事，不由得淚水盈盈，「我十歲時家門遭遇劫難，滿門抄斬，我被幾個女眷藏在水塘逃過一劫，後被生藥鋪掌櫃送到夕山，至此與師父相依為命有六年時光。師父她老人家待我如己出，我們相處那麼長時間，我從未聽師父說起她的身世，只是很多個夜晚，我被師父的哭聲驚醒，當時我什麼也不知道，如今我才明白，師父她老人家忍受了如此巨大的悲痛。這些年師父從來沒有在道觀待滿一個月，我以為師父是喜歡遊歷江湖，到如今我才明白，師父一直在尋找她的骨肉……」明箏說不下去了，她捂住嘴，不想讓自己的哭聲驚擾本心，片刻後，明箏接著說道，「師父是在尋找你呀……還有，還有……」

本心渾身一顫，等著明箏說下去。

「不提他也罷。」明箏突然轉過身，道，「寧騎城他認賊作父，辱沒祖宗，他死有餘辜。但是本心，你們家就剩下你了，你是張家唯一的血脈了，你要振作起來啊。」

「給我講講父親。」本心低著頭含糊地問道。

「什麼？你說什麼？」明箏聽見他嘟囔了一句，沒聽清他說什麼。

「父親。」本心又模糊地重複了一句。

這次明箏聽清楚了。「你是問你父親是嗎？」明箏聽見本心在與她交談，並不像他們說的那樣是個瘋子，心裡非常高興，她一拍本心的肩膀，大聲說道，「本心，你終於想到你的父親了。我告訴你吧，我也是聽蕭大哥說的，你的父親是個大英雄，是個大大的英雄，戍邊大將軍。說實話，你的性格可是真不像你父親，倒是那個死了的寧騎城更像一些，可惜了，他真是辱沒了你父親的聲譽。」明箏看見本心有些搖晃晃，便叫道，「我說的是實話，你別不高興。」

明箏接著說道：「蕭大哥祖上與你祖上交好，蕭大哥祖上是開國大將蕭善，與你祖上曾是上下級的關係。你父親在宣德年間，也就是當今皇上他爹那會兒任遼東衛大將軍總兵，當時邊關不穩，蒙古各部落戰爭頻繁，尤其是瓦剌和韃靼長年征戰，戰敗一方一旦物資缺乏就會累及邊關，你父親就是在一次瓦剌蓄謀已久的入侵時，在無援軍的情況下，守城直至戰死。聽吾土道士講，你父親身中百箭而屹立不倒。」

「呃……喔……」本心匍匐在地，從他胸腔裡發出恐怖的哭泣聲。

明箏不再說下去，她擦了把臉上的淚，道：「本心，你要振作起來，你這個樣子，讓你父母在天之靈如何安息呀？」

本心突然站起身，跌跌撞撞向一旁山上跑去。

明箏站起身就去追，一邊追一邊喊：「本心……念祖大哥，你回來，你回來呀，你有什麼心裡話，給我說說，你不要再憋在心裡了，我知道你沒有瘋。」

本心爬到山坡中間，身體停了下來，明箏氣喘吁吁跑過來，在下面大喊：「本心，你跟我回山莊吧。」

本心愣了片刻，轉身迅速爬到坡上，鑽進荒草裡不見了。

明箏捂住臉失聲痛哭，她走到師父墳前，想到師父心心念念的這個兒子，如今變成這樣，心裡更加難過了。

這時，她耳邊響起一陣急促的馬蹄聲，她急忙去擦臉上的淚，淚還沒擦乾，蕭天已跑到近前。

「明箏，妳來祭拜，怎麼不叫上我呢？妳獨自出山莊，遇到危險怎麼辦？」

一聽到蕭天的聲音，本來本心的事就讓她傷心，又想想在聽雨居他甩手離去的樣子，如今站在師父墳前便不管不顧肆意發洩出來，哭得像個淚人一樣。

蕭天看著明箏跪在墳前淚流滿面的樣子，既心疼又自責。早上他不該甩開她就走，回來的路上他細思量後，才想明白她說出那些話的緣由，他走到她身邊蹲了下來。

明箏看著他，往後挪了一步。

蕭天伸手托住她的臉，溫熱的手指劃去她臉上的淚珠，明箏淚眼婆娑中看見一雙明澈的眸子脈脈含情地望著她：「明箏，今天是我不好。」蕭天拉起她，「惹得妳傷心難過，怨我有些話沒有對妳說清楚。」

明箏背過臉，低下頭，聽他往下說。

「明箏，青冥去世前曾問過我一句話，她問我喜不喜歡她，我沒有回答她，因為我不想讓她難過，但是我又不想說謊。」蕭天拉過明箏盯著她黑黢黢的大眼睛，接著說道，「妳明白了嗎？我什麼也給不了她，我能給她的只有一個名分。」

明箏在這一刻，清清楚楚地聽明白了，她突然覺得自己的小肚雞腸十分可惡，對蕭天的怨氣頓時消失得無影無蹤。想到這一點猛然漲紅了臉，有些不好意思地吞吞吐吐地說道：「大哥，我……我不是這個意思，我一點都不會嫉妒青冥姐姐，我……」

「妳很大度，我當然知道。」蕭天微微一笑。

「只不過是有那麼一點點的嫉妒而已。」明箏嬌嗔地說道。蕭天把明箏拉進懷裡，用自己溫暖的胸懷環抱著她，壓低聲音道：「還嫉妒嗎？」

「……我錯了。」明箏把臉埋進蕭天的懷裡，眼裡的淚奔湧而出，想想那片坡地上那個孤零零的墳塚，她竟然還要為難他，是什麼把自己變得如此猥瑣？

「一花一世界，一葉一追尋，一曲一場嘆，一生為一人。」蕭天托起明箏的面頰，問道，「妳還記得嗎？」

明箏驚奇地睜大眼睛：「你從何而知？」

蕭天一笑：「從那天起，妳就是我蕭天一生一世的愛人，我的心裡再也不會容下他人。」

明箏把頭再次埋入蕭天的懷裡，淚水又一次奪眶而出。

狐王令——任命狐族新主，盟誓與君同行

作　　者：常青
發 行 人：黃振庭
出 版 者：複刻文化事業有限公司
發 行 者：複刻文化事業有限公司
E-mail：sonbookservice@gmail.com
粉 絲 頁：https://www.facebook.com/sonbookss/
網　　址：https://sonbook.net/
地　　址：台北市中正區重慶南路一段 61 號 8 樓
8F., No.61, Sec. 1, Chongqing S. Rd., Zhongzheng Dist., Taipei City 100, Taiwan
電　　話：(02)2370-3310
傳　　真：(02)2388-1990
印　　刷：京峯數位服務有限公司
律師顧問：廣華律師事務所 張珮琦律師

定　　價：480 元
發行日期：2024 年 12 月第一版
◎本書以 POD 印製
Design Assets from Freepik.com

國家圖書館出版品預行編目資料

狐王令——任命狐族新主，盟誓與君同行 / 常青 著 . -- 第一版 . -- 臺北市：複刻文化事業有限公司, 2024.12
面；　公分
POD 版
ISBN 978-626-7620-13-7(平裝)
857.7　113018035

電子書購買

爽讀 APP

臉書